Julia e o Mago

Cecilia Costa

Julia e o Mago

EDITORA RECORD
RIO DE JANEIRO • SÃO PAULO
2009

CIP-BRASIL. CATALOGAÇÃO-NA-FONTE
SINDICATO NACIONAL DOS EDITORES DE LIVROS, RJ

C871j   Costa, Cecilia, 1952-
         Julia e o mago / Cecilia Costa. – Rio de Janeiro: Record, 2009.

         ISBN 978-85-01-08247-3

         1. Romance brasileiro. I. Título.

08-4522   CDD: 869.93
                        CDU: 821.134.3(81)-3

Copyright © Cecilia Costa, 2009

Capa: Victor Burton

Direitos exclusivos desta edição reservados pela
EDITORA RECORD LTDA.
Rua Argentina 171, Rio de Janeiro, RJ – 20921-380 – Tel.: 2585-2000

Impresso no Brasil

ISBN 978-85-01-08247-3

PEDIDOS PELO REEMBOLSO POSTAL
Caixa Postal 23.052 - Rio de Janeiro, RJ - 20922-970

EDITORA AFILIADA

"*L'amour a toujours été pour moi la plus grande des affaires ou plutôt la seule.*"

STENDHAL

"*Diariamente os anos dão-me aula de frieza e de temperança. Defendo-me da temperança como me defendi outrora da volúpia. Ela me faz recuar demais e chegar ao entorpecimento. Ora, quero ser senhor de mim em todos os sentidos. A sensatez tem seus excessos e não necessita menos de moderação do que a loucura.*"

MONTAIGNE

"*Com a idade, Dodo passou a se lembrar de sua infância com mais e mais afeição, procurando desvendar com ânsia crescente a névoa que ia se espessando com o tempo. A infância de Dodo surgia diante de seus próprios olhos parecendo-se cada vez mais com um conto de fadas, inacessível e cheio de sombras. Um passado sem retorno, assim como todo o amor dos que já partiram...*"

JULIA MANN

PÉTALAS DE CARNE

Me beije a boca / Me sele a boca / Me corte, machuque / destrua-me e reconstrua-me / No córrego de seus lábios / me mate, me marque e ressuscite / no linho de seu leito / quero banhar-me no céu de suas torrentes /anêmonas, algas, pérolas negras / me lave a boca, enxágüe minhas vísceras, os nervos, a carne vã, a pele, o ventre / encha meus ossos vazios com o muco de sua saliva / costure minhas feridas /
Me cale a boca / na boca da noite / Me assassine / com o gume de seu aço / e faça do silêncio mortalha de meus gritos / Tome-me, tenho sede, assinale-me como uma rês / cole seus lábios em minha boca ávida por vertigens / umedeça minha alma onde viceja a flor de meus sonhos mortos / que eu refloresça na silva de seus tormentos. Sou sua escrava, sua sombra, sua serva. Aposse-se do que é seu, antes que o amor desfaleça. Quimera. Infância desfeita. Diablero. Fantasma. Ilusão...

Poema escrito por Julia para um namorado e entregue por seu pai Antônio a sua jovem amada Cátia como se fosse dele.

Sumário

Introdução
Pontos em comum e pontos de distinção   13

PARTE I
Enigmas e sinais

Dia dos mortos	17
Carnaval	23
Cadernos de Julia	27
A montanha	29
Cadernos de Julia	33
Cátia	35
Cadernos de Julia	37
As palavras	40
Cadernos de Julia	42
Na cama	46
Poema escrito por Antônio para Laura, em comemoração dos quarenta anos de casados	49
Cadernos de Julia	50
A chegada	52
Minhas cidades. Texto de Antônio sobre Teresina e Flores, atual Timon	59
Delta do Parnaíba	61
O terno branco	62
Hemoptise	66
A casa escura	67
O anjo quebrado	73

O banco	76
Traições femininas	80
O anjo quebrado	82
A luz bruxuleante	89
Cristalizações	94
Cátia	98
O baile	101
Carta para uma amiga querida	103
A morte de Alice	106
Magia	109
Clô	114
Mãos e sedução	115
Cátia	119
O construtor	121
Clô	127
Cadernos de Julia	132
O encontro com Alice	137
Saúde e doença	140

PARTE II
OS LAÇOS E OS NÓS

A casa de Bill	145
A fala de Bill	156
Incesto	163
Conversa com Lulu	164
O pêndulo	170
O pai de Bill	175
Pois o toque...	185
Cátia	188
O mundo da TB	193
Cadernos de Julia	194
Os carnavais	198
Os primeiros casamentos	202
Cadernos de Julia	211

O mal que se perpetua	215
Desmedidas: a dor e o prazer	222
Lulu e o irmão de Bill	228
Cadernos de Julia	233
Bárbara	235
Cadernos de Julia	242
Conversa com Zora	248
Os alcoólatras	252
A morte da avó	257
O tio alcoólatra de Bill	263
Revelações num aniversário	265
Cadernos de Julia	270
A segunda comemoração	273
A morte de Emília	276
O mundo além da casa	282
Antônio e Henrique	286
A fidelidade de tio Dé	291
E a política, onde estava?	295
Diabruras de tio Zito	300
Tia Glória, entre a razão e a emoção	306
Um certo coronel Bandeira	313
Cadernos de Julia	316
Diário da tia Julia (alguns fragmentos)	321
A loucura de tia Julia	327
Conversa na piscina	337
As mais belas pernas da rua	339
A fala de Bill	345
Cadernos de Julia	349

PARTE III
DECIFRA-ME OU TE ABANDONO

Cátia	353
Julia e o tempo	355
Clô	360
Cadernos de Julia	363

As dignas senhoras da rua	365
A morte de Michelle	368
Fogo!!!	371
Helena e as transparências	374
Carta de Antônio para Cátia	378
Cadernos de Julia	380
A visita de Pedro	384
Os amantes de Julia	389
Alexandre	391
O afilhado	394
A carta de Otto	396
Uma carta de Bill	399
O trio	404
A casa assombrada	406
Cadernos de Julia	409
O poema para Alice	412
Dona Clotilde não mora mais aqui	413
Wikipédia. Tuberculose	416
Mais um acróstico sedutor	418
Wikipédia. A bactéria	420
O cachorrinho e o perdão	421
Tuberculose — Infecção	424
Três poemas para Cátia	425
Tara	428
Venha, Bill	431
E houve um sonho com Bill	432
Textos de Cátia	435
A última vinda de Cátia	438
O chamado	445
Os medos de Antônio	456
E o que mais disse Clotilde?	460
O último sonho	463
Última conversa com Laura	468
Cadernos de Julia	470
Ficção e realidade	472
Anexo	475
Adendo	476

INTRODUÇÃO

Pontos em comum e pontos de distinção

Julia, como o pai, era distante da música. A entrega visceral aos livros a impedia de ouvir notas musicais, já que estas a dominavam de um jeito tal que a desnorteavam, impossibilitando a leitura. A vida a fez flexível e sonhadora, mais do que deveria. Já o pai, apesar de ser um sonhador, um homem desmedido, conseguia, quando queria, ser extremamente pragmático, com os pés na terra. Julia quis escrever livros. O pai transformou a própria existência num longo livro, cheio de peripécias, luzes, choro, lamentos, risos, gozo. Por algum tempo, tendo o pai como modelo, Julia tentou se entregar de corpo e alma ao sexo, tendo a estranha percepção de que na cama e nos prazeres da carne elevava-se ao céu e se aproximava de algo indizível, de uma plenitude luminosa, que poderia ser Deus. Tornou-se uma jovem sempre apaixonada, entregue à luxúria, ao desfalecimento por meio dos sentidos, próxima da devassidão. Antônio, o pai, foi, ao longo de toda a vida, um homem sensual e romanticamente lascivo, continuamente aberto a novos enamoramentos ou paixões. Mas houve um momento em que Julia liberou-se dos ensinamentos de seu mago, optando exclusivamente pela literatura. Mesmo que para isso tivesse que abrir mão do sexo. Há os sacerdotes da carne, os que transformam a carne num templo. E os sacerdotes do espírito. Da poesia e da palavra. Toda entrega tem que ser total. Ao rés-do-chão, nível do mar ou no cume de uma montanha mágica.

PARTE I
Enigmas e sinais

Dia dos mortos

As pernas estavam sendo guiadas automaticamente por uma súbita e inesperada vontade. Virou-se no meio da calçada e resolveu pegar um táxi em direção à casa de Clotilde. Por dentro, sentia-se tremer. O que era, medo? Não, não era exatamente uma questão de medo. Um certo receio, quase que aflição, diante daquele inexplicável desejo repentino. Estava ficando louca de vez? O que ia fazer lá? Ao mesmo tempo sabia que precisava ir ate lá. Para fechar alguma coisa dentro de si ou abrir alguma janela. Quando o táxi parou atendendo ao aceno de mão, ainda ficou em dúvida. Julia, Julia, o que estás a fazer?, perguntou-se. Ainda é tempo de desistir. Mas sabia que não desistiria. Já se haviam passado mais de oito anos. E o desejo de ir até lá vê-la chegava a dar espasmos no corpo, contrair o coração. Indicou a direção ao motorista, que ficou surpreendentemente pasmo. Deixando-a, por sua vez, pasma também. Afinal, era uma das ruas mais conhecidas daquela área da cidade. Moça, eu só ando pelo subúrbio, a senhora vai ter que me ensinar o caminho. Hoje é que resolvi vir trabalhar aqui na Zona Sul, porque o movimento estava muito fraco lá embaixo. Ela ensinou o trajeto, pensando que era mais uma razão para desistir daquela idéia maluca, mudar de direção, ir para o trabalho. Mas foi em frente. Sempre, como se estivesse agindo tal como uma boneca movida a molas ou marionete, sem consciência exata de seus atos. Quando chegou à boca da rua, avisou que ia saltar. Não sabia o número do prédio. Só vira aquela fachada uma vez, no dia seguinte ao da chegada dele, morto. Ou, quem sabe, na mesma madrugada. Tudo ficara meio nebuloso no que dizia respeito àquele dia. Ao mesmo tempo, era estranho, sabia que o reconheceria. Quase que de tacada. Havia uma espécie de galeria de lojas sob o prédio, o que lhe dava uma aparência confusa, bagunçada, quase que sórdida. Pelo menos fora a impressão que ficara da entrada do prédio de Clô, na noite em que ela e Lulu foram lá pegar os documentos dele. Foi descendo a rua devagar, com passo firme, movido por aquele motor interno que ela não conseguia controlar. Olhava para dentro de cada galeria. Eram muitos os prédios com galeria naquela rua, descobriu, com receio de se perder. Mas olhava para dentro da entrada e descartava. Não, não era aquele, nem este nem aquele outro. Por que tanta certeza? Não saberia dizer, mas quando se posicionou bem em frente ao que achava ser finalmente o dela, a dúvida era mínima. Poeira, resíduo de dúvida. Naquela manhã clara, ensolarada, até que o prédio não era tão feio. As próprias lojas da galeria não eram tão mal-ajambradas, distoando da imagem que ficara na retina da imaginação. Longe de serem lojas de luxo, mas, se não fosse aquela a situação, daria até para parar e comprar alguma coisa numa delas, uma blusa, um perfume, um objeto para casa, principalmente na lojinha de decoração, que tinha uns artesanatos bem interessantes. A sordidez, é claro, era apenas psicológica. Era tudo decente. Burguesmente decente. No centro, havia uma bancada com porteiros, três porteiros de uniforme, com o ar entediado, sonolento, de quem está a coçar o saco, sendo pequeno o movimento na galeria. Ela se aproximou e perguntou se por acaso era naquele prédio que morava a dona Clotilde. Sim, era. Estava em casa? Olharam-se, perscrutadores, e um deles disse que achava que sim, dona Clotilde não havia saído naquela manhã. Quer falar com ela?, perguntou o mais jovem dos três, com cara de paraibano ou pernambucano, como sói acontecer em todas as portarias do Rio. Como ela desse a entender que sim, anuindo com a cabeça — ainda dava para desistir, pensou novamente, sair correndo —, ele acionou o interfone. E lá de dentro da máquina veio a conhecida e agradável voz de Clotilde. Não tinha jeito, impossível se deixar dominar por qualquer sentimento de antipatia, era uma voz cálida, sussurrante como brisa morna a bater matutinamente em folhas verdes, farfalhantes. Alô, Clotilde, sou eu, Julia... posso subir? JULIA? O espanto era total. Quase que dera um grito subitamente abafado. Ela era incapaz de gritos. Claro que pode subir. Vou abrir a porta. Numa lateral da entrada da galeria, meio que escondida num vão, a porta de vidro fez clac, e ela entrou onde já entrara uma vez, reconhecendo o pequeno hall e o corredor que dava para o elevador. Entrou, tocou o botão do andar que Clô indicara e ao sair deu de cara com uma grade branca protegendo a porta do apartamento, exatamente como a que tinha na memória. Mas, após ter tocado a campainha, veio lá de dentro uma voz irritada, dizendo que não morava nenhuma dona Clotilde lá. Perturbou-se por um momento. O que fizera de errado? Lá estava a alva grade de proteção. Só que o apartamento, obviamente, não era o certo. Ah, o número do andar, trocara o número do andar. Apertara o próprio número. Por hábito ou confusão. Voltou a entrar no elevador, e no andar de baixo deu de cara com a mesma grade, uma característica dos apartamentos do prédio, concluiu. O edifício, muito simples, tinha lá suas pretensões. Após o novo toque de campainha, a porta se abriu e lá estava Clotilde, a sorrir suavemente. O que deu em você, menina? Vir me ver assim, sem aviso nem nada... Entre, entre...

    Entrou, atordoada. Tudo era meio pequeno, abafado, mas ao mesmo tempo aconchegante, pensou, como se fosse um ninho de amor. Lugar-comum do qual não havia como escapar. Na sala miúda, havia um sofá largo, confortável, de curvim marrom-claro, com dois grandes braços, duas poltronas almofadadas com o mesmo formato, e uma pequena arca, com alguns objetos em cima. Lembranças de viagens. Não havia cortinas, ou estavam totalmente abertas, e era tudo claro de cegar. Mesmo assim, deu de cara com o Sílvio Pinto, o mar azul azul a se espraiar por detrás da rocha negra, e o coração deu um salto. Parecia ser o mesmo Sílvio Pinto da casa da mãe, uma cópia, mas não era uma cópia. Uma outra marinha praticamente igual à marinha que costumara ver desde criança, na casa dos pais. Estranho como aquilo a incomodou. E ao mesmo tempo era tão entranhadamente familiar, dolorosamente familiar. Clotilde se sentara numa das cadeiras, enquanto ela, Julia, se esparramara pelo sofá. A mulher mais velha olhava a mais jovem com doçura. Amor. Puxa, ah, quanto tempo, menina, e logo agora... na realidade, eu até que a esperava. Tinha pedido a ele que me enviasse um sinal. E você veio, está aqui, agora, tinha que ser mesmo hoje, falou, sorrindo, os olhos úmidos... Olha, estou tremendo, disse Clotilde para ela, e realmente as mãos envelhecidas dançavam uma dança de Guido. Ou São Vito. Posso fumar? Pode, Julia, claro, mas conta, conta, o que veio fazer aqui? Vim por causa do livro. Quero escrever um livro sobre ele... Um livro, é? E o que você quer de mim? Não sei, só conversar, estou com problemas no livro, acho que precisava vê-la... E é gozado você falar em sinal, Clô, por que sinal? Por estarmos na semana em que ele morreu? Para falar a verdade, nunca sei exatamente quando ele morreu, a data exata, o dia, só sei que foi na semana do aniversário de Adolpho, porque íamos fazer uma baita comemoração de sessenta anos e acabou que a festa se transformou em funeral. Mais uma peça que ele pregou em Adolpho. Amanhã é o Dia dos Mortos, assinalou

Clotilde. Ele tinha que vir, tinha que vir, eu andava pedindo, ele andava meio sumido de mim, e veio você. Mas conta, conta, como estão todos? Sinto falta das histórias... Antônio me contava tantas histórias. Através delas eu me sentia participando de uma vida em família. Na realidade, sua família era como se fosse minha. Eu acompanhava os feitos de cada um, as decepções, as realizações, os partos, os casamentos, as separações. Tenho notícias de vez em quando, quando vou me consultar com Vladimir, seu primo — duas vezes por ano —, mas fico sem graça de pedir detalhes... Poderia parecer bisbilhotice, intromissão. Uma curiosidade mórbida. E eu odiaria parecer indiscreta ou intrometida... Falava, e as mãos continuavam a tremular, só faltando chocalhar no ar. Clotilde não conseguia segurar a emoção, que Julia disfarçava pegando um segundo cigarro logo em seguida ao término do primeiro... Bem, depois da morte dele tudo mudou. Vladimir me contou que Lulu se mudou com sua mãe... É verdade, venderam a casa. Minha mãe está muito mal, não podia ficar mais lá sozinha, uma mulher doente num casarão... Cheio de empregados, não era? Seis, seis empregados. E ela está muito doente, muito fraca... Clotilde não a encarou... Olhou para o chão, meio que sem graça... Eu também me mudei, Clô... Ah, é mesmo? Isso eu não sabia, Vladimir não me contou... Na realidade, eu me mudei antes, elas vieram depois. Minha mãe e minha irmã. São minhas vizinhas... E como vai o Toni? Sinto saudades do Toni, vinha tanto aqui, quando Antônio era vivo... Toni continua sendo o mesmo, um hippie sexagenário. Mafalda parece que enlouqueceu de vez. Desde que papai morreu caiu em profunda depressão. E não temos mais esperanças de que se recupere... Tomás, que nunca conseguiu ser um bom pai enquanto papai estava vivo, tem uma filhinha do novo casamento, pela qual ele é apaixonado... Ana Julia, não é? É... e agora está melhor no trabalho. Andou meio desestimulado, mas está sendo promovido. Vai ser diretor. Que bom para ele, não? Tomás foi sempre tão vaidoso... Lulu está bem, nunca esteve tão bem, apesar da coluna e de ter que tomar conta da mamãe... E eu, bem, quero escrever este livro. Não sei se conseguirei ir até o fim quando começo um livro... Mas para mim meu pai ficou sendo um enigma. Encheu-nos de amor, mas também nos fez muito mal... Mal, não acredito que Antônio tenha feito mal a vocês, ele os amava tanto. Será que você deve mesmo escrever esse livro, Julia? Sim, preciso escrever... Sinto que, se escrever, colar os pedaços, talvez venha a entender melhor o passado... E quem meu pai era, realmente... Mas também posso estar completamente errada. Talvez nunca venha a entendê-lo, com ou sem livro. Algumas coisas não são para ser entendidas, apenas sentidas... E você, também quer escrever? Vejo que tem um computador (bem novinho, com impressora, o monitor cor de gelo se destacava no quarto ao lado). Ah, o computador, foi meu sobrinho quem me deu. Quero escrever sim. Quero passar a limpo coisas que Antônio me escrevia, uma música francesa que ele traduziu para mim, enfim, coisas dele... Mas ainda não o domino, estou pensando em fazer um curso. Meu sobrinho não tem muito tempo para ficar me ensinando. Sabe, sinto como se Antônio estivesse aqui comigo o tempo todo. Depois desses anos todos, eu continuo a viver para ele... Só para ele. Penso nele todos os dias. No meu caso, nada mudou, é como se ele estivesse vivo... Quando faço alguma mudança aqui dentro, fico a pensar se Antônio aprovaria. Como ele não aparece para me dar sua opinião, sei que aprovou. Ele está comigo o tempo todo. Não consigo esquecer aquele dia... Não consigo esquecer. Não aceito a morte dele... Sinto-o tão próximo como na primeira vez em que o vi, na clínica. Naquele tempo em que nós dois estávamos doentes e nos entregamos um ao outro como se aqueles fossem os nossos últimos dias na terra. O beijo dele, ainda o sinto em minha boca, a adocicá-la...

Carnaval

O trem serpenteia pela encosta da colina, abrindo no branco dos Alpes suíços uma esguia mancha vermelha em febril movimento. Quarta-feira de cinzas. No dia anterior, ela e Andrés haviam ficado surpresos com o carnaval macabro de Zurique. Monstros, duendes, vampiros e bruxas andavam em grupos pelas ruas, zoando os abismados transeuntes. Tudo muito estranho. A bela cidade cortada pelo turvo Zurichsee se colorira de tristeza e horror. Rostos expressionistas, cobertos por máscaras de pintura esverdeada ou esbranquiçado pancake, sorriam enigmaticamente, alguns deles deixando à mostra assustadores caninos de plástico. Olhos enegrecidos giravam doentios, orbitados por olheiras fundas de dementes ou de seres exangues que haviam feito pacto com o Diabo, a maioria vestindo uma túnica negra, que lembrava um clóvis funéreo.

O próprio Mefistófeles, embrulhado em sua capa rubra, dançava no coreto medieval da principal praça da Cidade Velha, cercado por seus acólitos. Diabretes brincavam com apitos e línguas de sogra irisadas, fazendo algazarra e dando sustos nos passantes. Era tudo tão misterioso e bizarro, que, sem entender o que estava ocorrendo, os dois amigos, amantes do sol e dos alegres e sensuais dias de Momo da terra natal, se recolheram ao interior de uma cantina.

Penumbra. Lusco-fusco. Na escuridão era possível distinguir-se o vulto de uma diabinha loura, com rosto loução de bruxa boa, que chorava copiosamente. A mãe, tenebrosa, portadora de uma imensa máscara verde de gnoma-feiticeira, lhe passava um sabão. O choro era tão sentido que a moça e o rapaz não conseguiram terminar os copos de vinho que haviam solicitado ao garçom, voltando à rua desnorteados com a estranha cena. Uma rapariga tão frágil e bela, cujo nome talvez fosse Greta, Úrsula ou Gundrun; uma bruxa-madrasta malévola, Elfried, Elke ou Elza. Só meses ou um ano depois, Julia viria a se lembrar da Noite de Valpurgis e do Mardi Gras. Claro, fora numa terça-feira gorda que Hans se declarara a Clawdia Chauchat. Sua Lilith. Na terça-feira gorda, o carnaval em Zurique teria, portanto, que ser lúgubre como a sombria dança maldita nas montanhas de Harz. O encontro anual das feiticeiras com o seu senhor e mestre.

Montanha. Tinha que ir lá. Visitar a Schatzberg. Quinta-feira, voltariam para o Brasil. Já perdera uma oportunidade de ir a Davos. Talvez nunca mais surgisse outra. Precisava daquele encontro com o seu Mefistófeles. Seu Lúcifer. Seu velho, lúbrico e incestuoso Fausto. O homem de mil anos.

Deixe para outra ocasião. Nem pensar. Não vale a pena, juro. São cerca de três horas para ir e três para voltar, ao todo umas seis a sete horas de viagem. Vocês ficarão lá pouquíssimo tempo. E já são quase duas da tarde, chegarão lá no início da noite.

As palavras da aeromoça da Varig, que se encontrava hospedada no mesmo hotel em que estavam Julia e Andrés, eram sensatas. E desanimadoras. Mas não havia sensatez no tocante a Davos. Como explicar a ela que precisava ver Davos, pelo menos uma vez na vida? Não importava se por um minuto ou dois, uma hora ou dias, tinha que pôr os pés naquele solo mágico. Sabia que para os próprios suíços e alemães fazia muito tempo que Cladavel e Davos haviam deixado de ser cidades especiais, textos polissêmicos, já que nas últimas décadas os dois povoados irmanados haviam se transformado em meras estações de esqui. Belas estações de esqui, sem dúvida, mas com nada de especial em relação às outras fantásticas estações de esqui, atulhadas de turistas, existentes nos Alpes suíços, alemães ou franceses. Com a eficácia dos antibióticos, haviam virado coisa do passado as famosas clínicas suíças de cura da peste branca, encravadas na neve, última esperança de vida dos turberculosos. Onde se refugiavam, antes que o sopro gélido da indesejada das gentes chegasse, enregelando-lhes a alma. Para ela, no entanto, Davos era tudo. Era o começo e o fim. Era a literatura. Mann, Manu e o pai. Hans Castorp, Clawdia Chauchat. Gala, Paul Éluard. Manchas no pulmão. Misteriosas manchas no pulmão. Sensualidades perversas, febris. Termômetros na boca. Corpos selados pelo gosto da morte. Hálito, ar, respiração ofegante. Hemoptises. Lenços manchados de sangue. Chiados de gato no peito. Miasmas. Escarradeiras. Hermine e seu pneumotórax. O assobiuuuuuuuuuuo.

Sim, tinha que ver Davos. Nem que fosse por apenas uma hora. De dia ou de noite. No crepúsculo ou de madrugada. Sob a brancura da neve ou sob a luz tênue de um sol outonal. E o meigo Andrés disse que iria com ela. O que encurtaria a viagem, obviamente, pois teria com quem conversar. Apesar de que também poderia ir sozinha. Poderia muito bem ir sozinha. Pensando. Pensando. Pensando. Acalentada pelo ritmo do trem. As rodas a zunirem nos trilhos. Ruminando lembranças. Sonhando acordada. Lendo-se a si mesma. Mas o amigo iria, e também seria bom.

Correram para a estação. Não poderiam se atrasar mais. Curioso como eram tão próximos e ao mesmo tempo tão cheios de formalidade entre si. Como ele ficara sem graça ao entrar no quarto dela e encontrá-la ainda de camisola. Dera meia-volta volver, pálido, pálido. Ficara mais criança ainda do que já era. E ela se sentira velha, velha, uma idosa, com mais de cem anos, diante da falta de jeito dele. Será que achara que estava a tentar seduzi-lo? Não, não estava. Não ousaria. Não só por respeito a Adolpho. Havia a consideração pelo marido, indubitavelmente. Mas a verdade é que nunca correria o risco corrido por George Eliot. Ver um homem se jogar pela janela, afundar no canal de Veneza. Carnes jovens precisam de carnes jovens. Mas ele se recompusera, o menino-repórter. Encausulado em sua educação e gentileza a toda prova. Ela o reencontraria no saguão do hotel, como se nada tivesse ocorrido, já que nada ocorrera, efetivamente. E ele a acompanharia, sem hesitar, naquela longa viagem de trem, que para ela era o mesmo que entrar dentro de um livro há muito lido e relido. O livro mágico.

Cadernos de Julia

Já poderia escrever. Já poderia voltar a ele, o livro. Já poderia enfrentar o passado, ou tentar enfrentá-lo. Pois nada mais restava a fazer. Ou cortava os pulsos ou escrevia. Fugira, em circunlóquios, circunavegações. Inventara uma outra árdua tarefa, que a desesperara. Um outro livro. Terra a terra. Que se transformara num imenso biombo entre ela e o desejo de se partir em palavras. Mas era chegada a hora, não tinha mais para onde correr. Claro, poderia tentar ler todos os livros do mundo antes de escrever. Procurando não sei lá o quê. Só que já estava bastante crescidinha para saber que ler, às vezes, era uma outra fuga de si mesma. Um prazer mórbido, masturbatório, uterino. E que aquele romance um dia teria que ser escrito. Há fantasmas dos quais temos que nos livrar, para caminhar. Voltar a andar nem que seja para o nada. Tinha que criar uma outra pele para si mesma. Ser sua própria criatura, personagem. Tinha que se transformar em livro, nem que tivesse que enfrentar toda a dor do mundo. De que adiantaria viver em dor sem escrever? A mudez era uma outra forma de morte. Seria preciso escrever tudo, dizer que ele lhe roubara um poema, uma vez, e o dera de presente à pessoa amada. Quarenta anos mais nova. Como se fosse dele. Escrever por ele, o usurpador. Por amor, sempre por amor. Um amor doentio, de quem havia muito perdera um pulmão e se cegara com a luz das estrelas espargida na operação. O corpo se alçara da cama e ele vira tudo lá de cima. Virara alma desencarnada. E para sempre mudara. A cicatriz o imunizara de culpas. A cicatriz, Alice e Santana.

A MONTANHA

O trem, vermelho, colorido e quente como um brinquedo ou uma ferida ainda não cicatrizada, uma chaga, coleava lagos transparentes, pinheiros, abismos, precipícios. Os azuis translúcidos, miríficos, queimavam a retina. Lembrou-se da Dama das Geleiras, com seus olhos glaciais, que tanto havia assustado Rosa quando criança. A neve ainda era rala, mas existente. E cobria os picos. Em Landcarte, fizeram a mesma baldeação descrita no livro. E seguiram subindo pelas álgidas colinas. Enquanto subiam, Andrés desabafava, falando sobre a crise financeira de sua família, suas perdas e ganhos, e o tempo passava mais rápido, rolando os trilhos. Um novo lago, um novo pinheiro. Moitas escuras. Neve deliqüescente, a virar água. Metamorfoses. Mutações. Andrés quase chorava, ao contar o que fizera. Ou o que tivera que fazer. A ida ao banco, o reescalonamento da dívida do pai, o abandono de seu sala-e-quarto, arduamente conquistado, a volta para casa. Era um menino e era um homem. Sonhador, cartesiano. Chegaram. Uma noite branca e líquida. Um céu pontilhado de raras estrelas. O corte da montanha a deixou em êxtase. Por ser a montanha que era. A estação, aberta ao tato, à visão, era uma irrealidade, um conto. A imagem tantas vezes mentalizada lá estava, em sua falsa concretude. Palmilhava a ficção. Andava sobre palavras. E foi com cuidado que entraram pela cidadezinha adentro. Ela viu

Mann e a família a se divertirem em seus jogos de inverno. Os esquis, os trenós, os bonecos e as bolas de neve. Katia, lá estava Katia. A mulher que viraria homem de negócios, por amor a seu homem. A virago do frágil mago hermafrodita. A milionária mimada que ficaria doente ao se ver emparedada entre cueiros de bebês e a solitária e metódica administração econômica de sua nova casa. Ela, que fora tão livre antes, tão despreocupada, uma jovem indômita, parceira de cinco irmãos. Exímia em tênis e boa amazona. Podia ouvir os risos. Ver os gelados petardos feitos pelas crianças cortarem o espaço branco do céu. Tudo era verde e branco em Davos. Sim, tomavam muito cuidado, ela e o amigo, ao subirem as ruas e seus lances de escadas. Era uma cidade em declínio ou ascensão, a crescer/descer pela encosta da montanha. Poderiam escorregar nas passagens cheias de água. Levar um tombo. Entre os chalés e as casas alpinas, procuraram um bar. Um pouso para os esquiadores. E beberam algo quente. O coração dela batia acelerado, por estar onde estava, respirar aquele ar rarefeito. Andrés não entendia nada, mas compreendia tudo, intuitivamente. Ela gostava de ouvir o alemão. Era a língua do livro. E a língua em si não era culpada de nada, dissera Hannah. Além de que estavam na Suíça, não na Alemanha. A Suíça que não era assim tão pura e neutra. A do tesouro arrancado dos dentes. A Suíça que lavava mais branco o ouro das obturações dos mortos. Os lingotes. Só que a dela não era uma Suíça qualquer. Nem mesmo a Suíça complacente. Era a Suíça literária. Dos doentes do pulmão. Ali, pertinho, estava a clínica que virara hotel, com suas florezinhas na varanda. Sempre havia uma varanda. Sempre havia um jardim plantado em vasos, uma floreira afundada em terra fofa e úmida, tendo por trás uma cortininha muito branca e leve a acobertar desesperos, solidões, malquerenças, doenças, tosses, desesperanças. Ali, bem em frente, a curva da montanha do tesouro, a cortar a noite escura com seu vulto esfumaçado. Os pés, os pés dela deslizavam naquele solo, que era solo, mas também era palavras, névoa, neblina. Sonho. Fantasmas. Onde estaria Settembrini, onde se esconderia Nafta? Para onde ir, para a racionalidade fria e iconoclasta dos bakunins e netchaievs ou para o mundo sombrio dos jesuítas perdidos em sua fé?

Comprar chocolate. Sim, era preciso comprar chocolate. Coma chocolate, menina, coma chocolate. Ela comprou um boné cheio de guloseimas para o filho. E desceu de novo, deixando lá em cima o coração em suspenso. Sabendo que um dia voltaria. Sem Andrés. Um dia voltaria, com Adolpho, talvez — como ele amaria a beatífica visão do branco —, e ficaria, meses, anos. Perdida nos becos de neve. Perdida naquelas páginas virgens, sem letras. A sentir o perfume nacarado das florezinhas. Tão efêmeras e tão permanentes. Com enganador arzinho de plástico, de tão perfeitas. Lá estava o túmulo dos que haviam deixado de respirar. O pai. Era preciso contar ao pai que estivera lá. O que importava que estivesse morto? E que um dia Tomás também lá iria, por causa do Fórum Mundial. E faria fotos. Fotos da estação. Fotos dos trilhos soterrados pelo branco. Da montanha alvejada pelos cristais. Do trem vermelho (como o carro de bombeiros que ele comprara para o neto). Fotos cheias de emoção, apesar da capa dura que Tomás costumava ter no coração. Um coração de neve quente. O relógio redondo marcando 15 minutos para uma hora da tarde. Uma placa, Davos-Platz. Sektor A, Glei 1. Ela colocaria a foto dada pelo irmão bem em frente ao computador, com pinheiros e casas eternamente natalinas, para lembrar-se sempre, todos os dias, de que um dia o livro teria que ser escrito. O livro sobre o homem mau que era bom. O homem de um só pulmão. Será que a falta de pulmão é que o fizera um homem em permanente êxtase? Será que tinha desfocadas vertigens, por não poder respirar direito? Por ter de andar pela vida sufocado? Em transe?

Lá embaixo, Andrés a acompanharia em outra missão, visitar a casa-museu. Ver os retratos, ouvir a voz. Entrar no escritório, ver o quadro dos meninos nus. Na rua do Doktor Faustus. Atrás da universidade. Como se profanasse um templo. Que livro comprar? Davos, é claro. O livro sobre Davos na literatura e a Davos da realidade. A mimese que ultrapassa o tempo. O jovem Andrés sorria da seriedade dela, da religiosidade. Ria quando ela subiu as escadas da pequena casa-atelier, que um dia pertencera a um pintor, como se entrasse numa igreja, cheia de reverência. Quase que de joelhos, cumprindo promessa. Ele queria que ela explicasse. Mas não havia o que explicar, era assim e bastava. Estar no Thomas-Mann-Archiv era o céu, por mais bobo que isso fosse. Porque um dia, um dia contaria que acreditava que os homens doentes eram dados a visões. Os sensíveis aos estreptococos. Os que tinham a carne fraca, sem imunidade ao bacilo, à maldição da escrita. O vírus. Os que se sabem mortos em vida, apodrecidos, e que por isso se agarram a ela, com unhas, dentes e saliva. Ou às montanhas sagradas. Os vertiginosos. Os tortos. Já ela, tão saudável, traria a morte do pai no peito, como um carcinoma.

Cadernos de Julia

Escrever com raiva, ímpeto. Escrever tudo. Não deixar pedra sobre pedra dentro do coração. Começar pelo trem. O trem vagando pelos Alpes. Abrindo uma clareira rubra no branco. Um beijo sangrento na alvura das páginas. Começar com ela e Andrés, o amigo que a acompanhara a Zurique e a Davos. E que depois praticamente desapareceria da vida dela. Participaria do que ela tinha de mais profundo e seguiria seu próprio rumo. Ou começar pela cidade literária. Começar lá, quando as pedras choravam e o olho estava seco, seco. E úmido como o mar que se avista da praça branca e translúcida sob a lua. Escrever até os dedos doerem. A coluna vergar sobre a cadeira. Escrever por ele, por eles. Seus personagens. E é claro, por ela, Julia. Escavar a doença, escombros, múmias, em busca da saúde. Seria possível?

Que dia era aquele? Tinha que ver. Seria mesmo o 14 de dezembro? Correu à sala, pegou o jornal. Sim, dia 14. Só poderia ser, não é? Aniversário do tio Henrique, o poeta. Aquele sonho estranho, aquela ordem nebulosa do inconsciente. Levante da cama, saia desse leito, onde você se abriga há um ano e meio, e escreva. Deixe de ser preguiçosa. É só deixar os dedos correrem como autômatos pelo teclado. Com visco do mel, açúcar em calda. Ou com o sal das lágrima. Lembra da dor? A cidade cheia de escritores? Os terrosos telhados coloniais a ferirem com sua beleza eterna o prisma do olho? Chovia, como chovia. Comprou um guarda-chuva negro, bem barato. Parecia de celofane. Esgueirava-se pelas casas coloniais, quase que se colava à parede da colméia de construções assobradadas para não se molhar. Mas estava a se encharcar de memórias e de dor, mesmo com o guarda-chuva na mão, porque ventava. E a água invadia tudo. Invadia a dor, como um beijo molhado e cáustico. Nunca se sentira tão invadida. Tão exposta. Tomada, dos pés à cabeça, por sensações conflitantes. Uma mulher com os nervos à flor da pele. Cheia de cicatrizes. O corpo cortado por facas, como se trabalhasse num circo e de repente o artista das facas errasse a mão e a inundasse de lâminas. Alguma coisa se partira dentro dela. Uma seta, um dardo atingira seu barro e o jarro, sempre bem-posto, se desfizera em cacos. Julia, Julia Mann, era como se um espectro de mim mesma andasse por sua cidade. A cidade que eu tanto amava por ter lhe pertencido, na infância. E eu ali, crucificada. Eu, que queria cantar sua vida, naquele momento era um invólucro vazio. Uma mulher desfibrada. Sem forças. Uma alma posta a nu, pingando na chuva. Um pombo morto. Ensangüentado. A andorinha que não mudara de pouso na troca de estações. Ficara a atender às urgentes, urgentíssimas, inadiáveis solicitações de seu príncipe feliz. Seu soldadinho de chumbo. Se não se cuidasse, escorreria pelo bueiro e acabaria indo parar na boca de um peixe prateado. Apagar-se-ia, já que a luz anímica se esvaíra por completo.

Cátia

Ela tinha que ligar, mesmo que não tivesse nada a falar. Ligava sempre. E novamente Julia se sentia amarrada ao pai e ao livro. Ela telefonara exatamente quando Julia decidira recomeçá-lo. Para não falar nada. Ou só falar que continuava lá, na montanha. A montanha dela. A dar aula para as crianças. Português, Literatura, Quintana. Drummond, Manuel Bandeira, Cecília Meireles. Ela também amava as palavras e sofrera. Sofrera ao apaixonar-se por um músico deprimido, que um dia a abandonaria. Após muito torturá-la. Ela sabia das coisas. E Antônio a amara. E a ela entregara o poema da filha caçula. Sem pedir licença. Criando entre as duas mulheres um laço inquebrantável. Ela ligara por ligar. Como sempre fazia. Uma vez ou duas vezes a cada mês. E Julia disse que iria escrever, e ela ficou muda, estática. Absorvida a informação, disse que viria vê-la, um dia desceria da montanha. A montanha fria, gélida, que as crianças aquecem. Os estudantes. Ela tem mãos de criança. É pequenina como uma menina. Mas o rosto tem sombras de velha. De quem muito viveu e sofreu. E ela ainda o ama, o homem que concomitantemente foi pai e amante. Se ele reencarnasse, saísse da tumba, se a visse de novo, novamente a amaria, com os longos cabelos anelados, cheios de fios brancos. Rapunzel sem salvador. O rosto em desespero pela falta de amor. E a sabedoria, porque ela muitas vezes é sábia. Mesmo quando se desespera. E o corpo é frágil, um corpo de polegarzinha. De mulher duende. Elfa. Ela é a Cátia. Sabia do trauma da morte de Alice. Sabia de Laura, a esposa, sabia de Clô, a amante, e não ligava. Tudo entendia, tudo compreendia, a pequenina Cátia. Mas se recusou a fugir com ele. Aceitava as flores, os chocolates, os bilhetes, os poemas, os livros, os quadros, mas se recusou a fugir com ele. E não foi por medo, ela nunca teve medo. Matava aranhas. Vivia sozinha, com suas gatas. Doze gatas. Plantava suas árvores. Cortava a cidade durante as madrugadas, atravessando bairros perigosíssimos, linhas amarelas e vermelhas, em sua pick-up cor de sangue. Subia a montanha, fosse chuva, fosse sol. Não, sua polergazinha, Antônio, sua Heidi, nunca teve medo. Foi por suas mulheres que disse não, as vivas e as mortas. Não quis que as abandonasse, porque um dia, sabia, poderia abandoná-lo, como depois viria a ser abandonada por Virgílio, o músico bêbado, que já fora internado mais de uma vez, para desintoxicação. Saía das clínicas e voltava a se intoxicar de notas musicais, Bach, Beethoven, Schubert, Chopin, Mozart, o grito da Rainha da Noite e o álcool. Ela tinha um irmão, uma irmã, um pai, uma mãe e um segredo. Será que o segredo, ao ser revelado, foi o que o atraiu? Cátia, a pequenina, a professorinha da montanha, tinha um mundo de terríveis histórias para contar.

Cadernos de Julia

Sabia que falavam dela, apiedados. Ou maldosamente. Mas continuava a fingir que nada acontecera. Que tudo estava normal. Tentava trabalhar, ouvir as pessoas. Ir às palestras. Agarrar-se a um resquício de eficiência. Praticidade (maldita alma de poeta. Na próxima encarnação esperava vir com aço no coração, ou no corpo de um gato com sete vidas. Macho, obviamente). Subira no palco quando o escritor americano e o brasileiro leram trechos de seus livros, fazendo trocas mútuas de literatura, o caderno azul, o livro de Budapeste de quem nunca fora a Buda ou a Peste. O caderno azul, obra de mestre. Obra de quem tinha os olhos verdes arregalados com visgo de pântano ao luar, tomando o rosto por inteiro. Olhos que tragavam quaisquer mundos, quaisquer mulheres. Mas estava com a mulher a tiracolo. E Ísis não deixaria ninguém se aproximar do nova-iorquino com pupilas machadianas, abissais, vorazes. O brasileiro ao lado dele ficara franzino, mesmo com toda a sua aura de mulheres de Atenas, bárbaras, carolinas. Sua fantástica ópera ficara com um charme medido, ritmado, diante daquela desmedida. O músico e o escritor. O conhecido e o desconhecido. Pegara o microfone que caíra no chão para ajudá-los, prestativa, sem saber o que estava a fazer. Ou fora uma folha solta que voara e pousara no chão? Não sabia, não tinha noção dos próprios atos, movimentos. Estava em dois quartos ao mesmo tempo. Duas pousadas, dois espaços para delírios. Ia de um para o outro, atravessando a cidade, a chuva, a se equilibrar na ponta dos saltos em pedras dessemelhantes, pontudas, escorregadias. Pedras de rio no perímetro urbano. E quando a cumprimentavam sentia a mentira. Era tudo mentira, a literatura era mentira. Mas para ela era a única verdade. Literatura ou morte. Julia, sua cidade. Seu paraíso. Com mais de dez mil pessoas a profaná-lo. A beberem o licor sem terem língua, palato, gosto, céu da boca. Como se comprassem uma televisão de plasma, um Windows Vista, um Nissan, ou um celular com câmera. Moda. Consumir palestras. Moda. Ah, estava a ser má, ela mesma estava a ser má. Pois ajudara a trazer para aquela cidade branca, à beira-mar, a cidade que mais amava, a cidade de Julia, aquela multidão de vendilhões de palavras. Aquele enxame de adoradores de bezerros de signos. Que queriam ver, apalpar seus mitos. Como se fossem bonecos de prazer, objetos eróticos, de borracha ou silicone.

E as palavras caíam sobre as pessoas como papa, torresmo e feijão mineiros. Ouro. O caminho do ouro. De Minas a Parati, sobre mulas, sacos de dízimos. O ouro que se liquefizera em barras de palavras. O sapato escorregava nas pedras desiguais. Bambeava. Que idéia. Salto alto. Sempre de salto alto. Outra mentira. Sentia-se alta e magra. Mas estava quase a cair do pedestal. Ah, que doida, já caíra. Tempos atrás caíra de seu pedestal de palavras. Entrou numa loja e comprou um sapato plataforma. Um sapato para a chuva ou caminhos do ouro. Uma lancha para nadar, sobranceira, sobre os veios de água que uivavam ao vento. E novamente se pôs firme. Novamente pôde se equilibrar na queda. Beira de abismo. Oh, pai, pai, onde estás, que não vens? Correu para outra palestra. Lygia estava a falar sobre Machado, Lygia Capitolina. E pensar que, naquela ocasião, ela, que já se achava madura em literatura, nem lera *As meni-*

nas... Mas lá estava Lygia, com seus olhos árabes, sua beleza de efígie, a falar docemente, vertendo sobre o público extasiado sua calda de pêssego. E as palavras da senhora acadêmica, sempre rebelde, arteira, com rosto de efígie, eram um deleite. Vinho capitoso.

Na primeira vez que lera *Dom Casmurro*, fora solidária, totalmente solidária a Capitu. Na segunda vez, estava na faculdade, a estudar direito, e teve dúvidas. Conversara com uma amiga. Tenho dúvidas, mas mesmo assim a defenderia. Não há provas. E a narrativa é na primeira pessoa. Ele a acusa. Não podemos saber de nada. Escobar pode até ter sido inventado. Tudo pode ter sido inventado. Capitu merece impetuosa defesa. A amiga disse que seria a acusadora. E haveria uma testemunha de acusação? O mar, o mar, o mar que batia na praia do Flamengo, o mar turvo onde Escobar se banhava. Todo músculo, todo corpo, todo paixão. A terceira vez que lera, ah, a terceira vez, estava calejada, mais velha, cética, cínica. Casada. E tivera certeza, certezíssima, de que Capitu era culpada, traíra. E pensara o quanto fora boba e ingênua quando achara que a moça que enrolava o namorado nas tranças não fora capaz de enrolá-lo quando fizera das tranças adolescentes um chinó, escondido por um chapéu pontuado por uma pena de flamingo. Um chapéu de cortesã fina, Messalina. Lucrécia. Juno. E Lygia rira, senhora de si mesma. Dona de seu machado. E a platéia ficou muda, reverente, diante daquela dama de tantos enigmas e tanta clareza no falar. Machado, um dos livros de cabeceira do pai...

As palavras

Julia pensou se ia agüentar aquela conversa. Não ia. Ia. Sabia que ia. Na realidade, estava se sentindo bem ao lado de Clotilde... Percebia que a conhecia muito, muito bem, que a intimidade nunca fora embora... E olha que fazia anos que tomara a decisão de não mais vê-la, mais de vinte anos, só tendo aberto uma exceção por ocasião da morte do pai. Que provavelmente estava ali, a olhar para as duas, a filha e a amante... Ele as unia, não tinha jeito. Devia estar presente, sentado na outra cadeira, a cadeira vaga, com seu terno branco imaculado, sua iluminada cabeleira grisalha sempre tão bem tratada... Devia estar ali, já que tudo ali era dele, como se a casa fosse um museu, um santuário... Ela fora o sinal. Como não percebera que viera dois ou três dias após a morte dele, e um dia antes do Dia dos Mortos?... Ela, que nunca fora ao túmulo dele pôr flores, estava ali, sentada naquela sala que ele montara, peça por peça, e tanto freqüentara, como se ela mesma fosse um buquê de rosas vermelhas, um molho de cravos-de-defunto. Era fácil sentir o cheiro dele no ar, sabonete Phebo misturado a alguma colônia refrescante, provavelmente inglesa...

Não vou me esquecer, não vou me esquecer nunca daquele dia. Para mim, parece que foi ontem. Morreu nos meus braços, você sabe... Sabia, ah, se sabia... Morreu falando comigo... Falando o quê, Deus meu?... Palavras, palavras, gemia palavras, não sei direito o que ele falava, não me lembro, mas falava carinhosamente comigo. Eu não queria que ele se fosse, tentei segurá-lo com a corda das palavras. Mas chegou a hora em que ele ficou mudo... O derrame... A orelha ficou meio escura... Nunca falei assim sobre aquele dia, mas você está me dando vontade de falar... Parece que foi ontem... O jeito como se virou na praia, na praia, imagine, ele que quase nunca ia ao mar. O jeito de garoto com que se virou, depois que eu disse que não ia cair de novo, que já estava seca, não ia cair de novo. Ele então se lançou sozinho para o mar, tirando a camisa, jogando-a na areia... Estranhei aquilo, ele nunca tirava a camisa, você sabe, não é, Julia? ele não gostava de mostrar a cicatriz que lhe cruzava as costas, de ponta a ponta. E daquela vez tirou a camisa e se virou rápido, cheio de energia, em direção ao mar, como se fosse um rapazinho... Estranhei aquilo, e até falei para o sobrinho dele, o Alberto, vai atrás dele, ele está estranho... Jogou-se no mar, mergulhou, e quando voltou, carregado pela espuma, ficou parado na areia, totalmente parado... Tivera o derrame... Estava praticamente morto... As lágrimas escorreram quentes na face emagrecida, pálida... E ela continuou... Não, na realidade, ele só morreu no carro, no táxi que chamamos... Quando deixou de falar comigo. Quando emudeceu... Mas, sabe, eu sinto ele aqui. Presente. Sempre há sinais. Como você, agora.

Cadernos de Julia

Saiu da tenda galáctica, e a chuva não a perdoou, molhando-lhe novamente as vestes, a alma ferida, num intenso, repetitivo batismo. E pensar que não homenagearam Julia, que não virara rua. Ridículo. Rua James Joyce, ridículo. Não era Trieste, era Parati. Coisa de ingleses. Quando ali havia aquela casa encantada, engastada na floresta. A floresta onde Julia nascera. Onde fora deitada cuidadosamente pela mãe de origem portuguesa sobre folhas acobreadas, numa tarde de outono. Não, o Brasil quase não tinha outono, as flores eram verdes mesmo. Verde-negras, aveludadas. Cheias de húmus. E fora naquele húmus que Julia nascera, o húmus da terra brasilis, fértil de imaginação, papagaios, sabiás, onças-pintadas, macacos, aquela terra estirada entre Parati e Angra fora seu berço, seu plasma, seu leite. Nunca esqueceria a Serra do Mar. A espuma a beijar seus pés descalços de menina. Nunca esqueceria os molequinhos sobrinhos de Ana, a babá, os filhos das mucamas, com os quais brincava de esconde-esconde, chicotinho-queimado, amarelinha, carniça. Nos estertores, cantaria não uma opereta, mas a canção do molequinho, no ouvido espantado de seu filho Victor, seu caçula, que depois escreveria sobre esta estranha despedida da moça criada num pensionato alemão. Em seu último momento, abandonaria a língua rascante, dura, pela língua suave, sonora, dos trópicos amolecidos por chuvas intermitentes. Onde se banhara ao sol e se deitara na praia quente, bem em frente à casa perfurada por janelas preguiçosas, avarandadas. A casa que ainda está lá, solene, fantasmagórica, guardando em seu cofre os passos e risos alegres das crianças de dona Maria e do senhor Bruhns. E que ela, Julia Álvares do Nascimento, só vira de longe, um dia, quando andara de barco por aquelas angras esmeraldeadas, com Adolpho e o pequeno Tomás. E Adolpho se jogara ao mar... Aquelas ilhas ainda selvagens, circundadas de enseadas e folhagens, onde se camuflam casas e iates milionários. O pai da outra Julia, comerciante, poderoso exportador-importador, fora dono de quase todas aquelas terras. O paraíso perdido da menina que aos sete anos iria para Lübeck, aprender a usar espartilho na língua. Mas ela, a Julia do novo milênio, não pensara nada disso naquele dia, quando saíra da tenda branca, imensa, em forma de charuto ou nave de Flash Gordon. Pensara, aliás, intuíra, isso sim, que estava desnorteada, sem entender direito os próprios sentimentos... Tinha que sair dali, correndo. Que as meninas fizessem a tarefa, que não era mais dela. Parecia ter sangue na boca, como se tivesse levado um murro. Se se olhasse no espelho, veria uma mulher fragmentada. Ou nada veria. Sua imagem estava estilhaçada. E a compreensão se fizera névoa. Espasmo. Grito. Tinha que pegar um táxi, correndo. Tinha que fugir. Foi andando em direção à porta daquele restaurante onde encontrara todos os escritores e tivera a audácia — dissera o idólatra de autógrafos e manuscritos — de entregar um disco ao grande músico e escritor. Ou seja, ousara se aproximar do mito de todos os presentes naquela festa de egos. E também dos ausentes. O homem do jogo das palavras. Lembrava-se que ali, naquele fim de rua, à beira do cais, onde ficava o tal do restaurante, havia táxis. Quanto, a tarifa? Não importava quanto, queria ir embora o quanto antes daquele inferno de cumprimentos e tapinhas nas costas. E assim foi, o táxi benfazejo a levou para fora da cidade dos escritores. Penélope muda, a coser, no assento de trás do Santana amarelo, os pensamentos descosturados. Até que viria o 14 de dezembro, e tudo se costuraria, com a agulha e a linha estando a postos nos dedos, seus santos, seus lares. Vamos, menina, escreva, escreva tudo. A literatura quebra sortilégios, feitiços, encantamentos. A literatura abre paraísos e portais. Parati é sua. Totalmente sua, minha querida, insana Julia, com ninhos de pássaros a bailar em sua cabeça livre, totalmente livre e feliz, em Munique, após a morte do senador. Minha amada Julia, que seria personagem em *Doktor Faustus*. Ela e suas filhas suicidas. Carla e Julia. Clarissa e Inês.

Quanta coisa, pai, que não te disse, não contei. Nunca te falei de Julia. Deste-me o nome de minha tia e não sabias o que fazias. Deste-me a maldição. Saí de Parati com meus mortos, sei disso agora, guiada por meus mortos. E meio morta por dentro. Para voltar um dia. Costurada, cerzida. Com um livro no coração. O teu livro. Sou toda tua, pai, sempre fui. Me cozinhaste em palavras, na rede de teus discursos e editoriais, assim como Julia nasceu no mato e carregou no corpo a selvageria ebuliente da flora e da fauna paratienses. Para espanto dos lübeckenses. Ah, o "negrinho" de Julia. Que homem dividido. E foi um presente teu, meu pai. Como a bicicleta, o casaco de pele de coelho, a carruagem verde-esmeralda. O que me deste ninguém me rouba, ninguém me tira. Uma montanha inteira, e mágica. Totalmente mágica. Com duendes, bruxas, fadas, sacis-pererês, mulas-sem-cabeça, mulheres montadas em corcéis de fogo, em seus ocos ou grotões, seus salões interiores, iluminados por colares de orvalhos, imensos lustres de pirilampos. Eu sou tua escritora, a que não teme pactos. Trago no peito tua marca, tua ferida sempre aberta. Sabia que foi Katia quem foi para Davos, sabia que era dela o raio X de Clawdia, a bruxa? Sabia que Davos hoje é apenas uma cidade de esquis e homens de negócios? Um cantão alpino, onde se fazem grandes encontros anuais, nos quais se decide o destino do mundo? E que, mesmo assim, lá a gente ainda ouve o sino de trenós, onde passeavam Settembrini e Nafta? Joachim e Hans? Provavelmente ainda existe o banquinho na floresta, onde o moço da planície teve a sua primeira hemorragia. Ficou tonto, dormiu e sonhou com o lápis e Pribislav Hippie. Use meus dedos. Sou toda sangue de palavras. Veias, artérias, nervos, coração. Tua maldição é minha graça. Meu inferno, meu céu. Teus amores, meus amores.

Na cama

Laura está na cama. A blusa azul se afoga nos olhos. Sempre gostou de blusas azuis ou verdes. Como os olhos, que dançam como peixes elétricos entre essas cores aquáticas. Vê novela. A psoríase vai e volta. A cabeça já foi, mas voltou. Na barriga tem um tubo de borracha. Quase morreu, o tubo a salvou. Anoréxica. Perdeu totalmente a vontade de comer quando Antônio morreu. O marido. Sem ele, quis morrer. Nada mais tinha sentido. Mesmo a falta de sentido.

Praticamente não anda mais. Mas orgulhosamente se recusa a andar de cadeira de rodas. Às vezes desce do quarto para a sala. Desce sem descer. A casa onde descia há muito deixou de existir. Mas ela continua descendo e subindo. Quando deixou de comer totalmente, passou a ter visões. Via uma menina no quarto, sentada na cadeira onde à noite se deitam as enfermeiras. Uma menina que provavelmente era ela mesma, nos tempos imortais da infância. O tempo sem tempo. Atemporal. Quando alguém ia se sentar naquele lugar, ela pedia cuidado, cuidado com a menina que só ela via. Laura ainda é bela. Os olhos afogam quem a olha. Desde que passou a ser alimentada pelo tubo, ficou lúcida novamente. Lembra-se de tudo. E pergunta tudo. Odeia ficar sozinha. Mesmo quando tem por companhia suas novelas. A solidão faz com que se lembre de uma solidão muito maior. A solidão do marido que se foi. Não importava se muitas vezes ele a deixava só, se ia ver suas outras mulheres, porque sempre voltava, não tinha coragem de deixá-la. Às vezes, principalmente nos últimos anos, quando passara a temer a morte e quisera ser novamente livre, como um rapazinho, voltava com raiva. Zombeteiro, agressivo. Mas voltava. E também sabia ser muito doce quando queria, fazendo com que ela esquecesse a raiva e a agressão. Ela nunca o mandaria embora. Temia que ele a deixasse, mas ao mesmo tempo sabia que ele não a deixaria. Até que ele a deixou por completo, desapareceu, e a solidão se fez imensa, insuportável. Como um quarto branco, vago de emoções, desassossego, esperas. Carinhos. Laura é a mãe de Julia. Uma vez quis fazer um trato com a filha. Uma barganha. Se não escrevesse o livro, ela aceitaria trocar o pequeno xale francês, trazido por Lulu, de Paris, para a irmã mais nova, por um maior. Bem maior, cheio de rosas vermelhas, aveludadas. Enfim, daria qualquer coisa em troca da desistência, renúncia da escrita. O silêncio. Dinheiro, jóias, sorrisos agradecidos. Pérolas verdadeiras (adorava pérolas). Tudo seria possível se Julia não narrasse o que ela tanto temia.

Laura tem olhos infantis, desprotegidos, que podem apunhalar. Há um estilete em sua tristeza. Vácuo. O pai a abandonou. O marido morreu. Não voltou. Ela não ouve os sinais. Não sabe que os mortos cercam os vivos como heras daninhas, cercas vivas. Mas, se não ouve, Laura vê. Com seus olhos de lágrimas. E às vezes diz coisas que incomodam. Vê e pergunta. Quando Bill morreu, ela indagava por ele insistentemente. Queria ligar para ele. Chegava a pegar o telefone, pedir o número, que nunca lhe era repassado. O rosto ficava com um ponto de interrogação, intrigado. Pulgas e pulgas atrás da orelha. Ninguém pode esconder nada dela por muito tempo. Só se esconde o que ela quer que seja mantido escondido. Quando, por decisão própria, não quer ver, não quer ouvir. Porque ela vê e ouve. Tudo. O revelado, o velado.

Laura cega. Laura Tirésias. Laura sabe de Cátia, sempre soube. E é claro que sabia da outra. A dos sinais. Laura é a mãe, o início, o fim, e como dói. Amou Antônio com entrega total. Abdicou de si própria. Lúcida, totalmente lúcida. Gosta de bonecas, cheias de rendinhas. Um dia ganhou uma boneca do pai. Uma boneca linda. O pai que a abandonara. A ela, à mãe e aos quatro irmãos. O pai escritor e jornalista. Que acreditava na caverna de Platão. E em energia. Átomos. Laura vive na cama sonhando com passeios, andanças, idas ao cinema, ao teatro. Compras em shopping. Discos de Carmem Miranda. Roberto Carlos. Elis. Bethânia. Mas tem preguiça, andar para quê, agora que Antônio não mais voltará? E não tem mais marido para cuidar...?

Poema escrito por Antônio para Laura, em comemoração dos quarenta anos de casados

Colar de pérolas

O tempo não turva as esmeraldas
Que brilham em teu rosto amado
A face sob a pele não se enruga
Na passagem dos anos percorridos
Unidos por sofrimentos e alegrias,
Carícias, traição, sonhos límpidos,
Erguida na pedra a casa cresce
Povoada de filhas e de filhos
E os netos são as mudas da mangueira
Que a sombra abriga, mas o sol alteia.
Filhas e genros. Noras, filhos, noras,
Carinhos, beijos, rusgas, lembranças
De pazes feitas. Há paz na paisagem
Que juntos contemplamos. Retratos...
Álbuns e quadros, aura das horas,
Risos e tristezas presos na parede
da memória. E o colar de pérolas,
os nós mais fortes, nunca se desfaz.

Cadernos de Julia

O que terias sentido se soubesses que eu, Julia, um dia editei um caderno literário? E que o transformei num pedaço de minha carne, numa perna, um braço, um prolongamento do meu e do de teu ser? Tu, meu pai, que achavas que os livros eram um sonho impossível. Uma miragem, distante do teu poder. Lerias as folhas de ponta a ponta, marcando os meus erros, como costumavas fazer com todos os textos que antes eu escrevia? E ao mesmo tempo te vangloriarias pelas ruas, por meu grande feito, como te vangloriavas das medalhas de Tomás? Terias inveja, ciúme, apenas vaidade? O que terias sentido? Ah, eu gostaria tanto de saber. Orgulho, eu sei, apenas orgulho. E um prazerzinho malévolo quando encontrasses um erro, uma falha. E qual teria sido tua reação ao saberes que um dia eu o deixara, o maldito caderno que estava a roubar minha alma, meu alento, toda a minha paixão por palavras, implodira com ele e com minha vida, para poder escrever? E dormira quase dois anos sem poder criar, com as mãos travadas, sem tecer, me lamuriando, tendo pesadelos horríveis com um grande livro, ao qual não tinha acesso, um livro que me era roubado, essencial, a chave de tudo, e que chorara, chorara, dentro de mim morrera, até que acordara? O que terias sentido se soubesses que hoje sei o que não sabias? Que a montanha existe. Com grutas, cavernas. E que os duendes, ogros e elfos são homens e mulheres, metamorfoseados pela dor, pela miséria de viver. Os mascarados. Ah, pai, quanta miséria, estamos a viver uma Idade Média. Trevas, infernos. Voltarias? Com tuas mãos brancas cheias de luzes? Voltarias para nos encantar de novo, levar-nos para a tua morte? Ou somos nós que estamos mortos, sem ti, e tu estás mais vivo do que nunca, em nossas mentes e corações? Às vezes acho que nos vampirizaste a todos. Em vez de nosso sangue, querias o nosso ar vital para respirar. Boca a boca. Éter. Atmã. Um náufrago a sugar nosso ar. Quando tu te foste, ficamos a viver a falta de sentido. Sem ar, totalmente sem ar. Ou o ar é a palavra? As palavras que tanto amavas? Os signos sagrados. A escrita na pedra. Os ossos da terra. A tua morte, eu não senti a tua morte. Ela foi me impregnando. Sabias, pai, que a morte é assim? Encharca as nódoas da vida, os nós, os laços, os lenços, os lençóis? A morte é um moinho de areia movediça. É um rio. Um relógio de água estagnada. Uma clepsidra quebrada. Uma névoa. Um mar. Do mar viemos, para o mar voltaremos. O que tu farias, pai? Consolar-me-ias por tantos equívocos? Porias meus dedos no teclado da máquina? Obrigar-me-ias a seguir em frente em meu deserto? Que saudades tenho de teu sôfrego amor pela vida. Tuas carícias. Como tu nos acarinhavas, protegias. Teu mal foi um bem. O que tu farias, se não estivesses morto? Um novo castelo no ar? Uma nova casa com porta envidraçada? Branca e pura, como nuvem, neve? Escreverias o livro que nunca escreveste, sobre tuas penas de amor perdido? Ouvirias música?

Velho oceano, velho oceano, onde estás afogado? Nos olhos de tua mulher? Recebemos o teu corpo, e mesmo assim não acreditamos em tua morte. Teu linho manchado de sangue. Teu sorriso de enigma. Teu desejo insano. Era de madrugada. Viramos fantasmas de nosso passado, ó rei destronado! Dá-me tua foice e corta minha garganta, ó Morte, antes que eu o faça renascer. E morrer de novo.

A CHEGADA

Atravessaram o nevoeiro na estrada, aturdidos, sem acreditar na notícia. A estranha bruma os acompanhou até chegarem à cidade, descendo a montanha com eles, como se fosse uma mortalha ambulante. A viagem foi feita toda ela em silêncio. Mastigavam as palavras para dentro do corpo. Os pensamentos. Temiam a dor compartilhada. Temiam a fraqueza das lágrimas... Talvez um deles tenha comentado que nunca apoiara aquela derradeira viagem... Talvez... Mas se alguém falou, logo depois o silêncio voltou, grosso como água de poço. Turvo, pantanoso... Que bruma era aquela? Em casa, a névoa se foi, o sonho ou pesadelo se desfez, as cores ficaram acres e o som voltou. O som doído dos gemidos e dos lamentos. Foi uma tarde inteira de angústias, gritos contidos, olhos secos de espanto ou úmidos de lágrimas. Estavam todos na casa, os filhos e os netos. Em sua poltrona preferida, a mãe parecia mergulhada numa histeria calada. Os olhos azuis líquidos, líquidos. Um lago sem fundo. Abraçava e era abraçada, muda. Velório sem corpo... O telefone não parava de tocar. Condolências, parentes próximos e distantes pedindo informações, vozes estremecidas falando no pesar da perda, brutal, inesperada. A morte o acompanhara por toda a vida, é bem verdade, mas quando chegara, chegara sem aviso. Sem cama de hospital, remédios na cabeceira. Longas vigílias. Quem poderia esperar que Antônio viesse a morrer do coração, um estalo no peito dentro da espuma do mar, numa nesga de oceano, logo ele que... E o corpo, quando o corpo chegaria? Quem o traria? Cada trimmm do telefone fazia todo mundo saltar, dar um pulo da cadeira... Chegaria à noite... Os laços da burocracia haviam sido desatados... Os primos o estavam enviando, os primos que ele fora visitar, mas que ninguém conhecia... A tarde caiu num abismo de agonia até que a noite chegou... E eles correram para o aeroporto. Os filhos, os netos... Como queriam aquele corpo...

Lívidos, a alma magoada, esperaram três horas que foram o infinito. Agiam sem agir, como se tivessem perdido a carne, os reflexos, até mesmo os instintos. A morte os transformara em fantasmas cegos. O céu estava cinza carregado. Andavam a esmo, jogando um cigarro atrás do outro no chão de terra batida, nua de vegetação. A rua não era rua, era um beco solitário e sombrio. Só um longínquo poste estava aceso. Carros velhos deixados em abandono na porta do depósito ressaltavam no breu. Às vezes iam até o balcão para movimentar os corpos amortecidos, realizar um ato rotineiro sob a mortiça luz elétrica da empoeirada sala, sacudir as mentes da letargia ou do estado de inconsciência no qual se encontravam desde o choque da manhã. O modorrento funcionário, pacientemente impaciente, dizia, no entanto, que ele ainda não havia chegado. Naquele transe ou estupor, continuavam quase sem trocar palavras entre si. Mas o estranho é que ninguém sentia sono. Como se todos estivessem a pensar, pensar, pensar sem parar, refletir dentro de si, no âmago do desespero, tentando entender o que acontecera e o que estavam sentindo. Perscrutando-se. Só que não pensavam. Apenas se deixavam flutuar nas lembranças. Cada um preso em sua memória. E nas sensações nunca antes sentidas... Ou pressentidas... Ninguém ali nunca ousara pensar na morte dele... E se pensara, pensara na hipótese, não naquele concreto de chumbo.

Não se tocavam, esbarravam-se uns nos outros, trôpegos, pelo beco silencioso e vazio. Da boca dos que fumavam, mais cigarros desciam ao chão. A lua enfim apareceu entre as nuvens. O cinza se abriu à prata, e a lânguida palidez cobriu sonambúlica a carroceria dos carros. No meio da angustiante claridade todos se viram leitosos, de bocas cerradas, fechados para o mundo. Cada um deles um mundão de dor, solto no cosmo da infância. Olhos sem expressão, estagnados no tempo e no espaço. O funcionário enfim os chamou. E foi um novo susto, uma nova apreensão. O avião chegara com o corpo. Esperaram um pouco mais, trêmulos de uma hora para a outra e de súbito agudamente conscientes. Acordados até a medula. Podia-se ouvir o ruído das espinhas eretas, alertas. Nervos. Receberam então a notícia de que iria ser transportado imediatamente para o cemitério. Correram para os carros e num cortejo improvisado seguiram o rabecão. Quando entraram na capela, lá estava ele a esperá-los dentro do caixão. Uma imagem branca e rósea. Parecia vivo. Sorria dormindo. O cabelo de neve permanecia o mesmo, brilhante e macio, dava vontade de passar a mão. Ficar ali horas e horas a acariciar aqueles fios acetinados. Os dedos correndo pela suavidade tão afetuosamente conhecida. Shampoo Pantene. Sabonete Phebo. A carne estava quente. E já era o fim do domingo. Morrera no sábado, pela manhã. Na praia, um espanto aquilo, uma ironia. Logo ele, que por tanto tempo se negara a cair no mar, escondera-se das águas, piscina, banhos públicos... Vergonha da cicatriz. Talvez por isso sorrisse assim tão docemente, matreiramente, sabia que surpreenderia, mais uma vez, o danado...

Vivo, tão vivo. A sensação que dava era a de que, se colocassem o ouvido no seu coração, ele bateria. Ensurdecedor. Tum-tum, tum-tum. Como o coração de criança, feto. Mas é claro que tudo não passava de uma consoladora ilusão. Estava como sempre estivera, na infância deles, na adolescência, naquele início forçado de maturidade que tombara sobre eles como um raio. Uma madureza a fórceps. Velhos, subitamente velhos. E sem proteção alguma. Estava como sempre estivera... O terno branco de linho, a camisa alva, também ela de linho imaculado, é claro, como sempre o fora. Só que desta vez estava aberta no peito. Um erro, um desvio, um sinal fechado. Ele, que nunca tirara a camisa diante dos filhos, fosse o calor que fosse, estava com a camisa aberta. E havia um corte lá, um corte imundo, sujo de sangue. Um corte que manchava o branco. Queimava na vista. Tomás teve um gato. Julia nunca o vira tão enfurecido. Uma gota vermelha no branco imaculado. Inusitados pingos púrpura no terno de pasta de nuvem. O rastro da morte. Teve um gato e começou a chorar, não parou. Ficou fora de si, o irmão, aquele homenzarrão de quase dois metros de altura. Sem se preocupar em secar as lágrimas dos olhos com as costas das mãos, ele, que sempre fora tão cioso de suas maneiras inglesas, brigou, aos berros, com o homem que pedira dinheiro para arrumar o cadáver, uma figurinha realmente desagradável, espécie de espectro maligno que surgira do nada da madrugada. Dinheiro. Para aquele homem seco, de indefectível praticidade, empedernido pelos rituais, não havia razão alguma para tanto grito, desconforto, tratava-se apenas de mais um cadáver a ser arrumado, e mais uma graninha a ser posta no bolso, uma bem-vinda gorjeta noturna. Rotina de cemitérios. Para eles era o pai. Morno, de pele tenra. Os cabelos perfumados de sempre. O pai querido, o avô que a todos mimara, e que partira numa outra cidade, num outro estado, o estado no qual nascera e que quisera visitar, repentinamente, sem quê nem porquê. Após 15 anos de lonjura.

Que idéia atroz. Ele provavelmente sabia o tempo todo o que fazia, o que fizera. Voltara para morrer. Longe dos filhos. Longe da casa que tanto se esmerara em tornar aconchegante, acariciante, atraente como uma sutil armadilha ou jardim elísio. Por que tudo o que fazia era sempre assim, para os filhos e para os netos. Menos a morte. A morte fora só dele. Quisera ir para a Índia, não haviam permitido. China, então, nem pensar. Não, pai, o senhor não vai agüentar a viagem. Mencionaram o pulmão colabado, o corpo cansado e sempre tão frágil. O pulmão... Gozado... O pulmão perdido fora o que ele tivera de mais vivo, um traço dele, uma marca... Não, pai, por que ir para um lugar tão distante, tão exótico? Não é mais hora de loucuras... Falou então no Canadá, numa viagem de ônibus... Também acharam sem sentido. E ele então optou finalmente pela terra de onde viera. E que não visitava havia 15 anos ou mais. Foram tolos. Acharam mais razoável. Tantos cuidados... Quem poderia prever que lá ele ficaria? Fosse a China, o Canadá ou a terra que o recebera no mundo, aquele estado seco, só com uma nesga de mar. Como não perceberam que o Piauí era muito mais perigoso do que a Índia, a China ou o Japão? Lá se faria menino de novo... O rio... As mangueiras... Para sempre. Mas agora de nada adiantava perceber o que não fora percebido. A morte não teria sido adiada, tanto que não o fora. Ele partira sabendo que estava partindo... Quisera morrer longe, como os velhos que sobem aquela montanha translúcida... sozinhos. Agora o que importava é que estava recuperado, resgatado. Chegara. Era deles de novo. E vivo, parecia vivo. A morte era uma mentira, então? A alma poderia ter ficado não se sabe onde. Naquele istmo de praia, na fazenda do avô. A alma, o espírito ou seja lá o que for que anima um corpo. Mas quanto à aura, a última energia, a derradeira chama, ah, esta devia estar a vagar por aquela sala, a observar os filhos, achando-os cômicos. Desnorteados, enquanto ele estava livre, livre de tudo e de todos, livre para gozar até mesmo a morte.

Vivera do prazer, pelo e para o prazer, e até a própria morte, sim, até a morte, deveria estar usufruindo, como se fosse um último bom copo de vinho. Ou o primeiro de outros tantos. Não seria por mera coincidência que Brás Cubas fora um dos poucos livros que mantivera ao lado de si. Nunca tivera estantes que limpasse, tirasse-lhes o pó, ficasse a babá-las. Elas não eram importantes. Nunca fora um colecionador de lombadas, um maníaco bibliófilo, um viciado em encadernações caras, edições *princeps*. Mas, mesmo assim, indubitavelmente, o amor pelos livros era total, absoluto, um dos mais completos que Julia contemplaria em vida. Uma paixão. Sua religião. Só que guardava tudo na cabeça, na memória. A infinitude do que lera até o fim — sim, até o fim sua curiosidade fora insaciável, e os livros se amontoavam em sua cabeceira — fora o que o tornara, sem dúvida alguma, o homem sem limites que os abismava. Um amoral, ou com uma moral muito própria, que só ele mesmo entendia. Capaz das mais terríveis estripulias amorosas. Os livros são perigosos. Subversivos. Até mesmo a poesia.

O choro de Tomás, entremeado de soluços e gemidos, não parava. Um terno — gritou para quem quisesse ouvir —, quero um outro terno para ele. Já expulsara o papa-cadáveres. Eles mesmos arrumariam o pai, o avô. Pai que, se pudesse, sem dúvida alguma teria levantado do caixão para consolar aquele filho grandalhão, que sempre se fizera tão duro nas emoções, escondendo-as, e que agora estava lá, diante dele, a chorar como um bezerro desmamado, esquecendo vergonhas, posturas cristalizadas, auto-exigências de contenção. O adulto rígido em suas convenções se quebrara diante do cadáver do pai. E transformara-se em liliputiano Gulliver, querendo a figura paterna de volta, intacta, berrando por um terno. Mas o pai desta vez não poderia ajudá-lo mais. Era entre os vivos que ele teria que buscar ajuda, o sopro, a lambida na dor. E Julia não titubeou. Tinha que atendê-lo. Rápido. Conhecia-o o suficiente para saber que estava perto de uma crise nunca antes navegada. Mas não a preocupavam apenas os olhos do irmão a virar regato, arroio. Na verdade, ela também queria um outro terno sem um pingo de sangue. Pelo menos, a nítida beleza de volta. A candura de um terno limpo. Sem a mácula da morte. A pureza que sempre o envolvera, como se fosse um eterno noivo da vida. Foi uma corrida desenfreada pelas ruas. Dirigia mecanicamente. O carro se movimentava como se estivesse no piloto automático, atravessando a cidade às escuras. Não havia bruma mais, apenas trevas. Só voltou a ver luz quando viu a casa. Luz nas janelas.

Minhas cidades. Texto de Antônio sobre Teresina e Flores, atual Timon

Nasci em 5 de setembro de 1919 na cidade de Teresina. Mal seria então uma cidade. Nova ainda, com menos de um século, repousava docemente nas margens do Parnaíba, refletindo suas águas as grandes árvores que a encobrem e que lhe valeram o nome de Cidade Verde. Suas casas são baixas, apoiadas umas nas outras, quase sempre mosaicadas de vermelho, de tijolo vermelho. Raramente se encontra um ou outro prédio assobradado, com soalho de madeira do Pará. Mas até o Palácio de Karnak, onde reside o governador, é uma casa térrea.

As ruas não são calçadas, e quando a prefeitura se descuida, formam-se grandes poças d'água, que os pequenos Fords de bigode levantam, espalhando salpicos nas calças dos transeuntes. O clima é característico do Nordeste, ou melhor, do Norte: quente e úmido. Calor constante de 36 a 40 graus centígrados. E, de quando em vez, chuvas torrenciais que lavam a terra seca, levando de enxurrada as areias soltas e deixando subir do chão molhado um cheiro forte e agradável de vida e de fecundidade.

Nada mais bonito do que chegar então à janela e ver a paisagem limpa, lavada, fresca como num dia de domingo...

Em frente a Teresina, na outra margem do Parnaíba, no Maranhão, ficava uma pequena vila, Flores. Aí nasceu minha mãe...

Aí meu pai foi juiz por muitos anos e soube administrar a Justiça tão bem que ganhou rua com seu nome. Atravessava-se o rio em canoa ou lancha, por duzentos réis ou um cruzado. Os canoeiros eram meus amigos e brincavam comigo. A corrente não é profunda e as canoas são movidas à força do braço, com varejões de ponta de ferro. Quando o rio enche, na época das grandes chuvas, o barco vai derivando à medida que avança, de sorte que, para evitar isso, é preciso subir quase que um quilômetro rente à margem a fim de poder atingir o lado oposto em frente ao ponto de partida. Na frente do rio há um ponto comercial, um verdadeiro mercado. Sempre foi um encantamento para mim ir lá com papai comprar melancias, mamões e muitas outras frutas.

A cidade é farta. Os meninos nus trazem sempre a barriga a ponto de arrebentar de tanto comer. Talvez alguém passe privações naquela terra. Mas, entre os meus, o que sempre vi foi isso, uma fartura imensa, um prazer de comer bem altamente cultivado. E quando lá voltei em 1940 nada havia mudado...

Delta do Parnaíba

O Delta do Parnaíba é um dos únicos do mundo em mar aberto. Formado pelo Rio Parnaíba *(1.485 km de extensão)*, o delta abre-se em cinco braços, envolvendo mais de setenta ilhas fluviais. Sua paisagem exuberante, cheia de dunas, mangues e ilhas fluviais, garante o cenário paradisíaco dessa região do Piauí. Entre suas atrações estão a Ponta das Canárias, a Pedra do Sal, onde as ondas são bem fortes, a Lagoa Azul, de água doce, e a Ilha do Caju, coberta por bromélias e cactáceas, propriedade particular aberta à visitação pública. À noite, a atração é sentar-se à margem do Rio Igaraçu e comer os deliciosos frutos do mar, oferecidos pelos restaurantes locais. De clima tropical, a região apresenta temperatura média de 26 graus. Este éden foi descoberto em 1640 pelo capitão Nicolau Resende. A descoberta aconteceu por acaso, num naufrágio próximo à foz do Rio Parnaíba. O capitão perdeu dezenas de toneladas de ouro e prata e passou os 16 anos seguintes procurando o seu tesouro.

O TERNO BRANCO

Novamente a porta da mãe, a porta com portal sulista da nordestina casa de azulejos. Abriu-a e subiu as escadas correndo. A mãe, mesmo exausta da tarde de pesares que nunca acabara, acordou. Os ternos, onde estão os ternos? Deitada, a mãe apontou, tristemente. Ela abriu o armário. Lá estavam eles, enfileirados. Todos brancos. Almas penadas vazias do dono. Nunca mais um corpo, nunca mais um ombro mais baixo do que o outro, que exigia um enchimento especial, uma ombreira. A seqüela da operação que por tanto tempo o constrangera. Somente alguns anos antes se libertara e a expunha desavergonhadamente. Daí o enigma da morte na praia. A insuspeitada morte na água. Caído na espuma, sem a camisa protetora. A espuma fora o antepenúltimo terno branco. Todos eles cortados pelo mesmo alfaiate. O que conhecia a mutreta, o jeitinho, o truque. No mesmo linho inglês. O descendente das fazendas decadentes do sertão piauiense fazia questão. A mãe, já levantada, estremunhada de sono e meio que apatetada, foi quem escolheu um e o entregou. Também foi ela quem tirou uma das camisas brancas de dentro de uma das gavetas, o colarinho endurecido de goma. Julia agarrou seu alvo embrulho e o cheirou, sentindo o pai perto de si. E assim perfumada, embriagada pelo cheiro dele, voltou às mesmas ruas que cruzara antes sem saber que as estava cruzando. O carro andando guiado por ele mesmo dentro do ventre da noite. O terno e camisa resplandecentes no banco de trás, iluminando a noite sem fim. Todos a esperavam com os olhos extenuados pendurados no rosto pela insônia e a desesperança. A morte acaba, impiedosamente, com as promessas de novos encontros, novos carinhos, novas conversas íntimas, em tardes sossegadas ou em ruidosos festejos. Fosse em modorrentos fins de semana ou em Natais, Páscoas, aniversários, sempre fora bom estar com ele, sentar-se ao lado dele. Apesar de tudo. Mas naquele momento, naquele exato e seco momento, único, havia muito o que fazer e todos despertaram totalmente, abandonando os últimos resquícios da entorpecedora sonolência. Nas pupilas do irmão, o vermelho da dor fuzilava. Tiraram a roupa ensangüentada sem olhar para o corte da autópsia ou tentando esquecê-lo.

Ah, como foi bom tirar aquela roupa. Que intimidade gostosa. Muito maior do que a de um abraço, um aconchego no sofá. A carne aquecia as mãos deles como se lhes concedesse uma última carícia, jeitosa, maleável. Como ele era agradável ao tato, macio, perfumado. E o toque era permitido, sim, o toque era permitido. Ele estava morto. Vagarosamente, colocaram nele a camisa branquinha em folha. O corpo pesava. Difícil movimentá-lo. Erguê-lo. Foi preciso levantar-lhe os braços dentro do caixão, mas eles caíam de novo, se recusavam a colaborar. Finalmente conseguiram. Depois vestiram o terno. Foi necessária uma nova luta com os braços, vestidos de branco, neve. Não pensou na hora, pensaria depois. Davos. Davos. A montanha, o pinheiro. A vertigem. O pacto com a vida, o pacto com a morte. O sol a pino, do Piauí. Amarelo ovo no branco. E o azul do mar. Quando tudo ficou pronto, ficaram a olhá-lo embevecidos. Era ele. Totalmente ele. Só faltava respirar. Vivo. Mais vivo do que nunca. E como era belo. De uma beleza única, só dele. Perfeita em sua imperfeição.

Alguém chegou e ofereceu pétalas de rosas. Discutiram em sussurros se queriam ou não. Sim, era necessário, explicou o novo desconhecido que surgira da boca espectral da noite, fazia parte do ritual. Não parecia ser ganância, desta vez, mas velha sabedoria. Vieram as pétalas. Primeiro os pés, ficou estranho, acharam que era pouco. Cobriram então as pernas, depois foram até o peito. Até o meio do paletó. E subitamente ele se foi, morreu, escapou deles, assim coberto de rosas. Um morto totalmente morto. Sem alma, sem aura, sem chama. Sem cristais de neve, sem lua, sem sol, sem mar, sem deserto. Enfim, partira. O halo se fora, os abandonara. Se houvesse janela, teriam ouvido o farfalhar de asas. De novo falharam. Como não haviam pressentido? Elas eram as rosas da morte. A magia acabara. Mas ninguém teve a coragem de tirar a rósea mortalha. Tinha que ser assim. Até o cheiro nauseava. As rosas, açucaradas, fediam. Não havia jeito, ele tinha que partir. Era mais do que hora. Fora um brinquedo nas mãos deles, deixara-se ser manuseado, amado. Mas agora tudo acabara. Corações vazios. A dor ficou então mais pungente. Fez-se volumosa, esmagadora. E chegou a dar raiva, ódio. Como ousara? Como ousara se deixar morrer longe deles? Naquele naco de praia da terra onde nascera. E voltar com aquele rosto limpo, sorridente, fingindo que estava vivo? A última peça pregada, aquela ilusão. Era mesmo capaz de tudo. Amara tanto Quincas Berro d'Água. Tantas vezes falara que seria assim. Que na morte ele não seria deles. Mas fora um truque sujo, aquele. Fingir-se de vivo. Mesmo tendo trazido em sua volta, marca da foice, um corte sujo de sangue no peito.

No dia seguinte, Julia não quis saber de mais nada. Nem olhou para a cova. O filho contou que o pai dela estava lá dentro do buraco, e ela virou o rosto para o nada. Sem lágrimas. Não o queria ver lá dentro da terra, perdido para sempre. Com a carne a ponto de virar osso, comida por vermes e miasmas. Desencarnada. Queria manter a imagem viva e quente dentro da retina. Eternizada. Anos depois o filho diria — aquele dia em que você chorou, o dia da morte de seu pai... E ela responderia: Não chorei, é mentira, querido, o que você está dizendo? eu não chorei. Chorou sim, mãe, insistiria o menino. Não havia lágrimas, mas eu ouvi o choro.

Depois ela sentiria que o carregava, que ele andava com ela. Ela era ele. Ele era ela. Mesmo quando não estava usando os ternos dele, a camisa de linho que trouxera da casa da mãe, mas da qual um dia se desfizera, dando-a de presente para o amigo cocainômano do marido, tão desvalido. Que nunca saberia exatamente o que estava vestindo, o peso da leve e alva camisa. E ela, por sua vez, com o tempo aprenderia que não era preciso o tecido, o linho. Ou qualquer outro fetiche. A pele era o tecido. O sangue. Ele nunca a abandonaria. Ele e suas taras. Obsessões. A carne, o vinho, o livro, o linho. A montanha. Eles todos o carregariam como um fardo. Um encostado. Haviam sido moldados por ele, eram suas criaturas. Não havia como pular para fora da fôrma. Só se se transformassem em poema, livro. O que ele não fora. Ir além. Feri-lo. Afinal, não tinham todos uma imensa chaga no peito, uma ferida de Prometeu? Que lhe roubassem o fogo, então.

Hemoptise

Hemoptise é a expectoração sanguinolenta através da tosse, proveniente de hemorragia na árvore respiratória. É comum a várias doenças cardíacas e pulmonares. No final de Dama das Camélias, *há a triste cena em que Margarida, ao reencontrar seu amado, tosse e empapa seu delicado lenço rendado de flores de sangue. Era o fim, o fim do amor, o fim da paixão, o fim do desencontro.*

A CASA ESCURA

A casa era negra por dentro. Negra ou marrom-escura. Sempre fora um mistério para ela, aquela escuridão. Como se vivessem dentro de um túmulo. Tristeza, pobreza, talvez. Falta de um tapete no assoalho para colorir de vermelho, verde ou cinza, as carências. E escondê-las das vistas das visitas. Tudo era sombrio, como se não fosse gente a morar lá, mas sombras. Os móveis eram de madeira pesada. A mãe sempre dissera que aqueles móveis foram a primeira grande dívida, que um dia o dono da loja viera buscá-los, mas que o pai conversara o que pareceu ser horas e horas e acabara por conseguir a prorrogação da promissória. E fora assim que mantivera aqueles móveis quase negros, assustadores, que acompanharam toda a infância de Julia, ajudando a alimentar os pesadelos com sua vetustez de mogno. Às vezes ela pensava que a culpa não fora dos móveis, pesados, macilentos, feios em sua falta de luz, porque neles qualquer luz morria. As lembranças, as lembranças é que eram negras, porque não queriam ser lembradas. Trazidas à tona. Queriam ser olvidadas, enterradas naquele negror sem a carícia de arco-íris de um buquê, um domingueiro buquê festivo de flores silvestres. Havia, é claro, a tosse catarrenta e cavernosa que atravessava a noite, sacolejando-a. A doença. Mas não se falava da doença. Ele nunca falava da doença. Um assunto tabu ou apenas um tema tristonho que não valia a pena ser mencionado diante das crianças. Tempo de trevas e de enigmas. Tempo de não se falar em nada de sério diante dos pequeninos. Preservar a inocência. Tempo de esconder os problemas. E as chagas... Mas como escondê-las? O que não era mencionado estava vivo como uma lagartixa na parede. Poderiam esmagá-la, que os pedaços se movimentariam pelos desvãos da casa. Havia os sussurros que entravam madrugada adentro. Uma garganta que ressoava estertores. Quase que soluços. Misteriosa agonia noturna. E a porta dos pais sempre fechada. Às vezes, no pico da madrugada, quando todos haviam caído em sono profundo, ela, a porta, era aberta e fechada novamente, muito rapidamente, após passos apressados terem corrido e soado pelo assoalho. Um copo d'água, uma ida ao banheiro. Novos escarros. Depois viera o tempo enorme no qual ele se fizera ausente. Inteiramente ausente. E as noites eram mais longas e tenebrosas ainda, mesmo sendo silenciosas. Ou cortada pelo uivo das casuarinas. Um uivo já conhecido, mas que dava vontade de se meter debaixo da cama ou se refugiar na cama de Mafalda, a mais velha, a que tudo sabia e de tudo os defendia. Das trevas, do escarro, do medo, da mãe subitamente triste e desconsolada. Talvez fosse isso, a casa negra. Mais do que a doença, a ausência dele.

Impressionante... Apesar de tão seriamente doente, ele era a luz da casa sem luz. Quando se ia, tudo trevava, penumbrava, escurecia. Os olhos claros da mãe, o riso alegre e branco, a voz que tinia como cristal raro, sozinhos, não conseguiam manter acesa a alegria. Mesmo tão iluminada, fresca, saudável e jovem, dona de um riso fácil, em cascata, a mãe precisava da presença do pai das crianças para branquear a casa. Tirar a nódoa. A ausência dele se tornava compacta, esmagadora, como se uma imensa mancha de desalento, solidão, abarcasse todos os quartos, todos os cômodos e salas, retirando-lhes a luminosidade e o ar. Sim, era como se não respirassem sem ele. Como se virassem uns mortos-vivos. O coração parava de bater. E todos ficavam asmáticos. Com dores, placas, eczemas. À espera, sempre à espera, da volta do catarro, do escarro, da visão do corpo dele na cama da mãe. E ela, ah, como ela fingia estar alegre, como tentava não deixar a casa sem alma, sem esperança, sem riso, mas como estava só, completamente só, agindo no cotidiano como marionete de um grande e invisível mestre, aguardando uma volta que não sabia quando ia ocorrer. Os olhos escondiam a amargura. Mas as crianças são uns demoniozinhos para sentirem o que não vêem, para cheirarem de longe o cheiro pútrido, pegajoso, da mentira.

E os quartos, o que havia com aqueles quartos, Deus meu? Pareciam celas, masmorras. Tal a falta de cor. De beleza. Flor em vaso, mesmo que uma flor falsa, de pano. As colchas eram surradas. Os lençóis, menores do que as camas, sempre acordavam revirados, fora do lugar, a mostrar as entranhas dos colchões. As paredes nuas. As meninas ainda tentavam dar a seu sombrio espaço um colorido, um ornamento. Mas o quarto dos meninos era de dar dó, tal a crueza, a nudez. A feiúra do armário capenga. Do escritório então nem se fala... Julia tinha verdadeiro horror do escritório. De lá vinham as aranhas cinzentas. Não, não é verdade, as aranhas desciam pelo alçapão e escorriam pelas paredes com suas vinte mil pernas cabeludas, extremamente móveis. Como a casa, as aranhas eram escuras. Escondiam-se nas frestas das portas ou no dorso dos móveis negros do escritório, confundindo-se com a madeira. Ou então se alcovitavam na estante marrom-fosca, com portas com cortininhas. Prontas a darem um salto para cima de quem delas se aproximasse, com suas desgraçadas e pegajosas perninhas céleres a correrem assustadas ao sentirem a presença de um corpo humano no quarto, em busca de um livro ou de uma folha de papel.

Foi nesse escritório de horror, onde moravam as aranhas cinzentas, que um dia o telefone tocou. E ele, do outro lado do mundo, ele, que andava sumido havia tempos, engolido pela bocarra voraz de algum hospital ou de alguma redação de jornal, pediu a Julia que lesse, para ele, uma passagem de Hamlet. O escritório adquiriu tons diferentes, quase que se iluminou. Luzinhas, luzinhas. Querendo ajudá-lo, Julia esforçou-se para esquecer as aranhas. Mas ela não sabia inglês, disse nervosa, agarrada ao telefone para que este lhe desse forças para ficar onde estava, não ceder ao medo. Do outro lado da linha, muito calmo, como sempre, ele disse que não fazia mal, que tentasse mesmo assim, ele precisava muito daquele texto, procurasse o livro em papel-bíblia no quarto de casal, estava em cima do armário, abrisse na página tal e lesse para ele o início do monólogo de Hamlet, do jeito que ela pudesse. Ele entenderia, não importando a pronúncia. Ela pôs o bocal negro do telefone na mesa também negra e correu para o quarto dos pais. Achou o livro, num compartimento em cima dos ternos dele, onde ele guardava os tomos do coração, os que mais amava, Manu, Machado, Shakespeare, Drummond. Localizou o trecho que ele queria, correu para o telefone e o leu sem saber o que estava lendo, orgulhosa de estar tendo esta oportunidade de ajudá-lo. Logo ela, Julia, a caçula. E ele agradeceu a presteza dela. Sempre com aquela voz calma, firme e doce. Envolvente. Mas onde estava? Não, não era o hospital... Havia ruídos, muitos ruídos, um batifum de máquinas, só poderia ser o jornal, é claro, desta vez só poderia estar no jornal. Ele precisava do verso para o editorial. Os editoriais que ela sabia que ele escrevia, mas que nunca lera. Ainda não tinha essa curiosidade. Mas onde ele estava sempre, quando não estava no jornal? Passava tanto tempo assim naquele maldito hospital ou clínica de recuperação de tuberculosos? Não podia ser... A ausência era constante. A sensação que ela tinha era a de que ele estivera sumido no tempo infindo de toda a infância deles, salvo pouquíssimas, raríssimas aparições. Eis a grande mancha. A sombra que fazia com que a luz do rosto da mãe não fosse suficiente para iluminar o interior da casa. Será que, além do hospital e do jornal, haveria uma amante? É estranho que, mesmo muito pequena, ela já achasse, tivesse quase certeza, que ele tinha alguém fora do núcleo familiar. Talvez porque fosse muito sedutor, com aquela voz calma, o jeito macio, ciciante. E talvez porque adorasse as mulheres, tratando-as, todas elas, bem, fazendo-as rir, ouvindo-as com paciência ou consolando-as de suas tristezas, arrufos conjugais. Havia uma foto dela — estava com apenas seis anos — com a mãe, e uma outra mulher, à beira de uma piscina. Na serra. E a mulher em questão sorria para ele, o fotógrafo. As mulheres sempre sorriam para ele, confiantes, confidentes. Amigas. Como ele gostava de consolar uma mulher com problemas amorosos, e como elas o procuravam com esse fim, nas poucas horas que ficava em casa. Ou talvez a suspeita da existência de alguém capaz de amortecer o brilho dos olhos da mãe fosse por causa daquela madrinha que sumira e que fizera a mãe chorar, quando ela, Julia, tinha apenas três anos.

Não se lembrava de nada. Não tinha mais nenhuma consciência do fato tão ruinoso. Mas conhecia a história. Naquela casa sombria, onde cotidianamente se tentava esconder a grande doença branca, a peste dos anos 30, 40, todos amavam contar histórias, as mais belas e as mais sórdidas. E na realidade ninguém escondia os segredos, pelo menos os que podiam ser contados, os segredinhos. E mesmo os mais cabeludos, feios como as aranhas do escritório, acabavam sendo contados, mais dia menos dia. Um ano, dez anos ou cinquenta anos após o nefasto acontecimento, lá vinha a verdade inexorável. Era fato. Aos poucos, apesar das resistências da mãe e dos cuidados do pai, tudo ia sendo contado, tudo ia sendo revelado. As tramas, os bordados. As agulhas que pinçavam os dedos. À boca pequena, pelos irmãos maiores. Os grandes apuradores. Ou mesmo pelos menores, quando tinham acesso a uma informação arduamente conquistada atrás de uma porta ou vazada numa conversa de adultos, antes que percebessem que uma criança estava na sala. E era por isso que sabia da existência de Ruth, a mulher que fizera Antônio, o pai, aquele homem tão manso, tão calmo, que levava horas para desembrulhar um presente, preocupado em salvar o cordão, o papel, chegando a dar nos nervos dos filhos, disparou um tiro no parede do escritório, o tiro que fora desviado pela mão da amante traidora, a colega de trabalho que o estava deixando para se casar com outro... Ruth, a madrinha-amante... Que anos mais tarde ele confessaria, sorrindo, ainda cheio de maliciosas saudades, que era fogosa como o diabo, tinha um rabo, um rabo... Enfim, filha, se enrabichara. Nada mais normal, não?

O ANJO QUEBRADO

Poemas escritos por Laura em 26 de março de 1957

Minha mãe do Céu
Protegei-nos
Dai-me coragem
Bastante no coração
Para pensar que
O vendaval passou
E não desfez o elo
De nossa união

Minha Virgem Santíssima
Peço-vos, imploro
Que mantenhais bem
Atados os nossos laços
Pois uma longa lança
Feriu meu lar gravemente
Quase deixando-o
Morto, sem vida.

Se um dia eu me transformar
Em flor enlameada
O culpado será você

Se um dia eu não puder
Olhar meus filhos na face
Ter vergonha de meu rosto
O culpado será você
Se um dia eu for
Acusada por todos
De leviana, falsa, obscena
A culpa pela queda
Será sua. Toda sua.

Angélica

Maio de 1957

Os pássaros cantam,
Não os ouço
Os campos estão floridos
Não os vejo
Meu coração bate
Eu não o sinto
Quando voltarei a sorrir?
Quando sentirei
A felicidade florir
De novo em meu peito:
Quando...?

Silêncio
Sofro em silêncio
Estou só
Sem luz, sem música
Sou anjo de asa quebrada
Longe de mim

Longe de meus olhos
Onde ele estará?
Será que há de voltar?
Será que há de curar
Minha dor, meu sofrimento
Com palavras de amor?
Dizer-me baixinho
No ouvido, meu anjo,
Como eu te amo!

Angélica

Julho

Antônio, termine de vez com este tormento, esta angústia. Seja feliz, confortado, acariciado, compreendido. É o que lhe desejo de coração. Sinto-me capaz de dizer-lhe um adeus amigo, um a-d-e-u-s bem demorado. Deixe-me, procure o seu ideal.

Laura

O BANCO

Ruth, a desgraçada, a mulata de corpo curvilíneo a jorrar sensualidade por todos os poros, feia de rosto, cabelo ruim camuflado por lenços, a mulher má que a mãe botticelliana, cheia dos pudores, um dia contaria que a fizera verter lágrimas amargas, as primeiras lágrimas de desilusão, sentada num banco na Praça Saens Peña. Ele a trouxera para casa, para a sua própria casa, a de sua mulher, seus filhos, apresentara-a à legítima esposa como uma amiga muito querida. E ela, ingênua, tola, ainda a convidara para crismar a sua caçula... Uma loucura, uma insensatez. Como era boba. E aquele tiro, aquele tiro, todos souberam do tiro, do descontrole dele, do ciúme louco, da perda da cabeça. Ele, que era sempre tão calmo e sensato, perfumado e macio, cheirando a sabonete, colônia cara, levara um revólver consigo ao trabalho por causa daquela mulherzinha desgraçada. Onde arrumara o tal do revólver? Sempre se negara a ter armas em casa... Pedira emprestado, comprara? Arquitetara o frustrado assassinato? Até na clínica ela fora visitá-lo, já noiva ou casada, a sem-vergonha, a rameira. E a mãe achando que ela era sua amiga, até lhe fez confidências sobre Antônio...

E você não pensou, mãe, em deixá-lo imediatamente... Você, tão mais moça e tão bela? Ah, minha filha, ele me contou tudo, tudinho, em detalhes, falou da paixão, como ela era boa de cama, me dando a entender que ela lhe dava tudo o que eu havia recusado... E eu ainda tão menina, apesar de já lhe ter dado três filhos, eu ainda tão crua, tão ingênua, fiquei ofendida, é claro, mas me senti também culpada por não ter sido capaz de satisfazê-lo, nessa época eu não cedia a alguns pedidos dele que considerava sujos, eu era filha de Maria, e ele pediu minha ajuda, minha compreensão, apelou para o fato de eu ser cristã... Disse que ia mudar, que tudo ia mudar... Insistiu naquilo, disse que a mulher o deixara doido como um bicho. Que perdera a cabeça, a razão, agira como um animal, um bicho obsceno... Que não sabia o que estava fazendo, ficara tão entontecido pelo cheiro dela... Ela era meio mulata, você sabe. Eu nunca fui racista, mas aquela mulher me deu ódio, ao se fazer de minha amiga, freqüentar nossa casa, comer em nossa mesa aos domingos, ir à missa comigo... Nunca entendi por que ele fizera questão de me apresentar a ela. Devia ter ficado louco mesmo. Mas lá, no banco de praça, em plena Saens Peña, ele disse que precisava de mim. Que mais do que nunca precisava de mim... E que os filhos dele me queriam tão bem. E que havia nossos filhos também... Cinco filhos... Enquanto ele falava, eu pensava em minha mãe, que largara meu pai quando ele arrumara uma outra mulher e que se arrependera, sempre me dizendo que tinha cometido um grande erro... Que, se era ruim com ele, seria muito pior sem ele, o marido... E depois daquela conversa no meio da praça — ele estava fora de casa desde a história do tiro na parede, não tivera coragem de voltar para mim — eu procurei meu irmão Nando, para me aconselhar, saber o que fazer, que atitude tomar, e Nando disse que meu marido estava certo ao pedir minha compreensão, que eu tinha que ser amiga de meu marido, que, se me casara, era para ficar com ele para todo o sempre, agüentar os momentos difíceis, porque casamento era assim mesmo... O problema é que eu era ainda muito nova e não sabia de nada, vivia em sonhos, mas a vida era aquilo, dias bons, alegres, e dias ruins, tristíssimos, que passavam, haviam de passar... Pode deixar, me prometeu Nando, você vai ver, tudo vai melhorar... Seu marido depois dessa vai se aquietar... Deve ter apreendido alguma coisa ao se enrabichar assim por uma mulata...

E foi aí que você decidiu deixar que ele voltasse para casa, mãe? Foi assim? Depois dessa conversa sua com Nando, ele voltou logo? Voltou, cabisbaixo, carinhoso, mudado, comprando flores para mim em nosso aniversário de casados... E nunca mais falamos de Ruth, nunca mais... Mas ficou em mim uma imensa mágoa, é claro, Antônio foi muito sujo... Eu era tão nova, Julia, uma imensa mágoa, porque, como eu já disse, ele trouxera ela aqui para dentro de casa e dissera que ela seria a sua madrinha de crisma, e eu a recebi, e apesar de ela ser feia e usar lenço para esconder o cabelo ruim, gostei dela, tratei-a bem, sem poder imaginar o que estava acontecendo entre eles... Imagine, eu só tinha 25 anos, era uma boba mesmo. Mas naquele momento tudo mudou, começou a mudar... Eu não queria perdê-lo, nunca quis perdê-lo, e havia os filhos, e ele foi sempre tão meu amigo, sempre... Ele me prometeu que seria sempre meu amigo e sempre o foi, cumpriu a promessa à risca... Me mandava flores no dia do casamento, no Dia das Mães, no meu aniversário. E agora que ele morreu, eu fico a esperar pelas flores... Depois dessa mulher, nunca mais tive confiança nele, houve uma quebra, uma ruptura, mas eu o amava, sempre o amei, era tão meu amigo... Os olhos claros ficam cheios de lágrimas. Os olhos de lago. Os olhos que afogam, porque não têm fundo. Olhos de cristal. Quem disse que ela ria como cristal? Ah, o joalheiro. O irmão do Burle Marx. Ria como cristal. Mas naquela hora, ao contar para Julia o que se passara em plena praça Saens Peña, numa tarde de sábado, os olhos transparentes ficaram cor de chumbo. Embaciados. Opacos. E o rosto de menina ficou sério, muito sério. Sabe de uma coisa, Julia, ele era um calhorda, um calhorda, Julia... Um canastrão. Mas que saudades, ah, que saudades. Ai, meu Antônio... Me escreveu tantos poemas... Quer que eu te mostre um, minha filha?... Guardo aqui na carteira... Os primeiros, os acrósticos, acho que estão dentro de um livro. O livro de Manuel Bandeira que ele me deu assim que me conheceu. Ele gostava de me ler poemas na cama. Com que doçura os lia para mim. Ai, como eu o amava, minha filha... Como sinto falta dele.

Traições femininas

Nem sempre são os maridos os traidores. Dizem que Julia poderia ter traído o senador Mann. Dizem, mas é só uma hipótese. Quando teve seu último filho, Victor, estava com quarenta anos, e os boatos eram de que teria se apaixonado por um tenente, com o qual dançava muito nas festas, e dele teria engravidado. Havia se casado aos 18 anos, em 1869. Thomas Heinrich Mann tinha, na ocasião, 29. Os primeiros filhos vieram numa escadinha, Heinrich (1871), Paul Thomas (1875), Julia (1877), Carla (1881). Já Victor nasceria em 12 de abril de 1890. E em outubro de 1891, morreria o marido da brasileira Julia, senador e administrador dos impostos de Lübeck, aos 51 anos de idade. Não teria agüentado o baque do suposto adultério? Bem, a morte teve um motivo bem concreto, nada emocional: câncer na bexiga. Mas mesmo dentro do corpo humano há mistérios, mistérios. E o certo é que, dois anos depois da morte de seu ilustre companheiro, Julia Mann pegaria seus cinco pimpolhos e se mudaria para Munique, e, após passar por várias moradias, até mesmo uma pensão, acabaria por se instalar num largo apartamento de sete cômodos no bairro boêmio, Schwabing. Onde daria grandes festas. Também Laure, a mãe de Balzac, casada com um homem bem mais velho, teria concebido seu último filho com um amante. Balzac nunca se entenderia muito com esse irmão menor, Henri, do qual morria de ciúmes, por ser o predileto da mãe. Já o pai, Bernard-François, não morreu de ciúmes. Para desespero da mulherzinha 32 anos mais jovem, de péssimo temperamento, viveu até os 80 anos, escrevendo livros sobre longevidade e dando voltas a pé, todos os dias, na cidadezinha de Tours, para manter o corpo forte e ágil. Ao contrário de nossa viúva alegre de Munique, chamada pelos amigos de "a Senadora", Laure Sallambier Balzac não teve o imediato alívio da viuvez. Enfim, mesmo no século XIX as mulheres aprontavam... O que não foi nunca o caso de Laura Alves do Nascimento, a mãe da Julia da virada do milênio, apesar de ser dez anos mais nova do que o marido e de uma beleza magnetizante, que encantava desde feirantes a pintores, poetas e imortais. Pois era loucamente apaixonada pelo marido. Dos 17 para os 18 anos, quando casou, até o final da vida. Estando o marido morto ou vivo, ela o amava. Uma boba ou uma sábia?

O ANJO QUEBRADO

Quando era criança, para Julia, a mãe era a mulher mais bela do mundo. Disparado. Adorava ir com ela à rua, fazer compras, só para ver como era capaz de hipnotizar todo mundo com sua beleza sem mácula. Seus olhos de fundo de lago, ou lagoa virgem, protegida por árvores cerradas, intransponíveis. Sim, aqueles olhos tinham um segredo, e a mãe o guardava no interior de suas claras pupilas. A invencibilidade. Nada a abatia. Nenhuma borrasca, nenhum tempestade, nenhuma crise, ou falta de dinheiro. Sorria, e, quando sorria, as suas próprias preocupações, seus pesadelos, se é que os tinha, se desvaneciam, desmanchavam. No cristal do sorriso. Todos a amavam. Vizinhos, parentes, comerciantes, feirantes, credores. Oi, dona Laura, como vai? A senhora vai bem, seus filhos? Sim, todos iam bem, muito bem. Ela sempre aparentava estar de bem com a vida, mesmo que o marido estivesse hospitalizado ou desaparecido por mais de um mês. Tragado pelas misteriosas trevas que sempre pareciam comê-lo vivo, quando não se encontrava em casa.

Quando era criança, Julia considerava que a mãe era uma fortaleza de muros altos, protegida por sua inocência, sua ingenuidade, alegria de viver. Nada empanava o seu brilho, uma natural fosforescência ou cintilação, que se esvaía de sua pele sem nunca esvair-se por completo, sua pele alva, seu rosto ovalado, seus cabelos castanho-claros, sua boca úmida, bem desenhada, que ela no máximo assinalava com um batom cor de terra ou rosado. Não gostava de pintura. Nunca acentuava nos olhos. O pó-de-arroz era posto tão às pressas e desajeitadamente que muitas vezes ela ficava empoada e os filhos, antes que ela pusesse os pés na rua, tinham que tirar com os dedos o excesso, na ponta do nariz ou nas maçãs do rosto, sem que ela reparasse. Tão simples que era, sem artifícios. O rosto límpido, ensolarado.

Quando Julia era criança, gostava de se grudar nas pernas da mãe, ficar agarrada à ponta de sua saia, como se ela mesma fosse um rabicho, um prolongamento daquele corpo cheio de luz. No qual só havia uma imperfeição: uma barriguinha ligeiramente proeminente, de quem tinha tido três filhos e nunca se cuidara. A mãe nunca fizera ginástica, nunca se preocupara com o físico, passara cremes na pele ou no rosto. Em seu toucador só havia a escova de cabo prateado, presente de casamento, o pote de pó-de-arroz e dois batons claros como ela. Parecia não ter vaidade alguma, mas o fato é que sabia que não necessitava de maquiagens, cosméticos. Era segura de si e de sua beleza. Totalmente consciente de que encantava a todos que a olhavam, mesmo ao natural. Sem máscaras. Sem retoques. Porque, realmente, diante daquela mulher tão luminosamente bela, com janelas edênicas nos olhos, as pessoas sempre se desmanchavam em gentilezas, abriam a guarda. Em conseqüência desse inato enfeitiçamento, ela conseguia tudo o que pedia, um parcelamento maior do crédito na quitanda, um brinde, um calendário, o melhor peixe, algumas frutas grátis dadas por seu feirante preferido, com quem ficava — para desespero de Julia, quando a acompanhava à feira — horas e horas a conversar, sobre o tempo, as notícias, a carestia. Pois tinha o seu feirante de fé, o seu peixeiro de fé, o seu quitandeiro de fé. Com o pouco dinheiro que recebia do marido, fazia milagres. A comida era simples, mas jamais faltava alimento à mesa. Era o seu encanto, o seu rosto limpo, que alimentavam os filhos.

Tinha disposição para tudo, aplicar injeções no marido doente — sempre precisado de vitaminas, antibióticos, fortes analgésicos —, cuidar dos cinco filhos, decidir com as empregadas o que seria servido à mesa, no almoço e no jantar, procurar meios de aproveitar, da melhor forma possível, os restos de comida, transformando, por exemplo, o que sobrara da carne assada de domingo em uma boa e nutritiva fritada, ou roupa-velha. Ir ao cinema, ir às compras, sempre com pouquíssimo dinheiro no bolso, enfrentar filas em liquidações, fazer pedidos ao tio Henrique... Como a mãe fazia, em falar nisso, pedidos ao tio Henrique, de vagas no colégio para os filhos das empregadas, de trabalho para amigos desempregados, de entradas para o teatro. Pois, além de cinema, ela também gostava de teatro. Teatro infantil, teatro de marionetes, peças de adulto. E amava exposições de quadros, idas a museus. Chegou a tentar pintar aquarelas uma vez, estimulada pela tia Michaela, que achou que aquela mania por quadros talvez fosse indício de um dom artístico, mas não deu certo. Desistiu. No mais, conseguia fazer tudo o que lhe desse na telha, administrar a casa, pagar as contas e obter alguns momentos de lazer, contando tostões. Como se fosse uma prestidigitadora, capaz de multiplicá-los. Ou apenas uma e mãe iluminada pelo amor. E pela inocência.

Quando era criança, Julia amava a mãe com adoração e tinha muito ciúme dela. Ciúme quando estava a falar no telefone, com as amigas, as cunhadas, ciúme da avó, com quem a mãe conversava assuntos sigilosos, ciúme quando ela parava na rua para conversar com algum conhecido, ciúme dos sorrisos que ela doava generosamente a todas as pessoas com as quais se relacionava. Julia só não tinha ciúmes do Dr. William e de dona Cíntia, porque sabia que a mãe precisava deles (eles a apoiavam e muito, em tudo o que ela precisava. Só por existirem, morarem ao lado, já a deixavam mais segura) e porque Julia também amava os pais de Bill, como se fossem, de certa forma, seus pais de adoção. Mais tarde, quando chegasse aos oito anos, seriam seus padrinhos. Uma surpresa preparada pela mãe e por dona Cíntia, que a crismou na Igreja dos Sagrados Corações, a fim de enterrar para sempre aquela estranha história da madrinha de crisma que um dia desaparecera no ar, enxotada da casa dos pais por razões misteriosas, a tal da Ruth, colega de trabalho do advogado e jornalista Antônio, que gostava de segurar Julia no colo. A dona má, sobre a qual as duas vizinhas só falavam aos cochichos.

Quando Julia era criança, raramente a mãe batia nela ou nos irmãos. No máximo dava uma ou duas chineladas, quando perdia a paciência ou estava irritada por algum motivo misterioso. Mas o fato é que raramente estava irritada, triste ou chorosa. Pelo menos quando estava de pé, ativa. Se a preocupação fosse muito grande, avassaladora, tinha enxaquecas. Ficava no quarto de luz apagada e pedia um chá aos filhos. Mas essas enxaquecas não duravam muito. Ela se sabia imprescindível para manter o ritmo da casa. E logo se levantava e voltava a seus afazeres, com a mesma energia de sempre, o mesmo sorriso, a voz cantante, os olhos brilhantes. Nem mesmo quando a sua irmã gêmea, a tia Julia, teve que ser internada, a mãe perdeu aquela aura de encantamento. Visitava a irmã na clínica Doutor Eiras, levando-lhe frutas, doces, exemplares da *Revista do Rádio*, e depois voltava para casa como se nada de sério estivesse acontecendo. Só que estava. Na casa de loucos, a irmã levava choques na cabeça e no corpo. Mas, mesmo assim, a força inconsciente de dona Laura não perdia o brilho. Não temia doenças, nem a da irmã nem a do marido. De certa forma, até gostava quando um filho caía doente. Por quaisquer febrinhas ou resfriados, eram logo liberados de irem ao colégio. Era quando tratava sua menina ou seu menino com mais carinho. Quando tocava neles, com sua mão cheia de nervos. Uma mão espantosamente velha e enrugada para uma mulher tão jovem, tão bela, tão cheia de vida. Ela não ligava para a barriguinha proeminente, mas as mãos a incomodavam, sempre a incomodaram. Achava que eram a parte feia de seu corpo. Mas logo se esquecia delas, tão ocupada que costumava estar, sempre tão cheia de tarefas a cumprir, assuntos domésticos a resolver. Afinal de contas, administrava a casa e a vida dos cinco filhos praticamente sozinha. Com o marido, por muito, muito tempo, só aparecendo em casa em alguns fins de semana.

Infidelidade, traição, eram palavras que não faziam parte de seu vocabulário. Antônio era o seu ídolo. O homem mais culto que conhecia, o mais inteligente, o mais irônico, o mais carinhoso. Como tinha orgulho dele. Costumava dizer algo que, na infância, Julia não entendia muito bem. Não importava o que acontecia fora de casa, o que importava é que o marido sempre voltava, para ela e para os filhos. E tudo estava bem, tudo sempre estaria bem, enquanto ele voltasse, e sempre voltava. Só não voltou quando morreu, no Piauí, nos braços da amante, aninhado no seio da mulher que ele considerava a sua segunda esposa, quem sabe, a verdadeira. E que nunca fora mencionada em casa, pelo menos pela mãe.

Porém, quando o marido morreu, dona Laura já não era a mesma. Algo acontecera com ela lá pelos cinqüenta anos. Desesperança, fastio, cansaço. Falta de fé. Houve um momento em que a asa do anjo quebrou. Não se partiu em pedacinhos, mas quebrou. Como uma caixa de música — ela adorava caixinhas de músicas — cujo mecanismo emperrara. Para todo o sempre, enferrujara. Com a corrosão do tempo. Corrosão provocada pelas tristezas e melancolias escondidas por debaixo daquele sorriso inocente, ingênuo, que nunca se rendia, nunca entregava o seu ouro. Um tapete mágico no qual só ela voava, vendo a realidade e sua crueza, ou crueldade, lá de cima, montada num cavalo branco feito de nuvens. Eis, talvez, o seu segredo. A razão do brilho de seus olhos. A distância da terra. Uma espécie de biombo de nuvens, pó de estrelas, que a envolvia. Só que houve um momento em que o tapete mágico e o cavalo branco caíram ao solo e Laura se estabacou no chão, atordoada. E passou a ficar ou extremamente deprimida ou eufórica, falando aos gritos. Nos momentos de histeria, como o marido, na ocasião, já dispunha de mais dinheiro, tornava-se uma compradora compulsiva. De bugigangas, sempre bugigangas, estatuetas, cinzeiros, pratos, vasos chineses, talheres, facas, paninhos de copa, paninhos de prato, porta-retratos, toalhas, cintos exóticos, vestidos de segunda categoria, bolsas imensas, de cores espalhafatosas, tapetes. Até um Outono comprou. Uma estátua. E foi difícil, muito difícil, conviver com aquela nova mulher, mais madura, que ainda continuava sendo bela, mas que agia como se estivesse enlouquecida, sem eixo. Cujos olhos pareciam duas lágrimas espetadas bem no meio da cara. Lágrimas eternas que não se desfaziam.

Quando Julia era criança, a mãe parecia ter poderes sobrenaturais. Não temia nada. Tuberculose, contágio, febre, hemoptise, miséria, penúria, fome, presente, futuro. Jovem, Laura era brava, temerária, corajosa. Mais velha, tornou-se uma carcaça do que fora. Um espectro de olhos azuis, oniscientes, rasos e imensamente profundos, a debater-se no vazio.

E Julia passou a ter medo, muito medo, de um dia vir a se tornar a sombra de um homem. Por mais que o amasse. E por mais que a sombra fosse luminosa. Porque, mesmo na infância, apesar de toda a sua luz, a mãe, paradoxalmente, não conseguia fazer com que a casa fosse iluminada por dentro. Não tinha este dom. Sua claridade e sua transparência contraditoriamente eram estéreis. Acabavam nela mesma. Havia alguma coisa a mais presente nas paredes na casa, algo que pairava acima de tudo. E que não poderia ser lavado, fosse com riso, fosse com lágrima. Como se as paredes fossem manchadas de sangue ou de escarro. Adultério, incesto. Desamor. E os espaços da casa, os quartos, a sala, os corredores, as escadas, sofressem com a ausência do dono. Cão abandonado. Sim, havia algo ali dentro que, quando Julia era criança, a mãe fingia não ver. Seus olhos orbitavam em seu próprio azul, seu zênite, sua abóbada celeste. Mas que um dia, quando o marido já havia voltado e se declarara disposto a ficar, para sempre, quando a vida doméstica se normalizou e o dinheiro passou a ser bem menos escasso, ela viu. Viu a velha mancha na parede, e rachou por dentro. Perdeu as asas. O biombo de nuvens. E passou a temer o futuro. A falta de dinheiro. A sujeira, sordidez das almas humanas. Viu, quando não precisava mais ver. Justamente quando tudo parecia que ia ficar para sempre bem, a luz que tanto encantara o marido na primeira vez em que a vira apagou. Tudo indicava que Antônio a roubara para si, o usurpador.

A LUZ BRUXULEANTE

Era somente quando ele vinha, sabe-se lá de onde, que a casa negra enchia-se de luz. E havia raros momentos de esfuziante alegria. Dava dinheiro para balas, figurinhas. Julia e Lulu corriam ao jornaleiro para comprar bonecas de recortar, felizes como nunca estavam na ausência dele. Tomás ia para a papelaria comprar papel para fazer pipa, e os dois — pai e filho — ficavam a cortar o papel de pipa no chão nu da sala. O escuro da cera tantas vezes passada e repassada no assoalho se coloria de folhas verdes, amarelas, vermelhas, e ficava respingado de cola branca. Os olhos da mãe brilhavam, puro céu, e ela enchia a boca para ficar a clamar Antônio pra cá, Antônio pra lá, sim, meu marido, pois não, meu marido. Atarefada, feliz, útil, com sua vida pequenina e prosaica repentinamente cheia de sentido, só porque o marido estava em casa, a fazer um papagaio com o filho. Mafalda e Toni surgiam do nada — estavam sempre ocupados, sempre na rua, no colégio, com amigos, com namorados e namoradas — e participavam das buliçosas reuniões na mesa, onde a conversa corria solta, com o pai instigando a filharada, fazendo perguntas, querendo saber o que pensavam disso ou daquilo, comentando as manchetes de jornais, dizendo — surpreendentemente, era para todos caírem das cadeiras mesmo — que estava pensando em comprar um carro... Um carro de luxo, iam ver só, um Cadillac. E não é que daí a um mês apareceu mesmo com um Cadillac cinza, cujas janelas subiam ao aperto de um botão mágico? O forro era vermelho... imaginem, couro vermelho, e o interior, enorme, acomodava todos eles, a família inteira... Uma loucura, Antônio, uma loucura, dizia a mãe, toda feliz, toda orgulhosa, mas meio que apavorada com a conta que viria, com o gasto inusitado... Já vacinada contra os luxos do marido, que acabavam em vergonhosas cobranças... As crianças lhe pediam que deixasse os pensamentos negativos pra lá, que viesse ver o luxuriante vermelho que revestia os assentos e o botão mágico que fechava e abria as janelas... O rádio, mãe, liga o rádio... E o pai acalmava a mãe, dizendo, Laura, mas que bobagem, se comprei é porque posso comprar. E não é do ano, é um carro velho... É bonito, mas velho, eu posso pagar. Vem dar uma volta, vem... E ela entrou no carro, passando a mão nos cabelos e dando um jeito no vestido cansado, como se o alisasse a ferro, ali mesmo na rua, esquecida de tudo, da conta do armazém, das barganhas com os credores, da falta de dinheiro para comprar o material escolar das crianças, dos pedidos de biscoito, que não podia atender, dos últimos tormentos, dúvidas, suspeições, da mulher que um dia ligara e dissera que estava saindo com o marido dela... A estranha que rira no telefone, com o riso calando fundo em seu coração ferido... Entrou no carro e esqueceu até mesmo a mágoa deixada no fundo da alma por aquele tempestuoso caso com a rabuda Ruth... Ainda guardava, sabe-se lá por que, um retrato de todos eles na porta de casa — ela, Antônio e os filhos, com Ruth no meio, carregando Julia no colo, a afilhada... Sabe-se lá por que nunca quisera jogar fora aquele maldito retrato. Besteira, bem que sabia o porquê, era para deixar de ser boba, para nunca esquecer, ter um registro... E agora aquele Cadillac... Ainda ousou, timidamente, perguntar, mas quando é, Antônio, que vamos pagar a conta do açougue, do armazém? Já está tudo atrasado, são vários os meses de atraso... Deixa isso pra lá, Laura, que tudo vai se ajeitar... Tenho um amigo no banco... Vem, vamos dar uma volta... Vamos visitar o André lá em Botafogo...

Quando o pai estava em casa, era uma revolução... Em vez de um pedaço de marmelada, dois... Deixa Laura, deixa o menino comer mais... Mas amanhã vai faltar, não vai ter sobremesa... Vai não, dá-se um jeito... E vai lá na padaria comprar sorvete, menino, uma Coca-Cola... Sorvete, Coca-Cola... Você está mesmo louco, Antônio... Mas que mania, Laura, não vê como eles estão contentes?... Amanhã é outro dia... E vinha o outro dia, as contas ainda atrasadas. Vem cá, Lulu, vem ver o que eu trouxe para você... E lá vinha ele do quarto com uma botinha de napa... Napa bege, com um friso de napa vermelha, uma coisa nunca vista... Uma belezura mesmo... Lulu nem queria calçar... Com receio de machucar o couro, com medo de que a botinha não desse no pé... Como ele saberia o número do pé dela? Mas ele sabia, perguntara à mulher pelo telefone, e a botinha caía como uma luva, certinha, certinha no pé da menina, e Mafalda e Julia ficavam a olhar espantadas para os pés da irmã, calçados com aquela coisa nunca vista, nunca imaginada, de napa... E sem ciúmes, sem raiva... Sabiam que um dia seria a vez delas... Era sempre assim... Uma surpresa para cada um deles, de ano em ano, de Natal em Natal, ou num dia qualquer, aparentemente comum... Um dia qualquer que ficava diferente. Especial. Encantado. Totalmente fora dos parâmetros. Um novo dia e uma nova surpresa de dar água na boca, virar o olho... Como o Cadillac, como a botinha de napa, ou o casaco com pele na gola que ele trouxe para Julia numa quarta ou quinta-feira até então entediante, rotineira, normalíssima. Mas que, com a chegada dele, adquiria uma magia estonteante, imagine, um casaco parisiense... De que bicho seria aquela pele? Ou era sintética? O que importava? Era lindo, elegante... Os patins, a bicicleta... O carrinho para Tomás que andava sozinho... Ou parecia que andava sozinho... Movido a controle remoto... Onde já se viu disso?... Controle remoto... Ah, Antônio, Antônio, ria a mãe. Os olhos luziam. Azulzinho sem nuvens. Conta de vidro. Diamante cristalino. E aí era Lulu, já crescidinha e dada a matemáticas, quem tentava ser séria, quebrar o encanto. Mas pai, e a conta? Dá-se um jeito, dá-se um jeito, minha filha, não esquente sua cabecinha, não estamos todos vivos? Santana vai me ajudar, você vai ver. Vai dar tudo certo, não se preocupa não. E às vezes Lulu fechava a cara e ia chorar no quarto, nervosa, preocupada com o fim do mês, mas às vezes também cedia e se deixava levar, maravilhando-se junto com o resto da família diante de uma nova aquisição milagrosa, que poderia ser até mesmo... Oh, incrível... Uma televisão, a primeira televisão da rua... Todos os meninos e meninas da vizinhança vinham se pendurar na janela da casa para ver aquelas incríveis imagens em preto e branco. E até mesmo Lulu, não havia como não ser conquistada, esquecia sua aritmética, as equações que não fechavam, e se sentava diante da caixa de maravilhas. Eram poucas as proibições. *Os Intocáveis*. Ele não gostava que as crianças menores vissem Os *Intocáveis*. Aquilo era uma sujeira, não estavam acostumados a proibições quando ele estava em casa, pois com ele tudo era permitido, mas Julia e Tomás tinham que ir para a cama mais cedo, quando o violento programa começava, e quem mandava eles irem embora era ele, o pai permissivo, quase que falando grosso. Assustando. Adotando uma postura de censor nunca antes vista. Tomás se esquivava, fazia-se de morto, e acabava ficando na sala. Já Julia não conseguia escapar, era expulsa do paraíso. Quem mandava ser a menor de todos eles?

Quando o pai estava em casa, ah, quando pai estava em casa, maravilha das maravilhas, ele matava as aranhas... Esmagava-as com o pé ou com um jornal todo enrolado, ou com a vassoura de piaçaba... E Toni tinha direito a mais laranjas, ou a um pedaço a mais de miolo à milanesa... E até surgia na mesa um doce de leite... Uma compota de goiaba, figos. Ou um chuchu com camarão... Mas depois ele sumia, sumia por dias, semanas, meses... E tudo ficava negro de novo... Mas era um negro diferente, pelo menos nos primeiros tempos, porque ele ia voltar, e quem sabe o que iria trazer, ou mesmo dizer? O que perguntaria? O que contaria? Só que não voltava, e o negro se enegrecia por inteiro... A mesa ficava parca, parca, a mãe ficava a contar tostões, vasculhando o fundo das bolsas, a televisão quebrara e não havia dinheiro para a consertar... A bicicleta fora para casa de bicicletas e também não havia dinheiro para tirar ela de lá... Os sapatos furavam e tinham que pôr papelão por dentro, papelão que não impedia o encharcamento do calçado em dia de chuva... Nem mesmo um pedacinho de marmelada aparecia na mesa para contar história, adoçar um pouco aqueles dias estirados em tristezas... Não adiantava lembrar a história que o pai contara mais de uma vez. A de que quando era criança, fora para a escola com um pé calçado e o outro nu ou envolto por ataduras, para não gastar os sapatos. História que ele contava muito sério, dando a entender que era verdade, a mais pura verdade. A infância dele havia sido bem mais dura do que a de seus adorados filhos. Mas tudo era mentira. História da carochinha. Ele tivera pijama com alamares. Doce de limão em calda. Pãezinhos de minuto, broas de mandioca, cozidas em folha de bananeira, coroa de espinho, bijus, compotas de cupuaçu e bacuri. Professor de francês. E o Cadillac, existira mesmo o Cadillac? Onde ele estaria, o carro forrado de couro vermelho, com botões mágicos na janela? Será que o havia vendido? Será que haviam sonhado?

Cristalizações

Em seu livro *De l'amour*, Stendhal afirma que existem quatro tipos de amor. O amor-paixão, o amor-gosto, o amor físico e o amor-vaidade. O amor-paixão é aquele que existiu, por exemplo, entre Aberlardo e Heloísa. Tristão e Isolda. Romeu e Julieta. Devorador, dilacerante. Fatal. O amor-gosto esteve muito em moda em Paris por volta de 1760, e na literatura foi maravilhosamente retratado em *Ligações Perigosas*, de Laclos. É um amor de pensamento, cabeça. Nada nele é imprevisto. É espirituoso, marcado por estudadas delicadezas, bem comportado e frio. Enquanto o amor-paixão nos oferece prazeres inauditos, muito além dos esperados, o amor-gosto é mais conformista, mesclado de bons modos, boas maneiras, *savoir-faire* ou bom-tom. Se lhe tirarmos a capa de vaidade, torna-se um fraco convalescente, que se arrasta com dificuldade.

O amor físico pode ser desfrutado com uma bela e fresca camponesa que tenta fugir adentrando um bosque fechado. Ou, quem sabe, um camponês, um operário. Uma prima, um vizinho, um amigo ou amiga prestativos. Todo mundo, diz Stendhal, conhece este gênero de prazer, que em sua França revolucionária e napoleônica começava a ser usufruído em torno dos 16 anos. Quanto ao amor-vaidade, sobretudo em Paris, no século XVIII, não havia homem que não gostasse de possuir uma mulher que estivesse na moda. Uma duquesa ou uma cortesã famosa. Era como se tivesse um belo cavalo na cocheira, uma necessária demonstração de elegância e de luxo. O caso mais feliz desta relação geralmente morna, cuja função é a de ser um ornamento, uma tiara na cabeça ou uma medalha no peito, é quando o prazer físico se une ao hábito. As lembranças da conquista, realizada no passado, fazem-no assemelhar-se a um verdadeiro amor. Se o amante é abandonado pelo objeto de conquista, pode até sentir uma certa tristeza e melancolia, já que o amor-próprio é atingido. E confundir o amor-vaidade com uma grande paixão. O certo é que, não importando o tipo de amor ao qual se devam alguns prazeres, se houver exaltação da alma, eles ficarão sempre vivos na memória, e a lembrança sempre será embriagadora.

Quando nasce o amor, a alma passa por sete estágios. O primeiro é a admiração. O segundo, sensações de prazer ao dar e receber beijos. O terceiro, a esperança — momento no qual a mulher se entrega e no qual se estudam as perfeições, buscam-se os clímax ou orgasmos, procurando oferecer ao ente amado o maior prazer físico possível. O quarto estágio é o próprio nascimento do amor — prazer em ver, ouvir, tocar, sentir através de todos os sentidos, e o mais próximo possível, um ser amado que também o ama. O quinto é a primeira cristalização — orna-se a mulher amada, a respeito da qual temos a segurança do amor, de mil perfeições e encantos.

Nas minas de sal de Salzburgo, joga-se um ramo de árvore desfolhado por causa do inverno. Dois ou quatro meses depois, ele é retirado do sal coberto de cristalizações. Os pequenos galhos, finíssimos, são guarnecidos por uma infinidade de diamantes que chegam a nos cegar. Não reconhecemos mais o ramo primitivo. Portanto, uma cristalização é uma operação do espírito que veste o objeto amado de novas perfeições nunca antes imaginadas.

Posteriormente, vem o sexto estágio, o da dúvida. Quando o amante se sente muito seguro do amor, quando as esperanças e promessas foram todas elas concretizadas, pode surgir o temor da indiferença, da frieza, ou mesmo da cólera. Uma mulher não suporta o excesso de segurança. Seja por coqueteria ou medo, ela pode agir como se tivesse cedido a um momento de embriaguez e novamente voltar a um estado de pudor. Ou pior, de ironia. O amante passa a temer a possibilidade de um dia vir a passar por um imenso sofrimento, ser totalmente esmagado, aniquilado, e começa até a sonhar com outros prazeres na vida. Fugas.

É aí que vem a segunda cristalização, o sétimo estágio, quando ocorre a reconfirmação do amor. A certeza de que a mulher (ou o homem) em questão ama de verdade. Cada momento de dúvida suportado em madrugadas de pesadelo é substituído por uma certeza. Ela me ama. Ama-me loucamente. E me oferecerá novos prazeres que só ela é capaz de me oferecer no mundo. Ocorrem novas cristalizações, brilham diamantes no escuro. E novas dúvidas. Durante a segunda cristalização, anda-se na borda de abismos, na beira de precipícios. O amante pode ser intensamente recompensado, mas poderá também passar pela dura tarefa de ter que destruir toda uma camada da cristalização. Ou até mesmo duvidar de toda ela, ter que desmontá-la por inteiro, sofrendo horrivelmente.

O certo é o seguinte. O amor é uma febre. E assim como nasce pode se apagar, sem que a vontade tenha nenhum controle sobre tal processo. E pode atingir as pessoas em qualquer idade.

Antônio levava a sério todas essas considerações. Leu e releu o ensaio sobre o amor de Stendhal mais de uma vez, ao longo da vida, marcando todo o volumezinho, que ficava em sua cabeceira, juntamente com *A Montanha Mágica*. O livrinho, belamente encadernado, estava em poder de Julia desde a morte do pai. Dele se apropriara para poder entender melhor a teoria das cristalizações, que ele tanto praticara. Muitas vezes concomitantemente. Com as camadas e os diamantes sendo feitos, desfeitos e refeitos. Vários os ramos banhados em minas de sal, ou vulvas de mulheres. Uvas.

Cátia

Quando Cátia vem, Julia fica sempre um pouco em suspensão, sem saber o que sentir, o que vai falar. É sempre muita emoção, e ela sabe que mais uma vez vai ficar a olhar para Cátia, tentando entender o que não há para entender, o que é tão simples. Ele gostou dela, apenas isso, gostou muito dela. E ela, Julia, está a aprender a gostar de Cátia, apenas porque ele gostou dela, morta de curiosidade quanto àquele amor fora do tempo. Mais um amor dele forte e profundo. Mais um amor eterno. Ele nunca amava pela metade. Ele nunca abandonava. Podia ser abandonado, mas não abandonava. Sabia disso. Um amor que quase mudara a vida dele radicalmente. Que pela primeira e única vez quase o fizera jogar tudo para o alto. A mãe, a casa, a família, Clotilde. Pensara em jogar, mas não jogaria. Não jogava nada para o alto. Acumulava. Antônio era um homem rico. De amores, afetos. Quando Cátia vem, em busca de Julia, do seu apoio, do seu colo, substituindo o de Antônio pelo dela. Julia tenta se abrir como uma flor. Porque quer que Cátia volte. E que fale dele. Das cartas, dos poemas, do carinho. Do quadro que comprou para ela. Do dia em que lhe propôs fugirem juntos e ela disse não. Paris, vejam só, Paris. Um sonho romântico de tuberculoso, pequena menina. Cátia é assim, toda pequenina. Quase que uma gnoma. Uma boneca. Uma mulher perfeita, no passado, de menos de um metro e meio. Agora está ali, com algumas rugas prematuras. Cabelos grisalhos. E só tem 45 anos. Está viúva do marido, o músico que a abandonou, e viúva de Antônio, o amigo mais velho que a amou como nenhum marido a amou. Nenhum pai. Quando Cátia vem, Julia sente o coração estrangular-se no peito, tamanha a aflição. E faz perguntas, mil perguntas, a que a outra responde, sem pudor, até que chora no meio das respostas...

Ele era tão bom, Julia, você está errada ao dizer que era o diabo... Ele foi tão bom para mim. Ninguém me amou como ele, nem mesmo meu irmão, nem mesmo Virgílio, meu marido. Antônio era um homem bom, Julia. Compreensivo. Amigo. Quer que eu traga os poemas dele para você ler? Que poemas lindos ele fez para mim quando me conheceu, que cartas lindas me escreveu...Tenho tudo guardado. Posso te trazer... E mais uma vez eu queria te dizer, nunca vou me cansar de te dizer o quanto sou grata por ter me chamado quando ele morreu... Por ter me avisado... Eu havia te pedido, lembra? A última vez que o vi eu havia te pedido, pois sentira alguma coisa no peito, o coração ficara apertado. Elas existem, as premonições... Mas não pensei que cumpririas a promessa. Assim que ouvi tua voz, soube que tinha acontecido algo de ruim com ele. Eu praticamente vira a partida, naquela última vez que estivemos juntos. E teria ficado muito triste se não tivesse me despedido. Sei que estranharam eu ter ido à missa. Tomás me olhou de uma forma dura. Toni, não, Toni é como ele. Um homem bom. Uma vez briguei com Toni, quando ele tentou me agarrar à força, achando que tinha direito ao meu corpo, já que fora do pai... Mas isso são águas passadas. Tua mãe também me tratou bem naquele dia. Sou grata a ela. E em falar nisso, como vai tua mãe, vai bem? Gosto muito da Laura... Espero que ela esteja bem, sinceramente... Eu não fui para Paris com ele por causa dela, não faria isso com ela... Nem com vocês... Ele os amava tanto... Falava tanto sobre todos vocês. Cheio de orgulho. Da próxima vez te trago os poemas... Sabia que ele escrevia poemas para mim? Tenho uma caixa com poemas dele, bilhetes, cartas... Vou te trazer um dia...

O BAILE

Sabe o que a mamãe disse, Julia, agora, quando estava a arrumar a casa, a separar o que vai trazer para cá? Que encontrou uns poemas do papai, dentro de um livro... Poemas que ele fez para ela quando a conheceu... Estava tão emocionada... Disse que tinha também um lenço com monograma, um daqueles que a tia Julia bordava para ele... E um bilhete que ele escreveu para ela do hospital... Mas o que mais a deixou emocionada foram os poemas, os sonetos, o acróstico.

O que você quer saber, minha filha? Como foi a primeira vez? Já te contei tantas vezes como nos conhecemos. Será que você se esqueceu? Mas eu conto. Eu conto de novo. É tão bom contar. Tempos felizes, aqueles. Sempre vou me lembrar do dia em que ele me conheceu. Sempre, como se tudo tivesse ocorrido ontem. E lá se vão cinqüenta anos. Hoje estou velha, estou feia (que é isso, mãe...?) mas eu era linda, você bem o sabe. Linda e alegre. Sabe, minha alegria, naqueles tempos, chamava a atenção. Eu estava a vender convites para o baile no clube, com meu vestido de babados no decote, o vestido com que eu mais me sentia bem, vermelho, de babados brancos, eu ficava bonita mesmo naquele vestido, e ele veio ao clube, sei lá por que, e ao me ver na bilheteria me disse que eu era a jovem mais encantadora que ele já vira e que não ia perder aquela festa por nada. Que à noite me encontraria. Eu ruborizei, era tão novinha, tão pura. E ele foi assim, direto, dizendo que eu era linda, que iria ao baile só para me ver... Naqueles tempos, como eu já te disse, eu era mesmo muito alegre, sei que despertava a atenção, atraía os olhares, ainda mais com meu vestido de babados... Ele estava com o irmão mais novo, o Dé... E não é que à noite ele voltou mesmo, só para me ver? E já sabia o meu nome, perguntara a alguém no clube, sabia o meu nome e me fez uma bruta surpresa, uma surpresa que me deixou toda enlevada... Foi aí que ele me pegou, para falar a verdade, porque eu não achara ele assim tão bonito, tão atraente. Era alto, bem-apessoado, mas tinha cara de nordestino. Trouxe-me um poema, um poema com o meu nome, Laura... Luz de minha vida, amada... Um acróstico, explicou... Porque estava apaixonado, apaixonado, e queria se casar comigo. Foi assim, logo no primeiro dia falou em casamento... Depois é que fiquei sabendo que ele era viúvo — a mulher, Alice, tinha morrido havia poucos anos — e tinha dois filhos... Fiquei assustada... Mas ele foi lá em casa e ganhou o partido dos meus irmãos, de cara... Todos ficaram impressionados com a eloqüência dele, a inteligência, a cultura. E se no começo minha mãe ficou temerosa, achando que ele era velho para mim, e cheia de dúvidas quanto ao namoro por causa daquela história de viuvez, logo, logo, ele foi ganhando o coração dela, conquistando-a também... E eu fui juntando os poemas na gaveta, cada um mais lindo do que o outro... Ele era um poeta... O jornalismo o perdeu... Coitado, e a doença... Mas a primeira vez, lembro-me bem, foi assim, eu estava a vender os bilhetes para a festa do clube e ele me viu no meu vestido de babados... E de noite me trouxe um poema... Cada verso começava com uma letra de meu nome... Lá onde o sol se põe cansado, as estrelas cortam o chão do céu, uma jovem roubou meu coração, rasgando-o com o azul da esperança, amor, eis que volta em minha alma... Eu só tinha 17 anos. Um poema com o meu nome. Um ano depois já estava casada.

Carta para uma amiga querida

Fragmento de uma carta escrita por Laura a sua melhor amiga do clássico, Carminha, em 28 de outubro de 1946, quando estava perto de completar os 17 anos. O encontro com Antônio, narrado à amiga candidamente, não foi exatamente como ela se recordaria na velhice, com o tempo tendo embaralhado as cartas da memória. O que não quer dizer que tenha sido menos emocionante...

Minha querida Carminha.
    Desejo, meu bem, antes de mais nada, que você não repare o papel no qual esta carta foi escrita, já que eu estava com urgência de conversar com você. Minha querida amiga, tão distante, imagine que o papel é de seda e cor-de-rosa. Gostaria também que você imaginasse que estou a lhe escrever não no dia 28, mas no dia 30, o do seu aniversário. Quero que tenha uma vida sempre azul, muito azul, rodeada por seus pais, seu noivo e seus amigos. Ouça a conhecida canção, que todos aqui em casa estão a lhe cantar, eu, Julia, Nando, Zito, minha mãe. Está preparada? Parabéns pra você, nesta data querida, muitas felicidades, muitos anos de vida!!!!. Ouviu, Carminha? chegou mesmo aí?, espero que sim.
    Recebi sua cartinha ontem, ansiosamente esperada por mim. Tenho aproveitado muito as férias, visto filmes maravilhosos, como Amar foi minha ruína. *E justamente ontem, quando sua cartinha*

chegou, aconteceu uma coisa inacreditável em minha vida, que penso ter sido um longo sonho, mas que foi real, espantosamente real. Francamente, creio que esta será uma das únicas passagens de minha vida que eu não saberei lhe contar minuciosamente, mas tentarei narrar da melhor forma que puder, apesar do estado em que me encontro... Fui com um grupo bem grande de amigos ao chá dançante do Tijuca Tênis Clube, apesar de estar bastante desanimada, pois já tinha ido ao clube no sábado e dançara muito. Ao entrar, fui tirada para dançar por um novo conhecido de meus irmãos que sei estar interessado em mim — vamos deixar a modéstia de lado, combinado? — ... Só que eu não tenho interesse algum nele. Sinto que ainda não é o príncipe encantado, sabe?... Após ter dançado algumas músicas, pedi-lhe licença para descansar. E fui me reunir ao grupo. A orquestra, porém, começou um outro fox e ouvi a voz da Heloísa, uma nova amiga que fiz, dizer baixinho, em meu ouvido: tem um rapazinho ali que está olhando muito para você, tenho a impressão de que ele virá te tirar... E não é que ele se aproximou de mim mesmo?... Quer dançar, senhorita?, indagou... A impressão que tive foi a de que ele não dançasse nada, porém o subestimei, não era assim tão mau dançarino. E o que me agradou logo de início foi a sua sincera e espontânea conversa. O seu nome é Laura, não é?... Eu respondi que sim, espantadíssima, porque eu nunca o havia visto antes. Como é que soube?, perguntei. E então veio a surpreendente explicação.

O rapaz se achava imensamente impressionado comigo, considerava-me um ser sobrenatural, uma pessoa que viera do paraíso, um anjo (foi assim que ele se expressou). A primeira vez que viera ao clube — após uma ausência de seis anos — fora para o dia da soirée dançante organizada pela minha turma. Naquela noite, me conhecera. Ou seja, me vira. Muito sentimental e poeta, ficara sem coragem de se aproximar, pois imaginara que eu desapareceria de uma hora para outra, repentinamente, desmanchando-me no ar.

Resolvera ficar apenas me admirando de longe, como um adorador de seres celestiais, caídos na terra por acaso (sinto-me um pouco acanhada ao lhe narrar tudo isso, Carminha, porém, como é para você, continuemos...).

Ao ouvir o nome, Laura, pelo alto-falante — na hora em que me chamaram para me reunir à comissão organizadora —, ele exclamara, dentro de si: É o nome dela! E por minha causa decidira entrar para nosso clube, tornar-se sócio. Também por minha causa tem ido às festas, todas elas, sempre à minha procura, querendo me ver de novo, constatar se eu realmente existo, se sou de carne e osso. Imagine então, Carminha, como me encontro, após ter ouvido tudo isso, e perceba também, ao ouvir o resto, como tenho motivos de estar preocupada... Ele acha que sou um raio de luz na vida dele, um anjo que o consolará de suas tristezas, mortificações. Aparenta uns 23 anos, é muito distinto, instruído, e advogado de profissão. Confessou-me ser triste, muito triste. E realmente parecia carregar um peso no coração. Além de ter um jeito tímido, acanhado... Cheguei a ficar surpresa de que tivesse tido a coragem de me contar tanta coisa espantosa. Desejei logo saber imediatamente a razão de sua tristeza. Cheia de ansiedade, perguntei-lhe se alguma jovem o havia decepcionado. Falei brincando, apesar de me encontrar meio que constrangida, embaraçada. Era o nosso primeiro encontro. Brinquei e depois me arrependi muito, Carminha. Pois tive um grande choque ao ouvir a resposta.

— Ela morreu, Laura.

Poderia ter estremecido, ou ter me retirado do salão imediatamente, ao ouvir aquelas palavras. Sentia-me um pouco culpada por elas terem sido pronunciadas. Entretanto, resolvi seguir em frente e perguntei-lhe, com os olhos arregalados de espanto ante tudo o que estava a se passar, e cheios d'água, naturalmente:

— Sua noiva?

— Não. Minha esposa.

A morte de Alice

Texto de Antônio sobre a morte da primeira mulher, Alice, mãe de Toni e Mafalda, escrito aos 27 anos. Foi entregue a Julia por Toni, após o falecimento do pai.

Nessun maggiore dolore que ricordarsi del tempo felice, nella miseria (Dante)

Faz hoje 18 dias que perdi minha mulher, minha companheira e amiga de quatro anos, nos quais a felicidade morou conosco em todos os momentos. A angústia indizível do que foi essa perda para mim, a dor cruciante da sua ausência, o vazio e a descrença que se fizeram dentro desta alma ainda moça são coisas que as palavras, as minhas fáceis palavras, não podem sequer exprimir. Leio o que acima está escrito, rebusco no meu íntimo formas novas e singelas de expressar este desavoramento que vai dentro de mim, e constato de súbito quanto é inábil a palavra humana para expressar certos sentimentos.

Talvez um verso, um só e simples verso, que contivesse a força de expressão da verdadeira poesia, pudesse trazer em si toda a profundidade, todo o intocável e dolorido sentimento que me fere o coração.

Sinto-me como se o mundo houvesse desabado a meus pés, tocado por um desses cataclismos onde tudo sucumbe, e só restasse na terra, a dominar todos os seres, a imagem aflitiva do sofrimento. E, na realidade, o que houve foi o desmoronamento de uma vida.

Todo o meu futuro, todas as minhas esperanças, todos os meus sonhos de ternura e de felicidade repousavam sobre os cabelos lisos e ensolarados de Alice. Minha alegria brotava de seus lábios vivos e amigos, do seu sorriso caloroso, que criava forças novas em minha alma.

Moço ainda, apesar de assombrado pela morte, já tendo sido tocado por esta doença tão forte e silenciosa cujo nome se murmura em meio ao medo, desafiava a vida com uma coragem e uma confiança que surpreendia aos mais destemidos. Mas a força não era minha. Trazia-a — e não negava — de seus olhos cheios de luz e das suas pequeninas e eternas mãos. Minha coragem vinha de Alice, meu desassombro era o seu.

Meu Deus, perdoai-me. Bem sabia, e muitas vezes o disse, que tanta ventura devia ser pecado. Era na verdade feliz, de uma forma pagã, em que o espírito e o corpo se confundiam numa só adoração, e muitas vezes a chamei de Deusa. Roubaste-a, Senhor, e talvez não tenhas salvado minha alma, senão me separado para sempre daquela a quem amava e que agora deve estar no céu. Era tão grande o carinho que crescia de dentro de nós dois, que muitas vezes ficávamos, já casados, as mãos esquecidas nas mãos, os olhos embebidos nos olhos, sorvendo-nos mutuamente a alma e as loucas promessas de dedicação. Perdia-a e hoje há apenas um frio intenso no interior de meu ser, que balança entre as obrigações de pai e a vontade de juntar-se a ela. Deus, que é grande e que não quis ver minha alma completamente perdida, deixou-me estes dois pedaços da carne de meu amor, que são a única coisa que me prende à terra. Mas à noite, quando o sossego e a paz descem sobre os homens, uma grande inquietude se apodera de mim. Vejo aproximar-se o momento de meu encontro com as fundas recordações de meu amor morto. Talvez seja o chamado insistente do seu espírito àquele que se orgulhou de ser seu senhor e seu servo. Mal minhas pálpebras cansadas de chorar se fecham, vejo-a diante de mim. Seus olhos, seu gesto, seu riso claro e alegre, seu perfume, sua voz, tudo, enfim, ressurge renovado na minha memória e na minha saudade. Vejo-a ainda como a vi pela primeira vez, num ingênuo vestido de tafetá rosa...

Magia

Ah, os claros e os escuros. E os semitons. Os cinzas, os plúmbeos. Não é que com ele a luz viesse. Talvez não fosse exatamente o caso de luz. Uma luz brilhante, feérica. Não, na verdade, a casa continuava escura e sombria, pelo menos nos primeiros anos. Mas com ele vinha o riso na escuridão, uma claridade mágica de vela. Fosse Natal ou não. Nunca tinham dinheiro para nada, mas ele sempre trazia uns trocados, uns poucos trocados que faziam os olhos dos filhos se arregalarem de felicidade, porque representavam um passe para grandes aventuras: a ida à banca de jornal, e a aquisição de algumas balas na padaria, que mesmo sendo parcas representavam a quebra da monocórdia e triste ausência de um açúcar na boca. Porque a mãe, enquanto o pai não estava em casa, apenas sobrevivia. Sim, era incrível ela conseguir apresentar um almoço e um jantar, todos os dias, sem chorar ou se lastimar, pois nunca chorava, ficava apenas a esperar pela vinda de Antônio, a esperar que ele chegasse com um pouco mais de dinheiro, um dinheiro que ela esticaria até a próxima visita do maridinho ausente e infiel. Fosse por causa do jornal ou do hospital, onde se curava da tuberculose, era isso o que ocorria... Esporádicas visitas. Ele parecia estar em seu próprio lar, sempre de passagem, chegando a ser surpreendente quando um filho ou uma filha entrava no quarto da mãe, ao chegar da escola, e dava de cara com ele a ler um jornal ou a se arrumar para o trabalho. Enfatiotava-se. E havia o chapéu, é claro, naqueles tempos usavam-se chapéus. No armário, ele tinha vários. Todos cinza.

Era assim que acontecia, às vezes surgia do nada, encontrava-se inesperadamente em casa por volta do meio-dia e até participava do almoço, o que era uma festa para todos... Fazia perguntas, queria saber das notas, das medalhas, comentava a política, as manchetes do noticiário, fazia provocações, sabatinas, e deixava todo mundo tonto, feliz com sua presença, suas histórias, suas indagações, suas respostas. Sabia tudo, a tudo respondia com seu saber enciclopédico, que na verdade não era enciclopédico, era aquele saber de jornalista diletante que sabe um pouco de tudo, e nada sabe, profundamente, mas para eles, os filhos, este nada era tudo... Como ficavam admirados com aquela sapiência sem fim... Se fosse, por exemplo, para falar do peixe, o peixe que estava na mesa, ele dissertava sobre peixes, contava mil historietas curiosas, e depois confessava rindo que uma das primeiras matérias que fizera em jornal fora na praça XV, e que fora obrigado, na ocasião, a estudar ictiologia... Mas é claro, completava, é claro, não tivera dificuldade alguma, já que tinha a luzinha, a luzinha. E novamente brincava com eles sobre a luzinha na testa... Deixando-os felizes por saberem que eram assim tão diferentes... A vida era dura... Não havia doces nem o leitoso cheiro de queijo, o pai era ausente, tinha que usar um garfo e uma faca só dele... Ninguém podia tocar no prato dele, no copo... Mas eles eram especiais... Tinham a luzinha que brilhava na testa... Como um pirilampo, um vaga-lume na noite... Uma estrela... E talvez fosse por acreditarem na luzinha que todos estudavam com facilidade, sem nunca ficarem em segunda chamada... Reprovação, então, era uma palavra que não existia entre eles... Não era nem mesmo uma hipótese... O pai não brigaria, eles sabiam, não brigava nunca, era o homem mais calmo que conheciam, mas não existia em sua imaginação a possibilidade de uma reprovação... E se não existia na imaginação fértil do pai, também não existia para eles, que só lhe traziam da escola boas notícias de boletins maravilhosos, medalhas, luvas brancas, festas da bandeira... Eles eram diferentes. Eram os seus filhos. Filhos daquele homem incomum. Tinham a luzinha. E ela tinha que brilhar... Para que, nas raras vezes em que estivesse à mesa com eles, o senhor Antônio do Nascimento pudesse afirmar que todos eles, sim, todos, sem exceção, eram realmente excepcionais, dignos do pai que tinham... E que havia comentado com um amigo, um tio, a respeito do número de medalhas que os filhos haviam angariado, e que o amigo não tinha acreditado, e que ele prometera levar um dia as medalhas, e levou mesmo, as de Tomás, porque eram as de Tomás que o deixavam mais orgulhoso, Tomás tinha uma caixa apinhada de medalhas... Medalhas douradas e prateadas que as professoras compravam em papelaria, medalhas fininhas, bugigangas, que para o pai eram de ouro, ouro puro, por serem de seu menino travesso, o menino que vivia na rua, a soltar pipa, balão, a jogar futebol, a perder tardes inteiras num carteado a tostões, e que, mesmo assim, o presenteava com aquela profusão de condecorações escolares... A luzinha, a luzinha...

Miolos, como comeram miolos, à milanesa, miolos com purê, miolos e rim com batatas... Bifes de fígado, sardinhas, magros filés de peixe... Camarão, só o miudinho, refogado com chuchu ou com quiabo. Odiavam o quiabo e sua baba, mas o comiam, porque o pai gostava. Aos domingos surgia engalanada a galinha com batatas, às vezes com *petit-pois*, e era uma festa, principalmente porque às vezes, em alguns longos períodos, domingo sim domingo não, o pai aparecia, estivesse em jornal ou no hospital, aparecia. Sem dizer de onde vinha e para onde ia. O que importava? Lá estava ele. O mago, cheio de truques.

Lenços e coelhos no chapéu. O permissivo. O homem que, fazendo um sinal para a mãe, deixava que eles comessem mais um pedaço de doce, e que, ainda por cima, de vez em quando, suntuosamente, dava dinheiro para que comprassem, na padaria, o delicioso sorvete, que ele tanto amava. Um verdadeiro aprendizado do prazer.

Como era bom tomar um sorvete ao lado dele, junto com ele, degustando a gelada massa de gordura e de leite, com sabor de fruta, enquanto ele perguntava onde ficava a península de Kamchatka ou o Lago Titicaca. Quem eram os bascos, o que era o IRA, o ETA? Quem fora Churchill? Stalin, Getúlio Vargas? Qual o nome da ilha onde ficara Napoleão, antes da volta dos cem dias? O que estavam a ler? Afinal, já conheciam Verlaine, Rimbaud, Baudelaire?... Perguntava e recitava, de cor, enquanto Tomás corria lá em cima, no escritório de móveis escuros, o das aranhas, e procurava na enciclopédia a resposta... Sim, enquanto todos estavam ocupados a ouvir o pai falar francês com um ótimo sotaque — ou inglês — meio estropiado — ou a saborear um outro relato incrível, sobre uma outra grande, maravilhosa reportagem que fizera no passado, porque já não fazia mais reportagens, fazia editoriais, fechava jornal — poderia ser, por exemplo, sua participação na caravana de repórteres que primeiro chegara a Brasília —, lá vinha Tomás com a resposta. O Lago Titicaca ficava na América do Sul, entre o Chile e o Peru... E todos gritavam roubou!, roubou!, ele foi olhar no livro, assim não vale, mas o pai não ligava, ele olhou, vocês não... Tomás era o vencedor, mais uma vez... Olhar no livro era justamente o que o pai queria que eles fizessem. Tanto que uma das primeiras coisas que comprara para eles fora justamente uma enciclopédia. E o *Mundo das Crianças*, com histórias mágicas, lendas, mitos, poemas sobre cavaleiros salteadores, a morte de Balder.

Ah, como o vencedor sofria quando o pai não estava em casa e ficava na mão das mulheres, já que Toni era um ausente ou tinha outras preocupações, não estando nem aí para os percalços do irmão mais novo, suas agruras, seus dissabores. Levou muitas surras da tia Julia, a solteirona louca, irmã da mãe, e nunca a perdoou. Quando ficou homem, um homenzarrão, alto, grande, adorado pelas mulheres da casa, dono de um vozeirão portentoso, nunca teve pena da tia Julia, nunca foi solidário com suas mazelas, sua vida virada pelo avesso, não importando se ela fosse louca ou não. Os choques que tomara, as internações. Não, não a perdoaria nunca. Queria para ela a pior sorte possível, e ela a teve, pagou todos os seus pecados... O rapazinho indomável devia ter desejado vingança com toda a força de seu coração juvenil, pois tia Julia pagaria com juros e correção monetária pelo pequeno tamborete onde botava Tomás e tirava o seu couro, só porque o sobrinho não voltara para casa ou não tomara banho na hora que estipulara... Pagou com padecimentos horríveis todo o prazer que tivera com aquelas chineladas histéricas, que mais pareciam açoites ou chibatadas. Ele não gritava, só chorava, mudo. Quando se desesperava, chamava a mãe, que não vinha, não vinha nunca, nunquinha, tinha medo da irmã louca... Julinha e Lulu queriam ajudá-lo, mas não podiam; se ousassem reclamar, proteger o irmão, também entrariam na dança macabra... Cenas de horror, aquelas, só porque o pai não estava, porque com o pai em casa tia Julia não ousava bater em ninguém, Antônio sabia lidar com loucas... E, para falar a verdade, se ele estivesse em casa, tia Julia nem aparecia... Sumia... Ou se escafedia em seus infernos...

Era assim. Com Antônio presente não havia surras, tudo ele resolvia com conversas, longas conversas, persuasão, argumentos, conselhos... Adorava conversar com os filhos, negociar, fazer pactos... Amava os filhos... E os acendia por dentro.

Clô

Eu não poderia ter filhos com ele. Eu não ousaria ter filhos com ele. Eu ficava grávida, tinha facilidade para ficar grávida, mas tirei todos os filhos. Foram mais de seis abortos, perdi a conta...Julia olhou para Clotilde, aterrada, por que tivera a idéia de ter aquela conversa com a amante do pai? O aborto devia tê-la deixado perturbada. Aquilo lá era conversa... Seis abortos... E lá estava diante dela aquela mulher esticada, com o corpo magro, sem barriga, que nunca deixara um filho crescer dentro de si, que os tirara todos, sem dó nem piedade, porque o amante já tinha uma filharada... Ela não queria causar mais problemas para ele do que os que ele já tinha... Mas foi muito mais tarde, muito mais tarde mesmo, talvez naquele dia em que a procurou por causa do livro, que Clô mencionou a criança que tirara num aniversário dela, Julia. Tirara sem contar nada para Antônio, para não atrapalhar o aniversário dela, Julia. E Julia ouviu e teve vontade de vomitar, mas não vomitou. Fumou.

Mãos e sedução

Gostava de ler as mãos, ler as mãos e ler as letras. Assim que pegava nas mãos das mulheres, sentia a tessitura da pele, a maciez da carne, ou a aspereza, a secura, a rispidez... A leitura das linhas e dos signos o tornava mais mago ainda, por isso estudara bem, em livros, a quiromancia e a grafologia. Tudo era sempre, para ele, um exercício de sedução. Os livros, o conhecimento, as sapiências insuspeitadas. Lendo a mão das mulheres, acontecia amiúde obter verdadeiras revelações... Como a daquela vez em que disse que a dona Marinalva era nervosa, muito nervosa. Nervosa e também com uma sexualidade nervosa. Dona Marinalva teve um ataque, dizendo que parasse com isso imediatamente, pondo-se toda fúria e nervos. Deu gritos. Até se acalmar de novo e rir, levou um bom tempo. Outras mãos nas mãos dele, e ele dizia que eram antigas, muito antigas, mãos que haviam cruzado tempos e galáxias, e as mulheres ficavam logo todas curiosas, pediam mais, queriam futuros e passados. E ele ia arriscando, contando causos, procurando nas linhas os filhos, os casamentos, os divórcios, os sucessos, os insucessos, e os temperamentos... Mulheres ariscas, traiçoeiras, mulheres com histórias para contar ou esconder, mulheres abertas, dadivosas. Mulheres que romperiam barreiras, ou que ficariam presas, para sempre, tristemente, a menos que alguém as salvasse... Ele lia as mãos como exercício de sedução. Fazia parte.

Mas às vezes também lia sério, muito sério, aumentando o mistério. Nessas horas, ficava de cenho franzido, como se houvesse visto morte ou doença ou pelo menos muita tristeza, decepção. Talvez fosse por isso que nunca quisera ler a mão esquerda de Julia, nem a de Lulu. Pegava as mãos das filhas, ficava a acariciá-las, mas depois as fechava, delicadamente, e nada dizia. Isso as deixava loucas de curiosidade, é claro. Principalmente Julia. Ficava inquieta, pedia, implorava. Mas ele voltava a abrir a mão da caçula, meio que brincando, meio que sério, dando a entender que ia enfim falar, mas não falava, nunca falou. Linhas estranhas, era o que dava a entender, muito estranhas, a do coração, então, nem se fala. Quanto às letras, também as decifrava, e bem. Por causa dele, Lulu também aprendeu a ler letra. Sabia muito bem o que era uma letra reta, redonda, fina, achatada, bem desenhada, estreita, torta para a direita ou para a esquerda. Lulu, não muito dada a interpretações, era capaz de decifrar uma pessoa pela sua caligrafia. Aplicara-se. Já a mão, bem, mão e alemão ficaram com Julia. Ler e livros também. Cada uma tinha um pouco dele, ou muito. Sem competição. Dava para reparti-lo em vários pedacinhos. Pelo menos enquanto ele estava vivo, disponível. O que Mafalda tinha dele, só para ela, saberiam depois. Acreditariam sem acreditar.

Muitas vezes a educação era feita a distância... Mesmo ausente, ele os educava, moldava-os ao jeito dele. Sim, foi um grande educador a distância. Um formador de consciências. Jeito de agir, pensar. Sobretudo de Tomás, o rebelde Tomás, o que mais exigiu seus dotes de educador. Quando a mãe soube que Tomás estava fumando às escondidas, ligou para o hospital ou para o jornal e falou com ele. E ele mandou uma carta para Tomás, uma carta na qual dizia que fumar era ruim, mas fumar cigarro barato, sem filtro, era pior ainda. Dentro da carta havia dinheiro para Tomás comprar alguns maços de cigarro de melhor qualidade. Quando precisasse mais, era só pedir. Ele enviaria. Esse era o jeito dele. Não brigava, nunca. Não gritava. Argumentava. Mesmo ausente, tornou-se um herói. Agiam como imaginavam que ele gostaria que agissem. Estudavam, liam. Procuravam estar bem informados para a presença mágica, tão rara. Porque as ausências eram também uma esmagadora presença. Na memória, na imaginação. Ou através de cartas e recados. Apesar de que as presenças físicas, claro, é que eram o seu forte. Era quando ocupava toda a cena de seu pequeno teatro. Quando interpretava o seu papel de pai iluminado. Complacente, bom, flexível. Como gostava de escutar os filhos. Ouvi-los falar. Provocá-los para que falassem. Saber o que pensavam para poder debater com eles seus problemas, suas opiniões, conhecer suas cabeças em formação, entrar lá dentro. Quando soube que, depois do cigarro, Tomas estava a se interessar por bebida e drogas, conversou, conversou horas. Falou de poetas e de pintores. Poe, Baudelaire. Modigliani. Gauguin. Pessoas que viveram extremos, mas que acabaram mal. Ouvia e respondia, com atenção. Debatia, aceitava réplicas, ponderava, e mansamente ia passando suas idéias, docemente ia se infiltrando. Elixir, licor, mel. Sim, suas palavras eram doces. Era um pai amoroso, só que amava demais. Seu vício era o amor. Ou a sedução.

Seria por isso que Julia sempre achara que ele tinha amantes? O eterno exercício ou arte da sedução? Ou seria porque, quando estava em casa e se arrumava para trabalhar, ficava tão bonito, tão cheiroso, com os cabelos tão sedosos, que dava vontade de tocá-lo, acariciá-lo? Aquele homem tinha um mistério. Na rua. E até seus filhos sentiam o cheiro de adultério no ar. E o engraçado é que não era um homem bonito. Mas ficava bonito, em seus ternos bem cortados, o vinco perfeito. Seria por isso que Julia sempre achara que ele tinha alguém mais, mesmo quando era uma menina? A mãe nada falava, nunca falou, nunca mencionou a possibilidade de que o marido tivesse outras mulheres. Nunca se lamentou diante dos filhos. E a história de Ruth havia muito estava encerrada. Saberiam dela, lembrar-se-iam dela, quando a infância já era coisa do passado. Dona Laura administrava a casa como se tudo estivesse dentro da maior, mais pura e tranquila normalidade. E ria, ria muito quando ainda era uma jovem senhora casada, mostrando os dentes alvos, os olhos azuis azuis. Angelicais. Mas Julia sabia que havia alguma coisa lá fora que o atraía, uma espécie de sino. A chamá-lo. A arrancá-lo do lar. Ele ia trabalhar feliz. E demorava a voltar. Demorava muito a voltar. Um tempo infindo, infinito. Alice fora a primeira mulher dele, a que ele mais amara. Eles a conheciam de foto. Havia sido uma bela mulher. Não havia como negar. Uma bela mulher, com rosto claro, aberto, generoso. Traços delicados. Mas Alice morrera. E ele nunca a substituíra no coração, ou substituíra por muitas. De certa forma, era possível concluir que Alice e o pulmão cortado foram o passe para a avacalhação. Ou desvario. Sem Alice, a primeira paixão, a primeira mulher a compartilhar com ele uma casa e filhos e os sonhos de um futuro melhor, não havia mais razão para fidelidades. Deus o traíra, levando da terra, prematuramente, a mulher que mais amara. Sua deusa. A partir daí, mesmo tendo casado, em suas segundas núpcias, com um outro anjo reluzente, não abriria mão de abismos. Amaria o prazer. E os filhos. Em troca, também seria por eles amado loucamente. Ilimitadamente. Estivesse aqui ou do outro lado. Carne e osso ou espírito.

Cátia

Olha, olha, o que vai falar dele, diz Cátia. Ele era maravilhoso, meu maior amigo. Quantas vezes converso com ele. Ou fico a imaginar uma longa conversa. Eu não podia ficar com ele, você bem sabe. Não podia fugir para Paris ou qualquer outro lugar. E não foi, devo confessar, só por causa de Laura. Por respeito a Laura. Ou por causa dos filhos. Naquela ocasião, vocês já não eram mais crianças. Já não exigiam tanto a presença dele. O fato é que eu tinha medo do sexo com ele. Não que fosse ruim, por ele ser velho. Longe disso. Ele era muito carinhoso. E hábil. Sabia fazer uma mulher gozar. Mas quarenta anos de diferença fazem diferença. Às vezes ele tinha que tomar injeções, queria que eu as aplicasse, e eu ficava chocada. Eu queria a intimidade, mas não queria o sexo. E ele entendeu. Desejava-me, mas nunca me forçou a nada. Quando eu decidi que não haveria mais sexo entre nós, ele se conteve. Segurou o desejo. E amou-me, mesmo assim. Amou-me muito. Talvez mais. Ninguém me amou como seu pai, Julia. Com carinho, compreensão, amizade, fidelidade. Como vai Laura, continua bem? Psoríase? O que é isso? Parece lepra? Que horror. Coitada da Laura. Espero que passe. Como assim, não passa? Eu, hein... De resto, ela está bem? Quanto à Clô, não me diga nada, não quero saber. Sinceramente, acho estranho você ir vê-la. Nunca gostei dela e acho que ela nunca gostou de mim. Mas sabia que eu existia, é claro, sempre soube. Se eu sabia de alguma coisa entre ele e Mafalda? Que história é essa? Não, nunca soube. Sobre mim ele sabia de tudo, é claro, eu disse a ele. Contei-lhe que perdera a virgindade com meu irmão. Numa espécie de brincadeirinha muito íntima que fazíamos entre nós, no início da adolescência. E que acabou muito mal. Contei, e ele ficou sendo mais carinhoso ainda comigo, ao saber de minha dor. Da origem de meus problemas com minha família. Mas ele nunca me contou nada sobre Mafalda. É a primeira vez que ouço essa história. Para falar a verdade, gostávamos de conversar mesmo era sobre literatura. Ele lia o que eu escrevia, dava opinião. Gostava de meus poemas. Gostava de tudo o que eu fazia. E me escrevia poemas. Escreveu um lindo sobre um vestido branco, meu, muito decotado, e sobre minha casa na montanha. Gostou de minha casa. Um dia você devia ir lá, Julia. É uma bela casa. Estou a fazer uma reforma. Espero que depois você apareça por lá. Com Adolpho. Ou mesmo sem Adolpho. Se quiser, eu a levo lá. De certa forma, Antônio também mora lá. Ele gostava mesmo de lá. Gostava do verde. E da madeira da casa. Do telhado, das janelas, da soleira. Fez um poema para a soleira. Sabia que eu dei à minha casa o nome de Pratinha? Em homenagem à Prata, a fazenda de seu avô?

O CONSTRUTOR

A casa era escura, mas o Natal era alegre. Faiscava. O Natal e a Páscoa. Antônio tudo fazia para que os filhos ficassem felizes no Natal e na Páscoa. Dentro de suas limitações, procurava realizar seus sonhos. Os pedidos feitos nos bilhetinhos. Bola, balanço, patins, mesa de pingue-pongue, um disco, uma calça jeans. No pátio, sempre um peru, um peru emplumado de papo vermelho a cagar no chão — ai, que nojo — e a fazer gluglu, que seria sacrificado na véspera do nascimento de Cristo pela lavadeira, a Jurandir, a única a ter coragem de matar a pobre ave. Ele pessoalmente ia comprar o peru, como também comprava o queijo bola, sempre tinha que ter um queijo bola no Natal. As nozes, as cerejas, o vinho, o sorvete. No Natal, saíam da miséria. Por mais miseráveis que tivessem sido todos os dias do ano. Quando a árvore ficava velha, ele comprava uma nova. Olhava os anúncios no jornal, com Lulu, analisava os preços e comprava uma nova. Um dia comprou um pinheiro de verdade, mas, infelizmente, plantada no quintal, a arvorezinha definhou. Nunca cresceu. Ficou lá, anos e anos, uma árvore anã, parca de ramos. Mas naquele Natal tinham tido aquela felicidade, uma árvore de verdade na sala, um pinheiro. E, na Páscoa, os filhos sempre amanheciam com um ovo ao pé da cama. Garoto, nas vacas magras, Kopenhagen, quando o caixa doméstico permitia tal luxo. Sim, ele não economizava quando o que estava em questão era a realização de um sonho infantil. Não importava que depois tivessem, todos, que apertar os cintos já mais do que apertados. Contava uma história para ilustrar sua filosofia de vida. Saroyan, sempre Saroyan, o homem ousado no trapézio voador. Um pai com filhos no Natal, a maior miséria. A mãe, coitada, só conseguira apresentar à família uma sopa na véspera do nascimento de Cristo, com um pedaço de músculo dentro, mas a tigela era de prata. Uma tigela ganha no noivado, de uma tia de posses. E a sopa ficara mais saborosa, por causa do brilho da prata. Era isso o que ele ensinava. Era preciso beleza e sonho, grandeza e requinte, mesmo quando a miséria batia à porta. Foram criados assim, na tristeza da tosse noturna, as manchas de sangue no lenço, mas em beleza e delírios. E quando pôde, quando teve condições, pois um dia foi chegada a hora de ele fazer um pouco mais de dinheiro, ficar com uma vida mais amena, quantos sonhos realizou. Sonhos que antes pareciam impossíveis de serem concretizados. Ele sempre dissera, quando eles ainda eram bem pequeninos, que a casa um dia ia crescer, alongar-se e chegar até o morro que havia na parte de trás da construção principal. Que ia fazer uma ponte que iria do morro até o quintal. E, assim, ligaria a casa ao quintal. Para se chegar lá em cima, onde estavam as árvores e o caramanchão com a mesa de pingue-pongue, deixaria de ser necessário descer as escadas internas, sair da casa, passar por uma estreita área e subir as escadas do quintal. Pois haveria a tal da ponte. O inimaginável. Só que um dia aconteceu. Num Natal, é claro, só poderia ser num Natal. Quando a casa era pintada de novo, ganhava azulejos ou pontes. Ele ligou a casa ao morro. E passou a ser possível sair do segundo andar da casa e chegar ao quintal sem ter que descer e subir escadas. Houve um tempo em que todo mundo se esqueceu de que antes havia um morro distante na parte traseira da casa. Inatingível. E um quarto novo também fora construído, onde antes ficava o velho escritório, um quarto com banheiro com porta para a encosta do morro e uma passagem para o quintal. Sim, o velho escritório, o do telefone negro e das aranhas, um dia sumiu. E todo mundo rapidamente também se esqueceu de que um dia ele existira. O novo escritório era tão mais agradável, mais claro, com vista para o quintal e suas árvores... Vista para as flores e os pássaros... Para que lembrar do velho quarto, tenebroso, tétrico, quase que demoníaco? Assim como todo mundo esqueceu rapidamente que um dia a casa teve um só banheiro. Pois ele construiria mais três banheiros. Era meio maníaco por banheiros. No Piauí só havia casinhas, cochicholos com privadas, fora da casa. E ele os devia ter odiado, quando criança. E também construiu uma piscina, aureolada por uma pista de pedra de São Tomé, cercada por canteiros e plantas. Adorava piscinas. Espelhos d'água. E quando as coisas estavam melhores ainda, bem melhores mesmo, com as ausências, os plantões em jornal e o hospital tendo ficado para trás ou para as calendas gregas, ele ousou se lançar a uma nova aventura. Uma casa de campo. Quem te viu, quem te vê, né? Uma casa com piscina no Rio e uma casa de campo, também com uma piscina, com uma magnífica vista para o lago da Granja Comary. Julia tinha 11 anos quando ele comprou o terreno, ainda coberto por mato e árvores altas. E logo descobriria que o pai, o ausente, o pobretão devaneador, era mesmo um concretizador de sonhos. Sonhos em concreto. Gostava de argamassa, cimento, tijolo. Fingia-se de arquiteto. Desbastou todo o terreno, fazendo com que a vista pudesse ser facilmente contemplada, e construiu a casa, que inicialmente seria bem modesta. Muitos, muitos anos mais tarde, a casinha seria ampliada, já que todos os filhos estavam casados e já havia netos.

Antônio gostava também de carros velozes e de máquinas. Sempre comprava os últimos eletrodomésticos, as últimas engenhocas, mesmo que não as soubesse utilizar. E, ao mesmo tempo, todos bem o sabiam, seria capaz de viver apenas num quarto com livros e mais nada. Como vivera na clínica. E como, na realidade, costumava viver depois, mesmo após as construções e a aquisição de máquinas. Pois sempre, fosse na cidade ou na serra, refugiava-se em seu próprio quarto, tendo à mão livros e jornais. Passava horas e horas na cama a ler e a sonhar com uma saúde melhor para si mesmo e um futuro melhor para os filhos. Os filhos. Nunca passou por sua cabeça se separar dos filhos. Sem os filhos, não era nada. Um dia comprou um carro esporte, um SP2 cor de prata azulada. Chegou em casa todo prosa, com o espantoso carro reluzente. Pensou que faria o mesmo efeito que fizera, anos atrás, com o Cadillac, ou seja, achou que provocaria um total maravilhamento. E provocou. Só que os filhos não cabiam dentro. Tinha que passear com um de cada vez. Vendeu imediatamente o carro bonito, mas imprestável, no qual não cabia praticamente ninguém. Só o motorista e um acompanhante. E logo em seguida comprou um outro, no qual cabia a família inteira. Ele não era completo sem a família.

A casa de campo. Quisera uma casa assim-assado, com lareira de mármore e piscina. Levara uns dez anos para construí-la, mas construíra, com lareira e piscina. E a incomparável vista para o lago. Já tinha, portanto, duas casas. Mas era um inquieto, um insatisfeito. E sempre um sonhador. Depois do que já havia conseguido para Laura e os filhos, desejou ter uma outra casa, na praia. A praia da qual desde muito tempo havia abdicado por causa do pulmão doente. Sabia que a mulher e os filhos achariam que aquilo seria a loucura final, assinalando que ele não tinha dinheiro para sustentar três casas. Então, decidiu que a casa na praia, seu derradeiro sonho, seria um presente para Clô, a fidelíssima amante. Todos os sábados saía de casa com a desculpa de que ia visitar o irmão mais novo, André, em Tribobó, e na realidade o que ia fazer era cuidar pessoalmente da construção de seu novo paraíso. E, de lambuja, é claro, ver Clô. Ficar com ela um pouquinho mais. Tranqüilizá-la quanto a seu perene amor, indestrutível. Um dia, essa terceira casa ficou pronta. Com piscina e uma porta de entrada igualzinha à de sua própria casa, no Rio. Uma porta com desenho de porta americana, copiada de uma revista de decoração. Mas só que Clotilde ia muito pouco a Itaipu, tinha medo de ficar lá sozinha. Insistiu então com Julia para que esta passasse a freqüentar a tal da casa de praia, que construíra para a amante, com o namorado. Julia disse que sim, é claro, iria lá. O que não faria por ele? Foi, visitou. Viu a porta igual à da casa da mãe. E sentiu-se mal, muito mal. Os olhos turvaram, pesados. Ela saiu de lá tendo pesadelos, achando que freqüentar aquela casa era uma forma de trair a mãe, em conjunto com o pai, ser cúmplice da infidelidade, e nunca mais foi. O jeito foi vender a casa abandonada por Clotilde, que levara uns três anos para ser construída, mas que ninguém visitava. E não mais ver a praia. A praia que ele perdera por causa da tuberculose. Mas morreria no mar. Com Clô. Era um teimoso mesmo. Não teve a casa de praia, mas teve o mar como sarcófago. Pois foi dentro do mar que sua alma começou a abandonar o corpo. Como acontecera na mesa do hospital. Só que no hospital a alma vagabunda voltaria para o aconchego da carne. E naquele dia na praia, no delta do Parnaíba, ela deixaria para sempre o invólucro humano.

De certa forma, morreu por amor. Não poderia se separar de Laura, a mãe de seus três filhos menores que também cuidara de seus dois filhos maiores, concebidos por Alice. Não poderia cometer tal ato de traição com quem lhe dera tanto. Inocência, fé em Deus, cuidados de enfermeira, solidariedade.

A mulher da qual roubara a luz. Mas, quando se aposentou, ficou difícil, dificílimo, ver Clotilde. E percebeu que amava a ex-companheira da clínica de turberculosos muito mais do que havia percebido até então. Não adiantava nem mesmo conversar sobre o assunto com as filhas ou com Cátia. E passou a beber muito mais do que bebera em toda a vida. Nunca acontecera aquilo. Ficar bêbado. Bebia em todos os fins de semana e nos Natais, mas com elegância. Comedidamente. Pelo prazer de beber. Mas, depois da aposentadoria, às vezes os filhos o encontravam caído no sofá da sala, bêbado, com o sangue impregnado de álcool. Balbuciante. E tinham que levá-lo para o quarto, carregado. Chegaram a pressioná-lo para ir embora. Era chegada a hora. Talvez lhe restassem poucos anos de vida. Tinha esse direito. Viver com quem quisesse viver. Mas nem pensar. Para ele, a hipótese era inexistente. Achava que não seria visitado pelos filhos na casa de Clotilde. A grande ironia é que, morto, todos os filhos tiveram que ir lá, buscar documentos, ouvir como o pai morrera, ou apenas vê-la. Ver a mulher que presenciara o seu último momento. Que com ele estivera até o final, a última palavra, o último alento. De certa forma, ele pregou essa peça em todos eles. Mais uma. Se não visitaram Clô, todos eles, enquanto ele estivera vivo, filhos e netos se viram obrigados a visitá-la quando ele morreu. A mulher que fora sua confidente. E que vivera as histórias de todos eles a partir das histórias narradas pelo pai. A mulher ouvinte. A comparsa.

Clô

Clotilde acontecera em sua vida depois de Ruth, isto é, depois que tentara dar o tiro em Ruth, e a bala atingira a parede. Depois que enlouquecera, voltara à razão e pedira perdão a Laura, na Praça Saens Peña, por seu pecado, e fora perdoado, tendo podido voltar para casa. Como um filho ou marido pródigo. Clotilde veio depois que o pulmão fraquejou, inundou-se de bacilos. Ele a encontrou na clínica de tuberculosos. Ela ainda não tinha trinta anos. Assim como Ruth, chegaria o momento em que Clotilde desejaria abandoná-lo, deixar de ser amante e virar mulher decente, casada, esposa de um outro qualquer. Um homem ao qual não amasse, mas que a dotaria de dignidade. Honradez. Ele não pensou duas vezes. Não estava disposto a perdê-la. Nunca queria perder ninguém... Procurou o pai da namorada, que o odiava — tratava-se de um rude policial —, e disse que cuidaria da amante para todo o sempre. Que nunca falharia. Seria mais do que um marido. Seria o guardião fiel, protetor. Eterno. Jurou e ganhou a batalha. E por quarenta anos, cumprindo a promessa, teve uma vida dupla. Religiosamente dupla. Cronometricamente calculada e dividida. Como é que ele fazia? Aí é que está, fazia, dividia-se de forma ordenada, metódica, sem falhas. Virginiano que era. Nunca deixava furos. Quando saiu da clínica, quando voltou para casa definitivamente, só com um pulmão a funcionar precariamente, dividiu seu tempo entre as duas mulheres, de modo a deixá-las salomonicamente contentes. Ou pelo menos razoavelmente satisfeitas. Sexual e financeiramente. Sempre dava um jeito de trabalhar juntamente com Clotilde, empregando-a no mesmo lugar onde se encontrava empregado. Ela o auxiliava nessa tarefa, facilitando a contratação, estudando datilografia, diagramação, fazendo concursos, enfim, disposta a fazer o que fosse preciso para poder estar pertinho dele, o seu grande amor. O que Laura tinha de loura diáfana e ingênua, apesar de forte em sua ingenuidade, Clotilde tinha de morena realista e tinhosa. Uma vivia na irrealidade, em seu mundo de faz-de-conta, a mendigar dinheiro todos os dias para as compras, a outra era prática, terra a terra, sabendo muito bem o quanto Antônio tinha na carteira e na conta. O quanto devia. Ciente dos juros que ele tinha que pagar aos bancos. Devia pagar contas atrasadas de Laura, de luz e de gás ou telefone, sem que a outra soubesse. Administrava os contracheques do amante. Fazia o dinheiro render. Ir até o fim do mês.

Enfim, eis o método: todos os dias ele tomava café com Laura, depois saía para trabalhar, ia até a casa de Clotilde apanhá-la, subia e tomava um outro café. Ou um cafezinho. Todos os dias almoçava com Clotilde na cidade. Ao final do trabalho, levava-a em casa, subia novamente ao apartamento que ele ajudara a decorar e ficava um pouco com ela, conversando, contando tudo o que se passava em seu lar oficial, e fazendo amor. Despedia-se e ia para casa jantar. Nas épocas em que estava trabalhando em jornal, jantava de madrugada a refeição que Laura esquentava em banho-maria. E depois dormia imediatamente, deixando a obrigação de marido para a manhã seguinte, quando sabia que o pau voltaria a funcionar.

Quando saiu do jornal e foi ser assessor de imprensa num grande banco, conseguia chegar em casa lá pelas oito ou oito e meia da noite. Nos fins de semana, inventava algum álibi para ver Clotilde aos sábados (como foi o caso da construção da casa de praia). Nos domingos, no entanto, dedicava-se integralmente a Laura e aos filhos. As férias eram divididas ao meio. Ele viajava com Laura e depois com Clotilde, ou vice-versa. Durante quase quarenta anos. Só quando se aposentou, aos 72 anos, é que as coisas ficaram confusas, muito confusas. O esquema havia sido furado. Ele começou a cometer desatinos, correr perigos. Laura saía da sala, e ele imediatamente ligava para Clotilde, morto de saudades. Um filho casava no quintal, e ele tinha que correr para o telefone, ao final da cerimônia, e narrar tudo para a amada. De que valeriam os feitos e as celebrações se não pudessem ser narrados para Clô? Receberem a sua bênção, sua proteção? Mesmo assim, Laura nunca percebeu os telefonemas. Os cochichos, as confidências. O súbito colocar do telefone no gancho quando ela voltava para a sala. Ou passou a achar que no final da vida o louco do marido havia arrumado uma nova namorada. Como poderia imaginar que o dividira praticamente ao longo de toda a existência de casada com a mesma mulher? Seria um choque, e ela não queria novos choques. Passara a evitá-los desde a cena no banco de praça. Fragilizara-se. O marido era fiel e ponto. Que não ousassem falar o contrário. Mesmo quando falavam — e algumas pessoas fizeram questão de falar, contar minúcias, entrar em detalhes —, a maldosa informação entrava por um ouvido e saía pelo outro. A vida tinha que continuar e continuava, dentro de sua falsa normalidade. Se Laura sabia ou intuía que tudo era falso, fazia força para crer que não, e acabava que tudo ficava verdadeiro, porque a verdade de Laura batia em uníssono com o coração da casa.

Quanto a Cátia, Laura não ligava a mínima, recebia-a em casa, hospitaleiramente, oferecendo doces e bebidas. Aparentemente de coração aberto, sem névoas. Cátia passara a ser apenas uma grande amiga de Antônio, nos últimos anos de sua vida, e soube conquistar a confiança de Laura. Levava-lhe presentes, paninhos de prato, toalhinhas de crivo, doces, e conversava com ela. Ouvia os seus problemas. Depois pulava no colo de Antônio, quase sempre para chorar suas mágoas de amor. Contar as brigas com Virgílio. Com a mãe, o pai, os irmãos. Ou falar de um novo namorado. Mesmo enciumado, Antônio ouvia, ponderava. Raciocinava. E a acarinhava. Passando as mãos nos longos cabelos louros da amiga. Laura saía da sala e deixava os dois sozinhos. Já considerava Cátia uma nova filha de Antônio. Uma agregada da casa. E era capaz de captar e compreender as carências da mocinha, tão pequeninha e sempre chorona. Rivalidade existia entre Cátia e Clotilde, mas não entre Cátia e Laura.

Se todo o caos amoroso de Antônio ficasse apenas por aí, a confusão que criava na vida das pessoas por amá-las doidamente... Mas não ficava. Daí Julia pensar em escrever um livro, no qual tentaria dizer o indizível. Aprisionar as variações ou multiplicidades, dentro do uno ou único. Não para julgar o pai. Quem era ela para julgá-lo? Só queria falar com ele, contar-lhe algumas coisas, como as que descobrira a respeito de Thomas Mann e sua família. Ou o que acontecera com Bill. Pois sabia, tinha certeza, de que lá onde estivesse, ele leria o livro. E a amaldiçoaria, por tentar revelar o que não era para ser revelado, o que deveria ficar para sempre enevoado, nublado, mas também riria muito, como se ela estivesse a cometer uma travessura a mais, a rasgar novamente o vestido na cintura, a ferir as pernas com as inúmeras quedas. "Veio da guerra, minha filha?", costumava perguntar à sua caçula, quando ela entrava na casa com suas pernas todas escalavradas por arranhões e feridas. Como é que ele não entenderia a necessidade que ela tinha de escrever para falar da falta que ele fazia a todos eles? Escrever pra tentar decifrá-lo? Decifra-me ou te devoro. Ele entenderia, ele que tudo entendia. Aquele homem todo razão e coração, agudamente lúcido e totalmente insano, que tinha uma linha da cabeça que cortava a mão de ponta a ponta. A linha do método, provavelmente. Aquele ser falho, humano, dolorosamente humano. Um homem com uma ferida aberta no peito. Um homem com dois, três, quatro corações. O amor de Alice, Laura, Clotilde, Cátia e de muitas outras mulheres. E, claro, a paixão pelos filhos. Seus iguais na diversidade.

Cadernos de Julia

A morte transforma os vivos que se vão em enigmas. Sabia, pai, que Bill se matou? Será que você leu em minha mão esquerda que Bill se mataria? Por isso a fechou? Será que você leu esta dor? Se leu, por que não me contou? Eu teria me preparado, se é que alguém pode se preparar para o suicídio do melhor amigo. Agora, o que eu posso fazer? Falar de Bill. Mas falar de Bill agora é cair no vazio. E falarei também de seu querido Thomas Mann, o homem da montanha mágica. Gostaria que você estivesse aqui em carne e osso para que pudesse me levar a Parati, dirigindo seu grande carro prateado maciamente, pela estrada, como gostava. Sem pressa, sem sustos. Sempre mantendo uma boa distância quanto ao carro da frente, para não ser atingido por súbitas freadas. Você era um bom motorista, pai. Era um prazer viajar com você. E sei que você gostava de Parati. O mar, o teu mar, o mar que teu corpo doente transformou num fruto proibido, uma maçã ou serpente. Lá, pegaríamos um barco, no píer da igreja, e velejaríamos até a casa de Julia. A casa de praia onde Julia foi criada com os irmãos e que vai virar museu, encravada na Serra do Mar. A casa que foi do navegador Amyr Klink, com grandes janelas para o mar. A casa das memórias de Dodo, a menina traquinas filha do senhor Bruhns e de dona Maria da Silva. Queria ir até lá contigo, para que sentisses a brisa fresca, catasses conchas comigo, corresses de pés descalços na areia e entendesses por que Julia Bruhns Mann nunca esqueceu o Brasil. Não poderia, não é? Quem pode esquecer um paraíso no qual se viveu até os sete anos? Ainda mais Julia, que nasceu na mata, entre Angra e Parati, entre macaquinhos, papagaios, borboletas azuis e cobras. Julia, a brasileira. Eu queria te contar que fui atrás dela por sua causa. Já que, sem o saberes, tu me batizaste com o nome da mãe de seu autor preferido, fazendo com que eu me tornasse, de certa forma, filha dela também, filha da literatura. E da loucura. E da maldição. A maldição da escrita. A luxuriante escrita brasileira. Eu queria te contar que estive em Davos com meu amigo Andrés, quando Andrés estava a ajudar o pai a reescalonar uma imensa dívida. Lembrei-me de ti, um pai com uma dívida. E que hoje Andrés está em Brasília, casado, com uma filha. E sem dívidas. Eu o vejo na televisão, a debater os problemas brasileiros, os insolúveis problemas econômicos e sociais do Brasil. Mas sei que ele não esquece Davos. Nem a visita ao museu de Thomas Mann. Passei para ele a magia. Quem sabe ele até voltou lá com a mulher e a filha? Filhas, filhos. Queria te falar também de Klaus, de Erika, de Elizabeth, Mônica, de Golo e Michael. E te dizer, bem, é difícil, mas vou dizer. A escrita para eles era um abismo, como é para mim. É quase um ventre paterno, disforme, doente. Na medida em que Thomas Mann amava as palavras. O mundo da fantasia. E amava os filhos, doentiamente. Você gostou da montanha por causa da identidade com seu pulmão lacerado, por causa da licenciosidade e das conversas, as infindáveis, prolixas argumentações settembrianas. Ou naphtianas. Você, que vivia a argumentar, conversar, a persuadir. E que sabia que um pulmão infectado deixa o corpo em febre. Deve ter gostado também quando Settembrini diz a Hans que a música é perigosa. Você tinha uma relação estranha com a música.

Era uma ordem que poderia ser desordem, paixão. Já eu gosto da montanha, de Fausto e de Thomas, por estarem em sua cabeceira. E por saber que Thomas era um certinho nada certo, assim como você, meu pai. Com a diferença de que TM viveu com medo de suas loucuras e aprisionou-se em diários, ensaios, correspondência e livros (como meu marido Adolpho). Enquanto você viveu as suas intensamente, e não teve tempo de aprisioná-las nas palavras. Nem cartas você escrevia. Ou escrevia muito poucas. Quem sabe eu possa fazer isso por você? Eu, que chorei em Parati. Que caí naquelas pedras...

Eu, que ao perder o prumo do jornal, me senti sem rumo, já que a redação era uma outra casa sua. O fechamento. As chaves imaginárias. E o livro, ah, você não nos permitiu o livro. Mas eu vou te dar este livro, pai, e vou trancá-lo lá dentro, para todo o sempre, como um protagonista, um personagem. Será minha caverna mágica. Minha lanterna de Bergman. Ou Proust. Minha Genoveva de Brabante. Vou olhar para este livro um dia, na estante, e saberei que você estará lá dentro, você e suas mulheres, você e sua doença, seu amor desmedido pela vida. Pelo vinho, pelos livros. Pelos carros velozes, onde só cabiam no máximo duas pessoas. Você e uma amada.

E vou te falar de Thomas Mann e sua mãe, ah, vou, vou te contar que TM me lembra muito um outro conto de Saroyan que você nos contava, do homem certinho que de repente dava um pulinho, em plena rua, um pulinho irresistível, que não podia ser controlado. Um pulinho por Tadzio, a jogar bola no mar. Eu vou te contar que ele desejou Klaus e transformou Erika num homem. E que o menino Eco, de *Doktor Faustus*, na realidade era seu neto Frido. Por amor à literatura, nem o neto ele poupou. Transformou-o também em personagem. E como personagem o matou, para horror de Frido. Em troca, você vai me dizer por que nunca me contou que Bill me abandonaria, assim, de repente, me deixando sozinha na vida. E não sou assim tão forte, para agüentar tudo isso. Meu filho, lembra-se de meu filho? Diz que sou fraca, muito fraca. E insiste que chorei em sua morte. Mas não chorei. Eu choro agora. Veja, estou a chorar. Minhas lágrimas, malditas, ainda são secas. Secas como as palavras. E Mafalda, é verdade tudo o que ela conta, pai? Que você foi o primeiro homem dela? Até onde vocês foram? Achou que ela era parecida com Alice, é isso? Pobre Alice... Que desculpa mais esfarrapada, hein? Mafalda não tem nada da mãe... O nariz é teu. Nariz forte de odalisca, egípcia, moura. Ou de nordestina. A pele morena, que facilmente fica luzidia ao sol, cheia de melanina, os escuros cabelos sedosos, o corpo fino, calipígio. Corpo de *fausse maigre*. Não, Alice não era nada disso. Tínhamos uma foto de Alice em casa, uma só, e ela lembrava mais a Flor, aquela nossa prima gordinha, filha da tia Ofélia, cujo rosto era um camafeu. Se não foi Alice, o que foi? Sentiu-se atraído por sua própria imagem? Daí a necessidade de toque, tato? Foi narcísico o teu primeiro amor incestuoso? Quando é que tudo ficou permitido? Com a morte de Alice? O pulmão lacerado? O tiro em Ruth...?

Ah, tem uma coisa, só uma, que talvez fizesse Mafalda lembrar a mãe. Ela adorava crianças. Não as dela, as dela a fariam sofrer em demasia, logo no parto. Mas os alunos, os irmãos, as crianças das rua... como os amava. Apesar de ser extremamente sensual, fixada em sexo — o sexo sempre seria um encontro contigo, pai, fosse com que homem fosse, o marido ou os outros, os amantes —, Mafalda sempre foi uma pessoa maternal, que gostava de cuidar de crianças, brincar de roda com elas, contar-lhes histórias, estimulá-las a desenhar para depois tentar interpretar os desenhos, as manchas... Talvez procurasse nas crianças a criança que ela nunca pôde ser, pois assim que lhe morreu a mãe passou a ser uma menina séria, que pouco brincava... Uma menina introspectiva que lia... E pensava, pensava muito, com aqueles imensos olhos negros, que olhavam para dentro dela mesma... Para a carência, a falta de afeto materno.

O ENCONTRO COM ALICE

Trecho de texto escrito por Antônio, a respeito do encontro com sua primeira mulher, mãe de Toni e Mafalda, que esteve entre os guardados de Clotilde até o amante morrer no Piauí. Após a morte, achando que não havia mais sentido manter o relato consigo, Clô entregou-o a Toni, juntamente com fotos de Alice, que ninguém sabia que existiam. Fotos de Alice solteira, fotos de noivado, fotos do casamento, fotos com os dois filhos, pequeninos, no colo ou num carrinho de bebê. Todas elas escondidas por mais de trinta anos, para não magoarem Laura.

"Num ingênuo vestido de tafetá rosa, ela entrou em minha vida. Lembro-me ainda — o coração nunca esquece — do seu ar de colegial em dia de festa, quando deixou de lado os sapatos pretos, as meias brancas, a saia azul, trocando-os por um vestido de mocinha, batom nos lábios, sonho nos olhos. Era o dia 16 de novembro de 1939, dia dos anos de minha irmã Ofélia. Minha irmã mais velha, Manoela, preparava uma festinha, para a qual convidara alguns primos, seu namorado Sebastião e as irmãs deste: Clara, Alice e Lígia. Esta última, embora ainda jovem, parecia ter mais idade. Era séria, alta, tinha ar sisudo e maneiras graves. Clara era muito simpática, cheia de vida, alourada. Falante, dada, vital. Mas a que mais me chamou a atenção, aquela que viria a ser o único e grande amor de minha vida, foi a caçula dos Parreira, Alice, algo to-

talmente novo ante meus olhos de rapaz de vinte anos, estudante de direito. Pequenina, alegre, ensolarada, como se guardasse dentro de si a luminosidade de todas as praias nas quais mornamente caminhara e se estendera ao longo de seus 18 anos. "Gordinha e papuda" — assim a chamei carinhosamente então —, ela era um poema de ternura e de inocência. E essa ternura se estendia pelas crianças presentes, os filhos de meu primo Antenor, com as quais ela brincava, fazendo-me pensar na doçura e no amor que provavelmente viria a dedicar, um dia, a seus próprios filhos. Ao mesmo tempo me chocou o pouco interesse que demonstrava pelos rapazes presentes à festa, todos, pelo que tudo indicava, dispostos a conversar com ela e a confessar-lhe a admiração que estavam a sentir diante de sua vivacidade e alegria. Meu irmão Henrique, que é um homem inteligente e também poeta, foi imediatamente tocado pela simplicidade e frescor daquele espírito juvenil, tendo feito uma tentativa de aproximação, que, para meu contentamento, seria rechaçada. Aquela noite, apesar de tão tranqüila e festiva, deixou em meu coração uma sensação de inquietude. Tinha que vê-la novamente, e veria, uns três meses depois, na casa dos pais de Sebastião, quando Ofélia já estava noiva do até então apenas namorado. Revi Alice e novamente o estranho sentimento de me encontrar diante de alguém diferente tomou conta de mim. Nessa noite, ouvi-a pela primeira vez tocar piano. "Danúbio Azul". Sonho azul. Um maravilhoso sonho azuuuuuuul. Brinquei com ela, dizendo que, pelo que parecia, ela só gostava de tocar sons azuis. Ela não gostou da observação, achou-a debochada. Mas é claro que prestou atenção em mim, assim como havia prestado quando eu observara, da primeira vez, que ela logicamente ficava junto às crianças por afinidade. Eu estava fascinado, mas tentando me rebelar contra a fascinação. A lealdade me obrigava a deixar o campo livre para meu irmão Henrique, já que ele poderia vir a tentar uma nova aproximação, embora eu experimentasse uma gostosa sensação de que ele novamente não teria êxito em sua investida amorosa. Querendo esconder meus sentimentos, voltei-me para a severa Lígia. Mas entre nós dois a única coisa que poderia vir a acontecer, e aconteceu, foi uma simples camaradagem. Eu já estava totalmente preso no encantamento do riso moço de Alice. Minha menina-mulher maternal... doce armadilha."

Saúde e doença

Julia gosta de fazer pesquisas na internet. A esmo. Pelo prazer de pesquisar. De brincar ludicamente com a aquisição de conhecimentos, nem sempre utilitários. De uso imediato. Diverte-se com as buscas e as revelações. Os encontros inesperados. Há os que consideram que na internet há muita informação errada. E que, por isso, é preciso sempre se manter um pé atrás, uma atitude de desconfiança. Provavelmente estão certos. Nenhuma invenção humana é infalível. E a imensa rede mundial de informações, posta à disposição dos internautas, não é uma dádiva caída do céu. Não existe por si mesma. Não provém de um deus *ex machina*. É apenas mais uma criação dos homens. E, conseqüentemente, cheia de falhas, já que errar faz parte da condição humana. Mas, quantos os achados! As descobertas. Às vezes surpreendentes, inesperadas. Foi fazendo uma dessas pesquisas que, meio por acaso, deparou-se com um texto de Thomas Mann sobre saúde e doença, escritores solares, iluminados, e escritores doentios, sombrios, loucos, insanos. Os gênios da doença ou danação. Tratava-se de um prefácio de TM para uma coleção completa de Dostoievski, publicada na Alemanha pela Ficher Verlag. Prefácio esse que, posteriormente, seria republicado nos Estados Unidos, na introdução de uma coletânea de novelas curtas do grande romancista russo, editada pela Dial Press.

Nele, Mann confessava que, ao aceitar escrevê-lo, estava a abrir uma exceção ou se pôr em xeque, como se enfrentasse um desafio pessoal por muito tempo adiado, postergado. Nunca quisera redigir nada sobre Dostoievski nem fazer conferências sobre a vertiginosa obra do russo. Assim como sempre relutara em falar em público sobre Nietzsche. Diante destes dois monstros, sentia um verdadeiro terror pânico. Pois tinha medo, muito medo de enfrentá-los, tentar traduzir em palavras o que sentia diante dos dois possuídos, que uniam em seus escritos o santificado e o criminoso. Admitia que as maiores influências em sua vida de escritor haviam sido Tolstoi, Goethe, Nietzsche e Dostoievski. Mas, enquanto se sentia confortável ao falar de Tolstoi, dono de uma força épica primitiva, e de Goethe, modelo de uma cultura pessoal majestosa, sempre se mantivera mudo no tocante a Nietzsche, que sofrera de paralisia crescente, e de Dostoievski e sua epilepsia. Optando por um profundo, místico silêncio. Por ser muito mais fácil escrever a respeito da plenitude divina e pagã dos seres saudáveis do que sobre a sagrada doença. Sendo também muito mais fácil se divertir com as criações dos filhos afortunados da natureza do que a expensas dos filhos do espírito, os grandes pecadores, os danados. Por isso, já escrevera, sem nenhum problema, sobre a egotística criança com uma estrela da sorte na testa, Goethe, e fizera um ensaio inteiro sobre o moralismo cristão de Tolstoi. Mas nunca antes ousara se aventurar nos íntimos do Inferno, por sentir, diante dos devotos e dos doentios, uma reverência muito mais profunda do que a que sentia pelos filhos da luz. Tudo, tudo em Dostoievski, confessava Thomas Mann em seu prefácio, lhe metia medo. A desolação espiritual, o íntimo conhecimento do coração dos criminosos, dos perversos e humilhados, a visão mística dos bêbados e desgraçados. Para o homem da fria Lübeck, a consciência hipertrofiada de Dostoievski, seu lirismo psicológico e a revelação da impiedade humana transcendiam os limites da arte.

Do ponto de vista da ciência médica, uma escrita como a do russo poderia ser considerada patológica. Mas, perguntou-se Mann em seu texto, o que é verdade, experiência ou medicina? Alguns vínculos entre a alma e o intelecto seriam impossíveis, acentuou, sem doença, crise espiritual, insanidade. A vida não é pudica, e é provavelmente seguro dizer que ela mesma prefere mil vezes uma doença criativa e genial do que uma prosaica saúde. Uma inteira geração de pessoas de cabeça aberta, saudáveis, bebera no poço abissal do trabalho dos gênios doentios. Foi a epilepsia que permitiu a Dostoievski ter visões extáticas que nenhum homem são jamais teria. Enfim, foi essa condição, de vidente do mórbido, do sobre-humano, a partir de seu corpo em sofrimento, que permitiu a Dostoievski criar *Os Irmãos Karamazov*, *Os demônios*, *Crime e Castigo* e *O Idiota*. E, de todos os personagens dostoievskianos, o que mais metia medo em Thomas Mann era Stavroguine, o pedófilo, o assassino da menina Matriocha.

Quanto a Nietzsche, na maturidade ele o enfrentaria não num prefácio, mas em todo um livro, *Doktor Faustus*, como revelaria em seu *Diário do Doktor Faustus*. O interessante, ao ler esta confissão, é que a própria obra de Thomas Mann nos ensina que não há doença sem saúde nem saúde sem doença. E que o amor é uma doença. Que nos enche de sentimento de vida, saúde, êxtase, potência e, contraditoriamente, de sentimento de morte, fuga dos limites do corpo, nossa efêmera prisão da espiritualidade.

PARTE II
Os laços e os nós

A CASA DE BILL

A casa era escura, carregando mistérios no bojo de seu ventre, mas havia uma casa do lado toda iluminada. Branca, de janelas azuis. Branca e florida. Que pertencia aos pais de Bill. E era lá que Julia se refugiava quando ficava com medo de ser devorada pelas trevas e pela tosse encatarrada do pai, hemorrágica, sanguinolenta, que, quando ele estava em casa, varava a noite como um grito surdo, abafado. O doutor William, pai de Bill, era cirurgião e tinha imensas mãos consoladoras que davam segurança às crianças da vizinhança em todas as suas doenças. Se o pai, Antônio, era um curandeiro, um médico charlatão, receitando remédios a torto e a direito, com base no conhecimento que adquirira em várias estadas em clínicas, sanatórios, hospitais, o doutor William era o verdadeiro médico. O que estudara em universidade e no qual se podia confiar. Toda a sua personalidade, aliás, passava correção, dignidade, confiança. Era imenso como um gigante, sua cabeça branca planava nas alturas, mas ele sempre se curvava em direção aos outros seres, os pequeninos indefesos, com carinho e doçura. E adorava flores e peixes. Numa casa, a doença, as hemoptises, os segredos e os terrores noturnos, a reclusão em clínicas, as operações agressivas no corpo; noutra, a saúde, a cirurgia reparadora, corolas de flores a se abrirem vermelhas no jardim. Peixes dourados e beijadores. Fosforescentes, elétricos. Carpas gordas.

Quando não estava a operar no hospital ou na clínica, o doutor William estava no jardim ou em suas estufas, a cuidar de suas glicínias, buganvílias, rosas, begônias, orquídeas, amarílis e tulipas. A trocar a terra dos vasos. A preparar potes de água açucarada para os colibris. E a alimentar os peixes. A mulher, dona Cíntia, baixinha, roliça, era doceira quatrocentona de primeira. Com um grande livro de receitas secretas, herdadas das avós, bisavós, tataravós, vivia na cozinha a preparar geléias de morango, biscoitos de nata, olhos-de-sogra, brigadeiros, balas de coco, sorvetes, musses, tortas de maçã, de nozes e de chocolate. Quando tinha tempo disponível, após tanta azáfama doméstica, gostava de ler apimentados ou açucarados livros de História do Brasil. Sobre a Marquesa dos Santos, a Imperatriz Leopoldina, Dona Beija ou Xica da Silva, a escrava que foi rainha do Tijuco. E havia Bill, Bill, que, para Julia, era sempre um remanso, um campo elísio, doirado trigal. Um doce de leite, biscoito de nata ou brigadeiro, do qual ela nunca se enjoava. Sensível, especial, e amigo para todas as horas. Ao ficar com ele, Julia esquecia todas as tristezas escondidas pela mãe, debaixo do surrado sofá da sala, num canto de olho ou atrás das portas. Os dois preparavam bolinhos de massa juntos, inventavam opíparos repastos com grãos de arroz, feijão e farinha, roubados da grande despensa de dona Cíntia. Chegavam a preparar pudins Royal, horríveis, que sempre desandavam. Ficavam moles, sem gosto. Com suas panelinhas e ingredientes, entretinham-se horas e horas a brincar em cima da caixa do relógio de luz da rua, falando mal dos irmãos mais velhos. Eram os caçulas. E os caçulas acham que sabem tudo a respeito dos que vieram antes. Os que pretendem exercer autoridade sobre eles, só por serem mais velhos. Por se considerarem oniscientes, mas ao mesmo tempo serem desprotegidos, frágeis, fantasiosos, tudo sofrem. Como se fossem a palmatória do mundo.

Com Bill, Julia tinha acesso às delícias preparadas por dona Cíntia para o onipotente maridão médico e os filhos, e também às balas, aos confeitos e aos sorvetes da padaria. O amigo sempre tinha algum dinheiro no bolso, dado pelo pai na hora do almoço (o doutor William sempre almoçava em casa). Gostavam de Eskibon, jujuba, sonhos com doce de leite dentro, chocolates Prestígio e Diamante Negro. Com Bill, ela podia deixar a imaginação voar. Contavam um ao outro tudo o que se passava em suas cabeças infantis, tudo, tudinho mesmo. Assim que se viam, repassavam todos os acontecimentos do dia anterior, os reais e os vividos em sonhos. Só deixavam de conversar quando não tinham mais o que falar. E aí inventavam besteiras, como pôr chiclete na sobrancelha e em cima da boca, para fazer um bigode. Artimanha para virar Papai Noel. O bigode saiu, mas a sobrancelha se foi por muitos e muitos meses. Ficaram uns meninos pelados, muito gozados. No Natal, eles mesmos faziam suas árvores, com galhos secos de árvores, papel prateado e algodão. Sem bolas, só fios de prata e de ouro, ou com bolas de papel colorido amarfanhado. Dividiam as alegrias, mas também as dores.

Um dia, Bill ganhou do pai um coelho. Um coelho branco, que viera para casa dentro de uma caixa de sapato com furinhos. Foi uma felicidade. Brincavam com ele quase que o dia inteiro. O bichinho gostava de se enfurnar nas moitas floridas do doutor William e desaparecer, por segundos, minutos ou mesmo horas. Mas sempre voltava, pulando, para o carinho de Bill. Só que numa manhã não voltou. Caiu no laguinho do quintal. Os olhos do bichinho ficaram vermelhos, saltados, olhos de afogado. Bill chorou todas as lágrimas que tinha dentro de si. O rosto ficou pálido, exangue. O coração de Julia ficou apertado, apertado. Ela queria consolar Bill, passar a mão pelo rosto dele, pelos cabelos, mas não conseguia. O máximo que conseguia era falar com o amigo, amorosamente. Já menina, era palavras, palavras, palavras. O que fazer com aquele corpo de afogado? Como deixar de sofrer com a visão daqueles olhos injetados, no úmido corpinho branco, inerme, sem vida? Resolveram enterrar o coelho com a toda a pompa fúnebre necessária no quintal de Julia, que era maior, mais selvagem. Abriram a cova, entre a caixa-d'água e a goiabeira magra, enterraram Benjamim — era assim que ele se chamava, o coelho — e marcaram o lugar com uma cruz. Foi a primeira morte na vida deles. Tristíssima. Somente a solenidade do ritual de despedida acalmaria um pouco Bill. Nesse mesmo quintal, um outro ritual. Festivo. Julia e Bill ali se casariam, mais de uma vez, em festas juninas. Para uma dessas festas, a tia pintora de Julia, Michaela, desenhou uma bela igreja, toda branca, em fundo azul, estrelado. Nesse casamento — o segundo ou terceiro — já deviam estar com uns 9 anos. Ela e Bill apenas fingiram que se beijaram ao final da cerimônia. Já tinham se beijado antes, no quarto dos pais de Bill, bem próximos à cama de casal, e não tinham gostado nada do encontro dos lábios e das salivas. Acharam uma nojeira. A partir daí, nunca mais Julia beijaria Bill na boca. Nem no rosto. Amava-o, com uma força que chegava a doer, mas não conseguia abraçá-lo nem tocá-lo. Adulto, ele reclamaria da distância física entre os dois. Mas ela não conseguia quebrá-la. Como se arrependeria depois. Se arrependimento matasse, estava morta, mortinha, do lado de Bill, abraçada a ele na cova. Mesmo que fosse um tétrico abraço de ossos. Caveiras reluzentes. Bill ficaria feliz, ela bem o sabia. Gostava de caveiras. Histórias de mortos-vivos. Vampiros. Dráculas. Serras elétricas. Aranhas gigantes. Abelhas assassinas.

Nasceram no mesmo ano, com diferença de apenas três meses. Ela era a mais velha. Brincaram juntos até a adolescência. No coração dos dois não havia lugar praticamente para mais ninguém. Ele a acompanhava nas brincadeiras de menina e em troca ela participava com ele de algumas brincadeiras de meninos. Subir em árvores, andar de rolimã, fazer perigosíssimos passeios no morro que havia atrás das casas dos dois. Foi ao lado de Bill que Julia pela primeira vez viu um sexo masculino, ridículo. Na garagem de Bill. Um garoto vizinho fez questão de mostrar a eles um pauzinho minúsculo. Um penduricalho esbranquiçado. Ela não estava muito interessada na questão das diferenças. Para falar a verdade, não achou a mínima graça. Ao contrário, achou a idéia toda esdrúxula. Sem sentido. Não queria ver pênis de menino. Longe disso. Achava-os feios, sem graça, esquisitos. Também foi ao lado de Bill que viu o primeiro homem nu adulto. Num rio, em Teresópolis. Saíram correndo, apavorados. O homem devia estar a se banhar, mas viera em direção a eles, balançando as suas coisas, as bolas, o sexo, e as duas crianças saíram correndo, não sabendo exatamente do que corriam. Ou intuitivamente sabendo. Nunca mais se aproximaram sozinhos daquele pedaço de rio, o que foi uma pena. Antes, gostavam de brincar com as pedras e os seixos, ver o rio estourar em cascata lá embaixo, estrondosamente, perto da estrada. E foi ao lado de Bill também que ela foi a primeira vez para a escola, no primeiro ano primário. Com os uniformes novinhos em folha, andaram de mãos dadas pelas ruas, sem saber o que os esperava: a separação. Na sala, sentariam próximos um do outro. Mas, no recreio, as meninas tinham que se separar dos meninos, o que eles acharam uma injustiça, uma arbitrariedade. Discriminação. Deram um jeito. Encontravam-se na linha divisória do pátio das meninas e do pátio dos meninos, onde havia um caminho para a ala dos banheiros coberto por um telhadinho. E era naquela passagem estreita, sob o telhadinho vermelho, que trocavam confidências, punham suas histórias em dia. As observações do cotidiano familiar. Acrescidas, naquele momento, do que se passava na sala de aula.

Uma vez chegaram atrasados — iam de casa para a escola a olhar tudo, as ruas, as residências, os telhados, as árvores, as lojas, a brincar, a rir, a contar um para o outro mil histórias —, e a terrível diretora, de curtos cabelos grisalhos, hirsutos, começou a gritar. Uma velha coroca, histérica. Apavorante. Com o coração a bater acelerado, deram-se as mãos novamente e saíram correndo, tendo atravessado o imenso portão de grade verde enferrujada e partido, céleres, como se tivessem asas nos pés, sem olhar para trás, em direção à proteção de suas casas, a quadras de distância da praça onde ficava a escola. Só pararam de correr quando chegaram ao abrigo de suas varandas. Que eram coladas, vizinhas. Como as varandinhas das duas crianças da Rainha das Neves, Gerda e Kay. E novamente se muniram de panelinhas e de massa para cozinhar e comer uma lauta refeição, em cima do relógio de luz. Só que no dia seguinte tiveram que voltar. E aí chegaram na hora. Pontualíssimos. Não tergiversaram nem fizeram volteios pelo caminho. Por medo da diretora. Por um ano inteiro freqüentaram a mesma sala de aula e no recreio tiveram encontros na linha divisória que separava os meninos das meninas. Durante a aula, apesar de se sentarem próximos, não podiam falar um com o outro. Ela prestava atenção no que a professora dizia e escrevia no quadro-negro; ele, não. No primeiro semestre, ela passou com uma ótima média, ele quase foi reprovado. A professora, dona Terezinha, pediu então que ela ajudasse Bill nos estudos. Que o fizesse olhar para o quadro-negro. Mas Bill não olhava, ficava a ver as cores a dançar na janela. As folhas, o sol, as iluminações. Seria sempre assim. Ele nunca gostaria de quadros-negros. Nunca seria bom aluno. Ela, por sua vez, sempre seria uma aluna aplicada, diligente. Ele repetiu o ano, e os pais mandaram-no para outra escola — uma escola privada, já que a pública fora culpada pelo mau desempenho do garoto com futuro tão promissor — e ela seguiu em frente, sozinha, de coração partido, sem mais ter com quem conversar na hora do recreio. Cheia de saudades, demorou a fazer amizade com as outras meninas. Ele, por sua vez, devanearia em outras salas de aula. E seria sempre um repetente, mesmo nas boas e caras escolas privadas que freqüentou.

Se era ruim nos estudos, tinha, porém, outras habilidades. Quando começaram a sair da infância rumo à adolescência, Bill passou a presenteá-la com pulseirinhas e colares por ele mesmo confeccionados. Era capaz de fazer maravilhas com arame e contas coloridas. Adulto, ele a presentearia com jóias e caixinhas de prata. E até mesmo anéis de prata pincelados a ouro (gastaria todos os recursos que tinha na compra de ouro e prata, ficando sempre totalmente sem dinheiro, ao longo do mês, a fim de poder financiar sua arte, sendo incapaz de pensar na vida prática).

Ainda na infância, foi Bill quem ensinou a ela o que era o ciúme. Um ciúme muito mais doído do que o que sentia com relação à mãe, já que envolvia o medo de perder o ser amado para uma outra pessoa, o inimigo. Ela tinha ciúme de todos os amigos de Bill, aqueles que ele viria a fazer na nova escola, privada, cara, que os pais de Julia nunca poderiam bancar. Se já não suportava os meninos que se aproximavam de Bill, as meninas, então, tinha vontade de matar. Ainda bem que, depois das aulas, quando voltava para casa, ele era quase sempre dela, completamente dela. De vez em quando, porém, viajava com a família, a fim de visitar a distante parentela, que morava em Santos, e voltava mudado, a falar das primas com um olhar sonhador, enleado. Num desses retornos de uma das visitas à cidade na qual o doutor William e dona Cíntia haviam nascido, ao mencionar uma prima incrível, esperta, inteligente, arteira, com a qual brincara muito — Carmita, talvez —, ela não agüentou e deu uma surra nele. Era maior do que ele. Existe uma foto antiga dos dois, com roupas precárias, supersimples — naqueles tempos as crianças praticamente se cobriam de farrapos —, e cândidos chinelinhos. Ela até se lembra do seu chinelo, de plástico rosa, com florezinhas. Para ficar da mesma altura que a amiga, ao ser fotografado, Bill se pôs na ponta dos pés. O braço dele está a enlaçá-la pelo ombro. Ele só conseguia tal proeza por estar se equilibrando na pontinha dos pés, como um bailarino.

Enfim, Bill foi a melhor coisa que Julia teve na infância, em toda a infância. Como se fosse dona de uma gema rara com poder mágico. Ele foi a única pessoa na vida com quem dividiu e sempre dividiria todos os seus mais recônditos segredos — mesmo os horrorosos — e a constatação física, palpável, de que era possível ter uma amizade que nada abatia, nem os ciúmes nem as brigas. Crianças, brigavam por bobagens. Disputavam, por exemplo, a primazia de lavar uma calçada, usar o balde, a vassoura. Trocavam de mal, ficavam sem se falar um minuto, dois, três. Mas não agüentavam a separação, e logo, logo, faziam as pazes de novo. Mas veio o sexo e os separou. A Rainha das Neves, com seus três beijos gelados. Sem os separar completamente. O namorado era para beijos e carícias, em horas demarcadas pela mãe, e Bill era para todo o resto, todas as horas, todas as noites, todas as madrugadas. Assim que o namorado ia-se embora, ela, sentindo-se solta e livre, corria para a casa de Bill, para sentar-se numa banqueta ao lado de sua prancheta e ficar a vê-lo desenhar, muito concentrado, ou a fazer colares. Nesses encontros noturnos, tomavam sorvetes preparados pela madrinha, em taças enormes, sem fim, com calda de caramelo ou chocolate, como quando eram crianças, e novamente se contavam histórias, pessoalíssimas ou sobre todos os membros das respectivas famílias, e riam, riam, riam, principalmente quando criavam apelidos para amigos ou parentes ou faziam troças, inventavam trocadilhos. Em outras palavras, punham o coração a nu.

    Ela nunca achou que aquilo fosse acabar um dia. Mas acabou. Ele suportou todos os namorados dela. E foi uma sucessão. Ela suportou as raras namoradas de fé do amigo. Ele era mais seletivo. Os namoros verdadeiros foram poucos. Sentia-se mais à vontade saindo com garotas de programa. Muitos anos depois, ele seria o padrinho do casamento dela. Fez as alianças, em prata. Dançou pacas no casamento, bebeu muito, flertou com todas as amigas da noiva. Estava adorável. Lindo, com os longos cabelos prematuramente grisalhos, os fios de prata a lhe caírem na testa, um sorriso matreiro no rosto. A imagem da felicidade. A sensação que ela teve, depois, foi a de que fora ali que o perdera, e para sempre. Se pudesse voltar atrás no tempo... Pelo menos lhe daria um beijo terno, três, se fosse preciso, para degelá-lo. Trazê-lo de volta à terra. Ou seguraria carinhosamente aquelas mãos nervosas, tensas, sempre de unhas roídas. E lhe pediria que parasse de beber, seriamente, sem brigas. Quando é que Bill começara a beber como um suicida? Uma garrafa de uísque por noite? Se pudesse voltar atrás no tempo... Ia virar estátua, com ele, em cima da caixa de relógio. E o lamberia, lamberia, lamberia, como uma mãe lambe uma cria recém-parida. Um carneirinho branco. Ou um animalzinho ferido. Um coelhinho afogado. Bill.

    Ah, falaram de paixão, como falaram de paixão quando ela começara a se apaixonar, sucessivamente, embriagando-se de amores, rompimentos e novos amores. Debatiam a existência do sentimento. Quase chegavam a brigar. Ele a olhava cético, reticente, e dizia não acreditar em paixões. As mulheres, dizia, não eram confiáveis. Além disso, queriam dominar os homens. Aprisioná-los. Roubar-lhes a identidade. Estavam sempre dispostas a preparar-lhe armadilhas ou arapucas que ele tinha que desmontar. Por isso, preferia as garotas de programa, a quem nada devia. Todas as mulheres, no fundo, aliás, afirmava Bill, raivosamente, eram umas putas. Dizia isso e deixava Julia horrorizada. Ela ficava com vontade de pegar o pescoço dele e torcê-lo. Explicava que tinha muitas amigas que iam para a cama com os namorados e que estavam longe de ser putas. Eram apenas mulheres livres, de mentalidade moderna, dispostas a viver sua sexualidade sem freios ou preconceitos. Enquanto falava, Bill a mirava cheio de descrença. Mas ouvia com interesse. Deixava a amiga passar-lhe um sermão feminista.

No fundo, Julia sabia que o problema dele era com a mãe, dona Cíntia, que sempre o tratara como um bebezão. A mãe era a verdadeira prisão. A mulher que o asfixiava. Por causa dela, do estreito relacionamento que tinham, respeitava as mulheres, mas, ao mesmo tempo, tinha ódio delas — seu insucesso nos estudos fizera a mãe pôr a casa abaixo, dar socos na parede, gritos. Levantá-lo da cama com água fria, para que fosse à escola. Mas, mesmo assim, o amor dele por dona Cíntia era integral, completo. Porque, paradoxalmente, ela não deixava de mimá-lo. Fora do campo dos estudos ou escola, ele continuava a ser o seu bebê, seu filho temporão, de cachinhos e chuca-chuca na cabeça. Ar matreiro, de menino bagunceiro. Por causa desse amor filial, grudento, apaixonado, ele só poderia, conseqüentemente, fazer sexo com mulheres pelas quais não tinha a mínima consideração. E não é que tivesse um problema real com elas, no tocante à atração ou sedução. Não, não tinha, nunca tivera, fossem as recatadas ou as mulheres de vida. Caíam-lhe em cima como moscas atrás do mel. Era charmoso o suficiente para atrair a ambas. Não há uma mulher que não se encante com um homem que desenha e fabrica jóias. Arte. Beleza. E que ainda por cima seja educado, irônico, com mente ágil, viva, um tantinho cínico e meio que distante da realidade. Um esteta que nos escorrega pelos dedos.

Ah, que tempos, os tempos em que Bill estava vivo. Quando ele era jovem e aparentemente feliz. Belo e livre de preocupações. Debochado, criativo. Longe ainda de ser o alcoólatra triste que se tornou na maturidade. Não fora só no casamento dela que ele dançara maravilhosamente. Dançava sempre maravilhosamente bem, e ela gostava de dançar com ele. Rodopiar. Era quando se sentiam mais próximos. Mas não podia tocá-lo. Seria uma profanação. Um incesto. Cátia tivera coragem de tocar o irmão, ela não. Mas Cátia não era feliz por isso. Sempre foi torturada por aquele toque, aquela proibida entrega, interditada pela família e pela sociedade, e, por isso, tachada de promíscua. Quando fora mesmo a primeira vez que Cátia tocara naquele assunto? Ah, fora quando, juntas, entrevistaram Saramago. Fora como levar um soco na boca do estômago. Ou no olho. Julia chegou depois, ao jornal, rindo de nervoso. E ninguém entendeu nada. Sabiam que já era uma repórter extremamente calejada para ficar nervosa apenas porque entrevistara Saramago. Por que aquele estranho riso, então?

A FALA DE BILL

Conheci Julia no ventre da mãe, a dona Laura, isso mesmo, no ventre da mãe. Era minha melhor amiga, doidinha de pedra e cal. Mal de família Os Álvares do Nascimento não batiam bem da bola. Enquanto em minha casa, a dos Connelly Campbell, as emoções eram contidas, sendo preciso a corda esticar muito e ficar próxima do rompimento até que um de nós dissesse realmente o que andava sentindo ou pensando, na casa de Julia a alma e os pensamentos eram revirados, expostos, na própria mesa de refeições. Quando se reuniam na sala — ao contrário do que ocorria em minha casa, na casa dela não havia sala de visitas, fechada, enclausurada, salas eram para ser usadas, dizia o pai dela —, todos falavam pelos cotovelos. Discutiam, debatiam, choravam, riam, debochavam uns dos outros, cada um deles querendo ter a resposta mais aguda possível, o raciocínio mais rápido. Principalmente quando o pai estava presente. Ele os instigava. Eu ia lá constantemente, divertia-me com aquela exposição, a enxurrada de sentimentos e de palavras, o transbordamento. Devia ser por causa dessa falta de limites, frouxidão de regras, que, quando moça, Julia se tornara uma grande namoradeira. Só a mim não namorou. A mim, o amigo inseparável de infância, ela rejeitou. Considerava-me um irmão, talvez. Tocar em mim, para ela, deveria ser incesto. Para ela. Para mim, não. Nunca senti assim. Ela me atraía. Acho que desde pequeno ela me atraía. Havia algo de masculino em sua personalidade, em seu jeito de ser. E as mulheres masculinas sempre me atraíram (apesar de muito feminina, redonda, minha mãe não deixava de dominar meu pai, trazê-lo pelo cabresto). Depois de saciada minha atração, ou curiosidade, eu bem que fugia delas, com medo de ficar preso na rede. Perder a liberdade. Mas Julia, não. Julia não tinha medo de nada. Adorava uma vertigem, um precipício. Pegava paixões no ar, como resfriados. E o pior é que muitas vezes seus homens eram casados. E a faziam sofrer. Eu os odiava. Tinha vontade de socá-los, chamar para um duelo. E vivia preocupado com ela. Sonhava que estava sendo esfaqueada por um amante depravado num motel. E acordava suando, assustado. Inundado pelo sangue de Julia. Por causa dessas paixões, ela chorou muito no meu ombro. Eu a ouvia, consolava-a, deixava-a pôr para fora toda a sua mágoa. Os ressentimentos. Ouvia suas histórias novelescas. Porque gostava muito dela, mesmo assim, doidinha. Deu-me um trabalho danado deixar de gostar dela, da forma como gostava desde quando éramos crianças. Sem julgá-la nunca, aceitando-a como ela era. Mas um dia eu consegui. Construí uma muralha de proteção tão alta em torno de meus sentimentos, que acabei por neutralizar meu amor por ela. Esmagá-lo dentro de meu peito. Quando ela se casou, para mim foi demais. Senti-me terrivelmente traído e afastei-me por completo. Ela queria um rei, e não um príncipe encantado de contos de fadas roto e carcomido como eu. Mas foi duro, muito duro, aceitar a perda de Julia. Casou no papel, imaginem só. Nunca achei que um dia ela se casaria no papel. Aqueles homens todos, para mim, eram o nada. De certa forma sempre iam embora e eu acabava ficando. Mas quando Adolpho chegou no pedaço, com aquele bando de livros escritos — como ela dava valor aos livros! —, as coisas começaram a mudar para o meu lado. Fiquei amigo dele, como havia ficado amigo de todos os outros. Os solteiros. Os casados, eu não suportava. E teria agüentado o baque daquela admiração toda por Adolpho, pela OBRA. Mas casar, virar esposa legítima, com marca de posse na testa, por essa eu não esperava. Resolvi partir. Sair do Rio. Só que, sem ela, sem as histórias dela, fiquei completamente só. A dor foi imensa e, aos poucos, espalhou-se por todo o meu corpo. Passei a beber mais, muito mais do que já bebia. Pela primeira vez deixei os homens se aproximarem de mim, cheios de desejo por minha carne branca, feminina, de uma forma que antes nunca havia deixado, sempre evitara. Sem Julia, sem a perspectiva de um dia acabar a vida ao seu lado, recriando nosso mundo infantil, nossa casa em cima do relógio de luz, aceitei, finalmente, minha fragilidade. E as dores tomaram meu corpo todo. Cirrose, AIDS? Talvez, talvez fosse cirrose, talvez fosse AIDS. Mas com Julia a meu lado nada disso teria acontecido, bem sei. Ela teria me salvado das doenças, das dores. Era minha amazona, meu campeão medieval. Meu Lancelot, meu Tristão. E por ela, por nossa amizade, eu teria me mantido intocado. Sem ela, o mundo ficou cru. Nu. Feio. Perdi a beleza que sempre buscara, e havia encontrado apenas dentro de mim. Nas pedras. Nas telas. Nas cores. Sem Julia, seu riso, sua loucura, sua cumplicidade, tudo ficou cinza. Preto e branco. Tentei parar de beber. Recorri a centros espíritas, florais, acupuntura. Mas não conseguia esquecer aquelas bodas malditas. Aquela última traição, última entrega. Eu chegara a meu limite. Depois de uma última visita ao Rio, na qual estivera com Julia e o marido, fingindo que estava bem, conversando amenidades na mesa, voltei para Santos totalmente decidido. Para dar um fim a meu sofrimento, pus uma corda no pescoço e fugi deste mundo. E deixei Julia sozinha com suas assustadoras inundações menstruais, seus livros e suas torrentes de palavras. Seu poeta calejado, velho.

Casar-se com a poesia, só Julia mesmo. Eu teria sido capaz de lhe dar a lua, descolar o sol do céu, só para pôr em seu pescoço, mas ela nunca entendeu. Nunca entendeu que eu é que era o grande companheiro, o irmão, o amigo, e que o resto era silêncio. O amor adulto, a paixão não importavam. Miragens. Falsidades. Quando éramos crianças, fomos felizes. Completamente felizes. Eu era só dela, e ela era só minha. Depois, tudo se complicou. Sempre achei que crescer era uma chatice, uma perdição. Um infortúnio. O sexo era um beijo frio. Neve. Enregelamento no fogo.

Conheci Julia quando minha mãe e a dela estavam grávidas. Ambas a tricotar mantas e sapatinhos numa das varandas de nossas casas, comentando os fatos do cotidiano, as náuseas, os vômitos, as pontadas, com suas barrigas empinadas. Quando nascemos, nos puseram lado a lado, em nossos carrinhos de bebês. Ouvimos nossos primeiros sons, balbucios, gemidos, choros. Nossas primeiras palavras. Nunca precisei falar muito, aliás, para Julia me entender. E eu também a entendia só de olhar. Mas ela resolveu jogar este entendimento para o alto, a má, em troca de algumas carícias experientes, alguns êxtases vãos. E mais tarde, em troca de algumas palavras rimadas. Bobagens, meras bobagens. Sem nenhum valor. Ou pelo menos com muito menos valor do que o afeto que existia entre nós. Por isso, por causa dessa traição imensa, de toda a nossa infância, nossos segredos, um dia cortei o vínculo, o cordão. Com uma corda. Uma forca. E virei fantasma. Penetro em seus sonhos e a deixo sem fala. Em sonhos, ela prepara festas de aniversário para mim. Bolos e brigadeiros. Festas que não mais acontecerão, porque eu cortei o cordão. Uma vez, pintei o rosto de verde e vermelho para ela olhar para mim, olhar profundamente para mim e morrer de susto quando me acordasse. Porque sempre era assim. Ela vinha me acordar, a pedido de minha mãe. Chamava-me, com aquela sua voz quente, que me amolecia por dentro, e eu me enterrava mais ainda no sono, fingindo que não estava a ouvir seu chamado, o convite para iniciar o dia, brincar, comprar balas, ir ao cinema, dançar. Amar. Amá-la, sem nada cobrar. Mas ela balançava meu corpo, tirava o meu lençol, me deixava com frio, até que eu me levantasse, ainda morto de sono, para a vida. Pintei o rosto de verde e vermelho. E dormi. Ela veio me acordar e deu de cara com aquela máscara. E me jogou água no rosto, com medo de que eu morresse asfixiado. Ah, Deus, por que será que Julia nunca entendeu nada? Não entendeu que eu queria dormir para sempre e que só acordava para ela. Por causa dela. Abandonou-me. E nunca mais acordei. Julia, sua boba. Só me terás agora assim, em sonhos. Ou dormindo acordada. Era doida. Doidivanas. Louca de pedra e cal. Com aquela mania de se dar, se entregar. E a família dela também não batia muito bem da bola. Mas como eu gostava dela e da família dela, tão diferente da minha. A minha tentava ser certinha, andar na linha. Você é um Campbell, dizia meu pai, enchendo a boca. Um CAMPBELL. Tem que honrar o seu nome. Já a família de Julia, o trem pegou... Meu pai era médico. O pai dela escarrava sangue... E luxúria. E era meu amigo. Nós nos entendíamos. Conversávamos muito. Também não sei dizer se eu teria me matado se ele ainda estivesse vivo. Talvez não. Aposto que antes eu o teria procurado e ele teria conversado comigo. Apaziguado meu coração inquieto. Meu corpo dolorido. Ele conhecia tudo, aceitava tudo, compreendia tudo. Conversava comigo o que meu pai não conversava. Julia costumava dizer que meu pai era um pai para ela. Já eu, tinha no pai dela um grande amigo. Não um pai, porque meu pai, enorme, correto, rígido, sem falhas, era insubstituível. Muitas pessoas na rua, eu sei, invejavam meu pai, queriam ter um pai igual ao meu. O cirurgião infalível. Bem-sucedido. Bem casado. Irreprochável. O homem perfeito. Só que não sabiam que ele era incapaz de falar com um filho abertamente. Falar o que tem que ser falado, nas horas de crise ou dúvidas. Como eu tive dúvidas na adolescência, como fiquei perdido! E ele só fazia cobranças, só exigia de mim bom comportamento, queria que eu fosse tão perfeito quanto ele sempre fora. Só que eu tinha fissuras, era imperfeito. Ele era forte, uma rocha, e eu, tão frágil. Muitas vezes foi o pai de Julia, o doutor Antônio, que intercedeu por mim junto a meu pai. Pedia que ele fosse mais flexível, que tentasse me compreender. Dizia que eu tinha alma de artista, que eu era um rapaz sensível. Meu pai fechava a cara. Não estava nada disposto a ter um filho com alma de artista, queria um filho produtivo, um executivo bem-sucedido, um doutor, se possível, médico, como ele. Artista para meu pai era o mesmo que ser um marginal, um boêmio, um ser perigoso. Nenhum Campbell ousara ser um artista. Já na casa de Julia... Ah, a casa de Julia, lá todo mundo era meio artista. Davam valor aos quadros, aos livros, ouviam música, dançavam. Na minha casa eram raros os livros, e os poucos quadros nas paredes haviam sido pintados ou por mim ou pela tia de Julia, Michaela, amiga de minha mãe. Sim, bem que o pai de Julia tentou convencer meu pai a me deixar fazer belas-artes. Mas não conseguiu. Eu o amava muito só por essas tentativas vãs, e nem todas foram tão vãs assim... Um carro, pelo menos, o doutor Antônio conseguiu para mim. Meu pai dizia que eu não merecia nada. Mas o dr. Antônio o convenceu, disse que um rapaz precisava de um carro para ir para a faculdade. Faculdade de medicina, que eu larguei no meio. Meu pai quase me matou quando descobriu. Durante muito tempo eu fingia que ia, sem ir. Embolsava o dinheiro das mensalidades. Sim, ele quase me matou. Quando eu contei a história para o pai de Julia, ele riu, riu gostosamente. Será que é mais fácil gostar do pai alheio? Mesmo assim, é claro que comecei a morrer quando meu pai morreu. Não tenho dúvida alguma. Sem toda aquela perfeição à minha volta, aquele esteio, me senti inseguro. Minha infância foi enterrada junto com o corpo dele. E Julia deu o golpe final, com aquele casamento com um poeta vinte anos mais velho. De repente, tudo ficou escuro, duro, sem cor. Sem nenhuma alegria. Somente na infância fui feliz. Com Julia, em cima do relógio de luz. A fabricar pudins e sonhos. Depois aconteceu aquele beijo, aquele beijo horrível. Cuspimos, lavamos a boca, e tudo mudou para sempre entre nós. Nunca mais ela me beijaria. Ah, Julia, que tola foste. Quantos beijos meus jogaste fora. Quanto carinho guardado em vão. Tanto desejo desperdiçado. Trocar-me por palavras, poemas. Eu não era, nunca fui, teu irmão, sabias? Aposto que agora tens saudades. Mas é muito tarde, meu bem... Tarde para desfazeres o mal que me fizeste. Não há feitiço que quebre o meu encanto, o da morte. E não adianta tentar, sua bruxa!

Incesto

Incesto é a relação sexual ou marital entre parentes ou uma forma de restrição sexual dentro de determinada sociedade. É um tabu em quase todas as culturas humanas. Em alguns casos é punido como crime. Para a maioria das religiões do mundo é pecado, e em algumas culturas é objeto de zombaria. Mesmo que haja consentimento das partes, na maior parte dos países é legalmente proibido. Variam as definições de parente próximo, o que cria dificuldades, em certos casos, de caracterizar-se o incesto... Além de parentes por nascimento, podem ser considerados parentes aqueles que se unem ao grupo familiar por adoção ou casamento. São consideradas incestuosas, geralmente, as relações entre pais e filhos, entre irmãos ou meio-irmãos, ou entre tios e sobrinhos, havendo maior condescendência no tocante à relação sexual ou marital entre primos. Segundo Malinowski, o incesto é inerente às culturas humanas. Lévi-Strauss o identifica com a passagem de um estado não-cultural a um estado cultural pelo fato de incentivar alianças (troca de mulheres entre grupos sociais distintos). Na análise de Freud, o tabu do incesto e suas implicações na vida psíquica do indivíduo enraízam-se na relação da criança com o seio materno. No Brasil, mesmo com o repúdio da população, o incesto não é punido criminalmente se as duas pessoas envolvidas forem maiores de idade, capazes de exercer todos os seus direitos e consentir na relação sem nenhum tipo de coação.

Conversa com Lulu

Agora que você está a falar nisso, confesso que achava esquisita aquela mania da Mafalda de viver no colo dele, beijando-o, agarrando-o. Achava que havia uma estranha intimidade entre os dois. E depois houve aquela gritaria da Rosa. Aquela história de que ele havia tocado no seio dela... Gritaria que durou pouco, não é? Porque Rosa, naquela ocasião, foi embora, se mandou para a casa da mãe dela. Mas depois voltou, mesmo após ter feito todo aquele escândalo, que deixou o Tomás de cabelos em pé — você sabe como o Tomás é. E ela volta e meia lá estava de novo toda enrodilhada no colo dele, deixando-se ser acariciada, tocada... Todo mundo perdoava tudo nele, não é, Julia? Afinal de contas, era tão carinhoso, tão amigo, sempre. Mas comigo nunca aconteceu nada. Juro, nada, nadinha mesmo. Ele dizia que eu era a cara da mãe dele, das irmãs dele. Isso devia freá-lo. Devia achar que era incesto declarado. A mim, ele nunca procurou, nunca tentou nada. E, além disso, eu tive aquela época braba, lembra, cheia de equimoses pela pele, de choros convulsivos, que devem tê-lo afastado ainda mais, deixando-o apreensivo. Se cheguei a ter ciúmes, se me achei rejeitada? Nem pensar, que idéia mais louca a sua. Eu o amava muito e sabia que ele também me amava, tanto que eu é que adorava tocá-lo. Ele era gostoso de abraçar, tocar. Você é que nunca vi abraçá-lo, Julia. Era tão fria com ele, tão distante.

Dura até. Fria, altiva. Eu ficava a imaginar se alguma coisa havia acontecido contigo também, um dia, se não fora só com a Mafalda, com a Rosa, mas, na realidade, nunca gostei muito de ficar a pensar nessas coisas... Mafalda nunca me disse nada. Pelo menos diretamente. Às vezes me contava algumas coisas que eu achava estranhas, concluindo que só poderia haver uma intimidade muito grande entre eles dois. Coisas muito estranhas mesmo... Uma vez... Bem, não sei se devo te contar isso. Se você realmente está a escrever um livro, não escreva isso, jure, Julia... Não escreva... Ah, não se pode confiar em você, bem eu sei... Sua antropófaga de histórias... Mas vou contar de qualquer jeito... Ficou curiosa agora, não é?... Bem, o que ela me disse e que achei muito estranho é que ele lhe contara que gostava de pôr uvas nas vaginas das mulheres... De comer as uvas dentro das bocetas, tirando-as de lá com a língua... Eu era uma inocente naquela ocasião, mas mesmo assim ela me contou, não sei bem qual foi a razão... E eu fiquei a achar que ele não poderia ter dito isso a ela caso não houvesse uma ligação muito forte entre eles dois... Um pai não diz isso a uma filha, por mais querida que ela seja, por mais que conversem, sejam amigos... Uvas, veja só. Nunca vou me esquecer disso... E depois eu ficava o tempo todo a ver aquele grude, a imaginar coisas... Mas sobre algo entre eles dois, Mafalda nunca me disse nada... Foi a você que ela resolveu contar, não é? Vocês sempre me acharam uma puritana, mas não era bem assim... Despertei para o sexo bem mais tarde do que vocês, só com o Luiz é que vim a saber o que era sexo, desejo, excitação, foi uma das coisas que mais me atraiu nele, essa capacidade de fazer com que eu me sentisse mulher, ele, um homem tão simples, terra-a-terra, se levarmos em conta os parâmetros de nossa família... Mas o fato de eu ter demorado a despertar para o sexo — do qual gosto muito, sempre faço tudo o que o Luiz me pede, nunca neguei nada a ele —

não quer dizer que eu tenha sido ou seja uma puritana... E não creio que foi por nosso pai nunca ter me desejado, como desejou vocês duas, que acabei sendo diferente, agindo diferente, sendo como sou, mulher de um homem só. Não creio nisso, sinceramente, um desamor... Ele me amava, tenho certeza, sempre terei, me amava como filha, como mãe, como irmã... Ah, você diz que ele tinha orgulho de mim? Sim, eu sei que ele tinha orgulho de mim, eu sentia isso, até por eu ser diferente, assim fechada... Ou recatada, se você quiser... E por cuidar das contas dele... Cuidei das contas dele até me casar. Depois, não sei quem cuidou. Eu sempre tive esse jeito para números que você e Mafalda nunca tiveram. Ele gostava que eu fosse a contadora dele, tinha confiança em mim. Eu sei disso. E era uma confiança mútua. Sempre que eu precisei dele, ele nunca me faltou. Acho que foi assim com relação a todas nós, não é, Julia? Mas, quanto a Mafalda, um dia aconteceu uma coisa gozada, que liguei às uvas... para mim era tudo meio nebuloso, mas liguei às uvas. Lembra daquele padre horroroso que havia lá na igreja da Matriz? Aquele padre horrível, que nós todos aqui em casa odiávamos? Mafalda um dia voltou da igreja furiosa com ele, puta mesmo. Disse que ele não a havia perdoado, não dera as ave-marias e os padres-nossos habituais de sempre para ela rezar. Disse que a pusera para fora da igreja sem ter aceitado a confissão dela, que o que ela fizera nem mesmo Deus a perdoaria... E ela nunca mais voltou lá. E eu fiquei a pensar o que teria ocorrido de tão terrível com ela... E me lembrei das uvas... Da intimidade dela com o pai, daquela conversa estranha... E achei que fora isso que acontecera no confessionário, uma referência àquele assunto lascivo... Só muitos anos mais tarde é que ela me contou o que tinha ocorrido... Muito anos mesmo... E não era nada do que eu pensara... Ela pode ter mentido, você sabe, mas nunca foi de mentir... Podia esconder coisas, não falar, mas nunca mentiu... Verdadeira bem que a Mafalda é, não é, Julia? Sua loucura a torna às vezes de uma verdade muito crua, cruel até. Uma verdade desagradável... Mas mentir, Mafalda não é de mentir. Eu até gostaria que ela parasse de me dizer certas coisas, hoje em dia... Gostaria que ela guardasse para ela, por exemplo, o que sente em relação à nossa mãe. Bem, o que ela me disse é que eu entendera tudo errado... Aliás, não foi isso o que ela disse, porque ela não sabe e nunca vai saber como eu havia interpretado aquela história do padre lá daquela igreja da Matriz. Lembra-se da igreja da Matriz? Mafalda sempre ia se confessar lá... Tinha aquela mania de missa. Ela me explicou o que havia ocorrido, enfim, sem saber de minhas interpretações maldosas. Explicou-me por que passara a odiar ainda mais dom Lucas. Ele pedira detalhes, isso sim, ele pedira detalhes do que ela fazia com o namorado, que, na ocasião, já era o Márcio... E ela se negou a dá-los. A voz dele estava pegajosa, por detrás da portinhola, e ela sentiu horror da situação. Não ia contar nada àquele padre babão, repugnante, nadinha. Não ia contar o que fazia com o namorado ou com quem quer que fosse. E foi aí que ele disse que ela era uma pecadora, uma pecadora horrorosa, já que se negava a se confessar, e completou dizendo que ela se pusesse para fora da igreja dele, e ela nunca mais voltou lá mesmo. Acho que depois passou até a freqüentar outra igreja, a dos Sagrados Corações, com o Márcio. Mas o episódio, percebi, à medida que ela me relatava o motivo da briga com o sarnento, diabólico dom Lucas, não tinha nada a ver com as tais das uvas, as líquidas, úmidas uvas verdes a escorrer pelos buracos das mulheres... Mas mesmo que houvesse acontecido algo assim entre eles dois, sabe, Julia, eu não me importo, não me importo nada, nadinha. Só me lembro do lado bom dele, do carinho, da preocupação conosco, de como era calmo, paciente. Como tinha mania de ajudar todo mundo. Penso no que ele fez por nós todos, o que nos ensinou, como nos transformou em pessoas elásticas, compassivas. Amantes de livros, de arte. Cheias de curiosidade por tudo. Ele abriu nossas cabeças, não é, Julia? E sempre se fez presente, sobretudo no final da vida, quando voltou para casa para ficar, definitivamente. Por isso, perdôo tudo nele, tudinho, e sinto uma falta danada dele. Sei que a Mafalda acabou ficando louca — é cada vez mais estreito o tempo dela de lucidez e calma — e que o filho dela também não bate bem da bola... Se tudo o que ela conta é verdade, se ele foi com ela o cafajeste que ela diz ter sido, no caso dela não há dúvida alguma de que ele fez um mal... Um grande mal, que nunca poderá ser consertado... Mas será que é verdade? Você acredita mesmo no que ela conta, Julia? Enquanto ele estava vivo, ela nunca o chamou de canalha; pelo contrário, vivia agarrada nele, sentada em cima dele, enquanto ele ficava a beber no sofá, lembra? Aquele mulherão, no colo dele, parecia uma meninha, uma adolescente carente... Com quase sessenta anos, lá estava ela ainda esparramada no colo dele... Passando a mão naquele cabelo macio e lustroso... Era mesmo muito gostoso passar a mão no cabelo dele... Você não passava, não é, Julia? sempre tão dura com ele... Para mim, na verdade, Mafalda tem é raiva por ele ter morrido antes dela, deixando-a sozinha com aquele filho cheio de pânico e aquele marido complicado, metido a sátiro, apesar de extremamente companheiro... Márcio tem lá o seu valor, por ter se mantido firme ao lado de Mafalda, e não deve ser nada fácil conviver com ela... Tentar ter um cotidiano, uma vida de marido e mulher... Agora, se não existisse a filha, a Mariana, ela estaria perdida. Ainda bem que Mariana tem um resquício de saúde. É enrolada com os namorados, mas trabalha, consegue fazer o dinheirinho dela. E preocupa-se com a mãe, cuida dela. Mas, depois da morte de nosso pai, a sensação que tenho é que Mafalda sente como se tivesse um buraco no peito, uma imensa solidão ou insegurança. Você sabia que ela queria a pensão dele para ela, como se fosse uma viúva dele? Que não aceita o fato de mamãe ter ficado com a pensão? Bem, também é claro que ele errou muito com ela, não é? Tanto que hoje em dia ela está meio louca também, atravessando longos períodos de depressão. Nunca vou me esquecer daquele dia em que surgiu lá em casa aquela prima do Bill e ele a levou para passear no carro dele, para ouvir as fitas, creio que foi lá para o Alto da Boa Vista, e mamãe ficou a esperar ele voltar, cuidando das coisas na cozinha, a casa cheia de visitas, e ela a passar a maior vergonha. Ele já era um velho, e a prima do Bill, que não chegava a ser uma menina, uma ninfeta — bem espertalhona que ela era, tanto que não se fez de rogada e saiu com ele porta afora —, bem que podia ser neta dele... É bem verdade que nem neta ele respeitava... hi-hi-hi... Teve o caso da Rosa, não é? Mas, afinal, Julia, aconteceu alguma coisa entre vocês dois? Uma porta fechada, uma porta aberta? Ah, não me conte, não me conte... Nem quero saber, viu... Gosto de pensar nele como um homem bom, pois para mim ele foi um pai maravilhoso... E essas histórias não me importam, não me importam mesmo. Nem me tocam... Você deveria parar de ficar cavucando essas coisas... Vê lá o que vai escrever, hein? E Deus o perdoou, você sabe disso, Julia, Deus e Santana... Ele era tão devoto de Santana... Um bom homem... Não somos nós que vamos julgá-lo... Não é, minha irmã?... Mas que a mamãe sofreu, sofreu... E a outra, você viu que ela também tem o Sílvio Pinto? Foi o que mais me chocou lá... Nunca mais quis voltar lá... Fui lá quando ele morreu, pegar os cheques, o cartão de crédito — você foi também? nem me lembrava mais —, mas nunca mais voltei. Nem voltarei. A visão do Sílvio Pinto foi insuportável. Além do mais, voltar lá seria trair mamãe... Minha curiosidade não chega a tanto.

O PÊNDULO

É por meio do pêndulo que falo com ele. Ele me responde tudo. Pergunto se devo fazer isso ou aquilo, e o pêndulo responde. Sei que é Antônio que está a falar comigo, sinto a presença de seu pai, aqui no apartamento, o tempo todo. Não sei se você sabia, fui a Paris atrás dele. Ele nunca me levou a Paris. Mas levava sua mãe. Então decidiu que Paris seria dela, só dela. Uma forma de fidelidade. Departamentos estanques. Ele não era disso, misturava tudo, mas nesse caso fez a separação. Acho que sua mãe devia gostar muito de Paris, e ele resolveu respeitar pelo menos isso, fazer ao menos essa gentileza, ou concessão... Me deu tanta coisa, mas Paris ficou sendo sempre da Laura, apenas da Laura. Eu viajei muito com ele. Você sabe disso. Paris, no entanto, ficou sendo para mim a cidade proibida. Então, quando ele morreu, eu tomei a decisão. Ia conhecer a cidade que ele tanto me descrevera, mas à qual nunca me levara. E olha que chegamos a ir à Rússia, à Escócia, onde visitamos destilarias de uísque... E quase fomos à China juntos. Um ano após a morte dele, fui a Paris com uma sobrinha. A partir das cartas e cartões que ele me enviara, quando viajara com Laura — mesmo estando acompanhado por Laura, ele sempre dava um jeito de me postar uma carta ou cartão-postal —, fiz um longo e cuidadoso roteiro. Fui a todos os restaurantes que ele havia citado nas cartas. Pedia o vinho que ele havia pedido, para saborear com Laura. Os pratos que mencionara. Visitei o Louvre, vi os quadros que ele citara. E fui aos *chateaux*, às vinhas. Comprei o vinho que ele havia comprado. O Romanée-Conti. E o bebi com minha sobrinha, tendo brindado ao espírito de Antônio, desejando-lhe uma boa estada no outro lado. Sem culpas, sem tormentos. Fiz também os passeios que ele fizera com sua mãe. E senti que ele estava comigo, o tempo todo. Como aqui em casa. Eu deixo um copo de leite para ele na cabeceira, a que fica do lado dele na cama, todas as noites. Sei o quanto ele precisava desse leite, ao deitar. E muitas vezes ouço barulhos, passos. O jornal vira na página que ele quer que eu leia. Às vezes, através de uma notícia de jornal, ele me manda notícias. Se ele algum dia me escreveu poemas? Não, que eu me lembre, não. Para mim, ele nunca escreveu poemas. Deixava bilhetes na porta. Eu os tenho guardados, todos eles. Eram muito carinhosos. Escrevia letras de música. Lia poemas alto, os preferidos dele, Manuel Bandeira, Drummond, quando íamos deitar. O que era raro, você sabe, deitarmos juntos. Só quando viajávamos ou a Laura viajava com alguma amiga — ela fez muitas viagens com aquela prima italiana — é que podíamos atravessar uma noite inteira juntos, o que para mim era uma delícia, um acontecimento. Sim, ele costumava ler poemas na cama. Mas nunca escreveu poemas para mim.

Na parede, Julia vê uma foto dos dois. Clotilde salta uma poça de chuva, abraçada a Antônio e a um guarda-chuva fechado. Parecem um casal de namorados. A imagem é impressionante. Fora tirada fazia muitos, muitos anos. A mulher da foto era extremamente jovem. Não chegava a ter trinta anos. Ter consciência da imensidão do tempo em que aqueles dois haviam ficado juntos era algo assustador. Aquela foto era isso, a tomada de consciência. Uma violência. Por mais que Julia soubesse, em toda a sua vida de adulta, que o pai fora amante de Clotilde em quase todo o período em que estivera casado com sua mãe, Laura, a foto era chocante. Era o registro, a comprovação da concomitância. Duplicidade, paralelismo. E também era muito estranho verificar que Clotilde conhecia a vida deles todos em minúcias. Como se fosse um membro da família muito, muito próximo. Se ela tivesse habitado um quarto da casa dos pais de Julia talvez não soubesse tanto. As casas guardam segredos. E para Clotilde não havia segredos. Ela sabia mais do que eles dos problemas do pai. Das dificuldades por que passara. Dos sonhos que tivera. Ela era a mulher na qual ele confiava. A verdadeira companheira da vida inteira. Nem mesmo Cátia sabia tanto. Nem poderia, é claro. Cátia surgiria na vida dele muito tempo depois. E nunca abalaria o reinado de Clotilde. Será que era mesmo verdade aquela história de que ele a havia convidado para ir a Paris, prometendo abandonar tudo, filhos, a mulher, a amante? Logo Paris, a cidade que preservara para Laura? Será que Cátia tinha tanto poder, representando tamanha ruptura no que até então estava tão metodicamente organizado? Se fosse, não havia dúvidas, um dia o fujão voltaria para seus dois lares, o oficial e o paralelo, cabisbaixo, arrependido. Como se Cátia tivesse sido apenas mais uma de suas travessuras. E seria perdoado. Ele poderia vir a abandonar as pessoas que amava, mas nunca seria abandonado. Eram longas as raízes, longas e profundas...

Vem cá, eu te mostro como funciona o pêndulo.

Julia pensou em recuar, temia essas coisas, mas cedeu e foi até o quarto. Viu a mesinha-de-cabeceira, onde à noite ela colocava o copo de leite. E outras lembranças do pai. Ela também mantinha os livros dele em cima da mesinha. Provavelmente lá também haveria um Drummond, um Dostoievski e um Shakespeare. *A Montanha Mágica*. O chinelo dele estava do lado da cama, ainda com as marcas dos dedos do pé. O quarto era um santuário. E no meio daquilo tudo o computador novinho em folha. Clotilde já estava com mais de setenta anos, mas tinha se animado a fazer o curso de informática, só para passar a limpo os textos de seu amado Antônio. Também freqüentava outras aulas. Ainda era bela, com seus cabelos escuros, cortados à moda Chanel, a lhe emoldurar o rosto magro. Bela, forte, inteira e tão solitária. Só os sobrinhos, que moravam perto, a visitavam de vez em quando. Os sobrinhos que nunca haviam questionado seu amor por Antônio, aceitando a marginalidade da vida da tia como se fosse uma novela ou bela história de amor. E o pêndulo se movimentou no ar. Falou com as duas. Disse estar alegre pela presença da filha na casa da amante. E depois ficou a balançar, freneticamente, quando Julia se despediu, com o coração a bater acelerado no peito. Era impressionante aquela entrega permanente. A paixão. O amor. Sim, essa era a diferença. Clotilde se sabia amada. Laura fora a obrigação, a mãe de seus filhos, como costumava dizer. Uma permanência por gratidão. Mas Clotilde era o amor, eternamente o amor. E Cátia, o que fora Cátia? Uma válvula de escape, talvez. Uma tentativa de fuga da harmonia desarmoniosa. Fuga da mentira que ele tanto lustrara que até se tornara verdade. As duas mulheres, na realidade, o possuíam tão integralmente, que em um dado momento, um momento fugaz, fugidio, ele ousara pensar em escapar do laço. Ser livre novamente, como um adolescente. Fugir do mundo ambivalente que construíra tão ciosamente. Quisera deixar, romanticamente, de ser dividido e acabara por se dividir em três. Pois até morrer, com sexo ou sem sexo — quando a encontrara, aos sessenta anos de idade, começava a ter problemas de impotência — também nunca mais abandonaria sua pequena Cátia. Também lhe deixaria bilhetes amorosos na porta, escreveria cartas e cartões-postais quando viajasse, compraria presentes em datas inesperadas, flores no dia do aniversário. Seria seu conselheiro e confidente. O amigo mais sábio e mais velho no peito de quem Cátia iria desabafar as mágoas, chorar as dores de amor causadas por seus amantes bem mais jovens. E pelo marido violento. Sob a ciosa, consciente supervisão de Laura.

O pai de Bill

O pai de Bill era o outro pai de Julia. O outro lado da moeda. Um pai que estava sempre em casa nos almoços e jantares. E em todos os fins de semana. Olímpico, tinha mais de 1,90m e cabelos cor de neve. Ficara grisalho bem cedo, por volta dos trinta anos — e o mesmo aconteceria com Bill.

O pai de Bill dava a Julia toda a proteção que ela não tivera do próprio pai durante a infância. E a curava de todas as febres. Mas, ao contrário do jornalista e advogado Antônio, que sempre soubera conversar com os filhos, o doutor William era um homem de opiniões rígidas, alma simples, mente objetiva, de poucos vôos, totalmente voltada para o exercício de sua profissão.

Não aceitava muita conversa, sobretudo quando, a muito custo, havia formado em sua cabeça uma sólida e petrificada convicção. Ou seja, com ele, não havia argumento. Tergiversação. Tudo era pão-pão, queijo-queijo. Enquanto vivo, nunca aceitaria as inclinações artísticas do filho mais novo. Na infância de Bill, chegara a ser um pai quase perfeito. Bom, carinhoso. Na adolescência, tornar-se-ia severo, longínquo, inalcançável. Pairando nas nuvens. Até porque o filho não cresceria tanto quanto o pai. Como os irmãos da mãe, baixinhos, Bill ficaria mais próximo ao chão. Mais terreno, fisicamente.

Doutor William queria que o filho caçula o seguisse, fosse médico. Mas o filho não queria ser médico, queria pintar. Desenhar, criar. Ele nunca entendeu isso. Não aceitava também o fato de Bill ser um mau aluno, ele que tanto estudara e que decidira ser médico apesar de não contar com o apoio de seu próprio pai, o cônsul inglês Robert Holmes Campbell, diplomata e homem de negócios. Para estudar medicina, tivera que se rebelar e vir para o Rio. Durante seis anos se corresponderia com a mulher com a qual finalmente se casaria, já formado, empregado, liberto de quaisquer custódias paternas.

Nos primeiros e árduos tempos do matrimônio, viveria com sua sofisticada Cíntia Porchard Connely, oriunda de uma família quatrocentona de imigrantes paulistas, numa pensão. Alan, o primeiro filho, teria como berço uma gaveta. Mas, tinhoso, obstinado, Bill pai lutou e conseguiu vencer. Ter sua confortável casa própria, num bairro da Zona Norte do Rio, seu próprio jardim de rosas, seu lago, seus peixes, suas estufas. Sua torrada com geléia pela manhã, filé-mignon com batatas fritas no almoço, musse de chocolate com creme de leite, morangos. E agora vinha aquele garoto tolo a querer estudar belas-artes, ser o nada. Artista para o doutor William era o mesmo do que ser um ninguém. Um homem tinha quer ter uma profissão decente. O rapaz recalcitrante, que gostava de sujar as mãos de tinta, ia ter que estudar medicina. Caso não estudasse, seria expulso de casa, ameaçava. Que fosse trabalhar como marceneiro ou carpinteiro, já que gostava tanto de trabalhar com as mãos.

O pai de Bill fora o herói de Julia na infância, seu Odin, seu Thor, mas aos poucos, apesar de ela nunca ter deixado de amá-lo, até porque ele também a amava, tornar-se-ia o carrasco de Bill. Queria porque queria que o filho predileto, o seu menino temporão, fosse um doutor, como ele. Se não o fosse, ao menos seria algo parecido. Com essa idéia fixa na cabeça, quando Bill deixou a faculdade de medicina e se disse disposto a se matricular numa faculdade de cenografia ou arquitetura, a casa caiu.

Perdendo a paciência, ele pôs o artista para trabalhar na clínica da qual era sócio. Se o rapaz quisesse continuar grudado naquela maldita prancheta, todas as madrugadas, que ficasse. Mas não ia mais poder ficar somente estudando e desenhando. Tinha que ter um trabalho decente, e trabalho decente era ser administrador da clínica paterna.

Foi um desencontro lamentável. Nunca se entenderiam. Julia se lembrava de ter visto Bill um dia se curvar diante do pai, como se estivesse se curvando diante de um rei ou *sahib*, e fazer várias saudações com as mãos, numa mimese de movimento de escravo africano diante do seu senhor inglês, buana, buana, até se retirar da sala. O pai ficara a olhá-lo, estarrecido. E Bill, sério, atormentado, ria-se por dentro, chorando. Conseguira deixar o pai pasmo, o pai que nunca perdia sua fleuma britânica. Mas quando eram crianças, não há dúvida, ele fora um herói de quadrinhos, para ela e para Bill. Imenso, imponente como um deus, nos fins de semana comportava-se como um pai companheiro, amigo, próximo. Levava-os para passear no seu confortável Buick rabo-de-peixe, comprava doces, balas, sorvetes, balões de gás, figurinhas, tudo o que eles quisessem. E tinha aquelas mãos quentes milagrosas que curavam todas as crianças da rua. E que, no hospital, consertavam feridos, faziam novos dedos, narizes. Recriavam rostos dilacerados e pernas, com enxertos.

Sim, o pai de Bill salvava os queimados. Tinha mãos pacientes e criativas exatamente como as que Bill teria, só que os dois não se entendiam. E por isso Bill desde muito cedo roía as unhas, ficando sem sabugo, ferindo as mãos tão hábeis. E naufragaria, mais tarde, no álcool. Só quando o pai morreu é que se dedicou totalmente à criação de jóias, um sonho de criança, mas talvez já fosse tarde demais. Doutor William fora sócio de um joalheiro famoso, cuja loja ficava na rua ao lado do Copacabana Palace. Num cofre de seu escritório havia caixas e caixas com gemas lapidadas, de todos os matizes e cores, que às vezes o filho conseguia abrir e ficava a namorar. Quando possível, às escondidas, juntamente com Julia. No estacionamento de sua clínica médica havia pedras enormes em estado bruto, quartzo rosa ou roxo, com as quais ele e o sócio faziam cinzeiros que marcaram época (e que até hoje são imitados). Poderia muito bem ter facilitado a vida de Bill numa outra direção, a de ourives. Artesão. Tê-lo enviado a Florença, para aprender a arte de pintar vidros, que o filho tanto amava.

O pai de Bill guardava bem guardadinhas todas as caixas de uísque presenteadas por seus agradecidos clientes, já que não bebia. Guardava-as num depósito, hermeticamente fechado, na cozinha, em cima da geladeira. Quando ele faleceu, Bill foi correndo abrir o depósito disposto a beber todas as garrafas de uísque que lá estavam, desde muitos anos, em memória do pai falecido e dos desentendimentos mútuos, só que o dourado néctar escocês estava estragado. Apesar de a caverna de Ali Babá ser em cima da geladeira, o tesouro fora guardado num lugar errado, sem ventilação, úmido, abafado. Resultado: frascos e mais frascos de uísque imbebível, intragável.

O homenzarrão de coração terno sentiu ciúmes de Julia quando ela teve o primeiro namorado. Disse, na ocasião, para a mãe dela que era preciso vigiar bem aquela menina sapeca. A varanda na qual ela namorava, ele já verificara, era muito escura. Não é por nada não, mas aquilo era uma sem-vergonhice, afirmou o doutor William à dona Laura. Uma mocinha tão jovem. Será que não era cedo para namorar, não? Antônio, o pai de Julia, por sua vez, tinha ciúmes do vizinho tão perfeitinho, que nunca tropeçava, nunca pulava a cerca. Achava que Laura, sua esposinha de luminosos olhos azuis, ficava com os olhos ainda mais brilhantes quando via o vizinho. Mais sorridente e falante. Mesmo que o médico estivesse acompanhado da mulher, e sempre o estava.

O pai de Bill, sabe-se lá por que cargas d'água — os homens são mesmo seres incompreensíveis — disse um dia ao filho mais novo que a boceta era a coisa mais nojenta que havia na mulher, cheia de sumos, líquidos viróticos e bactérias. E Bill, que já tivera uma decepção com o primeiro beijo de sua vida, o que dera em Julia, no quarto dos pais, ficou com nojo, para sempre, de bocetas. Embora se esforçasse, e muito, para gostar do corpo feminino. Esforçou-se tanto em ser homem, pôr o pau para funcionar no buraco correto, que acabou por ter um filho, aos vinte anos de idade. Foi o primeiro pai solteiro que Julia conheceu na vida. A namorada ocasional de Bill ficou grávida — não era uma menina muito pudica, as namoradas de Bill nunca o eram — e calculadamente deixou a barriga crescer. Enquanto o feto crescia, Bill roía ainda mais as unhas, que ficaram uns cacos. A saliente namoradinha estava de olho no dinheiro do doutor William, porque achava que ele era rico e ele realmente se tornara razoavelmente rico quando o cônsul Robert morrera, em Santos. Foi a sua primeira herança. Depois, o pai de sua mulher, Cíntia, proprietário de ricas plantações de café em Atibaia, também bateria as botas. Foi a segunda herança. E, após a morte da mãe de dona Cíntia, veio a terceira herança. Mas, mesmo assim, o doutor William, que sempre fora tão generoso com Julia e Bill quando os dois eram crianças, mostrou-se extremamente econômico com o filho quando este deixou de ser um adolescente, recusando-se a dar um carro para o jovem ir para a faculdade ou para o trabalho na clínica. O rapaz teria que penar, andar a pé e de ônibus, até que deixasse de lado aquelas manias de pinturas, desenhos, vitrais, artesanatos de ferro e pedras preciosas.

Foi Antônio, o pai de Julia, que um dia insistiu com o vizinho dizendo que Bill merecia um carro. Pois, apesar dos pendores artísticos e da cabeça nas nuvens, continuava sendo um ótimo rapaz, que um dia haveria de encontrar o seu caminho. E, enfim, Bill o ganhou, o carrinho verde, bem simplezinho, para ir à clínica, durante o dia, e, à noite, à faculdade de arquitetura. Na clínica paterna, costumava vomitar no banheiro, quase todos os dias, pois odiava sangue e ataduras. Carnes cortadas, dilaceradas, operações, cirurgias. E sentia nojo das histórias contadas pelos médicos sobre seus pacientes, cheias de ironia. Médicos frios, que encaravam as consultas como moeda sonante. E que por isso as faziam sempre a consultar o relógio, contando os minutos. Médicos que, ao deixar a clínica, sobretudo após as incisões de bisturi, logo corriam para o bar mais próximo, para encher a cara. E que muitas vezes pediam a Bill, o administrador, filho do patrão, que acobertasse seus casos com as enfermeiras, deixando-o ainda mais nauseado. Porque não eram sérios, dizia ele a Julia, extremamente decepcionado com a profissão de Hipócrates, quando ficavam a conversar de madrugada, ele trabalhando na prancheta, ela a olhá-lo a desenhar, cheia de carinho e de comiseração pelo amigo sensível que tanto sofria nas mãos do pai.

Sim, aqueles médicos, dizia Bill com raiva, não tinham nenhum amor pela medicina. Nenhuma generosidade no coração, sentimento de humanidade. Só queriam ficar ricos, o mais rápido possível, e por isso encurtavam ao máximo o tempo de atendimento, já que, quanto maior fosse o número das consultas feitas diariamente, mais dinheiro ganhariam no final do mês. Enfim, Bill odiava a clínica, os médicos, todo o ambiente falsamente saudável do poder branco. Mas o carro de Bill envelheceu, ficou com os bancos carcomidos e o chão podre, e ele ainda a exercer o cargo de administrador da clínica do pai. Sonhando em cair fora, mas sem ver uma solução. O salário era pequeno, mas o sustentava, a ele e ao filho. Não havia saída, alertava o pai. O filho sonhador tinha que trabalhar. Tinha que fazer dinheiro para custear os gastos do filho bastardo. Quem mandara se envolver com aquela rameira? Quem mandara ser descuidado ao ponto de se tornar o único pai solteiro da rua?

O pai de Bill dizia essas coisas duras, mas praticamente adotara a criança, a qual amava, e muito. Dona Cíntia é quem cuidava do neto, enquanto o filho e o marido estavam a trabalhar na clínica. Mas o doutor William não perdoava o filho por não ter se formado médico. Por ter deixado a faculdade de Medicina no segundo ano. Pouco antes de ele morrer, Bill se revoltou, finalmente, e deixou a clínica, nunca mais tendo lá posto os pés. Seu filho já estava com uns dez anos e conquistara os avós completamente. Foi quando deixou a Riomédicos que Bill, estranhamente, começou a se embriagar de verdade. Sem nunca ficar totalmente bêbado, ou seja, sem nunca cair no chão, enrolar a língua. O pai tinha-lhe ensinado que, para cortar o efeito do álcool no corpo, deveria pôr muita água e gelo no uísque, e ele seguia esta orientação paterna à risca. Uma das poucas que seguiu. Era capaz de tomar uma garrafa de uísque por noite sem cair no chão. Em copázios, com muita água e gelo. Acompanhados por um cigarrinho de maconha.

O pai de Bill era um homem bonito, educado, cheio de charme, mas totalmente doméstico, caseiro. Nunca Julia veria um homem igual, de sua estatura, física e moral. Amava a mulher, que também o amava muito. Todas as noites eles davam um passeio pela rua, atravessando a fileira de lampiões de mãos dadas, como namorados. Porém, de certa forma, tinham um empecilho ou estorvo na fruição daquele grande amor: os três filhos. A sensação que se tinha, ao vê-los tão enamorados e juntinhos, após tantos anos de casados, é que se teriam bastado sem os filhos, só que os tiveram. O irmão mais velho de Bill, vingativamente, sonhava com as heranças que um dia fatalmente haveriam de vir. Trabalhava numa imobiliária em compasso de espera. A irmã mais velha de Bill, Áurea, era caracterizada como a mulher com as pernas mais bonitas da rua. Pernas rijas de bailarina. Adorava dança, balé. E Bill, bem, Bill era Bill, o maior amigo de Julia. Aquele com quem ela colara chicletes na sobrancelha. Casara-se em todas as festas juninas. E com qual fizera um pacto de sangue. De verdade, com um filete de sangue a escorrer pelo punho. Os dois a dar gritinhos. Ou foi uma gota?

A mãe de Bill era gordinha e de vez em quando entrava na faca. Doutor William, além de ter aquela estranha relação com as bocetas, não gostava de mulheres gordas. Se havia barriga, ele tirava, culote também. Os seios de dona Cíntia foram reduzidos mais de uma vez. Aproveitando a cirurgia, o resto também levava vários retoques. Uma vez o umbigo foi embora e teve que ser recolocado. Dona Cíntia, mesmo assim, nunca ficou esbelta e magra, novamente, como o marido a conhecera na juventude. Mas ele ficava satisfeito com o resultado obtido. Até cismar com outra carne sobrando no corpo da amada e resolver arrancá-la. Lapidá-la. Era uma mulher feliz e bem-humorada, a mãe de Bill. Cheia de energia. Só tinha ataques, amedrontando as crianças, em suas fases pré-menstruais, avassaladoras, telúricas. Mas normalmente estava de bem com a vida. Dedicava-se totalmente ao fiel esposo, ao preparo de doces e quitutes e à leitura dos grandes romances — tinha uma imaginação mais rica do que a de seu pragmático maridinho — e, de vez em quando, fazia grandes festas para médicos e cirurgiões em seu quintal, que além de laguinho, aquário com carpas e flores, até uma cascatinha artificial tinha. Viajaram muito juntos, mas nunca levaram os filhos com eles. Iam namorar no exterior. Em compensação, todos os fins de semana, doutor William passeava com a família. Gostava de ir ao Alto da Boa Vista. Foi num desses passeios à pracinha do Alto que Julia perdeu um dente, ao cair do balanço. A boca ficou cheia de sangue, mas ela não teve medo. Estava com o doutor William, e estar com o doutor William era o mesmo que estar sob a proteção de um ser divino, todo-poderoso. Como bom paulista, ele gostava muito também de ir ao Corcovado, ver, lá de cima, a vista do Rio. A cidade que conquistara.

Com saudades de Santos e de Guarujá, um dia ele teve a idéia original, visionária, de comprar um apartamento na Barra, no primeiro edifício construído na grande avenida junto à praia, quando o bairro era ainda um grande, selvagem areal. O mar rugia na janela. Era espantoso. Nos fins de semana, as crianças, encaminhando-se para a adolescência, iam para a praia bem cedinho e só voltavam ao cair da noite, torradas de sol. Um dia ele disse que Julia tinha os olhos verdes. Era linda e tinha os olhos verdes. Não, não tinha, eram castanho-claros. Mas a pele queimada fizera os olhos da jovem ficar mais claros. O fato é que o amor do doutor William pela amiga de infância do filho era tão grande e apaixonado que chegava a ser imaginoso. Gostava tanto de Júlia que vivia preocupado com a sua beleza. Costumava afirmar, brincando, que um dia a operaria, por causa do eczema que tinha na perna, eczema que surgira na primeira vez em que o pai de Julia fora para o hospital. E que durara dos quatro aos onze anos, só tendo desaparecido na puberdade. O cirurgião dizia que ia tirar um pedaço da bunda da garota, extremamente proeminente por causa de uma lordose, e que cobriria com o naco de carne a eczema. Assim ela poderia vir a participar, futuramente, dos concursos de misses, prometia. Ao dizer tal disparate, ria e fazia a menina rir, sobretudo por causa da palavra bunda, meio inesperada num senhor tão educado e fleumático.

Na praia, Bill não se queimava como qualquer pessoa de origem brasileira. Até nisso era diferente. Sua pele branca, branquíssima, ia ficando vermelha, vermelha, até atingir uma vermelhidão escura, cor de sangue. Um inglês na praia. Naquele apartamento na Barra viriam a acontecer muitas coisas. Bem mais tarde. Quando Bill e Julia já eram praticamente adultos. Mas antes, bem antes, o mar, de repente, se tornaria uma normalidade. Nem chegavam a olhar mais para ele. Dava angústia nos olhos. Fingiam que não existia. Só que às vezes não dava para escapar. Atraídos pelo rugido das ondas, iam até a janela, e novamente sentiriam aquele espanto abissal. A alma alargava-se no peito. No fundo, descobriria Julia, é ruim ter o mar na janela. Acessível, pertinho. A vida fica pequena, reles, banal, diante daquela imensidão. Os adultos ficavam a jogar cartas. Os adolescentes misturavam atividades com devaneios, sempre inquietos devido à sensualidade que começava a explodir dentro deles.

Também no calçadão da praia, o doutor William e dona Cíntia passeavam de mãos dadas, como namorados. Enquanto os jovens viviam o presente, jogando frescobol, tomando sorvete ou pegando onda, sem pensar no futuro, que, com o passar dos anos, se configuraria bem mais abissal que o mar. Futuro que levaria Bill a tomar LSD, fumar maconha e a se embebedar. E que o afastaria de Julia por muitos anos. Na entrada da vida adulta, porém, quando o apartamento passara a ser mais deles do que do doutor William e de dona Cíntia — mais velhos, os dois optariam por ficar em sua confortável casa, na Tijuca, em vez de se deslocarem para a Barra, deixando que os jovens usufruíssem sozinhos o imóvel praieiro — antes de se separarem, Bill e Julia se amariam naquele despojado e ensolarado três-quartos-e-sala, através dos corpos de outras pessoas. Porque eles, eles mesmos, nunca se tocariam. O toque, entre eles, por decisão de Julia, seria sempre tabu.

Pois o toque...

Era interdito na casa de Julia. Ninguém se abraçava, ninguém se beijava. Mas havia desejos, mútuas admirações físicas. Maravilhamentos. Um toque poderia pôr tudo a perder. Criar curiosidades. Depois foram sendo reveladas estranhas histórias. Histórias inacreditáveis. De um mundo paralelo ao mundo no qual habitavam. Histórias de desejos incontroláveis. Na casa sombria, escura. Mafalda contava e ninguém acreditava. Logo Mafalda, que adorava crianças e cuidara dos irmãos como se fossem seus filhos. As portas se abriam e se fechavam, escondendo os seus segredos. Os corpos latejavam em suas redomas, ilhas. Sexo era uma palavra proibida. Era muito sem graça, sem jeito, que um irmão casualmente via uma irmã de camisola. Mas o pai... Haveria alguma verdade no que Mafalda um dia contaria? Ou Mafalda era louca mesmo? Totalmente tantã? Logo ela, ser a protagonista de uma história tão penumbrosa... A irmã mais velha, tão querida, que os ensinara a ler e escrever. Que os fizera ler livros. Que pagara a Aliança Francesa das irmãs. E que brincava de roda com todas as crianças da rua, quando ainda era professora. Adorava ser professora. Quando dera aulas no subúrbio, em Bangu, fretara um ônibus um dia para levar os alunos para ver o mar. Vários dos discípulos ela levara para casa e pessoalmente esfregara a cabeça deles com remédio para matar os piolhos. Montara uma peça de teatro na escola, *Pluft, o*

Fantasminha, de Maria Clara Machado. Mafalda fora o Pluft, e como Pluft dera cambalhotas no palco. Era uma alma boa, generosa. Aberta a tudo. Mas um dia viera com aquela maldita história. E não dava para acreditar. Será que inventara, como inventava as histórias que contava para os alunos? Será que era verdade que namorara o pai durante anos e anos, até se casar? Que, de certa forma, fora mais uma de suas mulheres? Será que fora deflorada, seduzida, ou apenas permitira algumas carícias? E por que permitira? Para ter o pai todinho para si? Por raiva de Laura, que não a concebera, apenas a criara? Por raiva da mãe, Alice, que morrera cedo, deixando-a tão só? Por que não se defendera do pai, por que não gritara? Ele não era um homem violento, nunca o fora. Teria bastado dizer não. Mas Mafalda nunca dissera não. E era um mulherão. Uma morena bonita, atraente, articulada, extremamente inteligente. Quando queria alguma coisa, obtinha. Só mais tarde, quando teve seus próprios filhos, é que se portou como desvairada. Quando Julia e os irmãos eram crianças, Mafalda era tão mágica e poderosa como uma artista de circo, uma saltimbanca. E como deixou que acontecesse o que não era para ter acontecido? Ou tudo não passava de imaginação? Aquele toque proibido. Até onde fora? Quando tempo durara? Por que não fechara a porta? A casa era sombria, e tinha entranhas, vísceras. Catarros. Sangue, febres, desejos. E uma competição surda entre as mulheres. A segunda mulher do pai e a filha mais velha, nascida no primeiro casamento, que queria o pai todinho para si. Enquanto os três meios-irmãos cresciam, ela, pelo que mais tarde contaria, se deixava ser acariciada pelo homem doentio, febril. Naquela casa, onde, por receio de contágio, o beijo e o abraço eram proibidos. E onde parecia que tudo estava sempre dentro dos conformes, mas nunca estava. O tuberculoso delirava espasmos, gozos, enquanto lia na cama. Pois vivia lá, na cama, lendo, quando estava em casa. E se na cabeceira havia *A Montanha Mágica* e os últimos romances, também havia poemas eróticos, Bocage, Aretino e Justine. Será que as carícias em Mafalda teriam ocorrido na mesma cama onde dormia com a angélica segunda esposa, Laura? No quarto das meninas era difícil, sempre havia lá uma menina, a ler ou a pentear os cabelos. Ou a nada fazer. Sonhar, devanear. Ou fora naquele medonho escritório? Ou no quintal, encostados contra a mangueira que Mafalda dizia tanto amar, ser um prolongamento de seu próprio corpo? Ou tudo era mentira? Clotilde nunca ouvira falar naquela história, e Clotilde sabia de tudo. Cátia também não sabia, nunca ouvira falar, e Cátia tinha suas próprias histórias. Suas sensualidades proibidas. Mas o fato é que Mafalda viveria, após os dois partos, sempre, entre a loucura e a sanidade, e talvez a demência intermitente fosse a prova viva de que algo tivesse realmente acontecido. Algo mudo, surdo, triste, invasivo, como beijos e carícias interditas. Uvas na vagina. O que é verdade? O que é mentira?

CÁTIA

A verdade, narrada aos prantos, é que Cátia dormira com o irmão. E não fora uma vez só. Foram várias. E ele, Antônio, devia ter gostado de saber do incesto adolescente, quase que infantil. As misérias humanas, as desmedidas, *hybris*, os desregramentos, quebras de normas, o atraíam. Julia saberia daquela estranha história meio que por acaso, quando Antônio Álvares do Nascimento já estava morto. Era a época em que se comemorava o Descobrimento, e Saramago viera ao Rio participar dos festejos. Julia sempre implicara com Saramago. Achava-o um grande escritor, mas seco, áspero. Sem doçura. Já Cátia havia lido tudo do homem nascido em Azinhaga, no Ribatejo. Adorava-o, a ele e a sua literatura. E pedira para ir junto à entrevista. Que ocorreu no Leme, no Luxor Hotel. O homem estava lá, a esperá-las, e pessoalmente era impressionante. Como sua literatura, a cara era dura, de poucos sorrisos. Falava de tudo com clareza e concisão. Escolhera uma mesa na penumbra. Elas gravavam a fala do grande escritor, já Prêmio Nobel, com os dedos trêmulos. Coração aos saltitos no peito. Medo de fazer uma pergunta errada, descabida, que o enfurecesse. O autor mais do que consagrado causava um certo temor. Falava pontuando o que dizia com as enormes mãos. O último livro tinha sido aquele ensaio sobre a cegueira, terrível, impiedoso. Toda uma cidade ficando cega e sendo posta num campo de concentração pelas autoridades ciosas da saúde pública. Conversaram também sobre o significado da literatura, e ele disse que a literatura não salvava ninguém. A humanidade estava perdida e não seriam as palavras que iriam salvá-la. No máximo, os livros poderiam ser um bálsamo. Um consolo, um refrigério. Uma fuga ou um grito. Daí sua literatura desesperançada, desesperada. Fria como adaga. Mas, estranho, o homem tinha uma certa quentura, um fogo. Uma luz na penumbra. Saíram dali meio tontas e foram tomar um café num bar. E foi aí que Cátia disse que as mãos de Saramago, grandes, bem desenhadas, mas calejadas, lembravam as de Antônio, o pai de Julia. Mãos de um agricultor que se civilizara. Mãos do campo. Fortes, rijas como árvores. A lembrança de Antônio trouxe-lhe outras à mente. De repente, sem quê nem porquê, Cátia resolveu falar do irmão. O irmão Carlos. Gêmeo. Com o qual brincara e descobrira o sexo. Não por sacanagem. Mas por brincadeira, curiosidade. E prazer. Em outras palavras, o que começara na brincadeira acabara na descoberta do prazer. Um prazer que os atordoara, mas que repetiram. Repetiram, repetiram, repetiram. Até serem pegos em flagrante. E Cátia contou também que muito sofrera, não por causa do incesto, mas porque a mãe a culpara por tudo. Dissera que ela é que fora a sedutora, a sem-vergonha. Não o irmão. E ali, no bar, em pleno Leme, com pessoas sentadas nas mesas em volta, Cátia começou a chorar. Copiosamente. E Julia ficou sem graça, teria que tocá-la, mas não conseguia. Passou as mãos pelos longos cabelos, raiados de fios brancos, e foi o máximo de ternura que conseguiu, aquele toque nos sedosos cabelos da amiga. E achou tudo muito estranho. Aquela pequena mulher, que um dia fora do pai, delicada como um bibelô, uma porcelana, com aquela triste história. Mas teve certeza de que o pai gostara da história. Da falta de limite. Do inesperado. Do impensável. Aquilo devia tê-lo excitado, apesar da dor de Cátia. Ele gostava de consolar as pessoas que caíam em fendas, precipícios. Já que ele mesmo vivia num. Depois, as duas só voltariam a tocar naquele assunto anos mais tarde. Quando viajaram juntas para Búzios, varando a noite. E ela ouviu tudo novamente, contado com mais detalhes, sem olhar o rosto de Cátia, que de novo chorava, desmanchava-se em lágrimas. Ao se lembrar como fora tratada pela mãe. Como se sentira suja por dentro por ter participado com o irmão de uma brincadeira proibida. E o pior, por ter gostado. As famílias escondem torpezas, conscientes e inconscientes. Desvios. Excessos. Que não são nada inocentes, porque têm o cheiro e o gosto de pecado. Ou do que é considerado pecado pela sociedade. As famílias escondem feridas. Um dia contou a Rossana, sua cabeleireira preferida, silenciosa, profunda, de olhos negros e pele acetinada, cor de oliva, que a irmã mais velha fora seduzida pelo pai. Ou o seduzira. E que um dia ainda tentaria escrever sobre aquilo. E Rossana perguntou, então, se queria a história dela para ser contada. Ofereceu-lhe a narrativa como um presente, enquanto penteava os cabelos de Julia. O pai a deflorara, e a todas as irmãs. Aquele pai, que tinha um bar lá no morro e que gostava de dar festas ruidosas, com cavaquinho e samba, e de fazer doce de pequi com muito açúcar. Era a velha história, nenhum homem tiraria o cabaço das filhas, que eram inúmeras, a não ser ele mesmo, o próprio pai. Para ele, homem criado na fronteira entre Minas e Goiás, que um dia migrara para o Rio e acabara por abrir um pequeno negócio na favela, modestamente bem-sucedido, era claro como água. Somente ele poderia estrear as bocetas das mulheres que concebera. E a mãe nada fizera para impedir. Rossana ficaria grávida. Ao longo de seu relato, ela não esclareceu se a única filha que tivera fora gerada pelo estupro paterno ou pelo primeiro namorado. A única coisa que disse é que tivera a filha com 16 anos. E muito rapidamente mencionou um rapaz, que nunca chegara a amar... Bela como era, Rossana teria muitos homens na vida, mas nunca se casaria. A raiva muda, enorme, contra os homens, que trazia no peito, nunca passaria. Morena esguia, dona de um nariz afilado, perfeito, Rossana tinha um olhar de águia. E uma postura soberba de princesa. Nunca sorria, principalmente no trabalho. Fora do trabalho, na quadra de sua escola, bebia em excesso, dançava, e, embriagada pela música e pelo álcool, chegava a dar risadas. Mas, no salão, a única alegria estampada em seu rosto eram as largas argolas que gostava de usar, sobretudo quando cortava o cabelo bem rentinho, à joãozinho, deixando a nuca e o pescoço, muito bem desenhados, expostos. Muitas vezes, ao fazer uma escova, por exemplo, enquanto puxava o cabelo da amiga Julia, seu olhar ficava enrijecido, fixo, como se dirigido para dentro de si mesma. Adulta, sofrida, ruminando suas dores e seus enigmáticos pensamentos, a morena jambo com corpo de estátua ficaria amiga do pai como se nada tivesse acontecido. Mas confessava a Julia que teria sido capaz de matá-lo friamente, com uma tesoura ou uma faca, se não achasse que, com isso, atingiria mortalmente a boba da mãe. A fraca. A covarde. Rossana engoliria e alimentaria sua raiva por anos e anos. Ficara magra, quase que seca de corpo, não fossem os seios e a bunda muito bem esculpidos. Amaria muitos homens errados e morreria ainda muito jovem — logo após ter comemorado os quarenta anos, com uma festa na quadra do morro —, de um maldito câncer no estômago. Foi embora feliz. Liberta, enfim. Acreditava em espíritos. Uma vida além da morte, sem estupradores. Sem pobreza, da carne e do espírito. Ninguém entendeu nada. Rossana, a rainha do morro, o esplendor da quadra, morrer de câncer aos quarenta anos, no auge da beleza.

Quanto a Cátia — assim como ocorrera com Rossana e o pai —, também voltaria a falar com o irmão. Como se nada tivesse acontecido. Embora havia muito a cumplicidade entre eles tivesse se partido, quebrado, transformando-se numa forma surda de estranheza. Distanciamento. Animosidade. Quanto à mãe, nunca a perdoou por ter concluído, após a descoberta do incesto, que apenas a filha era a culpada, a devassa, e que o pobre do filhinho havia sido seduzido por sua maquiavélica irmã messalina. Só que, ao contrário da princesa do morro, que nunca pudera engolir o que lhe acontecera no início da adolescência, Cátia não guardava nada dentro de si. Era um tenso fio elétrico, sempre com os nervos à flor da pele, a ponto de estourar. Dava murros contra a vida. Chorava, gritava, reivindicava amor e consideração. Punha a raiva para fora. Lágrimas, lágrimas e mais lágrimas. E, com isso, escapou do câncer. Além do mais, adorava escrever, escrevia tudo o que lhe passava na alma, metamorfoseando a dor em palavras. Escrever sobre doenças, perdas, ressentimentos e lembranças doloridas pode vir a se transformar, no mundo falso, trágico e enlouquecido no qual vivemos, numa forma de saúde, ou, pelo menos, de sobrevivência.

O mundo da TB

(extraído de artigo na revista *Visão*, de Portugal, publicado em março de 2007)

A cada minuto que passa, continuam a morrer 3,5 pessoas no planeta com tuberculose (TB), apesar de o bacilo de Koch (vírus que provoca a doença) ter sido descoberto há 125 anos.

População mundial — 6 bilhões
Pessoas portadoras da vírus da TB — 2 bilhões
Mortes por ano devido à TB — 2 milhões
Mortes estimadas até 2020 — 35 milhões
Pessoas infectadas com HIV — 38 milhões (2005)
Mortes por ano devido ao HIV — 2,8 milhões (2005)
Pessoas com HIV e TB — 12 milhões
Países cobertos pelo Tratamento de Observação Direta (DOT) — 187 (2005)
Custo do DOT — 10 dólares por pessoa.
Vítimas famosas da TB — Desmond Tutu, Amadeu de Souza Cardoso (pintor português), George Orwell, D.Pedro I do Brasil, Álvares de Azevedo, Castro Alves, Anton Tchekov, Thomas Mann.

Cadernos de Julia

Por que a veneração ou empatia por Thomas Mann? Talvez seja por causa da doença, a maldição e a intrincada trama familiar. E também por marcas inconscientes, difíceis de serem explicadas. Se meu pai, o senhor Antônio Álvares do Nascimento, ainda fosse vivo, eu gostaria de explicar-lhe que a identificação ia muito além da *Montanha Mágica* e da tuberculose, uma tuberculose que, na realidade, atingiu levemente os pulmões de Katia Pringsheim Mann, a mulher do escritor, e que significativamente também atingiria "O Mago" no final da vida, causando a sua morte, aos oitenta anos. Quem sabe por causa de seus sensuais charutos Maria Mancini, fumados até o ocaso, como o provam as fotos. A sua única concessão à América de sua mãe, o charuto cubano. Thomas, como bem sabemos, era filho de uma brasileira, uma brasileira que se viu, repentinamente, aos sete anos de idade, devido à morte da mãe, Maria da Silva, arrancada da quente liberdade de suas raízes tropicais e posta num rígido pensionato de meninas, no mundo frio e racional de Lübeck. Bem-criada, nunca esqueceria a areia branca na qual afundara os pés, a música das conchas no ouvido, o ruído das asas do vento sudoeste a baterem nas janelas do casarão colonial, a floresta que havia atrás de sua residência, o gosto da cana e do feijão com carne-seca e a alegria da meninada colorida com a qual brincara. Pouco antes de morrer, Julia cantaria canções populares de seu país natal e falaria português, o doce português afro-brasileiro, vocalizado, que havia muito afundara nos abismos de sua mente. Por cerca de 22 anos, a mulher mais bonita de Lübeck comportou-se aparentemente muito bem como a esposa do senador Thomas Heinrich Mann, o político e comerciante que tinha as chaves e as contas da burguesa cidade portuária nas mãos. Mas, assim que o marido morreu, mudou-se para Munique, passando a respirar o que sempre quisera respirar, talvez sem o saber plenamente: arte e boêmia. Fazendo o que em bom português costuma ser caracterizado como "botar pra quebrar".

Seu salão foi aberto para poetas, escritores, filósofos, músicos e pintores, e até mesmo o carnaval em Munique a viúva alegre pulou, para surpresa — e também encantamento — dos filhos, que até então só a conheciam como a reprimida e recatada senhora senadora. Uma senadora que cantava, dançava, tocava piano, contava histórias — e que também as criava —, mas que, de qualquer forma, apesar do pendor artístico, o gosto pelo fabular, comportara-se o máximo que podia dentro das regras estabelecidas pela burguesa Lübeck mercantil. Sem marido, as regras e normas de etiqueta e cortesia, que até então haviam-na asfixiado e pesado como uma armadura, foram para o espaço. Ela se permitiu o que antes não se permitira. E namoricou. Riu, sonhou, rodopiou. Aos quarenta anos, era bela ainda, com seus cabelos negros presos para cima, enfeitados por raminhos de árvores. Sim, Julia punha nos cabelos ramos e guirlandas vivas. Enfeitava-se com a beleza natural das árvores, revivendo, na cabeça, através do selvagem ornamento, o mundo perdido de sua infância. E queria amar.

O que Henrich e Thomas devem ter pensado daquela estranha e permissiva mãe, liberta dos grilhões do casamento? Podem ter se deliciado, mas, ao mesmo tempo, indubitavelmente, se assustaram, porque deixaram Munique e a casa materna e foram morar juntos na Itália, durante dois anos. Assustaram-se ou apenas, como ela, sentiram-se finalmente libertos do peso de uma vida burocrática, presa a uma mesa de escritório, vida esta que havia sido preconizada pelo pai então incapaz de reagir, por estar morto. Pois o afastamento da mãe e de suas liberalidades boêmias não deixava de ser uma aproximação ainda maior, um reencontro, já que ir para a Itália era naufragar na latinidade. Uma espécie de estudo arqueológico, *in loco*, do gene juliano. A pesquisa mediterrânea não deve ter dado muito certo. Para Thomas — e isto pode ser comprovado em toda a sua literatura —, as mulheres do Sul seriam sempre perigosas, complexas, indecifráveis. Adúlteras. Para Heinrich, a sensualidade sempre seria sinônimo de libertinagem. Mas também de felicidade. Só se sentiria bem com coristas, atrizes de segunda categoria, mulheres sem rédeas, de vozes sedutoras. Anjos azuis. E como seria, aliás, a voz de Julia, que nascera falando português e depois se veria obrigada a encaixar seu adocicado aparelho fonético no rascante alemão de Lübeck? Sem dúvida, uma voz com acento diferente. Acariciante, talvez. Uma voz de vários tons, tonalidades. E potente, melodiosa, de quem um dia chegara a pensar em ser cantora de ópera. Pode ser que isso explique o fato de a música, para Thomas, ser perigosa como as mulheres livres, sem rédeas. Sua subvertedora mãe, que ficava a sonhar quando falava do Sul, era um ser musical, que tocava vários instrumentos. Gerda, a esposa do protagonista de *Os Buddenbrooks* (livro que foi escrito justamente na Palestrina, durante a estada dos dois irmãos na Itália), também o seria e trairia o marido com o jovem oficial René von Throta, com o qual se exercitava no piano, violino, viola, violoncelo e flauta. Enfim, para seu segundo filho, o introspectivo Paul Thomas, fantasista, amante de teatro de marionetes, Julia tinha um diabrete no corpo, e este diabrete era o Brasil. Convidado inúmeras vezes — parece que houve até mesmo uma carta ou aceno do próprio Getúlio, nos anos 30 —, Thomas nunca viria ao Brasil, nunca atravessaria a linha pecaminosa do Equador. Tinha medo do que haveria de encontrar. O Brasil que tinha na cabeça era ainda bem mais exótico e permissivo do que o real. Era o Brasil de Julia, o de uma Parati de meados do século XIX. Uma mata virgem, cheia de cipós, cobras e aranhas-caranguejeiras, plantas carnívoras e mosquitos.

Descendente direto da família, o único que visitaria o paraíso perdido da bisavó — descrito em seu cândido livrinho de memórias *A Infância de Dodo* — seria Frido, o neto preferido de Thomas, modelo do menino Eco de *Doktor Faustus*. Um homem de coragem, Frido. O primeiro dos Mann a visitar a casa em Parati e a enfrentar a maldição. A maldição do desregramento, da loucura, da criatividade e dos livros. Lá, andando dentro da casa colonial que pertencera ao senhor Bruhns, pai de Julia, futura mulher do senador de Lübeck, o filho do violinista Michael verificaria que a maldição familiar, na realidade, tratava-se de uma bênção, acarinhada pelo mar e pelo vento. Sem medo de virar estátua de sal ou ficar encantado, Frido encheu a casa de música. E escreveu um livro sobre a "Brasa" brasileira.

Os carnavais

Foram muitos os carnavais de Julia Mann e seus irmãos, nos felizes anos da infância, passados em Parati, Angra dos Reis, Ilha Grande e no Rio. Sua própria mãe, Maria, jogava sobre os passantes, do balcão da casa onde se encontravam, bolas de cera perfumada. Em suas memórias, Julia conta que ela, Dodo, e o irmão mais novo, Nenê, viam a festa empoleirados em cima de cadeiras, junto à porta, e que era uma delícia poder assistir à folia: "as diversas máscaras coloridas, a alegria selvagem das ruas, os diversos instrumentos musicais que os mascarados tocavam; havia o som de violões, bandolins, sanfonas, trompetes, tubas e tamborins. E homens travestidos de mulher, que sopravam dentro das conchas, fazendo um barulho assustador, quase que um berro de tão estridente. Dodo e Nenê deram um passo para trás, em suas cadeiras, e acabaram caindo de costas no chão, sendo recolhidos pela ama".

E foram muitos os carnavais dos rebentos da família Álvares do Nascimento e Campbell, quando todos ainda eram jovens e gostavam de se divertir juntos, reunidos durante as férias, no Rio ou na casa da serra. Quando todos ainda estavam vivos, com sangue quente a correr nas veias. Foram muitos os carnavais, quando ainda acreditavam que a vida valia a pena ser vivida, corajosamente, de peito aberto. Quando tinham o coração escancarado para novas aventuras. E as tristezas ainda não eram vivenciadas de forma tão consciente e dura. Julia e Lulu se acabavam de dançar, nos cordões, sem beber uma gota de álcool. Sozinhas. Sem companhia masculina. No máximo se permitiam alguns flertes a distância. Alguns acenos de mão. Trejeitos. Risos. Já os irmãos e primos aprontavam. Bebiam até cair no chão. Num deles, Bill se vestiu de Cristo. Rodrigo, o primo que ganhava todas as meninas, dono de uma lábia irresistível, o primeiro a pensar em namoros e seduções, perdeu um dente no salão, ficou nervosíssimo e pediu auxílio à turma. Condoídos com a situação, todos ficaram a procurar o tal do dente entre as pernas dos foliões, em desvario com a batida das marchinhas de Lamartine ou Braguinha. E o mais incrível é que o reencontraram. Rodrigo pôs o dente no bolso, aliviado, como se fosse uma preciosidade. Um tesouro. E continuou a pular seu carnaval. Tomás bebeu todas, fez um bando de besteiras, e depois se esqueceu totalmente do que havia feito. Se Julia se lembra bem, lá pelas tantas ele resolveu que tinha que ver as escolas de samba na Avenida, e sozinho (ou talvez com Bill), sem que ninguém soubesse, desceu a serra com o carro do pai, viu o que queria ver e, depois, ainda de madrugada, voltou para o salão. Salão chinfrim, aquele no clube Higino, com uma decoração lamentável de tão pobre. Mas cheio de alegria, lotado de gente, e com a música enlouquecedora a entrar pelas veias, deixando-os desnorteados.

Bill se vestira de Cristo porque não dispunha de dinheiro para comprar a entrada. E achou que essa era a melhor fantasia para poder entrar no céu da folia. Tomás se anunciou como repórter de uma revista importante, o que na verdade era, havia cerca de um ano, e disse que Bill era seu fotógrafo. Com uma longa roupa branca de cristão a ser devorado por leões, uma cruz no peito e uma coroa de espinhos da cabeça, máquina de fotógrafo a tiracolo, Bill tremia de medo de ser barrado. Seu sorriso era o sorriso mais constrangido do mundo. Estava na cara que se tratava de uma fraude ambulante. Mas, mesmo assim, bravamente, ele pulou em cima do balcão da portaria e pôs-se a estourar o flash de sua máquina, uma maquininha pífia, enquanto Tomás explicava ao porteiro que ele era o repórter, e Bill, o fotógrafo, numa espécie de conversa fiada ou torta que parecia nunca acabar. Lulu e Julia, vestidas de havaianas, ficaram com vontade de entrar pelo chão adentro da entrada do clube, um chão lambuzado de copos de refrigerantes e cerveja derramados, coberto de serpentinas e confetes, mas agüentaram firme. Se os dois não entrassem, elas, que portavam entradas na mão, voltariam para casa, solidárias. Só que a vestimenta de Bill era tão inusitada — e a cara sem graça também, com os cabelos longos, já começando a ficar grisalhos —, que o porteiro deixou o Cristo-fotógrafo entrar, sabe-se lá por que razão. Cansaço, talvez. Ou temor de que o rapaz realmente fosse um enviado dos céus, já que Bill tinha mesmo um jeitão de cristão pronto para ser crucificado. Ou entregue aos leões. Lá dentro, se dispersariam. As mulheres para um lado, e os rapazes a procurar cada um o seu espaço, fosse o bar ou o olhar de uma odalisca. Só se reencontrariam para procurar o dente e para levar Tomás ao banheiro, na hora em que, totalmente alcoolizado, ele desmaiou no salão. Levaram-no, lavaram-lhe o rosto, deram-lhe muita água e voltaram para o baile. Houve muitos carnavais, mas um só no qual Bill se vestiu de Cristo e Rodrigo perdeu o dente. Tomás desmaiou, viu estrelas e acordou novamente, para continuar bebendo. Eram felizes, a descobrir o mundo. E seus limites.

    Houve também aquele carnaval triste, em que Lulu e Julia foram enviadas para o Sul, porque Mafalda tinha surtado, após ter tido o seu primeiro filho. E houve aquele em Atibaia, cidadezinha paulista para onde Julia fora com Bill e sua prima Maria Célia. Em Atibaia, Julia conheceria todas as primas sobre as quais Bill tanto falava quando criança. As primas que a tinham feito dar uma surra no amigo, por ciúme. Algumas eram belas. Mas nem todas. A mais bela era uma ninfeta de 11 ou 12 anos, Eugênia, pela qual Bill era perdidamente apaixonado. Paixão que crescia quando a via montar um cavalo em pêlo. Quando Eugênia crescesse um pouquinho mais, Bill a namoraria, a abandonaria, voltaria a namorá-la, e a abandonaria de novo. Quando ela já havia entrado para a faculdade, voltaria mais uma vez a ficar com ela, prometeria casamento, e finalmente a deixaria para todo o sempre, fazendo com que a prima ficasse doidinha, doidinha de amor por ele. Literalmente, surtaria. Porque, apesar das promessas, Bill não queria se casar, nunca quisera se casar de verdade, nunca se casaria. Nem mesmo com ela, a prima que tanto amava. O estranho é que tanto esta prima, Eugênia, como Mafalda, anos mais tarde se tornariam analistas. Tentando usar Freud para se entenderem a si mesmas. Sem muito êxito.

E houve o carnaval em que Julia foi visitar Bill e Eugênia em Santos. E acreditou que seriam eternamente felizes, pois estavam muito apaixonados. Praticamente não se largavam e, à noite, na cama, faziam um grande ruído, de deixar a amiga carioca, que dormia num quarto ao lado, constrangida. Julia, por sua vez, fora para Santos para tentar se curar de uma paixão doentia, que ainda a machucaria por muitos anos. E houve aquele carnaval em que todos desistiram de pular. Ficaram em casa a assistir às escolas pela TV e a beber. A pôr discos de samba na vitrola. E a olhar as estrelas, as iluminadas estrelas da serra, que às vezes caíam dentro do Lago Comary. Caminhavam para a maturidade, que nunca viria. Ou viria aos trancos e barrancos. Sobretudo no caso de Bill. William Campbell Junior fez da infância uma crisálida ou concha. Quando ela se rompeu, voou.

Os primeiros casamentos

O primeiro casamento foi o de Mafalda, com um antigo namorado da rua em que moravam, o Márcio. Julia era criança, e dessas primeiras núpcias na casa do pai guardou uma lembrança muito rarefeita, praticamente apagada. Na realidade, nítido mesmo, guardou apenas na memória o penteado de Mafalda, um coque alto, bem em moda na ocasião, daqueles nos quais se colocava um chumaço de bombril no meio para que ficassem ainda mais armados e altos. Uma fortaleza inexpugnável. Nenhum noivo gostava daquilo, uma espécie de torre empertigada, mas as noivas insistiam, sacrificando as belas melenas. A caçula achou que a irmã mais velha conseguira o impossível: ficara feia. Logo Mafalda, cujos longos e negros cabelos escorregadios eram lindos de morrer. E que, às vezes, durante o noivado, para se encontrar com Márcio, ir a um baile ou a um cinema, deixava a franja cair de lado, como se fosse uma fatal Veronica Lake morena. A festa não chegou ao quintal, o quintal onde o coelho Benjamin fora enterrado, e ela, Julia, tantas vezes se casara com Bill, em frias e estreladas noites de junho. Ainda era muito selvagem, cheio de mato e árvores frutíferas. Só seria domesticado com o passar dos anos e a acentuada melhoria das finanças domésticas. Mas foi uma grande festa, apesar de um momentâneo problema de falta de gás. A mãe, Laura, atarefadíssima, estava linda de morrer, com um vestido de corte simples, elegante, paramentado pelo colar de turmalinas burlemarxiano que um dia seria de Julia. Era uma mulher extremamente jovem ainda, que não havia chegado à casa dos quarenta. Mas Julia não tinha noção, naqueles tempos, da idade da mãe. Já a considerava uma senhora de idade avançada. Senhora esta que fez o impossível para que tudo corresse bem no casamento da enteada, objetivo que foi alcançado com louvor. Mesmo com o noivo e o pai da noiva estando longe de serem amigos, muito pelo contrário. Tratavam-se como dois rivais, o que era meio estranho. Casamento feito, imediatamente começaram as excentricidades. Infelizmente, lembrar-se-ia bem Julia — nunca poderia se esquecer de tais ocorrências —, logo no início da vida a dois do novo casalzinho aconteceriam aquelas desagradáveis cantadas veladas do marido de Mafalda. O engenheiro Márcio adorava conversar sobre sexo com as irmãs virgens da mulher. Queria saber se estavam namorando, se gostavam de alguém, e, puxando-as para um cantinho de seu apartamento de sala e dois quartos recém-montado — geralmente para a janela da sala de estar —, chegava a indagar, aos cochichos, se já sabiam o que era o prazer. Enquanto falava ou sussurrava aquelas indevidas intimidades, mais indevidas ainda devido à pureza sexual das duas mancebas, fixava o olhar nos carros que passavam lá embaixo, na rua, fingindo que estava a comentar com as irmãs da mulher assuntos banais, rotineiros, totalmente inócuos. Julia e Lulu davam uns risinhos nervosos, ficavam vermelhas, vermelhas, e, apesar de parecerem estar a achar graça daquelas estranhas investidas, no fundo ficavam putas da vida. Porque o pior é que Mafalda parecia saber do teor da conversa, chegando a se divertir com aquele comportamento espúrio do marido. Anos mais tarde ele elegeria como seu filme predileto *Hannah e suas Irmãs*. Depois veio o primeiro parto. Um deus-nos-acuda, a loucura de Mafalda. Quando ficava surtada, enchia cadernos e mais cadernos com uma letra descontrolada, garranchosa — ela, que tinha uma belíssima letrinha de professora —, entremeando relatos pessoais, diários, memórias, sonhos e histórias inventadas. Insistia que queria mandar cartas para os grandes escritores. Muitos deles amigos do irmão mais velho do pai, o tio Henrique. Mesmo tendo sido afastadas do Rio — na primeira vez que Mafalda enlouqueceu por causa de choque de parto, Lulu e Julia foram enviadas para a casa de uma tia no Sul —, as duas não foram totalmente poupadas de tomar conhecimento de todos os horrores acontecidos. Quando voltaram, ouviram histórias sussurradas a meia voz, comentários tenebrosos. Mafalda, no auge do surto, se esfregava pelas paredes, como uma gata no cio ou uma mulher endemoniada. Houve uma grande discussão entre Antônio, o pai, e Márcio, o marido, sobre se ela deveria levar choques ou não. Levou choques. E voltou ao normal. Um normal apatetado. De quem estava em estado de choque com a vida e a natalidade. O encontro com a mãe morta. No segundo parto, o mal se repetiria. Era como se Mafalda decididamente não quisesse ou não soubesse ser mãe, já que a mãe a abandonara, tendo-a trocado por um túmulo, quando ela tinha apenas quatro anos. Anos mais tarde, quando teve de fazer uma longa análise didática para se tornar psicanalista, Mafalda contaria a Julia que o tema principal nas conversas com sua supervisora era a mãe. Desde muito cedo sonhava com a morta, uma mulher de véu negro, que a queria levar para a tumba. A análise a libertaria desses sonhos, mas não a libertaria, é claro, da dor causada pela perda prematura da mãe. E ela ainda pagaria caro o abandono dos filhos, no nascimento. Principalmente do primeiro. Este nunca cresceria emocionalmente, exigindo, adulto, os cuidados que não tivera quando criança.

Toni, o irmão de sangue, filho de Alice, chegou aos braços de Laura ainda mais criança — era dois anos mais moço do que a irmã —, e por isso aceitaria a madrasta como mãe. Nunca mencionaria pesadelos com Alice. Nem mesmo sonhos. E nunca faria análise. Sua análise seria a maconha. Enormes charutos de maconha, que passou a fumar depois dos trinta anos, após a separação da primeira mulher, e que o deixavam de coração leve, leve. A ver o mundo cor-de-rosa, fosse em que situação fosse. Gostava, aliás, de estar entre mulheres. Foi um grande namorador. Uma vez, quando ganhou do pai uma moto, com a qual vivia a rodar velozmente pelo bairro, ao lado de outros motoqueiros tijucanos, namorou três Sandras ao mesmo tempo. Criando uma situação difícil de ser gerida pela madrasta e pelos irmãos, que nunca sabiam, de imediato, qual das Sandras estava a telefonar para o enteado e irmão. Uma empregada fez uma confusão, embirrou, disse que não agüentava mais aquilo — não podia diferenciar a voz de uma Sandra da de outra Sandra e muito menos as vozes das três Sandras —, e acabou tendo que ser mandada embora devido à volubilidade de Toni. Já ele tirava a situação de letra. Até optar por uma só das Sandras. A mais brava de todas, a mais mandona. Totalitária, ditatorial. Arguta, fria, dada a ataques de histeria. Com ela, após dez anos de namoro, um namoro ardente, com idas e voltas, rompimentos, reatamentos e traições, no qual imperaram as brigas e os gritos — gritos da tal da Sandra vencedora, já que o namorado ficava sempre mudo, a seu lado, como se a alma e a energia o tivessem abandonado —, Toni se casaria. O abandono da vida de solteiro foi feito na cama de uma vizinha gostosona, que ele sempre desejara e que lhe dera mole exatamente na véspera do casório.

Antes, porém, de se acomodar, aceitando o irreparável — a inexorável união oficializada com a irascível noivinha que fazia dele gato e sapato —, o irmão mais velho de Julia viveria intensamente seu amor pela velocidade, participando de corridas na Barra num carrinho de última categoria, com motor envenenado. Impagável e teimoso como uma tartaruga transformada em lebre — fazendo jus ao nome, pois tratava-se exatamente de um carrinho alcunhado de Teimoso —, a ridícula viatura ganharia várias competições, com Toni acumulando impressionantes troféus dourados na estante do quarto que dividia com Tomás. Foram tantas as emoções, tantas as alegrias, as celebrações... Os irmãos e o pai Antônio, que chegara a cobrir corridas de carro na Gávea, morriam de orgulho... Até que chegou o dia em que o campeão desistiu de correr no meio de uma corrida. Sua claque de irmãos, parentes e amigos motoqueiros, como sempre, estava a acompanhar, histérica, a sua passagem pelas curvas do circuito, quando, de repente, o exímio motorista e seu carrinho foram se tornando de uma morosidade surpreendente. Cada vez mais lento, mais lento, o Teimoso cinza ficou em último lugar em sua categoria. Ao ser procurado, ao final da corrida, Toni disse apenas que havia cansado de correr. Que tudo aquilo era uma chatice sem sentido. Uma baboseira. Nunca mais correria. Descobrira o óbvio. Só que a verdade irretocável gerou uma grande decepção. Toda a torcida doméstica ficou extremamente frustrada. Já o grande corredor parecia estar bem tranqüilo em sua decisão irrevogável. E realmente nunca mais correu. Pelo menos em circuitos. Pois nas estradas fazia o diabo, sempre com extrema competência.

Foi com o mesmo carrinho turbinado, o Teimoso cinza velho de guerra, que ele se dirigiu à igreja na Floresta da Tijuca, a Nossa Senhora da Luz, para se casar com sua rabugenta Sandra. Chegou aos roncos, descarga aberta. Foi uma sensação. Estava de terno, um terno cinza, o que era uma raridade em indumentária nupcial. Os cabelos lhe caíram nos ombros. Sandra, de branco imaculado da grinalda ao pés, já estava a gritar no altar, temendo que, ao vir para o casório, Toni pudesse ter se extraviado por uma das curvas da floresta, tomado pela dúvida quanto a casar ou não (Lulu, que estava a acompanhar o noivo, dentro do Teimoso, naquela marcante ocasião, conta que realmente até chegar à igreja o irmão, meio que em pânico, dizia que não sabia se o que ia fazer era o que desejava). Mas o fato é que se casou. Para tristeza de toda a sua família, que era contra, totalmente contra. Pais e irmãos do noivo achavam que o caráter da noiva não se amaciaria pelo simples fato de que estava a se tornar mulher de papel passado em vez de namorada. E o dito enlace, como havia sido previsto pela família, seria mesmo um desastre.

A festança foi bela e alegre, na casa da mãe da noiva. Um apartamento imenso que ela dividia com uma filha ensandecida de Vargas. Este mesmo, o ditador. Na realidade, a mãe de Sandra, havia muito separada do pai, um enérgico professor, era uma espécie de babá de luxo da filha doidinha de Vargas. Mas o apartamento era pomposo. Decorado com luxos antigos, dos anos 40. Toni e Sandra foram morar num apartamento pequeno, na Rua Uruguai — um presente do pai da noiva —, e lá aconteceu o que era para acontecer. Não se entenderam nada, nadinha. E olha que naquele tempo Toni ainda não fumava seus três charros diários, sendo um trabalhador competente, certinho, seguidor das regras. Como o pai havia feito um dia, cobria o que gostava, automobilismo, com competência, seriedade. Viajava muito, fazendo reportagens no exterior e voltando cheio de presentes para os irmãos. Tudo parecia na mais perfeita ordem. Nos fins de semana, ele e sua mulherzinha temperamental saíam juntos com um amigo ricaço, dono de um Alfa Romeo, que abertamente dava em cima de Sandra, mas, pelo que tudo indicava, Sandra se mantinha firme, apesar de gostar muito do dinheiro do amigo milionário e das facilidades que proporcionava.

Um ano após o casório na floresta, ou quem sabe dois, correu pela família um boato sobre uma vil traição cometida por Sandra. Parece que ela andava cansada do minúsculo e sufocante apartamento da Tijuca — a moça era da Zona Sul e das ausências sucessivas de Toni, sempre encerrado no jornal, viajando para fazer coberturas ou, quem sabe, desaparecido por ter se enrabichado por alguma nova gostosona da vizinhança. Imediatamente, as suspeitas caíram sobre o milionário corruptor, mas na realidade o adultério sandriano havia sido cometido com um outro amigo do casal, que não cheirava nem fedia. Um homenzinho dado a escrever poemas e a freqüentar festivais de cinema no Paissandu. Sandra era meio que metida a intelectual, e Toni, apesar de ter lá suas leituras, não ousava cometer poemas e estava longe de ser uma traça de bibliotecas. O boato incluía também uma possível gravidez. Horror dos horrores. O serviço tinha sido completo. Toni voltou para a casa dos pais, sendo muito bem recebido por seus familiares, que sempre haviam considerado sua mulherzinha nervosa uma verdadeira bruxa traiçoeira, mas logo, logo, ficou com saudades das brigas e dos gritos, principalmente quando a história da gravidez revelou-se falsa. A menstruação voltara, o sangue caíra pelas coxas, e ele imediatamente retornou para os braços de sua querida Sandra, muito bem feitinha de corpo e saliente na cama, mais do que disposto a perdoá-la. Era o segundo perdão. Um primeiro ocorrera no noivado, devido a uma traiçãozinha leve, que não tivera muito impacto, porque Toni, por sua vez, ainda se encontrava meio que perdido entre suas três Sandras e muitas, muitas outras mulheres.

Com a retomada do casamento e o reacender da paixão — ninguém poderia negar que havia paixão entre aqueles dois —, um filho seria concebido, mas a concepção não iria até o fim. Com o trauma, seguiu-se uma nova separação. E um outro boato de traição. Desta vez, de parte a parte. Como nos tempos do noivado. Só que, no Natal, Sandra enviou para Toni um cartão lamuriento, cheio de coraçõezinhos desenhados nas bordas, dizendo amá-lo muito, muito. E Toni, que era considerado por seus irmãos um verdadeiro banana, novamente voltou. Para um apartamento melhor, bancado por uma herança recebida por Sandra, na Zona Sul. Ficaram juntos se amando e brigando por uns cinco a seis anos. Era realmente um caso de incompatibilidade de gênios. Toni, manso, manso, Sandra com um temperamento de cão. Ele praticamente não queria nada da vida, satisfazendo-se com pouco, ela querendo mundos e fundos. Com as brigas ficando cada vez mais violentas, Toni passou a ter amantes, casos mais duradouros, não mais namoradinhas ou romances ligeiros, de uma só noite, voltando para casa com cara de songamonga. Sandra jogava água fria nele quando chegava em casa, e várias vezes chegou a queimá-lo com cigarro. Ele se mantinha impávido, como se nada estivesse ocorrendo. Mudo. Nunca alterava a voz. Ela ficou grávida. O filho nasceu. Ele foi visitar o bebê no hospital, e um mês depois se escafedeu, sumiu. Foi para a casa de uma amiga, que desde muito tempo havia se tornado uma amiga-amante, e que fumava maconha com ele. Foi o começo. Ele nunca mais pararia de fumar. Deixaria esta mulher, extremamente companheira — ajudou-o pacientemente a trocar as fraldas da criança recém-nascida e a criá-la nos primeiros anos de vida —, por uma garota quase saída dos cueiros, mas não deixaria a maconha. E ainda veria Sandra várias vezes, para trepar — parece que a trepada era intensamente boa —, até ela se casar de novo com um outro motoqueiro, ruivo, economista, dono de uma possante Harley, que lhe daria dois filhos. Mais velhos, Toni e Sandra passariam a ser amigos, grandes amigos. Tudo fora muito forte entre eles. Com as idas e vindas, pazes, brigas, pazes novamente, o coração e o corpo ficariam marcados para todo o sempre. E até dançariam juntos, rindo das lembranças, as boas e as más, no casamento principesco do filho Bruno, numa casa colonial, também no meio de uma floresta. Durante a festividade a última mulher de Toni e o último marido de Sandra ficariam enciumados do passado de seus atuais consortes, tão rico e trágico. Peripécias, as boas e as más, criam liames.

Cadernos de Julia

Desde a morte de Bill, meu pai, eu penso em suicídio. Acho minha vida sem sentido. Mas creio que o livro talvez ajude a dar sentido ao que não tem sentido. O casamento de Mafalda, o de Toni, o de Tomás. Quanta dor. Mas você sempre insistia que deveriam ficar casados. Você foi um grande confidente da temperamental Sandra, lembra? Ela o amava. Você era sempre tão compreensivo. Foi você quem fez Toni voltar tantas vezes, perdoar. E a segunda mulher de Toni, a Ângela, aquela que o ajudou a cuidar de seu neto Bruno quando ele era bebê, também foi uma grande amiga sua. Uma vez, quando *Memórias de Adriano* estourou, virando best seller de verão, ela me disse que achava que você era como Adriano, um homem onisciente, que sabia tudo, tudo entendia. Eu fiquei apalermada. Que imagem quase divina de um homem tão falho, ídolo de pés de barro. Um modesto piauiense ser comparado a um todo-poderoso imperador romano. Mas você conseguia isso. Bill também o amava. E gostava de conversar com você. Todo mundo gostava de conversar com você. Se você estivesse vivo, talvez Bill não tivesse se matado. Você teria conversado sobre tudo o que estava a angustiá-lo, com aquela sua compreensão infinita para os erros humanos. As dores. As desilusões. As histórias trevosas. Bill mesmo uma vez me disse o quanto sentia a sua falta. Era um outro filho seu. Sim, fico a namorar o suicídio, é imensa a vontade de partir, bater asas. Ou virar pó, simplesmente, o que importa? Mas me restam as palavras, essa minha carga, esse maldito dom. E tenho tanta coisa engasgada na garganta. Só posso morrer depois de me livrar de tudo isso. Por enquanto estou presa à terra, como um Prometeu atormentado por um abutre insaciável. Sabe quantos suicídios houve na família dos Mann? Uns quatro a cinco. As famílias matam. Principalmente quando exigem silêncio. Silêncio sobre as febres, as paixões, os desregramentos. Silêncio sobre o amor.

Como você gostava do *De l'amour*, de Stendhal, e das cristalizações. Era outro livro seu de cabeceira. A primeira cristalização, a segunda. Que não me ensinou nunca que os cristais dançavam sobre o fogo. As paixões são dados ou dardos que se movimentam numa corrida louca, até que resolvamos parar, como fez Toni naquela corrida. Parar porque estamos cansados de correr atrás do sentimento, muito mais do que do objeto amado. Parar para respirar, ou escrever. Ou apenas pensar nas diversas formas de se suicidar, sabendo de antemão que não vamos cortar os pulsos, pôr a cabeça no forno ou tomar cianureto. Que viveremos como se fôssemos condenados a viver neste mundo belo, belo. E sujo. Incongruente. Triste, Tão triste. E violento. Desmesuradamente violento. Enquanto estou a escrever este livro, recebo telefonemas sujos, anônimos, pelo celular. Dizem-me coisas horríveis. A meu respeito ou sobre meu marido. E nas madrugadas e durante o dia recebo telefonemas sobre supostos seqüestros. Houve uma vez em que realmente acreditei que meu filho estava em poder de seqüestradores. Tive a coragem de pôr o telefone no gancho e telefonar para a casa de nossa empregada, na Tijuca, onde ele dormia sossegado. Fiquei com o corpo a tremer durante semanas. E não posso mais ouvir toques da máquina de Graham Bell a partir das dez da noite. Você escapou disso, pai, dessa invasão por telefone. As conexões canibalísticas. A privacidade se foi por água abaixo. O novo mundo não é admirável, é invasor. Brutal. Talvez seja por isso também que Bill tenha resolvido partir antes, com suas asas de anjo. Seus olhos de cristal. Bill não estava preparado para a vida. Mas quem está? Só quem esteve doente um dia, próximo da morte, ama a vida. Não é isso, pai? Pois você a amou, até o final. Eu sei disso. E partiu sem querer partir. Ia querer beber mais um copo de vinho, ler mais uma poesia, ver o mar. Ia querer mais um beijo úmido em sua boca devoradora. Mais um abraço apertado, o homem que tudo sabia, tudo entendia. E que era capaz, como era capaz, de amar as coisas do espírito como amava as da carne. Com paciência e voracidade. Ia querer nos ver reunidos, todos nós, a seu lado, e tirar uma foto. Uma última foto de nossa felicidade. Porque ela existiu, a felicidade, enquanto você estava vivo e nos mimava.

Se você estivesse aqui agora — ou será que está? a meu lado, com a mão em meu ombro? —, eu lhe mostraria a foto de Carla, a irmã de Tomás Mann que se suicidou com veneno, aos 29 anos. A primeira a se suicidar. Como era bela. Uma loura linda, de perfil perfeito. Cabelos e olhos cor de mel. Você se apaixonaria de novo, eu sei. E entenderia tudo. Entenderia por que Heinrich caiu de amores pela irmã. Um amor platônico, mas amor, obsessivo, maníaco. E sei que também entenderia por que Thomas Mann se apaixonou pelo filho Klaus. Quando Klaus era um adolescente. Com pele de efebo. Imaculada. Porque você mesmo era apaixonado por seus filhos, homens e mulheres. E pelas mulheres de seus filhos. E pelas filhas de seus filhos. E os filhos de seus filhos. Sem falar na multidão de pessoas pelas quais você se apaixonava fora de seu círculo familiar. Em primeiras e segundas cristalizações. A vida para você era o amor. Não importava a forma, o cheiro, a cor.

E sei que você também entenderia por que Julia, livre do marido, se pôs a dançar em Munique. Até ia me esquecendo. Você comprou o livro para mim, *Doktor Faustus*. Leu-o primeiro e depois mo dedicou. Mas não sabia que a mãe de Tomás está no livro, metamorfoseada em Senadora Rodde, porque não sabia da existência de Julia Bruhns Mann, filha do senhor Ludwig e da senhora Maria. Sim, não só o leu como me deu de presente com uma dedicatória, assinando-se "o Velho Fausto". Lembra, pai? Só que eu já havia lido o livro primeiro. E fui eu quem o indiquei a você, quando foi traduzido no Brasil. Eu o li em italiano, quando você me mandou para o exílio. Você tinha tanta dor, tanta dor, não conseguia respirar. Será que alguma vez pensou em suicídio? Ou era como é Lulu? A força, sua força, era alimentada pelo sangue de seus filhos. E pelas histórias que eles viviam. Que um dia gostaria de narrar. Penas de amor perdido. Lembra? Talvez eu esteja aqui a cumprir esta tarefa.

O MAL QUE SE PERPETUA

Julia às vezes ficava a pensar, pensar, na estranheza do padrão afetivo da família. Ou padrões. Há famílias que transmitem, em seus genes, doenças, epilepsia, loucura, burrice, genialidade, dom da criação ou escrita. Na dela, havia uma corrente de infelicidade, ou por excesso do amor ou por tentativas frustradas de castidade ou autoflagelação. Talvez por causa do caos amoroso do pai e do avô, um modelo nada exemplar, talvez apenas porque a vida se escreva por linhas tortíssimas, côncavas, convexas, nunca retas, os filhos e netos de Antônio tiveram vidas afetivas e sexuais extremamente complicadas. Ou pelo menos sinuosas, emaranhadas. Com o padrão familiar sendo o excesso de prazer ou a dor.

Uma vez, Julia fez um levantamento. Ou uma espécie de radiografia do amor e do sofrimento familiar. E chegou a algumas conclusões. Como se estivesse a colocar todos os irmãos, sobrinhos e sobrinhas num divã, sem, obviamente, que tivesse expertise acadêmica e clínica para isso. Era como se estivesse a montar as peças de um quebra-cabeça ou jogo. Para chegar a alguma conclusão ou não chegar a conclusão alguma. Tinha a mania da dissecação. Ou, pelo menos, da observação.

Toni casara-se inúmeras vezes e tivera vários casos amorosos, sendo um traidor ou infiel contumaz, totalmente livre de culpas. Um hedonista, de coração leve. Tendo perdido a mãe muito cedo, tinha verdadeiro horror ou ojeriza por mulher grávida. Dava uma pirada ao ver suas mulheres com barriga. E também não gostava muito de ser amado, rejeitando ou diminuindo a mulher que a ele se dedicava, como se não fosse merecedor de amor, ou por medo de ser abandonado, como ocorrera quando criança. Mas, em compensação, amava muito os filhos, ou seja, as crianças de seu sangue eram bem-vindas ao mundo. Carinhoso, cuidava delas como um pai dedicado, cúmplice. Ele fora criança, não? Talvez estivesse a cuidar de si mesmo. Sua educação era extremamente flexível, e ele se comportava mais como amigo do que pai. Talvez amigo em demasia. No que seguia o modelo do pai, Antônio, que nunca recorrera a gritos ou à noção social de autoridade paterna para impor suas idéias e vontades.

Tomás se comportara sempre de forma oposta. Também se casou inúmeras vezes, mas, agarradíssimo à mãe, que sempre o colocou nas alturas, nunca suportou a idéia de infidelidade. Quando seu casamento dava com os burros n'água, após ele muito ter insistido para que desse certo — seguindo a premissa do pai de que os casamentos são eternos como diamantes a serem lapidados, não importando o que viesse a acontecer —, ao se apaixonar de novo abandonava a mulher com a qual estava e se casava novamente, no papel. Adorava casar no papel. Assumir compromissos. Demonstrar lealdade. Só teve um tempo confuso, entre um casamento e outro, entre os trinta e quarenta anos, quando chegou a transar concomitantemente com três mulheres. Mas o desregramento foi passageiro. Não se sentia nada bem ao se mostrar leviano e decepcionar ou ferir corações femininos. Chegou até a ter, na ocasião, um pequeníssimo derrame, sem seqüelas.

Filho amantíssimo, só conseguiu ser pai de verdade quando o próprio pai morreu. O que fez seus primeiros filhos sofrerem muito. Quanto a seu relacionamento com a mulher que o amava — e, assim como ocorreu com Toni, foram muitas —, era muito estranho. Para amar, entregar-se, ser fiel, como sempre se propunha, tinha que endeusar a mulher que elegera para ser sua companheira. Falava delas de boca cheia, com seu vozeirão tonitruante, como se falasse de uma entidade sobrenatural ou pelo menos de alguém muito, muito especial. Como se seu toque as tornasse de ouro. Divindades na terra. Julia achava que esse processo de endeusamento, ou cristalização da pessoa amada, ocorria porque, no fundo, Tomás considerava que a mulher merecedora de sua fidelidade não podia ser uma pessoinha qualquer. Era um reflexo no espelho. Ao torná-las especiais, ele mesmo se tornava único, especial. Um deus que amava deusas, esculpidas em ouro. Uma mulher que dele se aproximasse com um comportamento pífio, dependente, de mulherzinha carente, não sobreviveria por muito tempo. Os cristais virariam pedras pesadas, que ele acabaria por jogar num rio. De sofrimentos e de lágrimas. Com o processo de descristalização, hipertrofia das imperfeições, sendo absolutamente involuntário. Já que Tomás, cercado por mulheres quando criança, amigo de suas irmãs, amado incondicionalmente pela mãe, era extremamente respeitoso com o sexo frágil. Um gentleman. Só deixando de sê-lo e abandonando seu papel de cavaleiro montado em cavalo branco, campeão das damas da corte, quando se via obrigado a se separar de uma mulher que subitamente deixara de amar. Aí virava vilão, até se apaixonar de novo. Um vilão culpado, torturado. Louco para voltar a ser campeão no torneio do amor.

Mafalda e o marido se amavam. Como se tivessem assinado na juventude um pacto de amor para toda a eternidade. Mas o pacto, nunca quebrado, também era de cumplicidade. Mafalda teve amantes, enquanto casada, e Márcio também. As traições, no entanto, não abalaram o casal, pelo contrário, parece que fortaleceram ainda mais os laços entre marido e mulher. O fato é que gostavam de sexo. Ligeiramente perverso. E consideravam que relações sexuais extramaritais apenas os enriqueceriam mutuamente. Quem entrasse na dança dos dois, meio que ingenuamente, poderia sair seriamente ferido. E é claro que muitas vezes, brincando com fogo como brincavam, tanto Márcio quanto Mafalda acabavam por se machucar. Só que esses machucados cicatrizavam rapidamente, e os dois se mantinham ainda mais unidos, apesar das infidelidades. E mais inventivos na própria cama. A tortura dos dois foram os filhos. Que sofreram com os costumes liberais dos pais. A incessante busca de prazer. Sobretudo com a sua inevitável conseqüência, a ausência, já que houve um período, o dos troca-trocas e swings, tão em moda no final dos anos 60, em que Mafalda e Márcio, erotizados ao extremo, eram muito festeiros, dedicando muito pouco tempo de suas vidas a seus dois pimpolhos. Os filhos sofreram também, é claro, com a loucura intermitente da mãe e sua sensualidade desenfreada, despertada, quem sabe, lá pelos 15 anos de idade, ao se relacionar emocional e sexualmente com o próprio pai.

Daniel, o filho mais velho de Mafalda, nunca abandonaria a casa dos pais, nem quando decidisse continuar indefinidamente a brincar de médico com uma amiga de infância. O que fez foi levar essa amiga para a casa dos pais, tendo passado a viver com ela maritalmente, sem nunca ter assumido as responsabilidades adultas de homem e de marido. Já Mariana, a filha de Márcio e de Mafalda, insegurríssima afetivamente — seu nascimento provocara outro surto na mãe —, nunca conseguia ser amada pelos homens que amava. Deixava-os tontos com seus inúmeros telefonemas madrugada adentro, seus ciúmes e seus interrogatórios, seu desejo de se casar de véu e grinalda após a primeira trepada. Ou após um ano ou dois de tumultuado, exaustivo namoro. Extremamente ansiosa, com baixíssima auto-estima, Mariana, no entanto, nunca teve dificuldades para atrair os homens, levando-os ao leito. Seu corpo era um verdadeiro corpão brasileiro, bem-feito pacas, o rosto, de menina impúbere, de narizinho arrebitado, a altura, de modelo. O difícil era mantê-los, preservá-los. Por achar que não merecia ser amada, acabava por não sê-lo. Com o desafeto ou desamor infantil prendendo-a dentro de um círculo de giz, de mais desafeto e desamor. Julia a amava muito e gostaria que ela fosse feliz um dia, sendo capaz de viver um casamento, uma rotina amigável, como tanto sonhava. Mas Mariana parecia ser uma boneca com uma mola quebrada dentro de si. Ou algo mais misterioso e insuportável. Talvez, como o irmão, apesar de sonhar com véus e grinaldas — a festa ritualística que a tornaria celebridade familiar por um dia, adorava celebridades —, não quisesse deixar de ser filha, abrir mão do carinho de Mafalda e de Márcio, deixando-os totalmente entregues à fome de amor do irmão (ou a deles mesmos). Confundia também sexo com amor. Boa nas artes de Vênus, entregava-se facilmente, o que aumentava a frustração quando o novo amante ia embora. E o triste é que, saciado o desejo, fatalmente eles sempre iam. Como ratos que, ao comerem o queijo, fugissem da ratoeira das cobranças e dos medos.

Rosa, a filha de Tomás, tinha relações mais duradouras. Mas também não conseguia prender pelo tempo que gostaria seus amantes e maridos. Ou era abandonada ou os abandonava. Lindíssima, com cabelos caramelados fortes como crina e um narizinho empinado, falsamente arrogante, criava uma estranha relação com seus homens, típica de pai e filha. Mesmo que o homem em questão tivesse praticamente a mesma idade que ela. E o pior, a relação com o papai-namorado ou marido era uma relação de tortura. Pode-se dizer que Rosa, num quadro apenas um pouquinho mais civilizado, fazia o estilo Charlotte Rampling em *Porteiro da Noite*. Quanto mais torturada emocionalmente, mais amava. Independente, ótima profissional, parecendo segura em tudo em seu cotidiano, quando se encontrava ao lado dos homens que amava falava uma linguagem tatibitate, de criancinha. De dar nos nervos. Como Mariana — prima com a qual ela nunca se entendeu, porque uma vez foram rivais na conquista de um primo, e Mariana ganhara a batalha, provisoriamente, é claro, já que nada com Mariana era permanente —, de certa forma também sofria de baixíssima auto-estima. Pois fora abandonada pelos pais quando criança e criada pelos avós.

Enfim, impressionante como tudo o que se vive na infância fica colado na gente para todo o sempre. Sendo muito difícil se livrar da insegurança e da baixa auto-estima, mesmo com anos e mais anos de psicanálise. Talvez a análise só evite o enlouquecimento total, o não-funcionamento social. Tanto Rosa como Mariana eram boas profissionais, dotadas com fartura de beleza feminina. Mas queriam ser amadas, e não o conseguiam. E o pior, acabavam sendo trocadas por mulherezinhas bem mais apatetadas. E feias. E ficavam a se indagar qual seria o segredo dessas feiosas tão competentes no amor. Que conseguiam até mesmo se casar de véu e grinalda, na igreja da Candelária ou do Carmo. Só matando-as.

Lulu sempre mesclaria prazer e dor. Desde a adolescência. Já Julia, após muitos anos de intenso prazer, orgasmos múltiplos, o escambau, abdicaria do sexo. Em nome da literatura. Impossível viver apaixonada, obcecada pelo amor, e escrever. No máximo, quando apaixonada, escrevia uns poemas impregnados de prosa e de baixa qualidade. Pelo menos não eram piegas.

Os filhos de Lulu se dedicariam ao estudo e ao trabalho, deixando o sexo em plano secundário. E o de Julia, ao entrar na puberdade, descobriria as dores e os prazeres da poesia e passaria a sublimar o sexo. Em nome da literatura. Quando a mãe se dizia preocupada com seu comportamento, achando que andava pensativo e introspectivo demais, ele, zombeteiramente, a chamava de Vivian Haigh-Wood, a primeira mulher de Eliot, a louca. O que para o rapaz era o mesmo que chamar a mãe de chata. Ou de inconveniente.

Bem, todas essas análises provêm da cabeça de Julia, não sendo, portanto, nenhum tratado científico do doutor Kinsey.

Desmedidas: a dor e o prazer

Cada um — ou cada uma — com sua loucura, concluía Julia, ainda a divagar de forma impressionista sobre amor, afeto, sexo e as muito perigosas relações familiares. Colocando na cara os óculos de Zora, sua própria analista. Que nunca usou óculos, aliás.

Mafalda ficava louca mesmo. Temporariamente ou por longos períodos. E tinha aquela mania por pedofilia. Uma vez Julia escreveu no caderno literário que editava sobre Nabokov, Lolitas, Dostoievski, o depoimento censurado de Stavroguine e a violação da menina Matriocha. Tiro e queda. Mafalda apareceu em cena. E contou vários casos de homens que gostavam de menininhas. Segundo ela, o próprio cunhado, irmão de Márcio, tinha uma certa tara por garotas na puberdade. E teria violado a enteada Lílian quando ela estava com apenas 12 anos. A mãe, Ana Maria, teria ficado calada. Era impossível, no entanto, saber onde estava a verdade ou o delírio nas histórias de Mafalda. A própria história com o pai poderia ser verdadeira ou falsa. Ou pelo menos apenas uma verdade parcial. Seria mesmo possível que Antônio tivesse tido relações sexuais com Mafalda, completas ou incompletas, até ela se casar com Márcio? E que ao entrar na igreja, levando a filha ao altar, tivesse afirmado que ele era muito melhor amante do que o namorado que estava a ponto de se tornar seu futuro marido? O problema é que a história era tão inverossímil que acabava por se tornar verossímil, pelo menos na imaginação de Julia. Ninguém inventa uma historinha escabrosa como essa. Em outras palavras: toda historinha escabrosa, na qual não queremos acreditar para não nos incomodarmos, tem um fundo de verdade. Pois a imaginação humana não é tão rica quanto pensamos.

Quanto a Lulu, como já foi dito, o prazer mesclava-se à dor. Dor física. Sofrimento. Ela sempre sofreu muito. Na adolescência, tinha placas dermatológicas por todo o corpo. Placas enormes, vermelhas. Que ficavam a passear pelo corpo dias e dias. Até que de repente sumiam. Vinham do nada e partiam para o nada. Mas quando vinham, coçavam e doíam. Havia dias também que subitamente, na mesa do almoço ou do jantar, Lulu começava a chorar. As lágrimas lhe corriam pelo rosto e ninguém sabia a razão. Nem ela mesma. A tristeza era infinda. O pai a abraçava muito, e o choro acabava por passar. Lulu era preocupada com tudo na casa. Os relacionamentos, os desentendimentos, as pequeninas ou grandes misérias. E principalmente com o orçamento. Vivia a fazer contas e a ficar extremamente nervosa, ao ver que o dinheiro ganho pelo pai em seus múltiplos trabalhos não ia dar até o final do mês. Durante toda a adolescência, vestiu-se de preto e marrom. Achava que, com as cores escuras, seus parcos vestidos, camisas e saias eram confundidos. Dessa forma, na sua cabeça sombria, escamoteava a escassez de vestuário, a parca variedade. Ficou fula da vida com Julia uma vez, quando a irmã menor insistiu com o pai que precisava de um vestido novo para ir a uma festa de 15 anos. Após muito chorar na escada, Julia foi finalmente ouvida por Antônio, que, ao saber a causa da choradeira, deu um dinheiro para que a esposa comprasse um vestido de festa para a chorona numa butique em Copacabana. Aquilo, para os padrões da casa, não era um luxo, era uma luxúria. Nunca Lulu e Julia haviam comprado um vestido em butique. O vestido escolhido foi um rosa, de seda, muito simples. Praticamente sem enfeites. Julia não conseguiu escapar do rosa, nem mesmo neste caso tão excepcional. Quando havia festa, era sempre assim. Julia ficava com o rosa, e Lulu com o azul. Por isso, Julia odiava o rosa, bem mais infantil e catito do que o azul. Mas aceitou aquele rosa oferecido pela mãe sem pestanejar. Era de seda, muito fino. E ela se sentiu bela na festa. Lulu, apesar de ter mantido seu azul inexpugnável, não a perdoou. Várias vezes, aliás, não perdoava a inconsciência ou ânsia de viver da irmã caçula. No caso em questão, sabia que o maldito vestido festivo ia pesar no escasso orçamento doméstico, tornando os duros dias até o fim do mês ainda mais penosos.

Só havia uma estripulia do pai com a qual Lulu sempre acabava por concordar, era o gasto com carros. Os dois gostavam de carros. E ele sabia disso. E se aproveitava. Um dia ele saiu de casa muito nervoso, tendo dito à filha com cabeça de contadora que tinha que achar um meio de conseguir dinheiro para arcar com uma grande dívida, que estava a vencer no banco. Deixou-a apavorada.

Voltaria para casa com um carro novinho em folha. Um Opala pérola. Para terror de Lulu. Mas ele explicou, explicou tudinho à senhorita matemática. Vendera o carro velho, pagara a dívida, e com o dinheiro que sobrara dera uma entrada no carro novo. Que pagaria em prestações infinitas. Ela não se fez de rogada, esqueceu a realidade das contas e ficou completamente seduzida pelo carro pérola. Naquela ocasião, Lulu já dirigia. Foi a primeira dos filhos de Laura a dirigir. Toni já dirigia desde muito tempo e tinha seu próprio carro, o Teimoso turbinado. Mafalda nunca conseguiria dirigir um automóvel. Não se sentia equilibrada para tanto. No trânsito, tinha pânico. Mas Lulu iria para a faculdade com o carro do pai. Por amor à máquina, olvidaria o peso das prestações. Carro para ela nunca foi sinônimo de dor, sempre foi prazer. Mesmo após ter ficado adulta e ter feito três operações de hérnia de disco, dirigia. Dizia que o carro era sua cadeira de rodas, a levava para onde queria, sem dor. Já andar com os próprios pés foi ficando cada vez mais difícil e doloroso.

A dor. Incrível a relação de Lulu com a dor. Chega a ser indescritível. Os sofrimentos com o futuro, um futuro que ela sempre achava que seria de uma temível e terrível pobreza. Abissal. Agarrar-se-ia ao dinheiro como a um escudo. Um biombo, uma proteção. Mas, quanto mais tivesse, mais iria querer acumular, nunca ficando segura. Se o futuro a deixava em pânico, a dor presente sempre foi suportada por ela estoicamente. Ainda nos tempos da casa escura, aquela na qual o pai era praticamente um ser invisível, por considerar que não havia dinheiro em casa para arcar com um dentista decente — ou sem querer pagar um dentista decente —, Lulu se dirigiu a um curandeiro de bocas, cujo consultório, caindo em pedaços, ficava numa rua vizinha. Tudo foi transcorrendo bem, e ela estava bem satisfeita com a economia. Só que um dia o precário dentista fez um tratamento de canal num dente de Lulu sem usar anestesia. Simplesmente esquecera-se da anestesia. E ela conteve o grito, agarrando-se aos braços da cadeira. As lágrimas corriam, como costumavam correr em casa, descendo pelo seu rosto lívido. O dentista, apavorado, perguntou o que estava a acontecer. Ela comentou que ele havia se esquecido da anestesia. Ele, por sua vez, indagou por que ela não o avisara, e ela não soube explicar. Achou que era normal não usar anestesia naquele caso específico. Tratamento de canal. Em casa, gritou, gritou. Gritou de dor. Toda a dor que não gritara no dentista mambembe. Ao qual, pelo menos, nunca mais voltou.

Houve também a vez do tumor. Foi a um médico de cabeça, fazer um eletroencefalograma, e ele disse que ela tinha um tumor. Na memória de Julia, foi exatamente este médico que, após uma conversinha tipo lero-lero, ou seja, se Lulu tinha namorado etc. e tal, deu uma de monstro e tentou atacá-la sexualmente. Ela se defendeu, com unhas e dentes, e ele, ao se recompor e finalmente ler o eletro, disse que ela estava profundamente doente. Tinha um tumor horrível no cérebro, morreria em breve. Enfim, segundo o eletro, Lulu estava com os dias contados. Quando desceu do ônibus e foi subindo a rua em direção à casa dos pais, a rapariga parecia que ia se chocar nas postes e nas árvores, tendo perdido o prumo. Encontrava-se em estado de choque com o fatal veredicto. Da varanda, a família ficou a olhá-la a subir a rua tonta, desvairada, até chegar em casa. Ao chegar, mostrou o eletro ao pai, que tudo entendia, tudo sabia, e que por acaso estava em casa. O pai disse que não havia tumor algum. Que o médico devia tê-la aterrorizado por pura raiva, já que ela não cedera ao assédio sexual. Que alívio. Mas como ela sofrera até chegar em casa. Com raiva do médico obsceno e com terror do tumor, que estaria a crescer em sua cabeça como um baobá e fatalmente a mataria, em curtíssimo prazo. Mas não matou, é claro. Lulu ainda viveria muitos anos, se formaria em economia, casaria, teria três filhos, sempre cercada por sua benfazeja dor. Que a fazia se sentir viva. E que a aproximava mais do pai.

Pois enquanto Mafalda e Julia tinham um pacto de prazer com o pai, Julia sempre considerou que Lulu tinha uma espécie de sensitivo pacto com a dor, talvez não menos prazeroso. Antônio do Nascimento tinha um corpo doente. Mesmo sem o pai jamais mencionar suas mazelas físicas — muito pelo contrário, era um eterno otimista, parecendo transbordar de saúde, pelo menos mental, o que, aliás, parece ser característica de alguns tuberculosos —, a filha do meio se identificava com ele através da doença. Não importava que fossem doenças imaginárias. Elas acabavam por se tornar reais. O casamento de Lulu começou com sofrimento, agressões físicas. Já durante o namoro houve algumas surras. Ela se apaixonou. As equimoses e manchas roxas alastravam-se pelas pernas e os braços. Era culpada, merecia apanhar. Culpada, talvez, por não ter sabido curar o pai de seus sonhos e devaneios. E, sobretudo, dos gastos desordenados. Culpada por amar um outro homem que não o amoroso pai. Quanto a Julia, bebeu o prazer como quem bebesse absinto, a fada azul. Com permissividade. Profundidade. Embriaguez. Através do prazer, sentia-se próxima a Deus. Prazer e dor podem ser sentimentos irmãos. Formas de desvario. Tornam o corpo mais vivo. Presente no mundo. Um prazer muito forte também beira a morte. O desfalecimento. O esquecimento. E a ressurreição.

Lulu e o irmão de Bill

Lulu demorou a achar o homem que seria o seu marido, amante e algoz. Mas teve vários apaixonados. Um deles foi o irmão mais velho de Bill, Alan. Ele tentou conquistá-la de todas as formas. Conversava com ela sobre equações e álgebras, mas não a convencia. Ela o achava burro. Burro e ambicioso, já que só falava das heranças futuras que um dia receberia dos pais. Lulu sempre dera valor ao trabalho e considerava que sonhar com heranças, quando jovem, era uma forma espúria de resolver os problemas financeiros da vida. Uma forma não-ética. Lulu era cheia de éticas. Católica, era adepta da ética protestante, a do trabalho, sem o saber. Sempre que vinha da escola, da universidade, e posteriormente do trabalho, Alan procurava Lulu. Queria convencê-la da seriedade de seus propósitos, mas nunca a convenceu. Quando ele vinha visitá-la, ela fugia para o andar de cima da casa. Trancava-se no quarto. Mas, às vezes, ao surgir de supetão, ele conseguia encontrá-la na sala e ficava horas a conversar com ela, a argumentar, a tentar convencê-la de que era merecedor de sua atenção. E amor. Ela o olhando cética. Ficava muito espantada com o fato de ele gostar dela como gostava. Ainda não se acostumara a ser amada. Ou talvez não necessitasse em nada de amor erótico, já que amava, de forma inquebrantável, com o corpo e a alma, o pai. Era a única pessoa na casa que não acreditava na possibilidade de o pai ter amantes. Quando teve que enfrentá-las, quando elas se tornaram uma realidade incontornável, continuou a achar que o pai era o melhor homem com o qual se deparara na vida e que nada mais importava. Sua generosidade com os filhos lhe dava o direito de procurar outras formas de prazer fora de casa. E ela não queria saber dos detalhes. Mesmo que os detalhes lhe caíssem no colo. Ou nos ouvidos. De certa forma, Lulu era bem mais complexa do que parecia, e até mesmo bem mais flexível e complacente do que suas aparentes rigidezes e regras. Seu coração era largo e tudo absorvia. Fazendo-a sofrer sofrimentos inauditos. Só dela. Sofrimentos que eram sua riqueza. Seu segredo. Sua condição humana.

Encontraria o futuro esposo num estágio numa firma de consultoria. Nessa ocasião, Luiz Cláudio se drogava. Lulu imediatamente ficou atraída pelo enigma de seu desespero. E tentou ajudá-lo. Ele ficava com raiva quando ela tentava ajudá-lo e batia nela. Resultado: foi o primeiro homem pelo qual ela sentiu atração. O primeiro e último. Alto, moreno, trabalhador, vital, apesar de conviver com seus próprios desvios e torturas, ou talvez por isso mesmo, tinha a qualidade de não acreditar nas doenças e achaques de Lulu. Obrigava-a a sair, ir ao cinema, visitá-lo, ver gente, freqüentar restaurantes. Só que, no primeiro período de namoro, quando saía de si, bateu tanto nela — ela passou a usar só mangas e calças compridas para esconder as manchas nas pernas e nos braços causadas pelos embates com o namorado —, que um dia ela mesma não agüentou a agressão, a dor. Tudo tem um limite. E até mesmo para Lulu, exímia masoquista, teve. Ela o abandonou, apesar de se encontrar perdidamente apaixonada.

Namoraria outros homens, para tentar esquecer Luiz, sem consegui-lo. Amava-o. E ele também a amava. Tanto que voltaria, desintoxicado. Com alianças nas mãos, propondo casamento. Lulu, na ocasião, estava namorando um rapaz que admirava muito, o melhor aluno de sua faculdade, filho de um garçom. Admirava seu empenho, sua ambição, seu esforço nos estudos. O namoro estava ficando sério e já durava mais de um ano, mas as reluzentes alianças compradas por Luiz Cláudio e o esforço da desintoxicação pesaram. Ela aceitaria as prendas, na frente do outro namorado, num encontro a três tumultuado. Nervos à flor da pele, tensão, os dois homens quase que partindo para o pau, Lulu tendo que segurar os braços de Luiz Cláudio, para que este não cometesse uma besteira. O rapaz estudioso, que havia abandonado uma abnegada noiva por causa de Lulu, entendeu, após a estranha cena — não precisava ser muito inteligente para isso, e Nestor tinha, de qualquer forma, QI acima da média —, que estava sendo escorraçado da vida da colega por aquele ex-namorado obstinado e tresloucado. E resolveu sair de cena. Voltou para a ex-noiva. Magoado, ficaria muitos anos sem falar com Lulu. Que se casaria, com toda a pompa merecida, com o homem que havia escolhido para si, o inquieto e atormentado Luiz Cláudio. Que, além de ser muito bonito, com uma expressão viva e inteligente nos olhos escuros, por ela entrara na linha.

Só que Luiz não a perdoaria por ter tido outros namorados no interregno em que haviam ficado separados, e a faria pagar por isso. Para deleite e dor de Lulu, que, com muita honra, no início da vida de casados, ganharia um olho roxo. E filhos. E algumas dívidas. Dívidas conjuntas que ela dizia serem o principal motivo que a mantinha unida a Luiz. Que a esta altura da história trocara a droga pela bebida. E, enciumado do passado, a encheria de bofetões e carícias, até que ela desse o basta. Porque às vezes Lulu dava um basta, e quando o fazia, assustava qualquer um. Trincava os dentes e partia para cima do agressor ou atacante, disposta a trucidá-lo, eliminá-lo da face da terra.

Nessas horas, mostrava toda a força que guardava dentro de si. Para o bem e para o mal.

Poderiam ter sido para sempre, as surras, os gritos, os destemperos, mas Luiz percebeu que ela estava falando sério ao dizer, com os dentes trincados, rilhantes, o rosto transtornado, que era necessário pôr um fim naquilo, já que os filhos estavam a assistir ao que não deveriam. E ele imediatamente parou de espancá-la, com receio de perdê-la. Mas não parou de beber. Sempre bebia com os amigos ao sair do trabalho, de segunda a sexta-feira. E também aos sábados, quando só vinha para casa de madrugada. Grande mulher que era, Lulu o esperaria pacientemente, não fazendo comentários, não importando se ao chegar em casa o marido caísse desacordado num sofá ou no chão da sala, para pasmo dos filhos, que não entendiam por que a mãe aceitava aquilo tudo. Assim transcorreram vários anos. Lulu agüentando tudo, vivenciando um grande amor, mas também um terrível medo do marido. E assim se formaram as hérnias de disco na coluna de Lulu. Suas dores eternas. Que a obrigariam a deixar o trabalho e a ficar em casa. E acabariam por transformar Luiz num homem mais doce. Amoroso. Ele não mais precisava bater na mulher. Ela batia em si mesma, fazendo com que seus nervos expostos friccionassem a espinha. Veio a cortisona. E o corpo de Lulu cresceu como uma bola de encher. Parecia que ia saltar da cama e voar até o teto. O amor de Luiz aumentou. Ela era só dele. Ninguém mais a desejaria. Construíram um lar doce lar. E se tornaram grandes amantes. Um verdadeiro ninho de dor e prazer. E contas ordenadas. Para novo espanto dos filhos. Que quando crescessem teriam um pai e uma mãe amantíssimos. Eternos enamorados. Até mesmo a bebida Luiz deixaria em nome da paz familiar. Por amor a Lulu. Que mesmo casada ainda receberia alguns esporádicos e anódinos telefonemas de Alan, no Natal ou aniversário. E provocaria algumas paixões no trabalho. Mesmo quando já engordara bastante por causa da cortisona, e Luiz se achava completamente seguro.

Porque Lulu era assim, com sua mania de sacrifícios e sua inusitada capacidade para entender a dor e as loucuras humanas, despertava paixões. Esse foi o dom que herdou do pai. O pai que tanto amou. E que de certa forma incorporaria em seu corpo dolorido após a sua morte. Aquela morte distante, no mar. O mar que para Lulu era uma prova de que Deus existia. O mar profundo, indomável, cheio de mistérios. Nunca igual. Dessemelhante, selvagem, desordenado, e com uma ordem suprema. O eterno bater das ondas nas rochas e na branca areia. Marés, movimento de astros. Vislumbres de cosmo. Tempos antes do tempo.

Cadernos de Julia

Ordem e desordem. Tomás Mann oscilava entre a ordem e a desordem, como Lulu. E como seu pai Antônio. E como o marido de Julia, Adolpho. Mais uma razão para a fixação de Julia no escritor alemão, de mãe brasileira. Ordem e desvario. Casamento e homossexualismo. Desejos incestuosos, suicídios. Descontroles. Beijos fugazes, sub-reptícios, em enfermeiros, mordomos e amigos do filho Klaus. Entregas de lápis e devoluções carregadas de significado. Sensualidades reprimidas. Encontros em bordéis com lanternas vermelhas na porta. Esmeraldas. Encontros que gerariam livros, vontades de criação. Palavras. A pele branca, a pela morena, dos trópicos. Os olhos azuis, os olhos negros. A neve e a brisa quente do mediterrâneo. Os sonhos, as volúpias. Os saltitos fora da linha. A mulher que andou na linha, o trem pegou. E o homem também. O trem vermelho que cruza os Alpes. O trem de brinquedo, prenhe de miragens e perversões geladas. Quando Julia subiu os Alpes em direção a Davos, uma menina injetava heroína nas veias, dentro do trem, como se estivesse a comer balas. Ou a devorar um chocolate suíço. E uma outra lia um livro de Paulo Coelho. *O Monte Cinco*. Quando Julia subiu a encosta branca, iluminada por lagos azuis, havia dentro do trem uma algaravia de alpinistas. Com seus casacos térmicos, seus esquis, seus gorros coloridos. E ela pensava nos livros. Os livros que narravam o medo que Mann tinha do Sul. Das mulheres do Sul. Sua aspiração em se tornar um aristocrata, um príncipe. Um príncipe com uma só mão que escrevia diários. A outra era atrofiada. E que tinha que ser escondida dentro da manga do casaco. Para não causar vergonha à senhora rainha. Há sempre uma mão atrofiada. Um erro, uma falha. E a falha dos Mann era a vontade de ser escritores, artistas, atores, saltimbancos. Magos. Existe magia maior do que dominar o curso das palavras? O rio de signos? As correntezas, as nascentes. O inconsciente? Quando Julia viu Davos, sentiu o quanto o frio era quente. Quanto mais próxima do céu, mais frio fazia. Mais o corpo tiritava. E os dedos gemiam com vontade de escrever. Sobre as maldições familiares. Os abismos, as miragens. O casamento de Mann foi uma farsa. Mas foi também uma verdade. Como o são todas as verdades humanas. Farsas. Pulsações sob controle. Desvios. Mentiras.

Bárbara

Quando Tomás conheceu Bárbara, ainda era virgem. Apaixonou-se pela lourinha de cabelo curto, à Jean Seberg, magra, de corpo elástico. Apaixonou-se e quis casar imediatamente. O namoro foi curto e fogoso, com amassos em elevadores, portões, contra paredes e em poltronas de carro. Quando Tomás conheceu Bárbara, pouco conhecia de mulher. Nem beijar, beijara. Antes, para paquerar, escondia-se atrás das árvores. Seguia as ocasionais amadas, mitificadas como divas, pelas ruas, como se fosse um detetive particular, esgueirando-se de árvore em árvore, sem conseguir se aproximar e se declarar. Era tímido, tímido. Bárbara, com sua juvenilidade de menininha esperta, lasciva, criada em subúrbio, praticamente o deflorou pela boca, física e emocionalmente. Quando a via, ele não conseguia raciocinar, tamanhos a graça e o esplendor daquela carne vibrátil, em constante movimento. O rosto perfeito, o narizinho bem modulado, a nuca nua. Assim como o irmão mais velho, Tomás escolheu uma igreja encravada na floresta, só que perto do mar. Uma igrejinha branca, cercada de verde, na entrada da Estrada das Canoas, com cheiro de brisa marinha. Uma igrejinha de contos de fadas. Bárbara chegou no Puma de um amigo, nunca antes visto, e subiu as escadas descalça, cheia de alegria, energia e vitalidade. Ele a esperava no altar, nervoso. Depois dos festejos, foram para a lua-de-mel. Dois dias depois, quando todos estavam a imaginar as descobertas que estava a fazer naquele corpinho branco como estrela d'alva, o rapagão estava na casa do pai, a se lamentar. A primeira noite fora um desastre. A segunda também. Não conseguira realizar a contento seu papel de marido. Pelo contrário, fora um desastre. Totalmente inexperiente, ficava tão excitado, tão excitado, que num minuto gozava, para espanto e decepção de sua graciosa mulherzinha. O pai o acalmou e lhe ensinou o caminho das pedras. Devia transar pela manhã, sempre pela manhã, com calma, muita calma. E assim o casamento, enfim biblicamente concretizado, começou.

Seis meses depois, o jovem casal praticamente já não se suportava. Tomás trabalhava muito para sustentar a casa, e sua mulherzinha praticamente não tinha nada para fazer o dia inteiro. Não lia e não gostava de estudar. Ficava a esperá-lo, a folhear revistas com conselhos feministas e a ver novelas na televisão. Ele chegava cansado e mal-humorado. Nervoso. Todos os sábados, quando Bárbara achava que enfim teria o maridinho amantíssimo à disposição, ele ia jogar futebol com os amigos, os mesmos amigos da vida de solteiro, e só voltava para casa à tardinha. Cansado. Meio que embriagado. Todo enlameado. Trocava de roupa, tomava um longo banho e dormia. E à noite não queria sair. Cinema, teatro, um restaurante, nem pensar.

Os domingos se arrastavam, com as indefectíveis visitas aos parentes. Os dois amuados. O sexo era fraco, ainda iniciante, e no resto não se entendiam em nada. Um ano depois, ou no máximo dois, estavam separados. Tomás voltara para a casa dos pais. Bárbara, abandonada no apartamento, o ex-ninho de amor, ficou com raiva, com muita raiva. Ainda era muito jovem. E a beleza ficara ainda mais iluminada, após o enlace, que tão mal começara. A menina saliente ficara com um jeitinho de mulherzinha insatisfeita. Com sensualidade a jorrar pelos poros. Tomás conseguiu adquirir forças para sair da casa dos pais, reorganizar a solteirice e ir viver com um amigo, na Zona Sul. Pelas madrugadas afora, freqüentando Lunas Bares, enchendo a cara, frustrado pelo casamento que não dera certo, viveria grandes paixões. Mas Bárbara não o deixaria em paz. Nem a ele, nem aos seus amigos, nem à sua família. Estaria sempre por perto, fazendo-se de próxima, íntima. Ficaria amiguinha de Bill e de Alan, o irmão mais velho do vizinho de Tomás. Iria para a casa de praia de Bill e deixaria todos os homens, na praia, ofuscados por sua beleza juvenil, seu corpo elástico, seu rosto de anjo rebelde. Brincaria com os homens, fazendo jogos de sedução. Expondo o corpo em shortinhos, biquínis, sempre rindo, sempre alegre, sempre à flor da pele. Bill não se interessou, mas Alan sim. Ela deu corda, só que não queria Alan, queria ferir Tomás na própria carne. Um dia, saiu com o marido de Mafalda. Ninguém sabe o que aconteceu, onde aconteceu e se aconteceu, mas a notícia chegou a Tomás e o deixou muito, muito magoado. Acampou também com Afonso, ex-noivo de Julia. Chegou a tirar fotos, para registrar o acontecimento. O inusitado encontro dos ex. O que já era bem desagradável, tanto para Julia, quanto para o irmão. Mas o pior ainda estava por vir.

Mesmo apaixonado, apaixonadíssimo por outras mulheres, mais experientes, mais velhas, mais sábias, Tomás não tirava da cabeça sua lourinha com ar sapeca de Lolita e rosto de anjo. Bebeu todas. Cheirou por todas as narinas. E caiu doente. Com hepatite. Estranhamente, o irmão que nunca o visitara, resolveu procurá-lo. Sim, Toni teve, idilicamente, uma maravilhosa e benfazeja visão de perdão entre irmãos, confraternização, e resolveu visitar Tomás, em sua cama de doente, para lhe fazer confidências. Vira Bárbara, estivera com Bárbara, levara-a à praia, carregara-a na moto, jogara frescobol com ela na Barra. E não se contivera, não conseguira se conter, esperava que

Tomás o compreendesse, diante daquele corpo de menina-mulher, com os peitinhos salientes, a carne macia. As pernas de menino. Rijas. Afinal de contas, não havia por que se aborrecer. Tratava-se de uma ex-mulher. Tomás ouviu o que Toni tinha a dizer e ficou com vontade de matá-lo. Pôs o irmão para fora de sua casa, aos berros. O baque foi tão forte que ele se curou da hepatite. Ou se deu por curado. Voltou para a noite, e rapidamente, bem antes do recomendado, pôs-se a beber de novo.

Um dia, contou tudo a uma amiga, na cama, a dor de seu casamento, as traições de sua menina-mulher. E a amiga, amante de um francês, que estava a esperá-la em Paris, disse que ele devia perdoar, perdoar tudo e voltar, já que estava mais do que claro que ainda amava Bárbara. E ele voltou. Machucado, mas voltou. No começo, tudo foram rosas. O sexo melhorara, e como. Ele ficara mais experiente, e ela também. Mas a desconfiança se instalara, e Babinha, que soubera de todas as outras mulheres, as vampiras da noite, perseguia-o, controlava-o, exigia que estivesse cedo em casa. Só que ele não podia. O trabalho, numa grande revista, o consumia. Além do mais, não abandonara seus antigos rituais de casado, os jogos aos sábados, a bebedeira com amigos. Bárbara agüentou o que pôde. Amou-o muito. E também foi muito amada. Mas ele estava ressentido, e ela também. Nunca se encontravam de dia, só à noite, às vezes, por ainda morarem juntos. Ela ficou grávida. E exigiu mais ainda a presença de Tomás em casa. Mas Tomás nunca ficava em casa. Ia ver suas antigas paixões, procurar consolo para seus erros e desacertos com Bárbara junto às amadas mais velhas. Brigaram, brigaram feio, ele e sua esposinha de cabelo à Joãozinho, corpo febril, de adolescente lasciva. E ele saiu de casa novamente. A criança era um bebê ainda, de fraldas. Rosa, chamava-se Rosa. Numa homenagem secreta, fora batizada com o nome da mulher que o mandara de volta para Babinha. Durante muitos anos, os dois ainda se encontrariam e se amariam. Mas nunca mais morariam juntos. Não confiavam um no outro. E Rosa viveria sem pai e sem mãe, pulando da casa dos avós paternos para a dos avós maternos. Era uma criança triste, pensativa. E muito linda. Tinha a beleza de Bárbara. E a inteligência aguda do pai. A curiosidade. Assim como Toni, Tomás ainda se casaria várias vezes. Para desespero de Antônio, seu pai, que achava que casamento tinha que ser um só. Eterno. Não importando o que acontecesse fora das quatro paredes do lar familiar, sagrado. E para desespero da mãe, Laura, que amava Tomás, seu único filho homem, acima de todas as coisas na terra. E que não gostava de ver o seu filho adorado sofrer por causa de mulheres más. Destrutivas. Castradoras.

Durante toda a infância, Rosa sempre dividiria seu tempo entre a casa dos pais da mãe e a casa dos pais do pai, revezando as longas estadas. E sofrendo calada. Uma meninazinha triste e muda. Um dia, Bárbara, sabe-se lá por que cargas-d'água, resolveu pegá-la de volta. Já não era mais a eterna adolescente, a Babinha. Devia estar por volta dos trinta anos e se transformara numa mulher nervosa, que gostava de esfregar o chão da cozinha até que o ladrilho branco brilhasse como nácar. Enfim, ficara cheia de manias. Com isso, a idílica convivência entre mãe e filha foi infernal. Bárbara batia tanto na filha, quando a triste menina quebrava suas arbitrárias regras domésticas, que eram muitas e completamente amalucadas, que a filha decidiu, após muito relutar e sofrer, abandonar de vez a casa da mãe. E pedir asilo na casa do avô Antônio. Que lhe deu muito carinho, um carinho imenso, sem limites, sem bordas, fronteiras. Rosa cairia num abismo de amor obsceno, incestuoso, mas se levantaria. E seria sempre forte. De uma força inesperada, meio que raivosa. Chorava pouco. Aprendera, bem cedinho, a engolir a dor. Na casa do avô, agora enriquecido, bem de vida, tinha um quarto perfeito, com bonecas, livros, uma escrivaninha branca. Amaria sempre o pai e a mãe distantes, mas sem perdoá-los pela malquerença e o abandono. E amaria loucamente o avô Adroldo, pai da mãe, sempre tão compreensivo e complacente, e o avô Antônio, que na puberdade tentaria desvendar seu corpo, mas não conseguiria. Ao contrário de Mafalda, a neta se rebelaria. Defender-se-ia bravamente. Faria um auê, recorrendo a tios, tias e até mesmo ao pai e à mãe malévola. Mas, após uma breve estada na casa da mãe e de uma surra com cabo de vassoura, que quase lhe quebra a coluna, voltaria para o avô incestuoso, que a receberia de braços abertos. E se aninharia em seu colo, como um bebê com cólicas. Talvez por tudo isso, ou seja, o caos na infância, os primeiros amores de Rosa seriam tão doloridos. Amar é sofrer, aprendera. Também aprendera a se defender da dor. Por duas vezes, apenas por duas vezes, desmoronaria. Quando morreu o seu avô Adroldo, de ataque do coração, no Maracanã, ao ver seu Flamengo perder um jogo, e quando o avô Antônio se lavou de seus pecados no mar do Piauí. Nas duas ocasiões, ela, que nunca chorara, a jovem sempre séria, compenetrada, triste, pensativa, enrodilhada em seus pensamentos, chorou, chorou muito. Mas se recompunha. E seguiria em frente na vida, aos trancos e barrancos. Buscando o amor dos pais como quem buscava ar numa montanha longínqua. Buscando o amor dos homens, como se fossem seus pais. Uma outra pessoa teria naufragado no meio de tanta miséria afetiva. Mas Rosa, não. Ficou forte de tanta pancada que levou, tão cedo.

Ainda bem garota, teve inteligência suficiente para perceber, consciente ou inconscientemente, que ou sobrevivia ou morria de dor. Sobreviveu. Com o amor dos avós. E o desejo do avô Antônio. Que, na realidade, não a assustou tanto como era para assustar. Pois, esperta como era, também aprendera a lidar com ele, a mantê-lo dentro dos limites aceitáveis. Um beijinho aqui, um colinho acolá, e nada mais. Um dia, a lagartinha assustada e recolhida se transformaria numa mulher tão bela, tão bela, que assustaria a quem para ela olhasse. Só que nunca saberia disso. Nunca saberia que sua pele, seu corpo translúcido eram marcados pela beleza da dor. Pelo abismo das doenças familiares. A virgindade do pai. Seu cavalheirismo. A incansável busca de prazer da mãe. A histeria.

Mas Julia nunca esqueceria o grito contido de Rosa. A mágoa profunda. A fragilidade. E a força. A cartinha que recebera da sobrinha quando ela tinha oito ou nove anos e morava com a mãe. Tia, me acuda. Tenho marcas no corpo, que escondo no colégio. Não agüento mais. O soluço no telefone quando, na entrada da adolescência, seios começando a empinar, fora atacada pelo avô, o ser que mais amava no mundo. E o riso quente quando de novo se encontrasse no colo dele. Ele a acariciar, como quem acaricia sua gata de estimação, com a patinha machucada. Mordida por tigres. A gatinha cor de mel, de olhos compenetrados, profundos, que só rosnava quanto lhe batiam, muito.

Mais do que estava habituada a suportar.

Cadernos de Julia

Ah, famílias, famílias. Que carga. Tão doce, tão amarga. Dos cinco filhos de Julia Mann, três se transformariam em artistas sensíveis. Alemães criados em Lübeck e Munique, trariam no sangue a pitada de sal, e o açúcar, dos mares do Sul. O primeiro a se tornar artista foi o louro Heinrich, de cândidos-cínicos olhos azuis. Ludwig Heinrich Mann nasceu em Lübeck em 1871, filho do rígido senador Thomas e da tresloucada brasileira Julia. Após o ginásio, iniciaria um estágio como livreiro, tendo trabalhado na editora S. Fischer, em Dresden. De 1890 a 1892, freqüentaria nesta cidade aulas na universidade como ouvinte. Autor de romances de ficção e históricos — *O Súdito* é considerado a sua obra-prima, mas o mais conhecido é *O Anjo Azul* —, também escreveu ensaios sobre Goethe, Voltaire, Flaubert, George Sand, Emile Zola, Victor Hugo, além de ter traduzido para o alemão as *Ligações Perigosas* de Chordelos de Laclos. Por motivos políticos, brigaria seriamente com seu irmão Thomas durante a Primeira Guerra Mundial. Internacionalista, não aceitaria a germanofilia do mais jovem. Mas se reencontrariam no exílio, nos EUA, onde Heinrich, mesmo recebendo ajuda de seu irmão mais famoso, faleceria em 1950, empobrecido e devastado.

O segundo filho de Julia a caminhar pela corda bamba da vida de escritor foi Paul Thomas Mann, trigueiro como a mãe.

Como ganhou o Nobel por seu livro *Buddenbrooks*, no qual narra a saga familiar dos Mann, tem uma trajetória bem mais conhecida, analisada, pesquisada, arquivada do que a do irmão mais velho, que o iniciara na literatura. Paul Thomas nasceu também em Lübeck, em 1875. Criança, disputava cavalinhos e teatrinhos de marionetes com seu irmão Heinrich. Mais velho, disputaria a fama literária. Quando começou a escrever versinhos para os amigos e colegas de colégio pelos quais se apaixonava — e foram vários, como Armin Martens, Wilri Timpee e Paul Ehrenberg —, Heinrich, sem dar muita importância às inclinações do irmão, disse acreditar que essas veleidades seriam facilmente curadas num bom bordel. E preocupou-se mais com o que considerou a má qualidade dos poemas do jovem enamorado. Morto o pai, em 1892, Thomas entraria firme na vida literária, abandonando quaisquer intenções sérias de carreira que não fosse a de se tornar um escritor, como seu irmão mais velho. Também assistiria a aulas como ouvinte, em universidades, mas nunca se formaria. Foi com a mãe para Munique, quando esta se mudou para o bairro boêmio de Schwabing, e posteriormente faria uma grande viagem à Itália com o irmão mais velho. Foi lá que começou a escrever seu *Buddenbrooks*, que viria a ser publicado em 1901 e lhe daria o Nobel em 1929, quando já havia escrito o magistral *A Montanha Mágica*. A editora do *Buddenbrooks*, a Fischer Verlag, onde havia trabalhado seu irmão, publicaria seus livros até a sua morte, com o editor e o autor tendo sabido ultrapassar alguns desentendimentos ocorridos durante a Segunda Guerra Mundial.

Apesar de suas inúmeras paixonites por rapazes, confessadas em diários e em correspondência, Thomas se casaria com Katharina Pringsheim em 1905, reabrindo para si as portas do luxo e da riqueza perdidos com a morte do pai, já que a inteligente e orgulhosa noivinha, estudante de física e matemática, era uma rica herdeira. Única filha dos Pringsheim — Katia só tinha irmãos homens, cinco ao todo — tinha um outro atrativo: vinha de uma família de preeminentes intelectuais judeus, que davam o justo valor a uma vida dedicada à literatura. Sua avó, Hedwig Dohm, excêntrica e amalucada, foi uma das primeiras ativistas em prol do feminismo na Alemanha. Mesmo com uma vida sexual bastante esporádica — sexo com mulher não era o forte do escritor, que até o final da vida alimentaria platônicos sonhos homossexuais —, o casal teve seis filhos: Erika, Klaus, Elizabeth, Golo, Mônica e Michael. Instado por Erika e Klaus — jovens rebeldes, criativos, com sangue de artistas, amantes do palco e das letras, que cedo perceberiam a carga demoníaca que havia no nacional-socialismo —, Thomas aceitou refugiar-se em Zurique em 1933, de onde se mudaria para os Estados Unidos em 1938, já tendo perdido a nacionalidade alemã. Obteria a cidadania americana em 1944. Escritor prolífico, mas perfeccionista, foram várias as suas obras, entre quais poderiam ser destacados as novelas e os romances *Tonio Kröger*, *Morte em Veneza*, *José e seus irmãos*, *A Montanha Mágica* e *Doktor Faustus*. O primeiro a ser escrito, *Os Buddenbrooks*, a saga familiar, como já foi mencionado, foi o que ganhou o Nobel, mas, não importando o título, um livro de Thomas Mann é sempre um livro de Thomas Mann, e qualquer um merece ser lido, com sua fama e reconhecimento mundial como autor genial sendo mais do que justos. Mesmo os relatos curtos, como *Um homem e seu cão*, têm o crivo de seu perfeccionismo, sua capacidade exaustiva de observação. E a de transformar certas banalidades do real na mais pura, deleitosa literatura.

Os filhos mais velhos o chamavam de Mago, porque, além de gostar de truques, mistérios, máscaras e teatro de bonecos, um dia aceitara se vestir de mágico nuam festa a fantasia dada por seus queridos Erika e Klaus. Mas também porque o sisudo

Thomas, que dentro de si carregava um cigano brincalhão, sentado em seu silencioso escritório, era capaz de fazer magias e sortilégios com as palavras. Morreu em 12 de agosto de 1955, com 80 anos, na Suíça, tendo deixado os EUA ao ver intelectuais emigrados serem perseguidos pelo macarthismo, não suportando a idéia de novamente ter de conviver com totalitarismos. Sua casa em Zurique foi vendida para um banqueiro, nos anos 60, por isso seus pertences e mesa de trabalho estão no Thomas-Mann-Archiv.

As irmãs de Thomas, Carla e Julia, muito diferentes entre si, teriam um triste destino comum: o suicídio.

Aparentemente mais certinha do que Carla, Julia Elizabeth Tereza, a Lula, nasceu em 1877. Com 23 anos, casou-se com um banqueiro, Joseph Lohr, 15 anos mais velho, a quem deu três filhas. Infeliz no casamento, teve vários casos amorosos. E se tornou viciada em morfina. Enforcar-se-ia três meses antes de completar 50 anos, em 1927. Seu irmão Thomas, de quem foi muito amiga, usou-a como modelo ao criar a personagem Inês Institoris, em *Doktor Faustus*: uma mulher casada tomada de violenta paixão por um violinista, que na ficção também se suicidaria, jogando-se debaixo de um carro. Inês era morena, como Paul Thomas, o "Tonio Kröger". Já Carla, a bela Carla Augusta Olga Maria, nascida em 1881, personagem em muitos livros dos seus dois irmãos escritores, era loura como Heinrich, o paternal irmão que tanto a amava. Quis ser atriz, mas se achava uma atriz medíocre. Além disso, sua família, mesmo sendo cheia de artistas, não aprovava totalmente, no caso de uma mulher, a vida no teatro, achando-a insegura, aventureira e devassa. Até mesmo Julia, sua mãe, que transformara sua casa em Schwabing num animado salão, abrindo-a para festas e saraus literários, temia o pendor artístico de Carla, querendo para a filha dileta um matrimônio burguês como o de Lula, fosse bem-sucedido ou não.

Aos 28 anos, apaixonada pelo noivo, mas ainda vinculada sexualmente a um ex-amante rico e volúvel, foi por temer que o noivo não cumprisse sua promessa de matrimônio — ao tomar conhecimento da traição, através de carta anônima — que decidiu se matar, sem coragem de enfrentar a vergonha da rejeição pública. Parênteses: sua sobrinha Erika teria muito mais sorte, trilhando o mesmo caminho libertário do teatro aberto pela tia, só que sem culpas, remorsos ou exigências de casamentos burgueses. Muito pelo contrário, Erika faria da vida o que bem quisesse, com a total aprovação do pai e da mãe. E, enquanto foi possível, nos tempos de guerra, teria o seu próprio teatro, O Moinho de Pimenta. Casar-se-ia duas vezes, a primeira com Gustav Grudjeans — ator que se aliaria a Hitler e seria o protagonista de *Mephisto*, livro magistral escrito por Klaus —, e a segunda com o poeta Auden, já no exílio, para obter o passaporte inglês. Durante a guerra, seria jornalista. Posteriormente, dedicada secretária do pai. Não teria filhos.

Sobre o último filho de Julia Mann, Victor, nascido em 1890, existe uma versão de que teria sido fruto de uma relação extraconjugal, relação esta que teria ajudado a provocar o câncer fatal no marido, o senador Thomas. Ou quem sabe o suicídio. Este filho temporão, talvez fruto do pecado, era caracterizado pelos irmãos como "o simples". Agrônomo e funcionário de banco, foi o único dos três filhos homens de Julia a ficar na Alemanha durante o Terceiro Reich, tendo trabalhado como consultor em assuntos econômicos e agrícolas. Teria sido preso, momentaneamente, no final da guerra. Pouco antes de morrer, no entanto, deixaria para a família um legado curioso, inesperado em quem até então nunca demonstrara interesses literários: um livro. Victor Mann é o autor de *Nós éramos cinco*, ou *Wir waren fünf*, um livrinho lido com muito prazer por Tomás e Heinrich, ao ser editado após a morte do irmão temporão. Nele, o caçula de Julia fala da infância, do relacionamento com os irmãos célebres, muito mais velhos, e, sobretudo, da mãe e das duas irmãs. Vico, aos 59 anos, teria uma morte estranha, súbita — pouco antes de se matar, Klaus mencionaria, numa carta, a hipótese de suicídio do tio —, e não chegaria a ver suas pequenas e delicadas memórias publicadas. Talvez, ao escrevê-las, ele, que nunca antes havia pegado numa pena, tivesse sofrido ou se emocionado em demasia.

Famílias, é possível suportá-las? Ou, pelo menos, deixar de amá-las? Éramos cinco, não é, pai? E até o momento ainda somos. Mesmo, com sua partida, sendo cacos do que fomos. Pedaços de Antônio, o polvo. Ou o homem que sabia amar.

Conversa com Zora

— Por que essa necessidade de escrever um livro sobre o seu pai?
— Porque sim. Sinto que só vou me livrar de meus fantasmas se escrever sobre eles. É escrevendo que entendo melhor o que se passou. Ou pelo menos tenho esta sensação de obter uma melhor compreensão.
— Você é muito ligada ao passado. Devia deixar seus mortos em paz. Devia pensar mais no presente e no futuro. Seguir adiante em sua vida.
— Não concordo. Não posso deixar meus mortos em paz. Meus mortos para mim estão vivos. Vivos em minha pele, em minha mente. Andam comigo. Comem comigo. Sonham comigo. Enquanto me movimento, neste mundo tão belo, mas também tão triste, irracional, penso em meu pai. E penso em Bill o tempo todo. Penso que devia tê-lo ajudado mais. E que a família dele também deveria tê-lo ajudado mais.
— Você não é culpada pela morte de Bill. Você não é assim tão poderosa.
— Há quem ache que se eu tivesse casado com Bill o teria o salvo. Minha própria mãe diz isso. E ela não sabe exatamente o que se passou. Nunca mencionei a palavra suicídio. Não quero que se choque mais do que já se chocou na vida. Minha mãe amava Bill como se ele fosse um filho.

— Você sabe que isso não é verdade. Essa história de casamento. Você não poderia ter se casado com Bill. Ficaria na infância o tempo todo. E você não sabe se Bill queria se casar com você. Pelo que tudo indica, não.

— Mas poderíamos ter feito um pacto, como o que fizemos quando criança. Um pacto de casamento, mesmo que fosse um casamento branco, como o de Erika e Auden. Mas necessário. Salvador. Um passaporte para a vida de Bill.

— Não teria dado certo. E isso não impediria, talvez, que ele viesse a se suicidar.

— Sei que no fundo ele não gostava de mulheres. Achava que todas as mulheres eram fortes demais, autoritárias demais. Tanto eu como a mãe dele. Mas ele tentou gostar de mulheres. Como tentou. Só que sempre tinha esse sentimento de se sentir estrangulado. Preso.

— Mas teria sido uma mentira, casar-se com uma mulher. Você já me disse que ele só se manteve heterossexual, publicamente, enquanto o pai dele estava vivo.

— Ou até o meu casamento. Bill foi padrinho de meu casamento. Depois nos abandonou. Foi embora. E se enamorou de alguns homens. Ele me causa muita dor. Tudo que se refere a ele me causa dor. Meu pai, não. Meu pai me causa dor e prazer. E para falar a verdade, por incrível que pareça, mais prazer do que dor. Tinha lá seus sortilégios, magias, encantamentos. E era muito, muito carinhoso, amante dos filhos. Tanto os homens quanto as mulheres.

— Mas você também deveria deixar em paz seu pai, as mulheres de seu pai, o carinho, o amor, e seguir em frente. Quem olha para trás vira estátua.

— Preciso escrever, não tem jeito. Não sei se vou conseguir fazê-lo a contento, não sei se vou conseguir terminar, mas preciso escrever. Meus dedos doem, coçam. Tenho que tecer telas de Penélope, tapeçarias, nem que seja para destecê-las depois. Estou presa nessas linhas, nos fios de linho do terno branco. A borboleta mágica.

— Então escreva, escreva logo. Termine esse maldito livro. Você precisa terminar as coisas que se predispõe a fazer. Sempre deixa tudo inacabado.

— Não é verdade. Como você é dura. Hostil. Já acabei alguns livros. E já escrevi muito, em jornal. O que já escrevi como jornalista daria dois, três livros. Apenas fiquei só, muito só, após a morte de Bill. Tudo ficou mais difícil. Confuso. Ele era meu chão. Minha lanterna mágica. Meu vitral dos Brabantes. A torre da igreja.

— Eu sei. E deveria ter percebido isso na ocasião. Acho que não dimensionei o que ele representava para você. Não a ajudei como deveria.

— Ninguém pode dimensionar o que ele representava para mim. Ele era muito mais do que minha infância perdida. Era meu confidente. Meu maior amigo. De certa forma, era eu mesma. Um pedaço de mim. E era a beleza. Um criador de beleza. Merecia mais carinho por parte de todos nós. Muito mais. Ele deveria ter sido mimado até o fim. Mas não foi. É muito duro quando a gente começa a se preocupar apenas com a própria vida e se esquece dos amigos, mesmo os mais queridos. É muito duro ficar velha. A maturidade é nua, sem véus. Sem sonhos. Corrói a fantasia como ácido. É preciso agarrá-la. Tentar mantê-la dentro de um vidro. Garrafa de gênio.

— Desculpe-me, mas a sessão acabou. Escreva o livro logo, Julia. Parece que você está presa ao passado, como se tivesse uma âncora nos pés, depois da morte de Bill.

— Morri com ele. É assim que me sinto. Morta por dentro. Em estado de putrefação. Gangrenada. Sei que tenho que tentar voltar à tona. Continuar. Ir até o fim de meu caminho.

Esperar que as parcas cortem meus fios. É doloroso. É como arrancar flores de mágoa dentro de mim. Flores de sangue. Às vezes, fico com vontade de vomitar. E cada vez que escrevo um trecho do livro, durmo. Horas e horas. Extenuada.

— Sinceramente, Julia, já é hora de você acordar. Manter-se desperta para a vida.

— Se pudesse, dormiria o tempo todo. Embora, hoje em dia, com a saída do jornal, minha grande ferramenta de entorpecimento diário, e o suicídio de Bill, a fuga obtida através do sono não funcione tão bem. Tenho pesadelos. Antes da morte de Bill, eu raramente os tinha. Tudo era colorido, mágico. Ele, sim, tinha pesadelos. Sonhava com perseguições, complôs. Eu poderia tê-lo salvado.

— Não, não poderia. Os suicidas criam essa sensação nos que ficam. É o SE. Há um conto judeu sobre isso. Se eu tivesse feito isso, se tivesse feito aquilo, teria adiado a morte. Mas ninguém pode salvá-los. Não namore a morte, Julia, ela virá.

— Mas como tem sido difícil viver sem ele. Muito difícil. Achei que ele estaria comigo até o fim. E, de certa forma, sei que está. Mas eu o queria vivo. Prosaicamente vivo. Físico e alma. Queria fazer o que nunca fiz. Tocá-lo. Talvez o livro seja o toque. A palavra que ressuscita. O sopro. Talvez.

— Escreva, Julia.

— Meu coração vai estalar. Está me ouvindo, Bill? Você fez de meu corpo um sino... Lembra do sino que te trouxe da Suíça? O sino pintado? De ovelhas? Ah, o sacrifício... O sangue no altar... Caim, o que fizeste com teu irmão? Nunca mais a paixão, nunca mais...

— Escreva...

Os alcoólatras

Antônio começou a beber no final da vida. A beber muito. Quebrando regras por ele mesmo impostas. Revelando uma fraqueza que nunca tivera. Bebia e chorava. Temia a morte. As filhas insistiram para que fizesse alguma coisa. Sempre fora tão digno, tão belo, tão respeitável. Era triste vê-lo bêbado, um homem que sempre bebera por gosto, prazer. E de forma controlada. Resolveu recorrer aos Alcoólatras Anônimos. Gostou dos encontros. Fazia longos discursos. Procurava ser envolvente e charmoso. Tomás não aceitou aquela ida do pai aos AA. Não queria ouvir falar do assunto. Tomás nunca queria saber dos problemas reais. Sempre fingia que nada de grave estava acontecendo. E não gostava de ficar a imaginar o pai a se desnudar frente a uma platéia de bêbados ou ex-bêbados. Pessoas reles. Mas o pai, muito ao contrário, gostava de desnudar seu coração frente a ouvintes atentos. E freqüentou os encontros. Um dia, trouxe para casa uma colega. Era sempre assim. Em qualquer lugar que freqüentasse, sempre aparecia uma mulher interessada nele, seduzida por sua lábia. E todos novamente ficaram pasmos, embora não fosse mais tempo de espantos e pasmos. Assim como fora para o AA, Antônio procurou uma analista. Fez esta concessão. Tentava conquistar a analista com bombons e livros. E grandes dissertações sobre sua vida. Suas peripécias amorosas. A analista não se deixou seduzir. Ele abandonou a análise. Sentiu-se rejeitado. Foi estudar alemão. Sempre quisera estudar alemão. Também tentou conquistar a professora de alemão, com flores e bombons, sem êxito. Deixou de freqüentar as aulas. E continuou a beber. Sabia que não tinha mais o mesmo charme de outrora. Sentia-se impotente. E chorava. Até que decidiu viajar. Antes de viajar, esteve no aniversário de uma de suas cunhadas, uma grande matriarca, e brincou com todos os sobrinhos. Foi engraçado. Sedutor. Contou histórias. Julia não foi a este aniversário. Estava trabalhando na ocasião. Não viu esta última performance. Mas ouviu falar sobre. E ficou triste por não tê-la visto. Porque naquele mesmo dia, à tarde, ele partiria para o Piauí e não mais voltaria. Não mais contaria os seus causos. Não faria os outros rirem. Não poria a nu suas tristezas e mazelas, de uma forma irônica, autocomplacente. Nunca mais seria o centro das atenções. O mago, o ilusionista. Aquele que transformava a vida em sonho, mesmo quando sofria, chorava por dentro. Um homem que gostava das conversas, dos debates. Das análises, raciocínios. Pontos de vista. Argumentações. Um homem que gostava das palavras e de estar vivo.

Já Bill começara a beber bem mais cedo e nunca freqüentaria os AA. Beberia solitariamente. Copos altos. Sem fim. Veneno puro, derretido como ácido em seu fígado madrugadas adentro, enquanto criava. Teria delírios, suores frios. O corpo seria torturado pela cirrose. A herpes. Um cinturão. Um dia, ele e Julia brigaram. Julia disse que não queria mais vê-lo beber, matar-se com uísque, caro ou barato. Se não tinha uísque, ele recorria a vidros de perfume ou até ao álcool puro. Tinha que esquecer sabe-se lá o quê. O desejo por homens, talvez. Foi agressivo, pela primeira vez Julia via Bill expressar sentimentos de raiva, violência. Porque era sempre um gentleman, extremamente agradável, educado. Cínico. De um cinismo inglês, elitista. Disse que não estava a fazer mal a ninguém. Só fazia mal a si próprio. E Julia respondeu que não era verdade, que ele fazia mal a ela ao tentar se matar na sua frente. Então ele disse que ia se matar em outro lugar, um lugar bem distante. Que ela não o veria se suicidar. E foi exatamente isso o que aconteceu. Ela apenas soube que o corpo dele fora retirado do banheiro, onde se encontrava pendurado num laço de corda muito bem-feito. Afinal de contas, ele era um artesão. Devia ter mentalizado bem a força da corda, o peso do corpo, antes de se pendurar no teto. O corpo fora retirado e depois enterrado. E Julia não foi ao enterro, que ocorreu em Santos, a cidade natal dos pais de Bill. A cidade portuária dos ativos consulados ingleses e dos proprietários de lavouras de cafés.

Deixou tudo para o filho, havia muito tempo vinha transferindo para o filho os poucos bens que tinha. Quando contou isso para a Julia, ela não percebeu os sinais, não os leu. Não entendeu por que ele estava a se desfazer do que tinha tão cedo. Achou-o generoso, sempre fora generoso com quem amava, mas mesmo assim não entendeu. Foi burra. Mais uma vez, não leu os sinais. Como também não entendeu quando chegou pelo correio um antigo colar de contas italianas, que ele refizera para ela. Um colar que ele lhe dera na adolescência e que um dia arrebentara. E que ele nunca consertara. Mas que resolvera fazê-lo antes de morrer e enviá-lo para a amiga. As contas verdes. Verdes como uma garrafa de bom uísque.

Não deixou uma palavra escrita. Somente depois do enterro, quando seu apartamento foi vasculhado por parentes e amigos, encontraram uma carta para o filho, desde muito escondida no fundo de uma gaveta. Na carta, ele se desculpava pela partida. Dizia que estava com muita dor, uma dor insuportável no corpo. Que não agüentava mais. E pedia aos amigos que não fizessem como ele, que nunca perdessem os sonhos, a esperança. Sem esperança, a vida ficava sem sentido. Agradecia a todos que um dia lhe haviam dado um pouco de amor. Julia, meses depois, tremeria ao ler esta última carta, como tremeria, anos depois, ao ler as antigas cartas do amigo. E já encontrar um Bill angustiado. Um Bill suicida. Por que fora tão burra? Logo ela, que sempre se achara capaz de ler hieróglifos, grego, cirílico. Decifrar nuvens. Borra de café.

Por que não o abraçara mais na última vez que o vira? Colando-o a seu corpo? Por que o deixara ir, partir, extinguir-se como uma vela que se apaga? Um beijo, devia ter-lhe dado um casto beijo no rosto. Um beijo de amor. O amor mais completo, amor entre amigos, entre irmãos. Amor dos que partilharam a infância. Subiram juntos em paus de sebo. Descobriram juntos conchas na areia, tatuís. Construíram castelos, pontes, guaritas. Embebedaram-se de sonhos. Programaram viagens, que nunca realizaram. Distantes, sabiam-se ligados. E sempre se reencontravam como se nunca houvessem se separado. Retomando a conversa infinda, iniciada no topo de uma árvore ou em cima do relógio de luz. A conversa de quem se ama muito além da carne. E há quem não acredite em alma. E amor além da morte. Quando ela pensa em Bill, o vento bate na janela. Copos caem. Ouve sussurros, passos. E teme que o amigo-irmão ainda esteja preso à terra. A penar por sua coragem. Não quisera que o vissem definhar. Mas uma vez fora generoso, um gentleman. Um cavaleiro da rainha. Não quisera que assistissem à sua agonia. Fora sempre um só. E morrera só. Quando a esperança se fora. E a morte se tornara uma bênção, um descanso. O longo sono. Quando cansara de se equilibrar em seu próprio precipício. E a beleza do que criava não lhe bastara. O êxtase findara.

Mas houvera antes muitos dias divertidos, alegres. Mesmo quando já eram adultos. Chegou a ser divertido, tristemente divertido, o dia em que ele e Antônio, o pai de Julia, disputaram a carne de uma mulher. Só pelo prazer da disputa. Porque Antônio usou toda a sua sedução, toda a sua sabedoria de velho lascivo. E Bill não usou nada. Quando queria, ele era a encarnação do charme inglês, a sedução em carne e osso. Sutil, leve, irônica. Inerente a ele. E a garota o escolheu. A garota que a todos hipnotizara ao tirar o roupão na piscina e revelar um corpo de Eva no paraíso. Um corpo a ser desvendado, numa noite de luz e sombras. Naquela noite, Bill bebeu o prazer, o prazer de ter ganhado o jogo de sedução proposto por Antônio. Na manhã seguinte, estava alegre e lépido, e ria, ria muito. Pregara uma peça no vizinho já maduro, que ousara ambicionar a juventude de uma pele dourada como néctar. Esquecendo-se de que Bill, quando queria, era capaz de ficar irritantemente bonito. E atraente como um enigma. Sim, naquela vez Julia se divertira ao ver o amigo passar a perna no pai e ganhar a garota dourada, que também era cheia de mistérios. Talvez vendesse o corpo nas sôfregas noites paulistas, porque sua carne tinha cheiro de pecado. E as formas perfeitas da lascívia. O sumo. A vertigem. Era uma estranha garota, aquela prima de Bill. Que viera, criara o dissídio entre os homens, e para sempre desaparecera. Nem mesmo Bill conseguiu vê-la novamente, apesar de tê-la procurado, em suas inúmeras viagens a Santos e São Paulo. Devia ter sido consumida pelas labaredas que trazia no corpo. Estranho, o corpo era nu mesmo quando vestido.

A MORTE DA AVÓ

A avó era uma italiana analfabeta, que não aprendera a ler nem a escrever. Tanto em italiano quanto em português. Nascera na vizinhança de Nápoles e viera para o Brasil no período entre as duas guerras. No hospital, no qual exerceria o ofício de enfermeira, se apaixonaria por um paciente, dono de um pequeno jornal no Rio, que, numa queda, machucara seriamente uma das pernas e ficara manco. Carlota Bianchini realmente ficou louca de paixão pelo homem do Amazonas, jornalista culto, amante de Platão, um idealista que acreditava na força magnetizante das energias. Amantíssima, tratou-o como um príncipe. Cortava suas unhas, penteava seu cabelo, lambia o seu corpo. A italianinha era sensual como uma gata no cio. Ele aceitou morar com ela. Fez essa concessão à ignorância. Teria a prestimosa enfermeirinha todinha para si. Uma morena bonita, os peitos grandes a ressaltarem em seu corpo magro. Imensos, profundos olhos negros. A atração foi intensa, e o sexo, louco, sem freios.

Totalmente apaixonado, o jornalista levou sua enfermeira iletrada para a Europa, tendo visitado não só a Itália, onde ela nascera, mas também a Suíça. Nos Alpes suíços, tiveram um primeiro filho, João Bianchini Magalhães, o tio Zito. Quando voltassem para o Rio, morariam inicialmente num hotel na Avenida Atlântica. De lá, debruçada na varanda, a avó veria no

5 de julho o incidente dos 18 dos forte. E nunca esqueceria o sangue derramado na areia de Copacabana. Os demais filhos nasceriam no Brasil: Nando, Glória e as gêmeas, Laura Amélia e Julia Amélia. Foram felizes, Carlota e seu amante brasileiro, o jornalista Frederico Magalhães. Enquanto o amor durou. E durou por longos 15 anos. Ao final desses felizes 15 anos, Frederico arrumou uma nova amante, também mãe de cinco filhos. Carlota, sem entender nada, mortalmente ferida, ficou desesperada e o expulsou de casa.

Como se arrependeria, mais tarde. Viveria sozinha com seus filhos, como se fosse viúva de um homem vivo, sempre a lamentar a ausência do ex-amante, que, responsável, nunca a abandonaria financeiramente. Sua conclusão foi a de que errara, errara feio ao brigar com o homem que tanto amara, sem ter sido um pouco mais condescendente ou compreensiva. Acreditava que se não tivesse perdido a cabeça, ao se saber traída, se tivesse mantido os olhos e os ouvidos fechados, deixado o barco correr, teria segurado seu homem em casa. Por isso sempre diria para as filhas, quando a procurassem para fazer reclamações sobre os maridos: ruim com ele, pior sem ele. E apesar de ser toda recatada, mantendo suas blusas rigidamente fechadas no peito por imensos broches ou camafeus, quando falava de sexo com as netas e netos seus olhos reviravam nas órbitas. Entrava numa espécie de êxtase nirvânico, ao recordar as carícias de seu amazonense moreno como jambo. Falava até mesmo da língua, a língua sábia do amante que na cama nada tinha de platônico, a escorregar pela cavidade do umbigo. E isso até os oitenta anos de idade, quando começou a escrever e a cantar musiquinhas apimentadas, carregadas de maliciosas metáforas sexuais, e a registrá-las num gravador. Ao cantá-las, chegava a levantar a saia e os braços e a rodopiar pela casa, alegremente, com as pernas magras, desencarnadas pela velhice, excitada com as lembranças dos tempos idílicos que nunca mais haveriam de voltar.

Fora uma amante. E, aos oitenta anos, ainda se sentia como tal, pronta para novos folguedos em lençóis de cetim ou algodão grosso. Simpatizante do comunismo, cheio de idéias libertárias na cabeça, Frederico nunca se casaria com sua dedicada enfermeira no papel. Mais velho, porém, menos ortodoxo e idealista, casar-se-ia com a outra no cartório, o que seria mais uma punhalada no coração ferido de Carlota. Que, mesmo assim, nunca deixaria de amá-lo. Tanto que nunca falaria mal do pai de seus filhos para os cinco rebentos por ele abandonados. Lamentaria, isso sim, sua má sorte. E sua falta de paciência ou habilidade na hora da separação, jogando toda a culpa do ocorrido em si mesma. Em seu despreparo, seu analfabetismo. Parece que a "outra" era mais culta. Tinha lá suas letras. Seus livros de cabeceira. Ou, pelo menos, sabia ler e escrever.

Por esse lamento eterno, essa postura de mulher abandonada, mas digna, e a insistência em obrigar as filhas a ficarem casadas, engolindo sapos, macacos e cocos cabeludos, não importando o que seus maridos fizessem, Julia nunca amou a avó. Pelo contrário, tinha raiva dela. Achava que era culpada pelo sofrimento da mãe. A cegueira da mãe. A falta de revolta. A aceitação abnegada. Acreditava que se não fosse a influência da avó, ou da história da avó, sua filha Laura teria tido forças para deixar o maridinho Antônio ou pelo menos enfrentá-lo. Exigir fidelidade. Chutar o pau da barraca. Gritar...

Era com extremo mau humor e impaciência que Julia convivia com a avó e participava dos seus aniversários. Não entendia muito bem por que os filhos — ou seja, tio Zito, tio Nando, tia Glória e a própria mãe (tia Julia, a louca, vivia em um outro mundo, só dela) — cumulavam vovó Carlota de presentes em cada um de seus natalícios. Não compreendia por que eram tão agradecidos à inculta genitora por tê-los educado, bravamente, mesmo sozinha, sem marido. E por tê-los estimulado a estudar. Até mesmo Laura, que não se interessava muito por estudos, chegaria até o clássico, só não tendo ingressado numa universidade por causa do casamento prematuro. Tio Nando seria um grande físico; tio Zito, até se decidir pelo ensino e pela especialização em crítica de arte, acumularia títulos e diplomas os mais variados, e tia Glória seria uma preeminente arquiteta. Já tia Julia seria a única a abandonar os estudos bem cedo e a viver, posteriormente, uma vidinha modesta de funcionária pública. Seu lado maníaco começaria a ser revelado nas roupas exóticas que confeccionava para si mesma para ir ao trabalho. Sapatos e cintos cobertos de carteiras de cigarro, blusas de autógrafos, golas tão duras de goma que chegavam a espetar quem as tocasse. Só que ninguém as tocava, é claro. Demoraria muito até que um homem ousasse se aproximar da empertigada tia Julia e dos botões de pérola de suas camisas engomadas. E quando isso finalmente ocorresse, seria um outro rebu familiar.

Bem, misteriosamente, ao morrer, a vó Carlota resolveu jogar todo o peso de sua morte sobre os ombros da neta Julia, justamente a neta que com ela mais implicava. Ela morreu numa madrugada, na casa da tia Michaela e do tio Zito, que estava a viajar pela Europa. Nos bons tempos, antes de ser cassado pela ditadura, tio Zito, como participante de uma associação internacional de críticos de arte, estava sempre a viajar pela Europa, abandonando no quente Brasil a delicada pintora italiana que elegera para esposa, numa de suas múltiplas andanças pela Itália e seus museus vivos. E, mesmo depois de cassado, dava um jeitinho de ainda ser convidado para viagens ao exterior e deixar sua esposa florentina sozinha, só lhe ofertando um gostinho de Itália, a Itália que era muito mais dela do que dele, através da visão de madonas e Vênus desnudas em cartões-postais.

Naquela fatídica noite, portanto, tia Michaela estava sozinha. E a sogra, que havia muito se recusara a comer sólidos ou líquidos, finalmente foi para o céu ou para o purgatório das almas magoadas. Para quem ligar? Quem chamar? Não havia ninguém da família no Rio. Era um fim de semana prolongado por um feriado. Ela pensou então na sobrinha Julia, que estava sempre a trabalhar, presa na redação, até mesmo nos sábados e domingos. E foi assim que aconteceu. Enquanto a tia Michaela, exausta de muitas noites maldormidas, ao pé do leito de morte da vó Carlota, finalmente descansava, Julia teve que se manter acordada toda a madrugada, velando o corpo cadavérico, até que a luz da manhã viesse, e com ela algum socorro. Alguém que pudesse tomar as providências necessárias. Felizmente, não ficou sozinha de todo. Bill aceitara acompanhá-la naquela triste jornada noite adentro. Bill, ao contrário de Julia, amava a vó Carlota, pois amava tudo o que pertencia a Julia ou com ela se relacionava. E sempre fora muito caridoso com os idosos. Bill é que a manteria acordada, a ela, Julia, ajudando-a a velar o corpo da avó. Faria café, conversaria, lembraria causos. Até mesmo ririam, com medo daquele corpo exangue, esquelético. Ririam de nervoso. De manhã, no entanto, Bill a abandonaria. Iria para casar dormir. E Julia descobriria que a avó tinha um primo no Rio, um tal de Horácio Bianchini, dono de uma rede de armazéns e açougues.

Ele bateria à porta — tinha sido chamado pela tia Michaela, bem de manhãzinha — dizendo-se disposto a ir com ela, Julia, até a Santa Casa da Misericórdia, comprar o caixão, marcar a hora do enterro etc. e tal. E não é que, após muito falar de comestíveis e carnes, o homenzinho esdrúxulo, nunca dantes imaginado, resolveu dar uma cantada em Julia, oferecendo-se para levá-la um dia à Europa — adorava a Itália e Portugal — e tentando colocar sua mão suarenta e gorda na coxa lisa da parenta em terceiro grau? Julia afastou a mão, agradeceu o convite e ficou com vontade de vomitar, o corpo tomado pela náusea. Vontade que aumentou ao ver o primo Horácio no enterro, a lhe lançar lânguidas piscadelas lá do outro lado do caixão, já então acompanhado pela mulher, uma loura oxigenada da pior categoria. A avó se vingara. Obrigando a neta a vivenciar sua morte. Exigindo compreensão. E mostrando-lhe, de certa forma, que a morte não era o fim do desejo. Ou que o desejo prevalece sobre a partida. Julia a viu dançar sobre o caixão. Cantar suas musiquinhas. Levantar a saia. Mostrar seus gambitos. Desvendar novamente a fome, sua insaciável fome por vida e sexo. A fome que perdera, quando decidira deixar o mundo dos vivos, no qual tanto sofrera por amor. Mas que deixava, como herança, aos filhos e netos. E justamente à neta que nunca a amara. Por não perdoar-lhe o jamais curado ressentimento de mulher-amante abandonada.

O TIO ALCOÓLATRA DE BILL

Essa foi a segunda morte a ser dividida por Bill e Julia. A primeira, já narrada, foi a do coelho Benjamim. Mas na realidade houve uma outra morte, que por muito tempo ficou apagada na memória da filha mais nova de Antônio e Laura, aquela que cultuava recordações, passados, cartas, poemas abandonados em fundo de gaveta. Lembranças fugidias. Perversões. Desvios. Maldições. Bill tinha um tio que de vez em quando vinha ao Rio. O tio Jeff. Era o irmão mais novo do doutor William. Separado da mulher e das filhas, vivia bêbado. Ainda jovem, tinha um cabelo que lhe caía na testa, dando-lhe um ar de adolescente. Adorava brincar com as crianças, agarrá-las, apertá-las, mas às vezes as brincadeiras adquiriam uma certa morbidez. E se tornavam perigosas, perversas. Estranhamente, eram carregadas de tristeza e de dor. Muitas vezes, Bill e Julia tiveram que se esconder dele, atrás de cortinas, por medo dessas brincadeiras sem graça e também das histórias que contava. As histórias eram sempre histórias de terror. Ele gostava de falar sobre monstros, vampiros e fantasmas. Mas Bill tinha carinho por esse tio. Perdoava-lhe tudo. Sentia, talvez, que se tratasse de uma pessoa ferida. Ele vinha e de repente desaparecia. Nunca ficava mais de dois ou três dias na casa do irmão. Era inquieto. Um dia souberam que morrera. Havia se matado. Mais tarde, Julia verificou que, de certa forma, ao brincar com as crianças,

Bill repetiria o tio. Inconscientemente. Ele gostava de meter medo, dar sustos. E apertar as criancinhas até um ponto próximo da dor. E adorava assistir a filmes de terror. Quanto piores, mais malfeitos, melhor. Não exigia qualidade. As cenas amedrontadoras o divertiam. O horror.

Revelações num aniversário

22 de novembro. Laura saiu da cama. Arrumou-se toda. Gostava de aniversários. Disse que tinha de comemorar, pois sabia ser um dos seus últimos natalícios. Lulu sumira, fora para o Sul. Julia pediu à empregada que fizesse um bolo de chocolate. A mãe encomendou uma torta pelo telefone, não queria bolo. Estranhamente, esquecera-se de que para ela os bolos sempre foram religiosos. Em nenhum aniversário, mesmo no tempo das vacas mais magras, podia faltar um bolo. Mafalda avisou que viria. Estava agitada. Laura ficou com medo da vinda de Mafalda. Fazia muito tempo que Mafalda não comparecia aos aniversários da madrasta. Mas desta vez avisou com antecedência que estaria presente. Também ligeiramente excitada com os festejos, Laura chamou seu irmão Nando e a cunhada Beatriz. Quando Julia entrou na casa da mãe, em torno de uma mesa estavam reunidos tio Nando, tia Bia, Mafalda e Diogo, o filho de Lulu que estudava medicina. Mafalda falava aos gritos. Todos faziam de conta que não percebiam o quanto ela estava agitada. É uma mulher bonita ainda, aos 64 anos de idade. Uma morena bem-feita de corpo, com traços fortes, de quem tem sangue nordestino e indígena nas veias. Beleza bem brasileira. Estava a falar sem parar. Resolveu entrevistar o sobrinho sobre sua recente experiência em hospitais. Ela também, durante sua formação psicanalítica, tivera que freqüentar hospitais. Perguntava ao

sempre calmo e pacífico Diogo detalhes sobre os pacientes, o trabalho no centro de tratamento intensivo e sobre a residência. E começou a se lembrar de seus próprios casos e clientes. Fala muito em dinheiro, desde que ficou mais velha fala muito em dinheiro. Gostaria de ter ficado rica e famosa. O anonimato e a vida de classe média a deprimem. Gostaria de ter se tornado uma grande analista. Nos bons tempos, no auge de sua carreira de analista, fora capaz de atender num só dia dez clientes. Mas chegara o momento em que não agüentara. Ouvir os clientes a deixava mais louca ainda. Quando tio Nando e tia Bia foram embora, ela resolveu contar para Julia e Diogo a história de uma cliente, uma mulher muito gorda, polonesa e rica, que morava no Lido. Viera da Polônia com dez anos. Fora estuprada, no colégio, com cinco anos. Tios, primos e irmãos haviam sido mortos num campo de concentração. Um dos irmãos fora da Resistência e recebera medalhas. Viera para o Rio com os pais, de navio. De início, morara de frente para o mar, na Avenida Atlântica. O mar azul, deitado em frente à janela, fizera-a esquecer-se da Polônia, mas ela tinha pesadelos. Casara muitas vezes com homens que a haviam explorado. Fizera dez abortos e nunca tivera filhos. Não quisera ter filhos. Sempre seria uma filha problemática, a comer bolos e a engordar. Chegara aos cem quilos. Ninguém queria cuidar dela, mas Mafalda se interessou. Interessou-se sobretudo pelo estupro. E o horror da guerra. Ao falar do estupro, Mafalda se exaltou ainda mais. A mãe, pálida, com cabelos brancos, sem pintura, e o rosto sem maquiagem, escutava tudo de olhos fechados, a dormitar, ou a fingir que dormitava. Ver Mafalda exaltada a agoniava. De repente Mafalda começou a falar do pai, o pai que tentara estuprá-la inúmeras vezes. Mas que ela derrubara no chão. Sempre o derrubara no chão.

Ele era tísico e fraco. Eu lutava e o derrubava. Mas ele sempre tentava de novo. Eu lutava com unhas e dentes. Ele era um fraco. A mãe via tudo e não fazia nada. Tudo. Nunca fez nada. Ela sempre soube que ele tinha outras mulheres e não fazia nada. Fazia de conta que tudo estava bem. Ele não consumou o ato. Eu nunca deixei.

Em seu canto de sofá, Laura mantinha os olhos bem fechados, ouvindo sem ouvir. Diogo e Julia perguntaram se ela queria sair da sala. Ela disse que não. Ainda estava cedo para subir para o quarto. Sempre dizia assim, subir para o quarto, mesmo quando passara a morar junto com a família de Lulu, num apartamento todo plano, sem escadas. Internalizara a casa na qual morara com Antônio durante cinqüenta anos. Guardava-a trancada no coração, e não tinha nenhuma vontade de libertar-se dela. A casa cinqüentenária com inúmeras escadas, salas e quartos, na qual vivera com seu amado Antônio.

Ele me deu os poemas que o tio Henrique fez para minha mãe Alice. Você sabia disso, não, Julia? Ele e o tio Henrique disputaram minha mãe. Henrique fazia poemas mais bonitos. Foi a grande tragédia da vida dele, ter um irmão escritor. Mas nosso pai, você bem o sabe, era bem mais bonito do que o tio Henrique e ganhou minha mãe. Também escreveu poemas para ela. Poemas piores do que os do tio Henrique. O que vocês podem esperar de mim? Perdi minha mãe com quatro anos apenas. Tive um pai tísico que tentava me estuprar e uma madrasta que nada fazia, ficava de olhos fechados. Até hoje fecha os olhos para tudo que não lhe agrada (Laura, a citada mãe e madrasta, a essa altura parecia ressonar). Tenho muita raiva de tudo. Tenho raiva de meu marido. Juro, se papai tivesse conseguido, eu teria me tornado uma assassina, tamanho o ódio que teria adquirido do mundo. Mas ele não conseguiu. Eu era mais forte do que ele. Sabem por que estou com raiva de meu marido? Ele não quer me dar a herança deixada por papai. Eu não devia ter deixado a herança nas mãos dele. Era minha herança.

Agora estou muito necessitada de dinheiro, e ele não quer me dar o meu dinheiro. Vou me separar dele, ele vai ver só. Tenho horror dele, um explorador, um unha-de-fome. Acho que vou vender os poemas que o tio Henrique escreveu para minha mãe. É um poeta importante, os poemas devem render alguma coisa. Acho que vou vender minha arca, meus quadros. E vocês vão ver, vou me separar do Márcio.

A mãe pede para se levantar. Quer ir para o quarto, se deitar. Naquele dia, completava 77 anos. Diogo e Julia não saberiam dizer se ela escutara ou não o que Mafalda dissera. Provavelmente escutara. Mas fingira não escutar. Sabe que Mafalda não está bem. E tem pena, muita pena. O aniversário será comemorado novamente no sábado, mas sem Mafalda. Que olha para o celular, ansiosa, para ver se o marido lhe deixou alguma mensagem. Está na hora de ir para casa. Está na hora de tomar calmantes. Embora esteja cheia de remédios. Cheia. Odeia remédios, diz. Se pudesse, jogaria todos eles fora. Anuncia, antes de ir embora, que vai voltar a clinicar, cuidar de idosos. Os idosos precisam muito da sua ajuda. Sim, vai voltar a clinicar, transformar a garagem da casa da sogra num consultório.

Levara um presente para a mãe, a madrasta pela qual sente ódio e amor. Uma borboleta. Mas Laura não gostou nada, nadinha, da borboleta trazida por Mafalda. Uma borboleta negra, imensa, que mais parecia uma mariposa ou bruxa. Laura, que já era delicada jovem, mais velha ficou etérea. Gosta de jóias pequenas, trabalhos de ourivesaria. Não gosta de mariposas negras. O que Mafalda teria comprado para sua mãe Alice em seu aniversário de 77 anos, se Alice ainda estivesse viva? Se não a tivesse abandonado quando criança, por causa de uma mera pneumonia? Uma borboleta de ouro? Um anjo de prata? Um pássaro? Uma flor com pedrinhas multicoloridas? Uma caixa de música?

Mafalda foi embora e o silêncio toma conta da sala. Um silêncio pesado. E ao mesmo tempo oco. Desventrado. Diogo e Julia fecham a porta e respiram fundo. As verdades sempre afloravam naquela família, até que fossem engolidas por outras verdades. Mais duras. Implacáveis. Quem faria um dia Mafalda se calar? E, afinal, ela derrubara o pai ou fora por ele derrubada? Ou na verdade nunca acontecera nada de escabroso, sendo tudo fruto de sua febril imaginação de menina órfã, a competir com a madrasta? Às vezes Julia tinha a sensação de que fora Mafalda quem estuprara o pai, por raiva. Por ele ter se casado novamente. Abrindo a porta do incesto naquela casa escura escondida no final da rua sem saída, cheia de aranhas de mil patas. Mas era bobagem, é claro que era bobagem. O pai é quem tinha aquela febrezinha renitente no corpo de tuberculoso. Os 37 graus, 37,5.

Cadernos de Julia

Você se lembra, pai, da mulher do *tous les deux*? A mãe que ficava a chorar pelos corredores do Berghof, o sanatório da *Montanha Mágica*, a murmurar "*tous les deux, tous les deux*"? Perdera um filho e depois perderia o outro? Lembra-se da orgia nos quartos, a febre incandescente? As portas que se abriam e se fechavam de madrugada? Lembra-se do lápis que foi e que voltou, numa noite de Valpurgis? Thomas Mann foi capaz de mostrar como ninguém como os quase mortos se agarravam à vida, entrelaçando seus corpos, em infindas madrugadas, em busca de orgasmos vulgívagos que os fizessem esquecer os pulmões onde floresciam flores malignas.

Lembra-se de como Settembrini achava tudo aquilo um asco, e por isso resolveu deixar o Berghof? Retirar-se daquele antro de luxúria doentia? Paul Thomas, o certinho que tudo via, tudo pressentia. Sabia que o corpo do diabo era frio, frio, frio, e muito quente. E que o amor causava incuráveis feridas. E até mesmo matava. Paul Thomas, o homem que escrevia, religiosamente, três páginas ao dia. E que acreditava na ordem. Por temer o desarranjo, a desordem, a quebra dos rituais. Mas que tinha uma tal desordem dentro de si que só era capaz de se manter intacto, impecavelmente na linha, ao se transbordar em palavras. Palavras medidas, cartesianas, que solidamente descreviam loucuras, *hybris*. Como ele temia o Sul. Como temia os desregramentos. Como temia a brutalidade do sexo. Era um platônico. Um casto. Protegia-se amando imagens refletidas no interior de uma caverna. A caverna das palavras. Mas não protegeu os seus. Os filhos sentiam a desmedida no ar. Cheiravam-na. Assim como Aschenbach se deixou impregnar pelo cheiro podre do Mar Mediterrâneo. Aschenbach, cuja mãe viera do Sul. Tudo que era quente, tropical, para Mann, era perigoso. Mas ele amou a Itália. Pelo menos à Itália ele chegou. A Itália onde Nietzsche enlouqueceria. Não há como se proteger das maldições, não é, pai? Talvez apenas vivendo-as. Deixando-se levar... Como uma folha que dança ao vento. Ou mormaço quente. Há tantas histórias na família Mann. São histórias dentro de histórias. Fiquei surpresa ao descobrir que Golo só escreveu seu livro sobre a Alemanha após a morte de Heinrich e Thomas. E que era homossexual. E também fiquei surpresa ao descobrir um dia que Klaus escrevera sobre o diabo antes do pai. Sim, *Mephisto* é anterior ao *Doktor Faustus*. Pai e filho escreveram sobre o pacto. E o coxo, para Mann, era Esmeralda, uma prostituta latino-americana, cheia de sífilis, doenças. Quem sabe uma brasileira. Abaixo do Equador, o diabo anda solto na rua, caminha no centro do rodamoinho. E ri. O diabo quente e frio. Como uma lâmina de faca aquecida no fogo. Salvar-se, como? Se mesmo com Deus, a virgem, Santana, e todos os orixás, tudo é permitido? E se Cristo se sacrificou na cruz para que pudéssemos pecar... E depois, arrependidos, contritos, fôssemos todos perdoados? Na última hora, no último minuto. Dizem, porém, que os suicidas não têm perdão. Mas Cristo não foi um pouco suicida, ao se entregar como um cordeiro a seus algozes? Por nós, por nós, bem sei eu. E não ressuscitou? Estou a esperar pela ressurreição de um suicida. Nem que tenha que levantá-lo da tumba com o sopro vão das palavras. Enquanto isso dançamos, bebemos, brindamos à vida. E tentamos nos esquecer de que já nascemos com a morte no corpo. Assinalados. Nesta casa eu comecei a morrer, disse um dia um lúcido escritor brasileiro ao descrever a casa onde nasceu. Uma casa assassinada.

A SEGUNDA COMEMORAÇÃO

No sábado, 25, houve nova comemoração na casa de Julia, mas sem Mafalda. Tomás veio de São Paulo expressamente para a segunda comemoração do aniversário da mãe, o que a deixou feliz. A madrinha de Tomás, Vivi, mulher do tio Oswaldo, sempre pontualíssima, foi a primeira a chegar. Logo depois, Rosa tocou a campainha. Os demais convidados demoraram a chegar, para nervosismo e ansiedade de Laura, que começou a ficar com receio de que todos a haviam abandonado. Pálida, a esfregar as mãos, disse que nunca mais comemoraria aniversários. Ou que abriria uma exceção, talvez, para os oitenta anos, se lá chegasse. Os minutos se arrastavam. Os poucos convivas presentes tentavam distraí-la, meio que sem sucesso. Felizmente, porém, aos poucos, todos os que haviam sido chamados compareceram ao pequeno festim. Toni e sua nova mulher, Carmen, o filho Tim, o outro irmão da aniversariante, Zito, com sua mulher Michaela e a filha Antônia. Os filhos mais novos de Lulu, Luciana e Diogo. E, surpresa das surpresas, a irmã de Bill, Áurea, e seu marido Hussein. Foi um encontro animado, e Laura, com o passar das horas, sendo acarinhada por todos, esqueceu-se completamente dos atrasos. E da briga que tivera momentos antes com a filha mais velha de Lulu, Cláudia, que está cansada da presença da avó doente em sua casa. A velhice é uma coisa dura. Não há jeito, uma pessoa velha e adoentada acaba por se tornar um estorvo, mesmo que todos a amem ou digam que a amam. E ainda que a pessoa idosa em questão tenha seu próprio dinheiro e este dinheiro ajude no sustento de seus filhos menos prósperos, acaba por acontecer uma espécie de síndrome de Rei Lear. Quem está velho e doente perde o poder e a majestade, principalmente quando abandona sua própria casa e passa a viver na casa de um dos filhos. Pode não ser um favor financeiro, principalmente se o idoso em questão tem uma gorda pensão, mas acaba por se caracterizar como um doloroso favor psicológico, emocional, já que o doente tumultua a vida dos teoricamente saudáveis, menos próximos da morte. E como ninguém, nas grandes famílias sul-americanas, tem a coragem de falar na palavra clínica — ou quem tem é imediatamente calado —, a situação se estica de uma forma insuportável. Para os que têm que conviver com uma senhora entrevada, mesmo que lúcida, e seu infernal aparato de enfermagem. Ou seja, três enfermeiras a andar pelos corredores e a criar entre si disputas diárias quase que mortais.

Mas é claro que Laura nem sempre foi doente e velha. Pelo contrário, era uma pessoa cheia de vida. E sua idade não é justificativa suficiente para sua entrega total à depressão e aos resmungos. Nem para o desejo de se manter enclausurada num quarto com televisão, a ser cuidada por enfermeiras não muito dedicadas. Enfermeiras que a agüentam há oito anos. E estão cansadas de sua ranzinzice, que às vezes se caracteriza por pequeninas maldades. Não, nem sempre Laura foi velha, doente e cansada da vida. O desânimo aumentou com a morte do marido. Antônio era sua razão de viver. Por Antônio, ela se arrumava e se mantinha ativa. Sem Antônio, para amar e brigar, ficou completamente vazia dentro de si. A encarar o nada. De seus dias longos, que se dirigem para o fim. E que sofrem um pequeno sacolejo ou guinada apenas quando Tomás vem de São

Paulo para vê-la — um filho homem é um filho homem, seja na China ou no Brasil — ou quando há uma data a ser comemorada. Um aniversário, um Natal, um Ano Novo. Aí ela sofre uma pequena transformação. Rejuvenesce. Pinta os cabelos. Põe um vestido novo. Discreto, preto. Fica elegante, alinhada. Ou uma saia preta, com barra de listras vermelhas, uma blusa branca, com gola de renda. E assim, paramentada como um cardeal para a missa, senta-se na sala como se fosse a grande senhora de todos, a mama ou matriarca. Longe dos ódios e da malquerença. Seu riso é um ríctus. É capaz de desvendar, pôr a nu, os corações alheios. A família há muito deixou de ser para ela uma caixa de segredos. Ou de Pandora. Ela tudo sabe. Tudo vê. De olhos fechados ou abertos. Pois conhece os filhos, as noras, os genros e os netos como suas linhas da mão. Ou artérias do coração doente, que bate, bate firmemente. Impedindo que ela se vá.

A morte de Emília

Mas é claro, como já foi dito, houve o tempo em que o riso de Laura era alegre e puro. Houve tempos em que enfrentava a vida de peito aberto, com esperança. Uma esperança que não esmorecia. Não se curvava frente aos baques. Quando Antônio era vivo, quando nele acreditava. E também quando sua prima e amiga Emília estava ainda a morar no planeta Terra. Emília fora trazida por tio Zito da Itália, nas muitas viagens que para lá fizera quando era mais jovem. Maníaco por genealogia e crítico de arte, Zito encontrara num rincão italiano uma prima de personalidade forte, divorciada e muito solitária. Rica, fora traída pelo marido, um advogado canalha, que tentara, com artifícios legais, despojá-la de tudo. Foram-se os dedos, mas ainda lhe ficaram muitos anéis. O primo recém-descoberto e já muito querido a estimulou a vir morar no Brasil, conhecer o núcleo familiar dos Bianchini remanescentes que aqui se formara. Emília veio e ficou, tendo se tornado muito amiga de sua prima Laura. As duas se faziam confidências, iam às compras e ao cinema juntas e comentavam, por telefone, ao longo do dia, todos os capítulos das novelas a que haviam assistido na noite anterior (tintim por tintim. Voltando a sentir as emoções que haviam sentido ao relembrarem as aventuras folhetinescas, e, dessa forma, revivê-las). Além de se freqüentarem quase que diariamente.

A amizade se estendeu por mais de vinte anos. Emília também se entendia muito bem com o primo Antônio, o marido da amiga, que a fazia rir com suas brincadeiras inteligentes e maliciosas. Ajudou-o a realizar o sonho de ter uma casa de campo. Esteve presente na compra do terreno, deve tê-lo auxiliado a pagar as promissórias do empréstimo bancário e financiou a lareira e a construção da piscina. Um dos primeiros presentes para a nova casa que deu ao amigo foram os ferros laqueados de dourado. Imprescindíveis, disse, sem que ninguém, a princípio, entendesse o porquê (quando descobrissem, Emília não mais estaria viva). Mas Emília também ouvia as queixas de Laura sobre o marido. Provavelmente era a única pessoa a quem a mãe de Julia tinha a coragem de confessar que talvez seu querido marido, tão culto e divertido, não fosse exatamente um modelo de fidelidade.

Antes de morrer, Emília preparou uma carta de alforria para a prima adorada com a qual dividia as grandes emoções das novelas brasileiras: um testamento pródigo. Deixou tudo o que tinha para Laura, jóias, apartamentos, poupança. Logo, quando a amiga se foi, Laura se viu razoavelmente rica. E não gostou, não gostou nada. Poderia cair fora do casamento, se quisesse. Sim, com o dinheiro deixado por Emília, Laura tinha plenas condições de deixar Antônio. Dar-lhe um chute na bunda, mesmo entregando-lhe, como consolo, alguns dos apartamentos herdados. Mas não o deixou. Pelo contrário, deixou que ele administrasse a rica herança que inesperadamente recebera. E caiu de cama. Foi a primeira vez que caiu de cama, deprimida. Quem sabe, por constatar a própria covardia, dependência. Antes, quando se aborrecia, tinha enxaquecas. Ficava de olhos fechados, um dia ou dois, no máximo três, estirada na cama, à meia-luz de um abajur. Mas, depressão, era a primeira vez que tinha. Ficou de cama meses e meses, cercada pelos retratos de Emília, a prima que tanto a amara. Emília jovem. Emília a cavalo. Emília a pilotar um aviãozinho. E entregou-se a um imenso sentimento de perda. E de solidão. Sairia da longa hibernação agitada, e para sempre alternaria períodos de depressão e de euforia. Percebera que não era por uma mera questão financeira que não se mostrava capaz de abandonar seu querido Antônio. Como se diz em registro popular, o buraco era mais embaixo. Emocionalmente, Laura era incapaz de abandonar ou ser abandonada (só a morte a separaria do marido).

A segunda grande depressão viria a ser causada pela terceira mulher de Toni, a segunda a lhe dar um filho homem (Toni teria três filhos, todos homens). Uma amiga de faculdade de Julia se apaixonaria loucamente pelo homem mais velho, de carros envenenados, cabelos longos, roupas de hippie, cabeça aberta a todos os riscos, contumaz consumidor de maconha. Para ajudar o casalzinho, Antônio dera um emprego à nova norinha em seu local de trabalho, e lá Maria Luíza conheceria Clotilde. E ficaria chocada com a bigamia do sogro. Mas se manteria muda, por dois a três anos, os anos de harmonia e doce romance, regados por vinho e enevoados pela fumaça da cannabis, guardando para si o segredo familiar. Toni, no entanto, com o passar do tempo, irrequieto como sempre, a decepcionaria e muito, passando a traí-la, e estimulando-a a fazer o mesmo, traí-lo, chegando a oferecer a jovem e saborosa mulherzinha, tão tenra e gostosa, a seus amigos mais próximos. Era ainda o tempo dos swings e troca-trocas. Comunidades hippies. Devassidões libertárias. Permissividades consentidas. Luíza resistiu. Numa noite de muito fumo e de reconciliação, engravidaria, mas as brigas, as traições e as acusações mútuas continuariam a infernizar o lar nem tão doce lar dos dois ex-pombinhos arrulhantes. Com raiva, um dia ela foi à casa dos sogros e pôs a boca no trombone. Toni era isso, Toni era aquilo. Um canalha, um cafajeste. Como o pai, aliás, que tinha uma outra mulher no local de trabalho. Disse tudo isso aos berros, fazendo um imenso estrago nos ouvidos e na mente fragilizada, desde a morte de Emília, da temporária sogra. Que desta vez teve que ouvir o que nunca quisera ouvir. E lutar para esquecer.

Com isso, Laura sairia de seu ritmo ciclotímico e viveria sua segunda e profunda depressão. Luíza voltaria para a casa dos pais, e disputaria na justiça com Toni, por anos e anos, a guarda do filho. Seu grito doído ficaria a ressoar na cabeça da bela senhora de olhos de água, cujo rosto, após o incidente, apresentaria as primeiras rugas.

O grande debate que costumava ser travado entre Julia e Lulu, a respeito daquela triste noite de revelações, era se a mãe tinha ouvido bem, se tinha entendido, ou não tinha entendido nada. Se ficara tonta com os berros, aparvalhada. Ou se achara que tudo não passara de uma terrível maldade da magoada Luíza. Ou se finalmente compreendera que havia uma outra mulher, uma mulher só, fixa, na vida do marido. Que andava ao lado dela, como uma sombra. Praticamente ao longo de todos os anos de casada. Mas Lulu contava que um dia, não sabia exatamente quando, se meses depois ou um ano, a mãe lhe perguntara se Luíza falara a verdade. E ela, Lulu, negara, negara firmemente. Era tudo mentira. Só que ela não sabia se a mãe tinha acreditado, porque a partir daquela data, apesar de nunca mais ter mencionado o assunto, agia como se tivesse sido envenenada. Nunca mais a alegria, nunca mais o riso em cascata, nunca mais o brilho ingênuo nos olhos azuis. Mesmo com o amor pelo marido tendo continuado aparentemente intacto. Falava dele com admiração e respeito, enchia a boca em público ao mencionar a expressão "meu marido", e foi assim até o final. Até porque, naquele período conturbado, ele a acumularia de carinhos. Até que a rotina novamente se implantasse e tudo continuasse como se nada tivesse ocorrido. Pelo menos do ponto de vista dele.

Mas havia ocorrido. Uma ruptura. Rachadura. Implantara-se uma nódoa nas toalhas brancas dos almoços domingueiros, quando a casa se enchia de filhos e netos. Uma nódoa do tamanho da inquietude e dúvida da amantíssima Laura. Ouvira, não ouvira? Era verdade, era mentira? Devia um dia ir ao trabalho do marido, na hora do almoço, surpreendê-lo com a outra? Não, não foi, não iria nunca. Mas começou a insistir para que de vez em quando ele a levasse para almoçar fora. De vez em quando. E, muito de vez em quando, ele o fazia, como se lhe pagasse um tributo. Embora, dizia, odiasse restaurantes. Já era obrigado a almoçar fora, em restaurantes, com Clotilde, praticamente todos os dias. Não via nenhuma graça naquilo. Mas Laura via, desde que Luíza inoculara dentro dela a terrível, incômoda dúvida. Só que desta vez ela não fora procurar o irmão Nando para pedir opinião, conselho, perguntar o que fazer. Não queria mais abrir sua caixa de tristezas e ressentimentos para ninguém. Engolira a decepção. E envenenara-se, para todo o sempre. Pagando um preço alto por uma briga que na verdade a atingira indiretamente, pois fora gerada por um atrito que deveria pertencer exclusivamente a Luíza e Toni. Mas, como tudo o que acontecia naquela família, transbordara de seus limites ou fronteiras, com o terremoto indo além, muito além, das bordas da cama do casal.

E o pior é que ela amara Luíza, tinha sido muito amiga da jovem quando esta passara por momentos difíceis, quando ainda era apenas a amiga de Julia, e todos na família nem imaginavam que a bela e rebelde garota um dia se uniria ao volúvel Toni e com ele teria um filho. Sim, Laura dera asilo à rebelde donzela quando ela se apaixonara por um professor pobretão e fora expulsa da casa dos pais. Quando ficara grávida pela primeira vez e fora obrigada, pelos seus nada complacentes pais tijucanos, rígidos como oficiais nazistas, a tirar da barriga este primeiro filho, já próximo dos cinco meses. Uma história sórdida. Que só não enlouqueceria totalmente Luíza porque nesse período meio que monstruoso receberia imensas e consoladoras colheradas de carinho, compreensão e solidariedade por parte de Laura e Antônio, os pais de sua amiga Julia. Por isso, para Laura, a agressão fora duplamente injusta, incompreensível. O que mais estaria por vir?, devia ter ficado a pensar a mãe de Julia. Será que teria de agüentar outras experiências tão horripilantes, ela que um dia achara que o mundo era cor-de-rosa, não importando o cinza no qual vivia? Que pena não ter mais Emília para ouvi-la. A prima experiente. A mulher que na Itália fora roubada pelo marido advogado — fora para esquecê-lo que viera para o Brasil —, e que sabia do que os maridos eram capazes. Principalmente os charmosos, os sedutores. Os com lábia. E lábios vorazes, inquietos. Antônio e Toni, seu discípulo.

O MUNDO ALÉM DA CASA

O mundo de infância de Julia, ocasionalmente, ia além da casa dos pais. Abria as portas e janelas para outras realidades. A família da mãe tinha laços muito fortes, e a do pai também. Enquanto a do pai estava espalhada pelo Rio de Janeiro, indo da Zona Sul à Zona Norte, a da mãe era mais gregária, morando no mesmo bairro suburbano. Em todo o longo período em que a avó materna esteve viva — só morreria aos 82 anos —, os Natais eram revezados entre a mãe, Laura, e seus irmãos: tia Glória, casada com o marido espanhol Manolo; tio Zito, casado com a italiana Michaela; e tio Nando, cuja mulher se chamava Bia e o pai era livreiro (o que fazia a dita tia ter um arzinho orgulhoso e o nariz levantado de quem se considerava voraz leitora de livros. Em terra de cego, quem tem um olho é rei.). Tia Julia, solteira até os 34 anos — a princípio considerada estranha, bizarra, dada a manias, e depois, quando a bizarrice se metamorfoseasse em loucura, tachada de esquizofrênica —, estava fora do esquema, sendo uma mera participante dos festejos natalinos. Como também se tornaria uma mera participante, ao chegar ao Brasil, oferecendo presentes pífios às crianças, o que as fazia dar grandes risadas, a rica prima Emília. Aquela que deixaria a gorda herança para sua amiga Laura.

Muito raramente, Julia visitava o irmão mais velho do pai, o tio Henrique, por ocasião do Natal. Sua memória mais recôndita, envolta em brumas, sinaliza que esta visita natalina aconteceu, pelo menos uma ou duas vezes, quando ela era muito pequena, pois Julia lembrava-se nitidamente do espantoso presépio do tio Henrique, que se alongava pelo tampo de uma imensa arca, colocada contra uma parede inteira do casarão, com laguinhos espelhados, onde carneiros saciavam a sede, arvorezinhas, pedrinhas, caminhos, camponeses, pastores, a choupana, a estrela-d'alva e a sagrada família. Coisa de fazer saltar os olhos da cara de quaisquer crianças. Só que bom mesmo eram as outras visitas esporádicas à casa do tio Henrique, em fins de semana rotineiros, quando os salões de pé direito alto se enchiam de escritores, poetas, políticos, jornalistas e imortais.

Mas também os encontros familiares com os irmãos da mãe, em fins de semana ou em aniversários, tinham lá sua graça, por serem geralmente alegres, ruidosos e festivos e possibilitarem o convívio com uma enxurrada de primos. Tanto num caso como no outro — os parentes que cercavam o pai ou o círculo de parentes da mãe —, Julia teve a oportunidade de conhecer personalidades extremamente exóticas ou excêntricas, que, de certa forma, auxiliaram-na a alargar sua visão de mundo, fazendo com que percebesse que a natureza humana era ainda muito mais complexa do que a do próprio pai, a da mãe, ou a dos vizinhos. Complexa e louca. Já que o número de tantãs de carteirinha nas duas bandas familiares era enorme. Havendo também, de ambos os lados, uma pesada carga genética de artistas, criadores, homens de imprensa ou pintores, ou seja, pessoas com uma *Weltanschauung* ou visão de mundo muito, muito peculiar. Eram uns extremados. Seres que iam muito fundo em suas escolhas. De cada um dos parentes, paternos ou maternos, poder-se-ia retirar uma lição de vida ou ensinamento, que aumentava a percepção de Julia de que a variedade humana não podia ser etiquetada ou classificada por meio de categorias muito rígidas. Caixinhas. Pois, de uma forma ou de outra, não havia, entre os tios e as tias, nenhum burguês típico. Com uma vidinha certinha ou normal.

Havia, isso sim, sensibilidades diferentes. Mas quase todas elas fora dos padrões esperados numa rede de homens e mulheres comuns. O fato é que, na família de Julia, o dito nelson-rodriguiano de perto ninguém é normal não funcionava muito bem. Já de longe, ninguém era muito normal. De perto então, nem se fala. Com raríssimas exceções, como era o caso de um dos irmãos do pai, o tio Oswaldo, administrador de empresas, casado com a tia Vivi. A cara do pai de Julia, tio Oswaldo mais parecia um gêmeo de seu irmão Antônio, só que tinha uma alma bem mais tranqüila e aparentemente vivia uma existência bem mais consoante com as regras burguesas. O que não quer dizer que também não tivesse suas excentricidades. Sua rica casa, decorada com esmero, tinha um imenso viveiro de pássaros, dos quais ele cuidava amorosamente. De seu distante éden passarinheiro, com seu jeito manso de ser, de quem pairava acima das tormentas, tio Oswaldo apoiava as loucuras dos irmãos. Pois os amava como eles eram. Não os criticava, fizessem o que fizessem. Guardava em sua garagem os carros antiqüíssimos, caindo aos pedaços, do irmão mais novo, o tio Dé. E devia ter sido um grande confidente e cúmplice do irmão Antônio, conhecendo sua vida afetiva atribulada e jamais o julgando. Ninguém julgava ninguém, aliás. De uma forma tácita. Todos, fosse do lado dos Bianchini, fosse do lado dos Nascimento, eram benevolentes, elásticos, extremamente compreensivos com as insanidades alheias. Não se assustavam com os pulos de cerca, as mijadas fora do penico. As maluqueiras. Pelo contrário, uma boa história ou ato desatinado só os fazia rir. A maioria deles era razoavelmente culta. Amantes de livros, quadros, boa música. Sabiam que a vida era curta e que as escolhas pessoais eram personalíssimas. A maioria, civil até a medula, amava a liberdade e a livre consciência, odiando militares e comportamentos estratificados, pétreos, bismarckianos. Uma fauna e tanto. Mais para personagens de Dostoievski do que para Tolstoi. Cronópios. Cigarras. Com um pouquinho só de formigas, já que ninguém poderia viver só de brisa e era preciso pagar as contas.

Por outro lado, nenhum deles era boêmio, de beber e cair no chão, ou completamente marginal. Trabalhadores dedicados, ciosos de suas responsabilidades, por circunstâncias favoráveis da vida ou, ao contrário, adversas, alguns conseguiram amealhar dinheiro, outros não. Os que amealhavam, ajudavam os mais necessitados. Pois as famílias, naqueles tempos saudosos, além de amigas, eram solidárias. No sucesso e nos insucessos, na doença e na saúde, na força e nas fraquezas. Muitos eram os boquirrotos, os que falavam o que lhes vinha à cabeça. Não costumavam esconder os sentimentos. Os medos. Os destemperos. Alguns eram comunistas, outros agnósticos. Havia católicos também, mas não havia carolas. E todos os pecados, humanos, humaníssimos — a carne é fraca, e eles haviam lido muitos livros —, eram perdoados.

Antônio e Henrique

Antônio sempre quis ser escritor, mas nunca o conseguiria. Nunca teria disciplina para isso. Ou nunca dirigiria sua libido para isso. Escrever era um sonho recôndito, engavetado. Prometia-se grandes obras no futuro, mas nunca as escreveria. O jornalismo o consumiria. A tuberculose. As tosses, o catarro. As mulheres. Os filhos. As casas. Os prazeres. A preocupação com o dinheiro. E, sobretudo, o fato de ter um irmão mais velho, que muito admirava, e que era um grande escritor. Jornalista, de redação e cozinha, mas também um grande escritor. Ah, o tio Henrique de Julia. Não era um homem, era uma lenda, uma fábula. Fora preparado desde pequenino pelo avô Henrique para ser escritor. Ainda adolescente, quando morava no Piauí, numa grande fazenda, a Prata, era o único irmão que, ainda rapazote, tinha uma biblioteca pessoal no quarto. Fora estimulado pelo pai a ler todos os grandes poetas e escritores. E o fizera não como obrigação, dever, mas com prazer. Pôs-se a escrever poemas e contos muito cedo — seu primeiro livro de poemas data de seus 13 anos —, e a colaborar para revistas literárias, e também a editá-las. Quando veio para o Rio, aos 16 anos, já era considerado pelos amigos e pelos familiares um escritor promissor. Trouxera na mala seu segundo livro de poemas. Participaria de um concurso e ganharia o segundo prêmio, perdendo para Guimarães Rosa, o que não deixava de ser uma honra. Ou pelo menos o seria no futuro. Henrique sabia fazer amigos como ninguém. Cultivava-os. Profissionalizou-se como jornalista, para ganhar a vida e ajudar a sustentar a família, pais e irmãos menores, que o seguiriam ao Rio, mas sempre seria cercado por artistas, poetas e escritores, o que lhe dava uma aura de homem que servia às musas. Respeitado por todos que o cercavam como um ser criativo, de grande sensibilidade, Antônio o tomava como um modelo. Freqüentava os mesmos bares da Lapa que o irmão mais velho, trabalhava nos mesmos jornais que ele, tendo sido empregado como repórter em jornais e revistas nos quais Henrique era chefe de reportagem, editor ou diretor. Enfim, considerava-o quase que um Deus. E não queria, nem tinha forças para rivalizar com ele. Ser escritor era função de Henrique. O seu campo. Já no campo das mulheres, uma vez Antônio competiu com o irmão mais velho, uma só, quando os dois se apaixonaram por Alice, e Antônio a ganhou. E com ela se casou. Mas logo a perderia para Deus, perdendo, por conseguinte, a fé antes absoluta no Ser Supremo. E deixando o pecado habitar, demoniacamente, sua alma.

Ao se casar com Laura, praticamente ainda uma menina, para dar uma nova mãe a seus filhos, Antônio imediatamente a levaria, cheio de orgulho, à casa de Henrique. Que acharia a loura italianinha, de límpidos olhos azuis, uma jóia delicada, e sempre a cobriria de gentilezas e mimos. Castamente, como um irmão mais velho, sem resquícios de novas competições. Já se encontrava também muito bem casado, com a noivinha que trouxera do Piauí, Maria Imaculada, que tinha o rosto da virgem e os gestos lentos de uma estátua de campo santo. A ela, dizem, seria fiel até morrer.

Pecaminoso e adúltero até a medula, talvez para se justificar perante os filhos, Antônio gostava de criar histórias sobre o mano Henrique, dizendo, por exemplo, que uma vez o grande homem se apaixonara por uma atriz conhecida e com ela tivera um curto, mas tórrido, caso. Quando a encontrava em festas e lançamentos de livros, Julia, já adulta, costumava brincar com a atriz, dona de olhos verdes espantosos, fazendo alusões ao famoso caso com o tio Henrique. Um dia, cansada de ser objeto das brincadeiras maliciosas, a célebre artista, já uma senhora de respeito, de elegância colorida e detalhada, levou Julia para um canto de salão e fez questão de esclarecer que nunca tivera nada com Henrique, nada. Fora apenas muito amiga dele. E também muito amiga de Maria Imaculada, a quem admirava. A única possibilidade de infidelidade por parte do tio Henrique, dessa forma, fora-se, portanto, por água abaixo. Mais uma anedota criada pelo pai, uma mentirinha, talvez para ofuscar um pouco a glória tão decantada do irmão mais velho e sua fama de impoluto. Não tinha jeito: tio Henrique, pelo que tudo indicava, era um dos poucos homens da família pelo qual se podia pôr a mão no fogo. Era o que diziam até mesmo no Piauí e no Maranhão, onde a família Nascimento era conhecida, lendariamente, como uma família marcada por homens bígamos ou traidores. Os parentes confirmavam. A deusa e musa do tio Henrique era mesmo Maria Imaculada. O que até era possível de se entender. Baixinho, roliço, muito simpático e bonachão, mas feioso, Henrique era embelezado por seu amor integral a Imaculada, cujas longas tranças louras iam até o meio das costas, fazendo muitos homens suspirarem. E também a endeusarem. Alta e dona de um corpão curvilíneo, verdadeiro mulherão, Imaculada tinha rosto de santa. E ainda por cima pintava anjos. Daria nove filhos a Henrique, que a louvaria — a ela e à sua beleza — em sonetos delicadíssimos. Além do mais, era uma senhora elegante, que sabia se vestir com bom gosto e uma certa nobreza, sempre em cores muito claras, que acentuavam sua modéstia e beleza de madona. Por outro lado, sabia administrar muito bem sua cozinha, recebendo os amigos poetas e intelectuais do esposo com uma mesa sempre farta, apinhada de quitutes e doces deliciosos. Merecia todos os sonetos do marido eternamente apaixonado.

Antônio só tinha uns poucos livros na cabeceira e em suas parcas estantes. Já a casa de Henrique era uma extensa biblioteca, com os livros se espalhando por todos os cômodos, até mesmo banheiros. Uma casa acolhedora, onde pareciam pairar manes protetores, e que atraía as pessoas. Pelos corredores, andavam poetas e escritores famosos, abrigados pelo anonimato da intimidade. Lá, refestelados em marquesas de palhinha ou a se balançar numa rede, podiam ficar à vontade, em longas tardes preguiçosas. A ler um livro, uma revista, um jornal. Ou a falar besteiras, a rir e a brincar com as crianças. Dar-lhes beliscões. E discutir política, prosa e poesia. Fazer versinhos de ocasião. Comer os pratos opíparos, maravilhosos, preparados por Imaculada e suas irmãs. Lá, enfim, estavam no céu, o céu criado pelo grande amor de Henrique por sua esposa venerada e sua filharada. Os irmãos de Henrique também tinham acesso àquele paraíso. O coração do poeta e escritor era caridoso, mantendo as portas escancaradas. Quanto mais gente a seu redor, melhor. Mais pleno se sentia. Pois vivia, transpirava amor. Até que o céu caiu. Sobre a cabeça de todos.

O filho mais velho de Henrique, o que tinha o nome do pai e o nome do avô, seria assassinado. Brutalmente. Em plena rua, à luz do dia, por uma criança armada. Foi um choque na cidade. E um baque no coração de Henrique, que nunca mais se recuperaria. Abandonaria, em parte, o jornalismo. Faria poemas ainda mais bonitos e contos deliciosos, verdadeiros causos nordestinos, sobre sua infância. Sua terra natal. Escreveria também, junto com Imaculada, livros ilustrados para as crianças, sobre anjos, São Pedro, Santana, a virgem. Bichos no céu. Mas lentamente morreria, de dor. Como se carregasse um travo amargo bem no meio do coração. Um dardo, uma flecha. Um tiro mortal. E Antônio amaria ainda mais o grande irmão, ao vê-lo sofrer. E o cobriria ainda mais com a pátina do mito. A ele e à sua literatura. Ser escritor era um sonho, mas sonho a ser concretizado por Henrique, o homem traído pelos anjos. Pois os anjos, não sei se vocês sabem — Julia aprendeu bem cedo —, podem ser terríveis. Cair sobre os tetos das casas. E deixá-las em ruínas. Para que se transformem em memória. Amargas ou doces. Demoníacas ou angelicais. Ou apenas dolorosamente humanas.

A FIDELIDADE DE TIO DÉ

O irmão caçula de Antônio, o tio Dé, aquele que gostava de colecionar carros antigos, também era jornalista. Ao longo de toda a vida trabalhou num pequeno diário carioca, tendo complementado o salário com trabalhos de assessoria. Apesar de dominar o riscado das pretinhas, também não ousou entrar na seara da literatura, aquela que pertencia apenas ao cabeça da família, o tio Henrique. Somente pouco antes de morrer escreveria um livrinho sobre Tiradentes, sem grandes pretensões, sejam históricas ou literárias, lançado num dia 21 de abril.

Bon-vivant, bem-humorado, irresponsável, esmerava-se em arrancar da vida todo o prazer que ela pudesse lhe conceder. Dono de longas melenas negras, teve uma vida afetiva atribulada, tendo protagonizado incontáveis peripécias amorosas. Paradoxalmente, no entanto, foi de ferrenha fidelidade à primeira mulher, a italiana Gisela, que carinhosamente chamava de Gigi. Nunca a tendo abandonado por completo, mesmo após a separação e uma sucessão de novas mancebias ou casamentos.

Ah, a tia Gigi. Que mulher estranha. Ao contrário do marido, sempre alegre, satisfeito consigo mesmo e com a vida, a linfática Gisela Baldoni do Nascimento não gostava de nada.

Loura, elegante, olhos claros, pele muito branca, talvez tenha sido um pouco mais normalzinha na época do namoro e do início do casamento, quando Julia ainda não era nascida. Com o passar do tempo, porém, as manias foram proliferando. Ou saltitando em sua cachola, como sapos no brejo. Fazendo com que a parentela do marido desse umas boas risadas, ao ficar a par de mais uma de suas excentricidades.

Tinha mania de limpeza. Até mesmo o ladrilho do banheiro ela encerava. Tão maníaca por limpeza, aliás, que não aceitava empregadas em casa. Ela mesma tinha que limpar tudo sozinha, porque acreditava apenas em sua própria habilidade de esforçada e eficiente faxineira para manter todo o lar brilhando, um brinco, sem uma poeirinha que fosse. Ao chegar em casa, tio Dé tinha que tirar os sapatos e botar pantufas, como se andasse num museu. E ai dele se, ao tomar banho, deixasse cair um pingo d'água no assoalho encerado do banheiro. Ou tirasse algum objeto do lugar, sem colocá-lo de volta.

Não bebia, não fumava. Não gostava de mar, não gostava do verde. Balneários a enjoavam, a serra a entediava. O tumulto da cidade também não lhe era agradável, a atordoava. Com isso, foi ficando cada vez mais dentro de casa, deixando, perigosamente, o apaixonado maridinho solto pelas ruas. Porque apaixonado ele era. Sempre tentando agradar sua querida Gisela, fazer com que ela ficasse um pouquinho mais feliz. Propunha cinema, teatro, passeios, viagens, mas nada a atraía. Gigi era um ser eminentemente doméstico. No máximo aceitava, nos primeiros tempos, ir à casa do tio Henrique. Mas aos poucos até mesmo essas visitas foram rareando, com tio Dé comparecendo a todas as reuniões familiares sozinho.

Um dia, preocupado com a solidão da mulherzinha tão cheia de manias, que não lhe dera filhos — ou, quem sabe, fora ele que não pudera lhe dar — resolveu presenteá-la com um cachorrinho. Comprou um cachorrinho bem branquinho, pequeninho, perfumou-o e pôs-lhe um laço vermelho no pescoço. O lulu ficou uma gracinha. Irresistível. Sim, por que não pensara antes? O bichinho era a solução para alegrar a sempre tão séria e descontente Gigi. Além de fazer-lhe companhia, enquanto ele, Dé, estava no jornal ou farreando. Só que o cachorrinho nem chegou a atravessar a soleira do pequeno apartamento onde moravam. Gigi abriu a janelinha da porta, deu de cara com o pequeno e peludo ser, e, em seguida, deu um grito.

— Você está louco, Dé? Acha mesmo que vou colocar um cachorro dentro do apartamento, mijando e cagando todo o chão? Ponha-se para fora daqui com este bicho já, já. E só volte quando tiver se livrado dele.

Foi um grande desapontamento. Tio Dé havia se apaixonado pelo cachorrinho. Acabou por deixá-lo na casa de uma irmã, onde volta e meia ia vê-lo e narrar suas mágoas de marido maltratado por aquela feiticeira com cara de fada. Foram tantas as decepções — era mesmo impossível alegrar Gigi — que tio Dé se envolveu com uma fogosa amiga de trabalho, cheia de filhos e com uma atraente casa bem bagunçada. E acabou por se separar. Só que Gigi exigiu que, separada ou não, tio Dé almoçasse com ela todos os dias. Ele era o seu único vínculo com o mundo externo. E ela não abria mão de conversar com ele pelo menos uma vez ao dia, cozinhar para ele, recebê-lo como um eterno namorado, ou, quem sabe, amante. E foi isso o que aconteceu. Tio Dé passou a almoçar todos os dias com sua excêntrica ex-mulherzinha, com rosto de virgem de Giotto.

No começo, a nova mulher agüentou a parada. Não estava disposta a entregar os pontos tão facilmente. Sabia-se desejada. Até mesmo amada. Mas depois começou a implicar e a exigir que tio Dé deixasse de ver a maluca da Gigi. Só que ele não parou. E, com isso, a relação desandou. Outras mulheres vieram. Mas tio Dé nunca deixava de ver religiosamente sua loura esquálida, nervosinha e ranzinza, na hora do almoço. Outras mulheres partiram. Até que encontrou uma nova companheira que aceitava as idas diárias à casa da tia Gisela. O relacionamento ficou forte, resistente, tanto que durou sete a oito anos. Tio Dé chegou, na ocasião, a se divorciar de Gigi e a casar com Celeste, a companheira compreensiva, no papel. Mas tia Gisela foi mais forte ainda. Porque chegou o momento em que Celeste, já se sentindo dona do pedaço, também pediu que tio Dé deixasse de ver todos os dias a ex-mulher. E ele retrucou que não poderia fazê-lo. Preocupava-se com a saúde mental da primeira esposa. Achava que o que a mantinha ainda com a cabeça no lugar, fora de um sanatório, eram os inadiáveis almoços diários. Conseqüentemente, o casamento de quase oito anos também acabou por desandar, com tio Dé se divorciando, novamente, e passando a morar sozinho. Mulherengo como era, com certeza teve alguns casos, mas de pouca relevância. Pois procurou manter-se livre para amar sua Gigi, sem outra mulher ou namorada a cobrar-lhe fidelidade.

Até morrer, continuaria a vê-la todos os dias. E ela ainda sobreviveria a ele por muitos anos, provando que, ao contrário do que imaginava tio Dé, era capaz de viver sem ele. Quem sabe, vivesse da memória dele. Preparando a mesa do almoço todos os dias, como se ele lá estivesse. Tinha uma dívida com o ambulante espírito. Afinal de contas, Dé fora muito generoso. Ao saber que tinha um câncer e poucos meses de vida, casara-se novamente com Gigi, pouco antes de partir, garantindo para ela sua pensão de jornalista. Isso é que é amor, não? Fidelidade...

Falando em morte do tio Dé, Julia nunca poderia imaginar que esta morte é que mataria o pai... Mas estamos a colocar o carro antes dos bois.

E A POLÍTICA, ONDE ESTAVA?

Literatura. Jornalismo. E onde andava a política? Seguindo a influência do irmão mais velho, Antônio era udenista, e o pior, simpatizava com o falastrão Lacerda. Mas não falava muito de política em casa. Os filhos sabiam que ele tinha sido contra Juscelino, votara em Jânio, sofrera com a renúncia do homem da vassoura, e não simpatizara com Jango e com os movimentos reivindicatórios dos sargentos e dos marinheiros. Dizia-se um homem do povo, quando na realidade era um elitista. Mas os filhos sabiam por saber, já que o pai raramente falava de política em casa. A mãe, talvez instigada pelo marido ou apenas pelo clima polarizado reinante na cidade, ia aos comícios de Lacerda na praça vizinha de casa, e, às vezes, o pai, em suas raras aparições domésticas, ouvia as costumeiras diatribes do Corvo, anticomunistas e anticorrupção, em rádio ou TV. Mas o homem que admirava mesmo, isso bem se lembra Julia, era Adauto Lúcio Cardoso, o irmão mais velho do escritor Lúcio Cardoso e um dos criadores da UDN. Tio Henrique participara diretamente, aliás, da criação da UDN, em 1945, ao lado de Virgílio Mello Franco e Luiz Camillo de Oliveira Penna. Após a morte de Virgílio, teria como uma espécie de guru político seu amigo Afonso Arinos de Melo Franco. Votara duas vezes no brigadeiro Eduardo Gomes, pois não gostava nada de Getúlio; trabalhara com Café Filho, e fora a favor do golpe de 64, chegando a ser um conspirador, ao lado de outros amigos intelectuais, como o poeta Manuel Bandeira e a escritora Rachel de Queirós. Mas logo depois dos idos de março de 64, ao sentir que o regime militar não seria provisório, ficaria profundamente decepcionado. Não era amante de ditaduras. Muito pelo contrário, era um liberal, um democrata.

De certa forma, tudo o que tio Henrique pensava a respeito de política, seu irmão mais moço, Antônio, seguia praticamente à risca. Também devia ter simpatizado com 64, achando que seria o fim da anarquia, mesmo tendo ojeriza a militares. Jamais gostara de fardas. Tinha um pensamento independente e libertário em demasia para gostar de regras rígidas. Casernas. Mentalidades estreitas. Militar para ele era praticamente sinônimo de burrice. Com uma única exceção. Nada com Antônio era preto ou branco. Havia sempre colorações intermediárias. Nuances. Não gostava de militares. E era fervorosamente a favor de democracias. Mas, em privado, era grande amigo do cunhado comunista, o coronel Tácio Bandeira, que teve uma participação atuante no governo de Jango Goulart. E com ele, apenas com ele — e talvez, muito provavelmente, com o tio Henrique —, conversaria sobre política. Mas as crianças, mesmo quando ficassem adolescentes, não teriam acesso a essas conversas, que eram sempre meio que sigilosas. Só adultas é que compreenderiam por que aqueles dois amigos, tão diferentes, o coronel comunista e o jornalista democrata, tanto tinham o que conversar, meio que em surdina, nos idos de março. E o interessante é que, apesar de terem posições políticas completamente diferentes, nunca brigaram. Nem mesmo se exaltavam ao debater seus princípios. Apenas trocavam opiniões sobre o quadro político e o que poderia vir a acontecer no Brasil. Respeitavam-se e gostavam de ouvir o parecer um do outro.

O tio coronel era padrinho de Julia. No dia 31 de março fora vê-la, pois Julia naquele dia estava a completar 12 anos. Ele praticamente nunca fora a nenhum aniversário da sobrinha e afilhada, e foi inesperado vê-lo ali, na varanda da casa, a conversar com o pai, na penumbra. Ele pouco falou com Julia. Nem presente lhe levou. O presente que levou foi uma garrafa de uísque para o amigo, com o qual viera confabular sobre os terríveis, perigosos impasses nos quais se encontrava o país. Talvez tivesse apenas comentado, ao chegar, que a afilhada, naquela noite, estava bela (faria isso também anos mais tarde ao voltar do exílio). E o elogio fora o presente dado à ninfeta de 12 anos, que o olhava, curiosa. Talvez. Brigitte Bardot estava no Brasil, e Julia fora penteada, por Mafalda, com o famoso coque da atriz. Um coque desalinhado, com algumas mechas de cabelo a cair pela nuca. O vestido também era estilo Bardot, com uma golinha branca, engomada. Sim, Julia estava bela. Sentia-se bela. Uma menina-moça de rosto delicado, corpo em formação. E estava feliz pelo fato de o padrinho, tão poderoso — tinha um cargo importante no governo Jango e naqueles tempos andava com carro com motorista — estar presente em sua modesta casa, de fim de rua sem saída, na Tijuca. Só que a festa acabou abruptamente. De repente instalou-se, entre o bolo e os brigadeiros, um clima de tensão, medo. Quando veio a notícia de que a revolução estourara — o general Olympio Mourão pusera suas tropas nas ruas em Minas e se dirigia para o Rio —, o tio teve que sair correndo. Tudo foi muito estranho e cheio de mistério. Posteriormente, Julia saberia que o padrinho havia se refugiado numa embaixada, a do Uruguai. Com o auxílio do tio Henrique, que mexera seus eficazes pauzinhos (em sua ampla rede de amigos, também pipocavam algumas todo-poderosas dragonas militares). O coronel só voltaria ao Brasil 15 anos depois. Quando Julia já era mulher e jornalista. De volta, convidá-la-ia a ver os fogos de fim de ano num apartamento da Atlântica. E a presentearia com um cinzeiro de ágata. O único presente que receberia dele enquanto ele fosse vivo. Será que o padrinho fora informado de que a afilhada jornalista fumava como uma chaminé?

Na realidade, ela o veria antes daquela festiva virada de ano no Rio, lá pelos 14 ou 15 anos. Também sem entender nada do que estava a se passar, ignorante que era dos fatos políticos na ocasião. E ele seria novamente extremamente gentil com ela. Levava a sério a tal história de ter sido escolhido para padrinho da filha de seu amigo Antônio. Mas não poderia estar a lhe dar muita atenção. Estava ocupadíssimo. Ficava a conspirar com os amigos na cozinha de seu apartamento. E este apartamento era em Pocitos, no Uruguai. O pai as tinha levado para lá. Ela, a mãe e Lulu. Fora até lá apenas para conversar com o cunhado. Era impressionante aquilo. O pai, que até então odiava viajar — só descobriria o prazer das longas viagens depois dos 65 anos de idade —, atravessara metade do Brasil para ir ver o cunhado exilado e retomar a conversa interrompida no dia 31 de março.

O que havia entre aqueles dois? Por que era tão importante aquele encontro? Bem, Julia descobriria, quase quarenta anos depois, que o pai fora até lá movido pela amizade, é claro, que era bem forte entre os dois. Mas também pela curiosidade. Gostava de ser um homem informado. Além de ter sido movido pela solidariedade. Em nenhuma situação Antônio abandonaria o cunhado. Muito menos naquela, dificílima. A família tinha esses estreitos laços. A política era importante. Mas acima da política estava a amizade entre irmãos e cunhados. Sem falar que a ditadura, que pusera o tio Tácio no Uruguai, já mostrara sua cara feia, e o pai de Julia não gostara nada daquela cara desnuda, sem máscaras. Nem tio Henrique.

Mas muito mais do que estava a acontecer no Uruguai, exatamente no ano daquela viagem, Julia só compreenderia após a morte do pai. Quando, infelizmente, não mais poderia conversar com ele sobre o que ele tanto confabulava com o coronel Bandeira, na varanda, no dia 31 de março. E, mais importante ainda, sobre o que haviam falado dois a três anos depois, naquele apartamento em Pocitos. Pois somente com mais de cinqüenta anos Julia viria a saber de algumas das peripécias mirabolantes do coronel, envolvendo Fidel e Che Guevara. E o enigmático quebra-cabeça começou a se fechar em sua cabeça. Seria tarde demais? Ou haveria algo a ser feito a respeito? Quem sabe um outro livro, um dia, talvez. As portas dos livros sempre estão abertas para quem almeja escrevê-los um dia.

DIABRURAS DE TIO ZITO

Assim como tio Henrique, tio Zito, irmão da mãe de Julia, também gostava de livros. Sentia prazer em possuí-los, tê-los. Por ser crítico, recebia muitos. Sobretudo livros de arte, ilustrados, de capa dura, preciosos. E tinha ciúmes de seus tesouros cheios de signos. Ai de quem os folheasse. Ou ousasse pedir emprestado. A reação era raivosa. Ou então mandava o pedinte escrever num papel o nome do livro emprestado e se comprometer a entregá-lo num tal dia, e a tal hora. E ai de quem não respeitasse as regras. Tanto amor, no entanto, acabou em doideira. A família de Julia realmente não tinha os pinos da cabeça no lugar correto. A história é cortazariana. Quando Julia era criança, na casa de tio Zito havia um escritório. Era uma casa térrea, com três quartos, duas salas, um banheiro, uma cozinha. Um jardinzinho na frente, com plantas melancolicamente abandonadas, selvagens — verdadeiras cabeleiras desgrenhadas —, uma longa entrada lateral que levava a uma garagem, e, bem lá no fundo, quando se virava à esquerda da garagem, uma pequena área com o que poderia ser denominado de possíveis dependências para serviçais: um quarto, para uma virtual empregada que dormisse em casa, e mais um outro, que poderia ser utilizado como depósito. Nesses quartos traseiros, no entanto, nunca se hospedou uma empregada ou serviçal, já que o orçamento doméstico de tio Zito e tia Michaela só dava para diaristas: ali ficavam, então, o material de pintura de tia Michaela, sua prancheta, seu cavalete, seus quadros, molduras, tintas, pincéis. E alguns outros quadros, de uma espécie de pinacoteca pessoal do tio Zito, que nem só livros recebia de presente, ao exercer sua atividade de crítico de arte.

Em priscas eras, essa casa havia pertencido à vó Carlota e seus filhos. Fotos antigas mostravam as crianças Bianchini Magalhães sentadas no degrau do portão da frente. Um portão verde, pesado, de ferro. Numa delas, Laura Amélia e sua irmã gêmea Julia Amélia estavam sentadas de mãos dadas, na soleira, olhando para a câmera com os rostos muito sérios. Laura tinha no colo uma boneca. Não poderia haver gêmeas mais diferentes. Laura era clara e tinha os olhos verde-azulados. Líquidos, vazados. Julia tinha os cabelos muito pretos, e os olhos de um azul fechado. Azul de mar trevoso, brabo. Mas também muito bonito. Eram duas meninas excepcionalmente belas. Posteriormente, tio Zito herdaria a casa da mãe ou a compraria ou dela se apossaria. Ninguém nunca explicou direito essa transferência, e na ocasião não havia o que explicar. Afinal de contas, Zito, quando se casara com sua diáfana pintora importada de Florença, continuaria a morar com a mãe, e seria nesta casa que a vó Carlota morreria. Lá, ocorreriam alguns natais e páscoas, com os ovos sendo escondidos no jardinzinho selvagem. Muito bem escondidos, aliás. Entre tartarugas, coelhos e plantas em desordem, mais para mato do que jardim.

Bem, ao longo da infância de Julia, o escritório, que tinha uma grande mesa e estantes, foi sendo abarrotado por livros. Chegou um momento em que era praticamente impossível entrar nele. Só tio Zito o fazia. Sentava-se à mesa para trabalhar, abrindo a janela para o jardinzinho descuidado. E os livros continuaram a chegar. Comprados ou doados. Provavelmente em sua maioria doados, porque tio Zito era um pão-duro. Não era rico, é bem verdade, mas o pouco dinheiro que ganhava, em suas aulas, conferências e viagens, amealhava. A infância não fora feliz, o pai arrumara uma outra mulher, dava à vó Carlota uma pensão magra, tio Zito cedo devia ter sido contaminado pelo medo eterno do futuro. Conseqüentemente, tia Michaela tinha que se virar para administrar a casa, onde muitas vezes chegava a faltar até mesmo açúcar ou sal. Manteiga, nem pensar. A margarina reinava no pote rachado. E eram poucos os pratos, os talheres, as travessas, as xicrinhas de café, os copos. Ah, os copos. Todos eles de geléia de mocotó, pasta de amendoim ou requeijão. Mesmo assim, naquela pobreza de doer, tio Zito tinha suas próprias regalias. Seus doces, seus queijos, seu Catupiry. Os filhos, não. No máximo tinham direito a um mingau com farinha láctea. Quando muito, muito bem comportados, poderiam saborear uma lasquinha de Catupiry, na ponta da faca. Só para sentirem o gostinho. O gostão, cremoso, era todo do tio Zito.

Ah, os livros — cresceram como uma bola de neve, selvagens como as plantas do jardinzinho maltratado, e ocuparam o escritório inteiro. Um dia, tio Zito fechou a janela do escritório, cobrindo-a com livros. A sala ficou às escuras, nunca mais sendo banhada pelo sol. Depois toda a mesa foi ocupada com pacotes, recortes de jornais e livros. Por fim, o consciencioso crítico de arte não conseguiria mais entrar em seu próprio escritório. E fechou a porta desse local de trabalho, onde nunca mais trabalharia, para todo o sempre. À chave. Em frente à tal da porta, que dava para a sala de jantar, pôs uma estante, para lacrá-la bem. Perguntas a respeito eram proibidas. Os livros passaram então a se avolumar pelos quartos, o quarto do casal e o quarto da filha Antônia, a Tuninha. Em poucos anos, esses quartos ficaram atulhados de livros, apinhados desordenadamente em estantes que iam até o teto. E que eram cobertas por um pano amarelado, uma espécie de cortina improvisada, que visava a proteger seus moradores da poeira. Só que não protegia. A poeira imperava. Assim como os espirros.

Depois, muito tempo depois, os livros passaram a avançar sobre a sala de jantar. Primeiro em estantes. Em seguida, no chão. Posteriormente, no lugar onde antes havia a mesa de jantar.

Quando os filhos e os sobrinhos já eram adultos — além de Tuninha, tio Zito e tia Michaela tinham dois filhos homens, Pedro e Tiago —, não havia mais sala de jantar. Apenas um monturo de livros, que passou a ser coberto por um imenso lençol branco. E ai de quem ousasse fazer algum comentário desairoso sobre aquela situação em estilo de doentio realismo mágico. O rosto de tio Zito se contraía de dor, dando a entender que o homenzinho maníaco poderia ter um ataque epilético a qualquer momento. Mesmo não sendo epilético. Ou seja, a sensação que se tinha, ao ser mencionada a palavra livro, é que ele ia cair no chão e começar a babar, enrolar a língua. Só um quarto da casa não foi tomado pelos livros, o dos filhos homens, que resistiam à idiossincrasia do pai e só permitiam que entrassem em seu aposento, totalmente nu de estantes, os livros e revistas que estavam a ler. E o impressionante é que, mesmo sendo autoritário e sem limites, tio Zito respeitava os seus dois filhos varões. Aquele quarto ficou sendo o último dos moicanos, um sobrevivente. Os livros passaram então a invadir a garagem e a ocuparam por inteiro. E, posteriormente, um dos quartos de empregados, aquele onde tia Michaela guardava suas telas (que eram monitoradas por tio Zito de uma forma totalitária. Quando uma delas era vendida, ele punha o dinheiro em sua própria conta e deixava a mulher a ver navios, apesar de ser ela a criadora dos rentáveis quadros). Ah, além do quarto dos meninos, sobrara também a sala de entrada, que antes da invasão livresca era considerada uma sala de estar. Nela, ficavam o piano, a televisão, a mesa para refeições transladada da antiga sala de jantar, e mais estantes, todas elas abarrotadas de livros. Sempre ameaçando tomar todo o espaço. Mas, felizmente, para a submissa tia Michaela, isso nunca aconteceu. Tal sala, pelo menos, permaneceu sendo uma sala, e não um valhacouto de livros. Por um simples motivo: aquele era o espaço que também sobrava na casa para o próprio tio Zito, e por isso nunca foi inteiramente devorado pelos ETs de papel. Entre os quais se encontravam obras raras, de valor incomensurável. Todas elas perdidas para o mofo e para as traças.

O escritório nunca mais seria aberto. Ficou com um arzinho de quarto de Barba Azul. Todo mundo ficava a imaginar o que estavam lá a fazer os bichinhos comedores de livros. A se procriar, é claro. Mas quem sabe todos os livros não haviam desde muito se transformado num imenso tração, uma espécie de rinoceronte de Ionesco. Conseqüência óbvia: durante toda a sua vida de adolescente e adulta, Tuninha, professora e poliglota, odiaria a acumulação de livros. Estantes e bibliotecas, para ela, seriam sempre seres perigosos, quando alimentados dentro de casa. Uma espécie de animais carnívoros de espaços residenciais. Tia Michaela, alérgica a poeira, viveria resfriada. Magra, encovada no peito, a tossir secamente. Mais velha, teria pneumonias sucessivas. E pararia de pintar. Por anos e anos. Até que não teve jeito. Ocorreu uma explosão criativa. Mesmo doente e fraca, quando os filhos já estavam adultos e casados, a inspiração veio, forte, e pintaria ao ar livre, numa mesinha de plástico que seria colocada para ela em frente à garagem. Muitas vezes, chorava ao falar da casa que havia perdido para os tomos, volumes, pastas e brochuras. Impressionava-se quando ia à casa de um intelectual ou escritor e descobria que livros eram objetos que podiam ser arrumados com uma certa ordem ou organização. Ficando limitados às suas estantes, sob o firme controle de seus donos. Nem sempre, portanto, os tomos e volumes eram implacáveis invasores da ordem doméstica. Nem sempre dominavam o proprietário, como bárbaros de Átila a invadir a Itália. Podiam ser por ele dominados. Tia Michaela ficava realmente muito surpresa com a ordem ou o controle alheios, chegando a desconfiar que tio Zito não batia muito bem da bola. A desconfiar apenas. Já que ela nunca deixaria de achar que Zito era um grande homem, grande crítico e palestrante, merecedor de toda a devoção e cuidados. Tão lindo com seus fartos cabelos grisalhos a lhe cair na testa.

E o gozado é que em seu mundo externo, o grande teatro, dando aulas ou fazendo conferências, tio Zito até que era considerado um homem responsável e normal. Ninguém imaginava que sua casa era um conto vivo de Borges ou Cortázar. E o quanto ele havia feito sofrer sua mulher sensível, de frágil constituição, amante da beleza e da ordem, cujo pai, o nono, tinha uma casa extremamente agradável em Florença, com pequenas estantes úteis e funcionais. Michaela, uma das mulheres mais gentis que Julia conheceria em vida, e que, com orgulho, guardava em sua gaveta de cabeceira uma carteirinha da resistência italiana, caíra numa armadilha, a do amor, e, sobretudo, a da resignação. Ela, a artista, tão necessitada de ar puro para pintar, tivera que aceitar o caos, na casa e no peito. Ou coração. Sem falar no efeito que o totalitarismo de tio Zito causara nos filhos, todos eles, em maior ou menor grau, lelés da cuca. Ou ao menos cheios de problemas emocionais.

Mas Laura, a irmã, amava tio Zito, e ai de quem dele falasse mal. Seu marido Antônio, no entanto, gostava de espicaçá-la. Contava aos filhos que um dia houvera um grande problema na clínica doutor Eiras, uma revolta dos loucos. Nenhum repórter conseguira entrar lá para fazer a matéria. Com uma exceção: tio Zito, que trepara o muro. Uma historinha tão implausível que devia ser verdadeira.

Tia Glória,
entre a razão e a emoção

Já tia Glória era a saúde em pessoa. Uma pessoa forte, bonita, decidida. Alta, cabelos castanho-escuros grossos, olhos castanho-claros. Segura de si, transpirava equilíbrio e era dona de uma personalidade muito própria. Formada em arquiteta, resolvera terminar os estudos no exterior, fazendo doutorado e mestrado na França. Lá, conheceria um espanhol, de origem judaica, também arquiteto, com o qual se casaria. E, assim como tio Zito fizera com sua Michaela, tia Glória traria o marido estrangeiro para o Brasil. Ele e as fotos de casamento, no qual se mostrava muito bela, ornamentada por um impressionante, finíssimo, vestido francês dourado e um enfeite nos cabelos, também dourado. Os dois compraram um apartamento, mas antes de entrar nele ficaram na casa do tio Zito (os livros ainda não a haviam ocupado por inteiro), pois decidiram moldá-lo a seu gosto. Com reformas, transformaram-no num requintado apartamento de arquitetos, com uma porta de correr entre as duas salas, teto rebaixado, copa e cozinha. Comiam na copa, uma copa extremamente agradável, havendo entre a cozinha e a saleta uma portinhola, por onde a empregada passava os pratos de comida. Era tudo muito bonito e de bom gosto. Ao final da refeição, tia Glória e o marido espanhol, Manuel, sempre comiam salada, frutas, doces e queijos. Nessa ordem. Julia nunca esqueceria o dia em que vira o tio Manuel amassar com o garfo os bichinhos de seus queijos malcheirosos, dizendo, deliciado, com a boca ainda cheia, que bichinho de queijo, queijo era. Um homem estranho, não muito bonito, apesar dos argutos olhos azuis, com uma inteligência afiada, que o levava a fazer observações desagradáveis sobre as pessoas que o circundavam. Mesmo se as amasse. Porque era amado por Glória, amava-a muito e também gostava, por tabela, de toda a família da mulher, que acabaria por incorporar como se fosse a sua. Filho único, deixara os pais na Espanha e só os veria ocasionalmente, em férias ou em alguns natais, após o casamento com sua colega brasileira. Mas essa incorporação ou fusão familiar não o impedia de dizer coisas horríveis em festas e aniversários, não perdoando o que considerava ignorância ou burrice, e atacando os novos parentes com inusitadas e surpreendentes observações, sempre cáusticas. Se uma mulher, do ponto de vista dele, estava mal vestida, ele dava um jeito de dizer, ao engolir prazerosamente alguns salgadinhos, que a achava com aparência de árvore de Natal, estofo de poltrona, viúva alegre ou enfermeira. Se considerava que alguma sobrinha ou cunhada estava com o peso acima do normal, era capaz de mencionar, logo de cara, a palavra pernil. E se uma prima, primo, cunhado ou cunhada se mostravam alienados quanto ao que estava a se passar no país ou no mundo, debochava impiedosamente. Pois colocava num pedestal a informação e a inteligência. Por causa de Glória, no entanto, era suportado por todos. E em Antônio, o marido de Laura, encontraria um grande amigo, já que Antônio o considerava um homem culto, refinado, com quem podia conversar, perdoando-lhe as asperezas. Costumava dizer aos filhos que aquela língua ferina era sinal de perspicácia ou fruto de uma acurada capacidade de observação. Além, é claro, de uma certa incapacidade de aturar falhas alheias. As de si mesmo, é claro,

Manuel não as enxergava. A impressão que dava é que se achava lindo e perfeito. Pelo menos, aparentemente, era muito satisfeito consigo mesmo. Com sua casa, sua mulher, seu jeito de ver o mundo, sua eficácia profissional.

O casal tinha uma firma de arquitetura e vivia uma vida bem confortável, fazendo anualmente viagens ao exterior, adorando esquiar em Chamonix ou em Bariloche. Marido e mulher eram parceiros no trabalho, nas leituras e, pelo que tudo indicava, extremamente felizes juntos, revelando em público um entendimento mútuo e um companheirismo que não pareciam ser mera aparência. Completavam-se, pura e simplesmente. A vidinha a dois, muito bem construída, de dar inveja, seguiu seu rumo, sem maiores percalços, até que tia Glória resolveu engravidar. Só que não tinha físico para isso. Aquela mulher forte, de riso franco, pensamento ágil, que montava a cavalo, era uma ótima nadadora e gostava de esquiar, tinha um coração fraco. Se enfrentasse um parto, correria, fatalmente, o risco de morrer. O coração não agüentaria o esforço. Um filho, um filho apenas, disse Glória ao médico. Queria dar um filho ao menos a seu amado Manuel. E nunca mais pensaria no assunto. Tanto insistiu que o cardiologista acabaria por concordar. E Glória teria Renata, uma menina linda, de imensos e penetrantes olhos azuis, pestanudos. Que quando crescesse revelaria ter a mesma inteligência aguda do pai. Só que Glória não veria Renata crescer. Porque aconteceu justamente o que não poderia acontecer, mas que de certa forma era inevitável: ela adorou a maternidade. E, praticamente logo em seguida ao nascimento da primeira filha, ficaria grávida de novo. O médico recomendou, é claro, que abortasse. Mas ela não pensava nessa hipótese. Ao longo da nova gravidez, chorava, chorava muito, às escondidas, com medo do que poderia vir a acontecer. Num aniversário de Julia, para a qual levou de presente uma linda boneca, de anelados cabelos louros — uma das poucas bonecas que Julia se lembrava de ter ganhado quando criança —, os adultos se sentaram na mesa e ficaram a cochichar. No meio deles, lá estava Glória, pálida, tentando segurar as lágrimas, que mesmo assim corriam suavemente por seu rosto. Teria sua segunda filha, Fernanda, e a acalentaria e amamentaria. Mas assim que o bebê se fortaleceu, ela não teve escapatória: teria que passar por uma intervenção cirúrgica. A medicina, naquela época, ainda era bem precária. Ela morreria na mesa de operação. E se transformaria numa lenda familiar. Pela coragem de ter tido as duas filhas sem poder tê-las. Por seu insano desejo de ser mãe. Logo Glória, que parecia ser toda razão, lógica. Até mesmo na escolha de Manuel como marido, o sardônico Manuel, houvera uma certa lógica ou frieza matemática. Era preciso ser dotada de uma certa racionalidade ou boa dose de pragmatismo para conviver com Manuel. No caso da maternidade, porém, o velho instinto de loba romana falara mais alto. E a matara, sem dó nem piedade. Arrancando-a prematuramente dos braços das filhas, tão pequenas ainda, e do esposo. E daquela vida conjugal desde o início tão bem arquitetada. Com seus almoços e jantares na hora certa, as saladas, os queijos, os pratos quentes refinados, as gostosas reuniões familiares, os bons vinhos, as estantes cheias de livros técnicos, mas também carregadas de bons romances europeus. Além de números, ninguém vive sem uma pitada de fantasia.

O castelo ruiu, mas Manuel Hernandez Espinoza não ficaria viúvo por muito tempo. Era um homem objetivo. E sabia que, no céu, a esposa falecida o perdoaria, pois obter rapidamente uma nova mãe para as suas filhas era o mesmo que ter que solucionar um problema. E problemas tinham que ser equacionados. Com a solução não podendo ser adiada *sine die*. Mas não queria mudar de família. Habituara-se com a de Glória, que, por sua vez, já o aceitara, apesar de seus ditos jocosos, muito malvindos. Pediu às cunhadas e aos cunhados que fizessem uma lista de mulheres disponíveis entre os Magalhães. Entre dez nomes de primas distantes, selecionou dois. Ada, engenheira, morava no Pará. Foi até lá e não gostou do que viu. Marília morava com a mãe em Realengo e tinha uma filha, Isabel Cristina. Segundo os termos da época, Marília casara-se na polícia com 17 anos. E aos 18 havia se separado. Era funcionária pública. Escrivã de polícia. O espanhol gostou da mulher com corpo nervoso, cuja tensão passava uma sensação quase táctil de sensualidade. Houve um curtíssimo noivado, grudento, com beijos e agarrões desenfreados na frente de toda a família Bianchini Magalhães, seguido de casamento. Logo, logo, Marília e sua filha estariam instaladas naquele apartamento modelar criado por Glória e Manuel para ser seu ninho de amor. Nos primeiros anos, sofreria muito, sendo chamada de burra e inculta por Manolo e pelas filhas. As crianças e o recém-adquirido maridinho, dado a divertimentos sutis, costumavam torturá-la passando filmes sobre os momentos felizes com Glória. A nova esposa não seria poupada nem mesmo de românticas filmagens tendo como personagens Glória e Manolo em Chamonix, munidos de esquis e roupas especiais. Só que Marília não era de se dobrar assim tão fácil. Após muito chorar no ombro de Antônio — imediatamente encontraria no marido de Laura e amigo fiel de Manuel um grande confidente —, resolveu estudar.

Provavelmente a idéia fora de Antônio. Provar que poderia ser tão aplicada e ambiciosa profissionalmente como o fora Glória, a defunta mitificada, que tanto a assombrava, para, dessa forma, passar a ser respeitada pela sua nova família. Formou-se em direito e posteriormente faria concurso para delegada de polícia, sendo muito bem classificada. Passou a ganhar um ótimo salário e atingiu seu objetivo: ser respeitada pelas enteadas.

A família ficaria ainda mais harmoniosa quando Marília deu um filho homem a Manuel, Rafael. Anos mais tarde, no entanto, Manuel se envolveria com uma secretária, Francineide, e com ela teria um filho, ao qual honraria com o nome do pai, Jorge Hernandez Espinoza. O casal, que no início do relacionamento fora assombrado pela memória de Glória, passaria por uma nova crise, que, desta vez, a princípio pareceria incontornável.

Ao longo da crise, Antônio, sempre o grande confidente da amiga Marília, recomendou-lhe que não abrisse mão do casamento. Afinal de contas, havia muito ela conquistara as filhas de Glória e era considerada uma verdadeira mãe por Renata e Fernanda. Além de que tinha ainda dois filhos para criar, Isabel e Rafael. Tinha que lutar. A delegada resolveu então perseguir a maldita secretária, cuja única vantagem, na realidade, era ser dotada de juventude, fazendo Manuel, já meio que entrado nos anos, sentir-se um garotão, ou garanhão. Infernizar a vida de Fran com telefonemas noturnos e palavrões, essa foi a saída encontrada por Marília. Mas não deu muito certo. Manuel tomou as dores da namorada. E brigou seriamente com a mulher. Um dia, quando achou que Manuel estava mesmo decidido a sair de casa, desesperada, Marília se municiou de um dos carros da família, até então posto em sossego na garagem, e deu uma fechada, na rua, em pleno meio-dia, no belo automóvel da desgraçada da secretária — um presentinho de Manuel — com o firme propósito de assassinar a demolidora de lares. A secretária saiu ilesa. Ela, Marília, ficou seriamente ferida. Mas ganhou a batalha. Até mesmo a judicial. Mesmo tendo sido a agressora. Mas era uma boa advogada, além de eficiente delegada. Manuel ficaria impressionado com a ferocidade da segunda mulher e sua firme vontade de mantê-lo em casa. E enviaria Fran e seu filho Jorge para a Nova Zelândia e nunca mais os mencionaria. Assim como nunca mais pensaria em deixar a segunda companheira, a quem, quando se aposentasse, proporcionaria grandes, maravilhosas viagens. Verdadeiras voltas ao mundo (sem esquis). O espanhol gostava de uma mulher forte e Marília se provara fortíssima na decisão de preservá-lo. Além de que era, sempre o fora, um bicho na cama.

Antônio nunca se vangloriaria de seu feito, mas era fato que havia ajudado a preservar a felicidade do casal Espinoza. Com o qual ainda tomaria muitos uísques e riria muito, fosse em datas festivas ou não.

Um certo coronel Bandeira

Além dos conchavos, trocas de informações ou confidências políticas, o uísque, ainda tomado com uma certa moderação, também era um elo entre Antônio e o coronel Tácio Bandeira. O uísque, uma certa adoração por quadros de Sílvio Pinto e Di Cavalcanti, e a mania de correr por estradas. As primeiras lembranças que Julia tem do padrinho, que tão pouco conheceria, devido ao longo exílio no Uruguai, remetem às brincalhonas disputas entre ele e o pai na Rio-Petrópolis. Não chegavam a ser pegas, porque a presença das mulheres e da criançada nos carros os impedia de chegar a tanto. Mas eram pequenas competições automobilísticas, com o carro de um cruzando o do outro e vice-versa, ultrapassagens perigosíssimas por caminhões enormes, travessias de túneis a toda velocidade. E reencontros animadíssimos no local de destino, que Julia não mais lembra exatamente qual era — provavelmente só iam ver terrenos e almoçar na serra —, nos quais os dois ficavam a rememorar as peripécias realizadas no transcurso da viagem. E, obviamente, a ouvir grandes reclamações por parte das mulheres, que os chamavam de doidos, suicidas ou potenciais assassinos. Ao que pouco ligavam. Aquelas corridas os faziam sentir-se mais homens ainda, verdadeiros machos. O cacarejar das mulheres fazia parte do prazer do jogo, instigando-os a repetir as perigosas e competitivas ultrapassagens na descida para o Rio.

Mais tarde, quando a vida do pai, e também a dos tios, começou a melhorar financeiramente, o transcurso pela serra teria um destino certo: o coronel Bandeira compraria uma casa de campo nas proximidades de Petrópolis. Casa essa que pertencera antes a um seu irmão, ricaço, dono de restaurante, e que por isso poderia ser chamada de mansão, a não ser pelo fato de tratar-se de uma construção muito, muito estranha, labiríntica, no sopé de uma montanha. De dois andares, o sobradão era composto de uma sucessão de salas e quartos que pareciam ter sido acrescentados ao deus-dará. Nunca se sabia exatamente por onde se entrava e por onde se saía ou exatamente onde haveria de se chegar. Mas não havia dúvidas. Era uma casa antiga, em molde colonial, enorme, e muito, muito gostosa. Com uma piscina imensa no quintal, para o qual se subia por uma escada, uma churrasqueira também de grande porte, banheiros encravados na pedra do morro, e um anexo, com vários quartos, que aumentava ainda mais a idéia de labirinto, usados quando a casa estava apinhada de gente. O que ocorria com freqüência enquanto o coronel ainda estava no Brasil. Ah, havia quadros, quadros e quadros e mais quadros. Nos corredores, nas salas, nos quartos. E até mesmo nos banheiros. Estátuas. Estranhos ornamentos. Quinquilharias de antiquário. O coronel gostava de música clássica, antiguidades e de quadros. De um bom vinho e um bom uísque. E, no morro, alguns cavalos mansos, mais para pangarés do que para alazões, ficavam à disposição das crianças.

Mais o mais incrível de tudo era o cozinheiro. Que pertencera ao irmão dono de restaurante. Fazia pizzas, lasanhas e quiches incríveis. Deixando todos os comensais extremamente felizes e palradores. Embora o que mais encantasse Julia, além das inúmeras janelas azuis do casarão que davam para a ruazinha em frente, de terra e cascalhos, e para o rio, muito mais do que a enorme piscina, a churrasqueira, os cavalos, os cachorros, o cozinheiro mágico, com longo chapéu branco, fossem mesmo os quadros. Fabulosos. E as estátuas. Sim, as estátuas. As pequenas e as grandes, com seus brancos olhos de esfinge. Até mesmo no quintal e no jardim da entrada da casa, elas se faziam presentes, com seus braços longos e seus olhos cegos. A casa do coronel. Como ficou abandonada quando ele se foi embora. Cessaram as grandes festas, as comilanças, os ruídos noturnos, de portas que se abriam e fechavam, risadas de crianças, conversas de adolescentes que resistiam ao sono. Veio o silêncio e o mato cresceu. Sem o coronel, a magia se foi. O cozinheiro ainda ficou por lá um tempo, mas um dia Julia soube que ele havia morrido. Gostava de servir, ser elogiado, e sem o patrão tudo havia mudado. O grande casarão virara uma casa fantasma, onde passeavam espíritos tristonhos e as lembranças espectrais dos dias festivos. Mas, mesmo assim, Julia ainda não havia entendido o padrinho. Nada sabia a respeito dele, verdadeiramente. Podia ser muito violento — e várias vezes o fora com os filhos —, mas podia ser também muito carinhoso. E gostava de se ver cercado por gente. Família, sobretudo.

Quem podia imaginar que aquele homem, amigo de pintores, que gostava de *Rigoletto*, obrigara as filhas a aprender piano, educara os filhos homens como se estivesse numa caserna, um dia seria uma espécie de braço militar de Brizola e levaria Guevara para a Bolívia, numa última tentativa de revolucionar toda a América? E que tinha muitas, muitas outras histórias para contar? Ah, pai, não me contaste nada, não é mesmo? Conversamos tanto e de fato conversamos tão pouco. Volto a perguntar: o que será que o coronel lhe contou no Uruguai, sobre os idos de março?

Cadernos de Julia

E eu também seria exilada um dia. Você me exilaria. Doce exílio. Só porque decidi amar um homem casado. E romper meu noivado. Você nunca aceitou o rompimento de meu noivado. Nem você, nem Lulu, nem minha mãe. Afonso era realmente um bom homem. Mas eu não podia me casar naquela ocasião. Tinha medo de ser devorada por meu marido. Tornar-me uma sombra. Quando a mãe de Afonso resolveu nos mostrar o apartamento que comprara para nós, um presente de casamento, eu tive certeza, uma certeza clara, de que me jogaria da janela. Que não agüentaria aquela mesmice. Não suportaria o carinho, a dedicação canina de Afonso. Seu olhar pacífico. Sua falta de imaginação. Um homem tão bom. E foi aí que comecei a me apaixonar. Procurar fugas e êxtases em paixões. O primeiro foi o Euclides. Conversávamos no bar da faculdade sobre Heidegger, Husserl e Cortázar. Minha mente voava. E eu quis deixar Afonso, mas ele não me deixou. Levava-me para me encontrar com Euclides e ficava a me esperar na porta. Era desesperador. Eu não podia beijar Euclides sabendo que Afonso estava a me esperar dentro do carro, e que aguardaria a tarde inteira se fosse preciso. A tarde, a noite, a madrugada. Nas férias, fui estudar inglês. Desta vez você pagou o curso. E me apaixonei pelo professor de inglês. Um louro americano com cara de querubim, que estudava medicina. E que leu, a meu pedido, *O Idiota* de Dostoievski. Ele tinha uma pureza que me lembrava o príncipe Michkin. Mas você não o achou assim tão puro. Porque era casado. Nem mesmo quando ele abandonou a mulher, você o achou inócuo, inocente ou angelical. Achou que era o diabo. Que estava a levar sua filha para o mau caminho. Bob era magro, alto, escancarados olhos azuis, cabelos louros anelados, e queria curar o mundo de todas as suas dores. E sonhou curar-me de minhas angústias, alimentadas por minhas leituras vorazes. Entreguei-me a ele com sofreguidão, paixão. Até Bill gostou de Bob. Mas você não aceitou aquele meu novo romance, porque Bob era casado. E eu ainda carregava a aliança de noivado no dedo. Uma aliança que entreguei, chorando, a Afonso, e que Afonso disse que ia guardar até que minha crise passasse, até que eu voltasse ao normal. E foi quando mamãe começou a gritar. A gritar como uma louca. A casa tremia com os seus gritos. Lancinantes, de quebrar cristais, vasos. E Lulu brigou comigo, porque gostava de Afonso. E disse que eu era uma monstra, uma desalmada. E que toda família estava a passar uma imensa vergonha por causa daquela minha paixonite sem sentido. E mamãe continuava a gritar. Gritava da janela ao ver Bob chegar à nossa casa, quando ele vinha me buscar para passear com sua bicicleta velha, de quadro enferrujado, que eu achava o máximo. Um dia cheguei em casa e havia uma bicicleta vermelha em cima da cama. Como se a bicicleta de Bob fosse um fetiche sexual. Você resolvera então competir com ele, dando-me uma bicicleta novinha. Disse-me, na ocasião, que eu nunca o perdoara por não ter apanhado de volta minha bicicleta na casa de consertos. Nunca o perdoara daquela perda, sem sentido, causada pela falta de alguns tostões. Daí a nova bicicleta, vermelha, em cima de minha cama. O que eu achei ótimo, pois a partir daquele momento também era eu dona de uma bicicleta que me possibilitaria acompanhar Bob em longos passeios. Atravessamos toda a cidade, lado a lado. Ele, com suas madeixas douradas, a esvoaçar pelas costas. E eu, com minha cabeleira castanho-clara também solta no ar, a segui-lo enquanto voava pelas ruas como se fosse um Hermes, de sandálias aladas. Só que um dia a mulher de Bob voltou para a casa e chorou muito, na minha frente. Estava a se drogar, para suportar a dor da separação. Ela havia trazido o jovem deus dos EUA. Comprara o passe, a viagem, o sonho. Era dela, portanto, aquele corpo, aquela alma, completamente dela, até eu aparecer no pedaço. E você soube que Glauce tinha voltado e me disse que aquilo tudo era um horror, porque eu acabaria por me tornar a amante de um homem casado. Não importava que ele fosse o Anjo Gabriel em pessoa. O diabo estava a me pregar uma peça. Então, você solicitou a meus irmãos que se reunissem comigo e com Bob e pedissem a ele que se casasse comigo. Que regularizasse a situação, porque só assim mamãe pararia de se esgoelar à janela. E ele, muito espantado, respondeu a todos que simplesmente já era casado. Não poderia — e não queria — se divorciar assim tão rapidamente só para agradar a minha família. Corrigir o incorrigível. E quando tudo estava a pegar fogo, com o irmão de Glauce ameaçando me dar uma surra, em plena aula de inglês, você teve aquela idéia salvadora. Arrancar-me da cena da tragédia. Enviar-me para uma longa viagem. Cheguei em casa e lá estava a passagem. Tudo decidido, tudo marcado. Eu iria embora dentro de cinco dias, logo após o carnaval. Afonso, ainda totalmente apaixonado, levou-me a um baile no Monte Líbano. Uma nova despedida. Enchemo-nos de remédio de enjôo, para podermos beber em paz, e caímos ensonados nas escadarias que davam para o barulhento salão. Embriagados de cerveja e entorpecidos por dramin. Viajei na terça-feira de carnaval. E me encontrei com Tuninha em Roma. Você, todas as semanas, infalivelmente, me enviava cartas, educativas, brincalhonas, moralistas. Até que, após dar muitas voltas na Europa, apaixonando-me sem cessar e carregando, sempre, Tuninha atrás de mim — ela cansou e decidiu voltar para o Brasil —, anunciei que iria casar com um inglês. Desesperado, você me enviou uma enxurrada de novas cartas, dizendo que havia soado a hora de minha volta. Voltei. Meu namorado inglês levou-me a Gatwick, sem entender que eu partia para sempre. Afonso me apanhou no Galeão. E novamente pus a aliança no dedo. Mas não casei, me apaixonaria de novo, sucessivamente, até que surgiria em minha vida Adolpho. Adolpho e seus trinta livros editados. E você se sentiu terrivelmente ameaçado. E me deixou em paz. Enfim, me deixou em paz. Ali, comecei a perdê-lo. Como pai e amante. Porque eu passara a amar, verdadeiramente. Pela primeira vez na vida. Depois de Adolpho, nunca mais passamos a ser os mesmos. Meu mago perdera sua força, seu encanto. Os livros de Adolpho o derrotaram. E não percebi que caíra numa outra armadilha. E que aí, sim, estava correndo o risco de virar sombra de homem. Já que não tinha mais você para me proteger. Passar as mãos em meus cabelos. Consolar-me de meus desastres amorosos, que foram tantos, tantos, como estrelas no céu. Mas isso tudo são águas passadas. Você me deixou em paz. E foi atroz, a minha paz. Porque foi só minha. Eu estava diante da vida, sozinha. E tinha que me transformar em mulher e em mãe. Deixar de ser uma adolescente eterna. Procurar as estrelas dentro de mim e não fora. Essa foi a nossa briga. A primeira grande ruptura. E o meu castigo foi ir para Itália, ao encontro de Tuninha. E descobrir Florença e a Suíça. E a neve. Os montes cobertos de neve eterna. A sua neve, pai. A neve de Davos. E foi na Itália que li o *Doktor Faustus*, de uma só tacada. E descobri o Diabo e seus pactos. Para criar, é preciso fazer pactos, com Deus ou com o Diabo. Para criar, é preciso matar o pai que carregamos dentro de nós. E por isso não chorei em sua morte. Até porque você se cansara da vida. Já não sonhava mais. Já não tinha mais esperanças. Já não acreditava mais que um dia escreveria suas penas de amor perdido. E por isso escrevo este livro. Que fique gravado na pedra. Com a dor de nossas memórias. E que um dia afunde no mar, à procura de seu corpo. Ou de sua alma. Será que você disputa no éter o corpo flambado das estrelas, tendo Bill como rival? Às vezes penso em reencontrá-los, mas chegará o dia de minha partida, um dia exato, escrito na Via Láctea. Não adianta querer antecipá-lo. Ainda tenho o que escrever... Ainda tenho que verter lágrimas, por nós, todos nós. Suas penas de amor. Porque, pai, você nos deixou sua maldição como herança, a maldição dos livros que não foram escritos. Quando Mafalda se apossou de seu escritório, você chorou. Dera a ela o que lhe era de mais precioso, seu último sonho, e chorou, sabia que pararia de sonhar. Começou, então, a namorar a morte, a mulher velada, sem rosto, sua última amante. Quando já não podia mais amar as mulheres. Mas contam histórias, como contam histórias a seu respeito. Até mesmo sobre tia Julia e sobre Noraci, a empregada que tanto o idolatrava. Seus últimos feitos de carne. Antes de virar osso, cinza, pó. Seus estertores como homem viril que estava a perder a virilidade. Tia Julia, a pobre doente? Será que ousou tocá-la? Outra mentira de Mafalda? E o que importa? As mentiras podem se tornar verdades, quando contadas. Transformadas em histórias.

Diário da tia Julia
(alguns fragmentos)

5 de setembro de 1973

Acordei aos 20min para as 6. Fiquei surpresa quando vi em cima da cômoda o remédio Serenex, para dormir, e o Fenergan. Dormi sem tomá-los. Nem lembro como foi isso. Mas dormi. Hoje é dia de aniversário do Antônio, meu cunhado, marido da Laura. Faz 54 anos. Ontem, estive lá e fiquei triste, porque ele não estava nada bem de saúde. Laura até chamou o Prontocor. Queriam interná-lo, mas ele não quis. Hoje é dia de consulta com o doutor Renato, meu psiquiatra, às duas e meia da tarde. Depois do médico pretendo ir à casa da minha irmã. M. saiu do apartamento ontem, uma terça-feira, dizendo que voltaria na quinta-feira. 10min para as 2 da tarde. Já estou no consultório do doutor Renato, mas a minha consulta é às duas e meia. Agora só estamos eu e a Nair (atendente, enfermeira). Ela está fazendo palavras cruzadas. Pretendo sair daqui e ir para a casa da Laura. O doutor Renato deve diminuir as doses de remédio. Estou tomando Haloperidol, 2 comprimidos no café, e 2 comprimidos no lanche. Fenergan, um ao dormir e outro ao deitar. XXXXXXX Vou entrar XXXXXXX

Dia 6 de setembro de 1973. Quinta-feira

10min para as 7. Graças a Deus dormi bem. Estou esperando a Jurandir. Ela hoje vem trabalhar porque amanhã é feriado. Ontem, o jantar do Antônio, pelo aniversário, foi muito bom. Fui apanhar a mamãe no apartamento dela e fomos juntas para a casa da Laura. Quando chegamos lá, já estavam a Bárbara e a Sandra. Depois chegou a Lulu, do trabalho. Aí foram chegando o Afonso e a minha sobrinha Julia. Jantamos. Antônio desceu, um pouco abatido. Na mesa: Antônio, Bárbara, Sandra, Afonso, Julia, Laura, eu e a Lulu. Vou descansar um pouco. XXXXXX *10min para as 11h (manhã)*. Estou sentada no sofá da sala. O rádio ligado na Tupi, no programa do Paulo Barbosa com a Leda. A Jurandir já fez o serviço dela e foi embora. Hoje espero, se Deus quiser, que M. apareça. Vou ficar o máximo aqui dentro do apartamento. Se não agüentar, vou sair. Posso até bordar o pano de jogo americano para a dona Cíntia. Vou parar para bordar escutando o rádio. *10min para o meio-dia*. Estou com uma fome horrível. Vou tomar um copo de leite e comer uma maçã. Almoço. Não tenho que tomar remédio nenhum, só no lanche. Haloperidol. Vou escutar as notícias da Rádio Tupi, agora. XXXXXX

Dia 8 de dezembro de 1973 (sábado)

10h e 30min (noite). Estou me preparando para dormir. Hoje é dia de Nossa Senhora da Conceição. Às 10h da manhã assisti à missa na Matriz da Tijuca, Nossa Senhora da Conceição. Depois estive com a Michaela. Prepara um almoço para umas visitas. Não comi lá. Fui para a dona Chiquinha e almocei lá. Depois saí e assisti à missa da igrejinha na Rua Grajaú, às 6 e meia. Igreja Nossa Senhora da Conceição. Completa hoje 55 anos de construção. A família tinha na esquina da Rua Grajaú com a Barão de Bom Retiro uma casa enorme e mandou construir, ao lado, a capelinha. Morei defronte, na casa 32, quando vim de Petrópolis, sem completar um ano. Até mais ou menos os cinco anos de idade. Uma tarde, que já passou, fui até a dona Gertrudes, amiga de minha mãe, que ainda mora no número 75, e, saindo de lá, resolvi passar na igreja. Estava aberta, e um grupo de senhoras esperava pela dona que ia rezar com elas o terço na segunda-feira, pelas almas. Mas a senhora não apareceu, porque o seu gato não estava bem de saúde. Voltei no dia seguinte e encontrei-me com ela. Disse-me que eu e a Laura havíamos acompanhado o casamento de uma sua irmã, já falecida. E a Glória levara a almofada com as alianças. O casamento fora realizado na igreja de Nossa Senhora de Lourdes, no Bulevar 28 de setembro, em Vila Isabel. E hoje, na missa na capelinha, vi a filha da irmã da dona Minuca. E conversei com ela. Um senhora muito bonita. Estava com duas filhas novas, também muito bonitas. A missa foi linda. A capelinha estava bem florida. E umas senhoras tocaram violino, acompanhadas do coro. O padre que celebrou a missa completava 18 anos de sacerdócio. Chorei durante a missa. Fiquei comovida. Rezei muito para que M. voltasse para mim. Penso muito nele. Sinto falta. Tenho muito amor por ele. Queria estar perto dele. Pouco o vejo. Que Deus o ajude e o acompanhe. Desde 4 de setembro ele não vive mais no apartamento comigo. Rezo muito, peço a Deus para que melhore tudo. Sinto falta dele e de meus filhos. Faço tudo para esquecer, mas não consigo. Oh, meu Deus, queria tanto o Mário perto de mim. Ele e os meus filhos. Que Deus me ajude. Vou parar e dormir. XXXXXX

Dia 12 de março de 1974

Meio-dia e meia. Estou escrevendo na cama do quarto, sentada. O rádio está ligado na Tupi, no programa do Paulo Barbosa. Estou nervosa, mas controlada. Estou limpa. Cabeça lavada. Tomei *um banho, sinto muita falta do Mário. Gosto muito dele, tenho por ele muito amor. A última vez que o vi foi na semana do carnaval. Fui a um ensaio geral do Império da Tjuca, com a Jurandir e o Pequenino. Na volta, quando estávamos perto do bar da Verinha, vi e reconheci o carro do Mário na calçada. Não eram ainda duas da manhã. Fiquei feliz, satisfeita em vê-lo. Ele conversou com a Jurandir e o Pequenino. Depois, trouxe-me até a porta do edifício, mas não quis entrar. Disse-me que não mora mais aqui. Eu já estou acostumada a morar aqui. Quase uma hora da tarde. Comi um pedaço de maçã, um bombom e um biscoito. Agora queria um cafezinho. Vou ver se a Liberalina tem. Cada vez a Julia está mais confusa. Mas peço a Deus que melhore. Vou parar para ver se tomo o café XXXXX Bati à porta da Liberalina para tomar café, mas ela está almoçando. A Arlete me disse que depois me chamava para tomar o café. Meu deus, como eu queria ver o Mário, falar com ele. Tem momentos que penso que vou enlouquecer. É uma coisa horrível. Queria o carinho dele, gosto dele. Sinto-me só. Tenho ido pouco ao consultório do doutor Renato. A última vez foi na segunda-feira, 4 de março. Sem marcar. Ele me passou Stelazine e Serenex, para dormir, que já estou tomando há muitos meses. Está tudo confuso. Graças a Deus, não me interno numa clínica há muito tempo. Acho que mais de um ano. Porque não gosto nada de me internar. Me apavora. É para me tratar. Mas acho melhor aqui fora. Vou me deitar um pouco e rezar ou ouvir rádio.*

Dia 15 de março de 1974 — sexta-feira

Toma posse hoje o presidente do Brasil, o general Ernesto Geisel (acho que o sobrenome não está certo). Também gaúcho. Deixa o poder o Emílio Garratachu?? Médici. O rádio, a televisão, os jornais só dão as notícias. A cerimônia, parece-me, não será em Brasília. 5h e 10min da tarde. Está fazendo muito calor. Na minha área, na sombra, está fazendo 33 graus. O sol sumiu, mas tem mormaço. O céu está nublado, mas talvez não chova. Que há muito não chove. Anda uma seca grande. Está até faltando água. Estou no quarto sentada na cama e escrevendo. E a Rádio Tupi está ligada no programa do César de Alencar. XXXXXX

20 de março de 1974, quarta-feira. 15min para as 10h (manhã). Estou escrevendo no quarto. Com o rádio ligado no programa do Paulo Barbosa. Agora, começou um barulho horrível, que me irrita. Devem estar fazendo raspagem no chão para passar sinteco. Ou é no prédio daqui mesmo ou no edifício em frente. Já pensei hoje no Mário e nos meus filhos. Sinto falta deles. Ontem houve um primeiro acidente na Rio-Niterói, mas graças a Deus não foi grave. Os feridos foram para o Hospital Souza Aguiar, no Pronto-Socorro, perto do Campo de Santana. Eu acho que no mês de abril, o que vem, faz um ano que a Tuninha foi para a Europa. Saiu daqui para passar dois meses. E já vai para um ano. Quem foi também para a Europa, na segunda-feira de carnaval, foi a Julia, minha afilhada. O Antônio sugeriu que ela fizesse a viagem. Foi resolvida de repente. Ela andava confusa. Foi pela Agência Abreu, a passagem paga a crédito. Ela já se encontrou com a Tuninha na Itália, na casa do nono. Escreveu cartões e uma carta bem grande para o Antônio. Dizendo que a expulsaram do Brasil. Bem engraçada. Ela agora no dia 31 faz 22 anos. Julia ficou noiva do Afonso, colega da Lulu na UERJ. O enxoval estava todo pronto para o casamento. Ela então resolveu, de repente, não gostar mais do Afonso. Desmanchar tudo. Mas o Afonso não se conformou, porque gostava muito dela. E todos gostam do Afonso. Vou me deitar um pouco. XXXX Apanhei o jogo americano da dona Cíntia para bordar. E me animei. Só assim talvez eu possa ganhar algum dinheiro.

21 de março de 1974 — quinta-feira.

15min para as 9h (manhã). Hoje na despedida do Antônio de Almeida do programa dele, ele disse uma coisa certa. Foi assim: "Saudade é a vontade de ver outra vez." É o que sinto com relação ao Mário. Que Deus me ajude para que ele apareça novamente. Rezo muito, pedindo para vê-lo. Vou pentear o meu cabelo. XXXX *onze horas mais ou menos*. Combinei com minha cunhada Bia de ir a Teresópolis com ela, no sábado. Ir e voltar no mesmo dia. Tenho que confirmar amanhã à noite. Vai ser bom. XXXXX *15min para as 4h da tarde*. Como sinto falta de não ter um telefone em casa. Queria agora saber se o Mário melhorou da gripe. E se ele passou pela casa da dona Eulália, a minha sogra.

Oh, meu Deus, ajude-me, que agonia eu sinto. Não estou agüentando... XXXXX

A LOUCURA DE TIA JULIA

Tia Julia se recusava a namorar. Teve vários pretendentes. Mas sempre dizia não. Dedicadíssima ao trabalho, tinha poucos divertimentos em sua rotineira vidinha de mulher que pouco estudara — parara de freqüentar a escola no terceiro ano ginasial — e de pouquíssimas ambições. De vez em quando ia à Rádio Nacional ver Emilinha Borba e Marlene cantar. Seus ídolos eram Zé Kéti e César de Alencar. De índole boa, generosa, era muito amada pelos colegas do Iapetec, que aceitavam todas as suas esquisitices e manias, já que era uma funcionária diligente e prestativa. Nunca faltava e sempre estava disposta a ajudar a todo mundo. Além de presentear os amigos mais necessitados com rádios, outros pequenos eletrodomésticos e até mesmo uma televisão, se achasse que fosse o caso. Seu dinheiro era curto, mas ela não tinha muitos gastos e sempre conseguia juntar uma pequena poupança. Que gastava assim, com presentes ou lembrancinhas extremamente úteis para os mais necessitados ou carentes. Alma simples, sem luxos, às vezes se predispunha a visitar os colegas de trabalho em suas casas no subúrbio, onde costumava ser recebida como uma vestal ou ninfa protetora. Ela impressionava, com a cabeleira negra grossa, sempre firmemente trançada, a pele muito branca, os imensos olhos de um azul profundo. E as argolas de ouro, as pesadas argolas de ouro, que eram uma de suas poucas vaidades. No mais, vestia-se com simplicidade, mas sempre muito correta, muito asseada, tudo extremamente limpo e bem passado. Gostava muito de saias pretas e blusas brancas ou riscadinhas, de vermelho ou azul. Às vezes usava também um pouco de vermelho, no colete de couro, numa bolsa ou mesmo na blusa. E havia aqueles estranhos acessórios que criava para si mesma. Os cintos de maços de cigarros ou de chapinhas — que realçavam ainda mais sua cinturinha de vespa —, as camisas de autógrafos, que ela depois bordava. Era uma ótima bordadeira. E fazia até um certo dinheirinho bordando monogramas em lenços ou iniciais dos noivinhos em enxovais, lençóis e toalhas. Perfeccionista ao extremo, um lenço com um monograma de tia Julia era uma preciosidade.

Dos vinte aos trinta anos, essas eram as suas maiores esquisitices. Fora as surras homéricas que dava em Tomás, de tirar sangue da bunda, a mania de limpeza — para ela tudo estava sempre "sunjo", muito "sunjo", principalmente orelhas e pescoços de meninos malcriados (e todos os sobrinhos rueiros e cheios de vida, de certa forma, para ela, eram muito malcriados) — e uma certa curiosidade quanto a umbanda e orixás. Julia se lembra de ter acompanhado a madrinha a terreiros de umbanda ou a áreas de macumba, escondidas no meio da mata da Floresta da Tijuca. Lugares nos quais a tia era sempre recebida como uma rainha. Uma verdadeira Iemanjá. Pomba-gira, nem pensar. Tia Julia parecia que ia ficar virgem para todo o sempre. Uma mulher casta, com suas golas altas engomadas, os botões de suas blusas imaculadas sempre fechados até o gogó, sem revelarem nenhum pedacinho da carne branca, branquíssima. De santa.

Mas não tinha jeito, não havia como escapar: aquela carne, mesmo escondida, foi desejada por muitos, pois, quanto mais apertados os botões, mais o corpo tão velado incendiava a imaginação dos homens. Entre eles, um executivo da Brahma, que, do ponto de vista da família, seria um ótimo partido para a maluca da Julia. Para alegria geral, tia Julia aceitou sair com o alemão Hans duas ou três vezes, só que depois se recusaria terminantemente a vê-lo. O homem bebia a própria cerveja que fabricava, em canecos ou longas tulipas, ficando estranhamente alegre e folgazão, e tia Julia tinha horror a bebidas e descontroles. Além do mais, Hans, no terceiro encontro, munido daquela coragem que só o álcool dá aos tímidos enamorados, tentara beijá-la. Fora empurrado com força, batera com a testa no chão, e ficara com um proeminente galo na cabeça. Mesmo assim, ainda insistiria em ver a morena exótica de longas tranças novamente, telefonando-lhe inúmeras vezes. Só que ela o havia expulsado do paraíso. Não atendia os telefonemas e se recusava a ouvir os recados. Depois daquela tentativa de roubar-lhe um ósculo, com a boca salgada de cerveja, nunca mais a solteirona de corpo bem-feito, atraente em seu exotismo e pureza, aceitaria sair com o louro brancarrão, não importando que fosse rico, bonito e alemão. E que tivesse um futuro promissor pela frente.

Quando todos já haviam desistido de ver Julia casada, achando que ela passaria a vida inteira a cuidar de seus doentes, no setor de raios X do Iapetec, a ir ao auditório da Rádio Nacional e a seus terreiros de macumba — e a tirar, histericamente, o couro dos sobrinhos malcriados e "sunjos" —, um dia ela resolveu apresentar à família o namorado que elegera para si, um colega de trabalho, que trabalhava na mesma seção que ela. E que conseguira o que até então nenhum homem conseguira: conquistá-la. Houve uma grande expectativa e tensão. A apresentação seria feita na casa de Laura, irmã gêmea de Julia e mãe da afilhada Julinha. Para recepcionar o inesperado namorado, mais do que bem-vindo — já era mais do que hora de Julia seguir um novo rumo na vida —, foram preparados alguns comes e bebes. E ele veio, o príncipe da tia Julia, e era negro, negro retinto. Ninguém falou nada. Pelo contrário, após a partida do rapaz, o silêncio na casa foi sepulcral. Afinal de contas, Julia era Julia. Maior, vacinada e dada a excentricidades. Tratava-se apenas de um namoro ainda, e o encanto pelo tal do Mário, que disse ser estudante de química e acalentar projetos universitários, poderia ser desfeito a qualquer momento. Para o bem geral da nação Bianchini, que nunca demonstrara nenhum pingo de racismo, mas que também não era assim tão liberal e pouco preconceituosa, como até então se auto-imaginara, com relação a pardos, cafuzos, mulatos ou negros. Acontece que, sendo todos os participantes da grande família de Julia brancos leitosos, nunca tinham pensado na virtualidade de uma mestiçagem na família. E, óbvio, sentiram um certo desconforto, apesar de que ninguém tinha, na realidade, nada a dizer contra Mário, um rapaz educado, gentil e até mesmo belo, apesar da impactante e incômoda tonalidade de sua pele.

Primeiramente, houve apenas, em surdina, uma torcida para que nada desse certo. Só que seis meses depois Julia anunciaria o noivado, a ser realizado na casa do noivo, em Vila Isabel. Poucos familiares e amigos mais próximos da noiva compareceram, mortos de medo de se chocar com a negritude dos parentes do mancebo, mas não havia jeito, as primeiras alianças haviam sido trocadas.

Ao ser iniciado o enxoval, vó Carlota teve um treco. Uma espécie de possessão demoníaca. Os olhos viraram, ela desmaiou, e quando voltou a si exigiu um concílio familiar. Tio Zito, tio Nando, a irmã gêmea Laura, tia Glória, o cunhado Antônio, todos conversaram com tia Julia, dizendo que ainda havia tempo suficiente para voltar atrás. Vó Carlota, também presente à reunião, lá pelas tantas chegou a virar os olhos nas órbitas novamente e a ameaçar um novo desmaio, assustando a todos — houve uma correria em busca de um lenço e de álcool, para fazê-la voltar a si, caso se esborrachasse no chão —, e olha que ela nunca fora disso. Pelo contrário, era o comedimento, os bons modos e a virtude em pessoa. Mas não teve jeito, mesmo com os ataques de nervos da mãe, Julia não arredou o pé. Ia se casar. Gostava do Mário. Ele tinha todas as qualidades que ela queria num homem, era sério e dedicado ao trabalho. Além do mais, tinha o mesmo interesse que ela pelas transmissões da Rádio Nacional, samba, música popular brasileira, carnaval, umbanda. E a tratava com todo o respeito possível, tanto que nunca nem tentara beijá-la. Somente um homem carinhoso e compreensivo poderia entender que para ela sexo era tabu antes do casamento. No máximo, ele pegara na mão da noiva, para levá-la à casa de suas irmãs, a um cinema ou a uma roda de samba. Ou um dia encostara ligeiramente em seus alvíssimos braços, quando não estavam cobertos por uma longa manga — o que era raríssimo — sentindo-lhes a maciez e imaginando o resto daquele corpão de trintona... Mas se contendo, se contendo. Deixando tudo para a noite do casamento.

Para pânico geral, vó Carlota ainda desmaiaria várias vezes, e faria outras cenas, anunciando tragédias, como se fosse uma Cassandra na porta do palácio de Agamenon. Mas quanto mais cenas fazia, mais lençóis, fronhas e travesseiros para o enxoval tia Julia bordava, diligentemente. Com monogramas imensos, M e J, fazendo ouvidos moucos para as premonições terríveis da mãe inesperadamente histérica. Veio o dia fatal. O vestido branco era lindo. Simples, colado ao corpo, praticamente sem enfeite nenhum. A longa trança negra, que ia até as nádegas, virara um coque, e sobre ele fora posta a grinalda de flores, de onde saía uma imensa cauda de organza. Juntou gente na igreja dos Sagrados Corações para ver a branca linda que corajosamente ia se casar com o colega de trabalho negro.

A festa foi na casa da irmã Laura. Tudo nos conformes. Dentro do possível, foi oferecido aos convidados tudo do bom e do melhor. Tia Julia e o marido, abstêmios, só aceitaram beber um pouquinho de champanhe, na hora do bolo e da troca de taças. A lua-de-mel foi no modesto apartamento que haviam montado e que queriam estrear, já que tudo estava tão bonito, tão novinho, além do fato de que não eram perdulários, tendo sido descartada a hipótese de uma viagem, mesmo que pequena, a alguma cidade vizinha ao Rio, como Maricá ou Saquarema. Era preciso guardar dinheiro para a educação das crianças que um dia fatalmente haveriam de vir.

No dia seguinte ao casório, tão feliz e harmonioso, Julia bateu na casa da irmã com olhar esgazeado. Por que nunca tinham contado nada a ela, nada, nadinha? Por que nunca tinham dito que um homem tinha um pau, uma coisa monstruosa entre as pernas, e que tentaria enfiar aquele troço enrijecido dentro dela? Lutara a noite toda contra Mário. Estava exausta. Machucada. Dolorida. E de olhos inchados de tanto chorar. E todos entenderam finalmente o que nunca haviam percebido, embora tivesse sido tão fácil imaginar. Julia era completamente ignorante dos mistérios do sexo. Achava que as criancinhas eram postas nos telhados das casas pelas cegonhas ou nasciam magicamente dentro do ventre das mulheres, devido ao amor, o grande amor compartilhado platonicamente por um casal apaixonado. E como não sabia nada de nada, nadinha mesmo, fora forçada pelo rapaz até então tão respeitoso e educado a ter relações. Brutais. Enfim, ela fora literalmente deflorada. E estava horrorizada, em estado de choque. Não queria mais ver o marido. Nunca mais. Cujo pau, aliás, segundo o que ela descreveu, após muita insistência das irmãs e da vó Carlota, era de dimensões razoavelmente compatíveis com todas as lendas que costumam povoar o imaginário masculino e feminino dos brancos azedos a respeito dos membros negros. Um pauzão, de 35 centímetros, no auge da ereção.

Foi um fuzuê. O neguinho filho da mãe fora capaz de deflorar a casta tia Julia, na marra. Novamente foi Antônio, o pai de Julia, quem acalmou os ânimos de todos. Placidamente, com sensatez e sabedoria (pois o diabo, todos sabem, é sábio). O rapaz estava em seu direito. Era o marido e pronto. Quem poderia imaginar que Julia fosse assim tão ignorante, tão bronca? Afinal, nunca ficara a pensar no que acontecia entre um homem e uma mulher numa cama, a portas fechadas? Nunca vira nenhuma cena de sexo naquelas intermináveis sessões de umbanda das quais participara? Não vira filmes, não lera nada? Aí é que está, nunca ficara a imaginar, nada vira em filmes, ou, se vira, não entendera. E quanto à imaginação, a dela não era lá muito fértil. Tia Julia, pelo que tudo indicava, era meio que burrinha mesmo. Não lia nada, só ouvia novelas transmitidas em rádio, que não lhe davam aulas de sexo. Estávamos muito distantes das novelas apimentadas da Globo, com sapatas, gays, beijos de língua, tórridas cenas amorosas.

Passada a tempestade, a recém-casada Julia ficou na casa da irmã por uma semana ou duas. Mas Mário apareceu e a pediu de volta. Casara-se. Tinha direito àquela mulher branca. Ela era sua. Mais calma, menos machucada, por dentro e por fora, Julia voltou para casa. E se acostumaria ao sexo. Satisfeito o primeiro desejo, havia tanto tempo controlado, Mário aprenderia a ser mais paciente com sua dama delicada como lírio, papoula. Um ano depois daqueles tempestuosos acontecimentos, tia Julia teria uma filha, Mayara. A vida em comum parecia ter entrado nos eixos. Julia confessaria às irmãs que até mesmo já chegava a ter um certo prazer na cama. Mencionou a palavra orgasmo.

Mário, decididamente, depois do que acontecera na fatídica noite de núpcias, abandonara por completo a violência. Transformara-se num amante doce, todo cuidados e carinhos com sua mulherzinha madura, com olhos azuis profundos e pensativos, linda de morrer. Depois de Mayara, nasceria um menino, Mário Filho. E Julia parecia feliz e realizada, a cuidar de sua nova casa e de seus rebentos. Com isso, a família Bianchini passou a aceitar Mário em seu seio como se fosse um filho ou irmão, não importando a cor de sua pele. Descabaçara Julia de forma extremamente desajeitada, é bem verdade, mas fora o único que tivera essa coragem. E pelo menos estava a conceder-lhe uma vida doméstica aparentemente normal, o que nunca ninguém achara que pudesse vir a ocorrer.

Só que um dia veio a notícia terrível. Uma nova tempestade. Mário participara de uma caixinha de propinas em seu trabalho. Seu nome saíra no jornal, junto com o de outros culpados, e apesar de não ter sido preso — a quantia compartilhada não era lá muito significativa — fora sumariamente demitido. Estava desonrado e desempregado. Julia não agüentou o baque: teve um surto esquizofrênico. Os prognósticos de vó Carlota haviam se concretizado. Mário não prestava. Ela ficou catatônica e muda, a balançar-se numa cadeira. Teve que ser internada. Levou choques. As crianças passaram a ser cuidadas pelas irmãs de Mário, que compraria um táxi — com a indenização trabalhista do Iapetec ou, sabe-se lá, com o dinheiro das propinas — para ter o que fazer e poder sobreviver. Sobreviveria, mas, para a família, ser motorista de táxi era o pior dos mundos. Dirigir um táxi ainda não havia se transformado na profissão habitual de todo o exército de desempregados de nosso mundo moderno, sem diploma ou com diploma. Para os familiares de Julia, na maioria intelectuais, era um meio de ganhar a vida vergonhoso, espúrio. Ainda mais no caso de um homem que, no período do noivado, prometera à parentela de sua noivinha que um dia entraria para uma universidade e se formaria como químico ou biólogo. Só que novamente Mário quis a mulher de volta e pediu que ela fosse retirada do sanatório. Ia cuidar dela em casa. Cunhadas e cunhados ficaram com medo, pediram mais tempo, mas ele tanto insistiu, que tia Julia, que recomeçara a falar e a se mover — e que ainda mantinha seu emprego de funcionária pública —, voltou para casa, para os filhos e para o trabalho. O amor do casal venceu a doença, ou aprendera a conviver com ela, e tia Julia, depois do primeiro longo internamento, teria mais uma criança, Alberto, o caçula. E enlouqueceria novamente. E novamente levaria choques. Na cabeça e no corpo. E por muito tempo a vida da ex-jovem exótica, a rainha da macumba, tiete dos cantores de rádio, seria assim. Entre o sanatório e a casa. Períodos de sanidade, períodos da mais completa loucura.

Mário agüentou cerca de dez anos. Mas no final de dez anos cansaria da loucura da mulher — muitas vezes, quanto voltava do trabalho a encontrava trancada no banheiro, tendo que recorrer a enfermeiros para tirá-la de lá — e a abandonaria de vez. Bem mais tarde, gordo e curtido, extremamente magoado com os percalços da vida, casar-se-ia novamente com uma mulher negra e sã. E seria razoavelmente feliz. Já Julia seria para todo o sempre uma tantã, passando a viver sob os cuidados da vó Carlota, num pequeno apartamento comprado para as duas pelo tio Zito, com o auxílio da família. Depois, quanto tivesse outros filhos com sua nova mulher, Mário sumiria do mapa. Completamente. Quanto a seus filhos com Julia, apenas visitavam de vez em quando a mãe maluca. Criados pelas irmãs de Mário, boas mulheres, todas elas, receberiam a mesma educação que o pai recebera, aquela educação que fizera Julia, quando ainda se equilibrava no fio da sanidade, apaixonar-se pelo colega de trabalho. Mas é claro que seriam crianças para todo o sempre feridas, machucadas pela loucura da mãe e pelo abandono do pai, que as trocara pela nova família.

E esta primeira parte da longa história de tia Julia — ela viveria até os sessenta anos, sem marido e filhos, morando com a mãe, que a tratava secamente como a desmiolada que era, nunca a tendo perdoado pelo casamento infeliz que fizera — poderia acabar por aqui, mas não acabou ainda. Sempre que alguém se casava, uma aparentada ou amiga, tia Julia ficava agitada, muito agitada. E pedia para ver a noiva momentos antes do casório. Trancava-se com a dita cuja num quarto ou banheiro e fazia questão de explicar à pobre coitada o que estava para acontecer com ela na primeira noite de núpcias. Sabia, dizia, com seus olhos azuis muito arregalados, que o noivo tem um pau entre as pernas? E que enfia este pau nas mulheres? E que a lua-de-mel, na verdade, pode ser uma lua de dor, muita dor? Até mesmo sangue? Enfim, uma noite de horror?

Quanto à outra parte da história de tia Julia, foi vivida com o cunhado Antônio e a irmã Laura, no final da vida, mas não será contada aqui, em detalhes. Houve boatos, muito boatos. Apenas fica registrado que, pouco antes de sua morte, descobririam três tumores na cabeça da pobre mulher. Desde muito tempo alimentados. Pela solidão, a loucura, o sofrimento, o abandono do marido e o medo da morte. Tia Julia, lúcida, lúcida, tinha muito medo de morrer.

Conversa na piscina

— Mas até onde ele foi?
— Foi longe. Não quero conversar sobre isso. Me dá raiva. Agora que morreu, tenho muita raiva dele. Ódio até.
— Mas, Mafalda, até onde ele foi? Vocês chegaram a transar realmente?
— Não importa até onde ele foi. Importa o mal que ele fez. Vocês às vezes dizem que eu sou louca, mas o louco era ele. Você sabia que no final da vida da tia Julia, quando ela veio morar aqui com a mãe, ele a acariciava? Dizia que tinha pena dela, que queria dar algum prazer àquela coitada. Imagine, uma mulher que foi internada inúmeras vezes, como ele ousou? E quase que na frente da mãe. Sabia disso?
— Não, ouvi falar que ele chegou a tentar agarrar a filha da tia Julia. A Mayara. Mas a própria tia Julia, nunca ouvi falar.
— Pois é. E também teve um caso com a Noracy. Você não notou que de repente ela passou a odiar a mãe, a tratá-la mal? Pois ele teve um caso com a Noracy, e dizem que comprou uma casa para ela no subúrbio. Por pena da coitada, que não tinha onde morar e trabalhava aqui em casa por mais de vinte anos...
— Sobre a Noracy, ouvi histórias. O Agenor contou que ela dava festas com uísque do papai. Caixas de uísque. Nessa casa que ela teria ganhado dele. As festas eram de arromba. Agenor era vizinho dela, lá em Nova Iguaçu. Disse que os

convescotes chamavam a atenção. Ela gastava um dinheirão. Oferecia aos amigos do bom e do melhor. E a fofoca corrente na vizinhança era a de que era amante do patrão. Sim, isso eu ouvi falar. Mas sobre a tia Julia, nunca ouvi nada. Acho que você está a inventar.

— Mas aconteceu. A Ema via tudo e contava para o Agenor. A dama de companhia da tia Julia, aquela gorda fofoqueira.

— Uma sonsa, a Ema. Mas, mesmo assim, Mafalda, essas histórias são meio inverossímeis. Ele já estava broxa no final da vida.

— Acho que foi por esse motivo que tudo isso aconteceu. Ele não se conformava. Tomava aquelas injeções. E depois agarrava a primeira mulher que visse pela frente...

— Se for verdade, é mais patético ainda. Chorava tanto, quando achou que perdeu a masculinidade. De qualquer forma, ele foi muito amigo de tia Julia, até o final. Tinha muito mais paciência com ela do que a mãe. Creio que foi ele quem a levou para o hospital quando ela teve que operar os tumores. Acho que estão a exagerar. Ele foi é carinhoso com ela, após a operação que a mataria. A tal da trepanação. Interpretaram mal.

— Você é mesmo uma boba, Julia. Ingênua. Ele agarrou, agarrou a pobre coitada. Chega a dar nojo. Aqueles peitos enormes. Tenho raiva dele, ah, como tenho raiva dele.

— Você diz isso agora. Quando ele estava vivo, não parecia ter raiva alguma...

— O que você disse? Não ouvi bem...?

— Nada, nada, deixa pra lá... O dia hoje está quente, não? Quentíssimo.

— Mas a água da piscina está boa...

As mais belas pernas da rua

Algumas das noivinhas visitadas por tia Julia horas ou minutos antes do enlace caíam na gargalhada quando ela se retirava do recinto. Não foi o caso de Áurea, irmã de Bill, já careca de saber o que acontecia nas primeiras noites de núpcias. Apenas por amor à vizinha, de quem gostava muito, Áurea ouviu muito atenta e carinhosamente tudo o que ela tinha por dizer, e, antes de tia Julia sair do banheiro no qual as duas haviam se trancafiado, chegou a dar um beijinho na testa da pobre mulher enlouquecida. E não riu, nunca riria do que ouvira. Áurea tinha, sempre tivera, uma alma bondosa. Contaria apenas, meses depois, que ficara, isso sim, penalizada com o horror que a antes empedernida solteirona vivera em sua primeira noite de amor.

Áurea era uma mulher delicada, sensível como o irmão. Bela por dentro e por fora. Divertira-se muito quando adolescente. Tivera muitos namorados. Pintara o caneco e os cabelos de várias cores, usara cílios compridos, pusera vermelho-escuro, cor de sangue, nas unhas e na boca, fumara, bebera, tomara porres, beijara bocas avidamente, botara pra quebrar. E provocara violentas paixões, sonhos lascivos e poluções noturnas em muitos homens, conhecidos e desconhecidos, inflando desejos e incendiando imaginações. Era considerada a mulher com as mais belas pernas da rua. Pernas de bailarina, com batatas grossas, pois Áurea gostava de dançar. Dança moderna. Cultuava Isadora

Duncan como uma deusa. Às vezes vestia-se apenas com um pano branco, leve, e ficava a dançar diante do irmão Bill e de Julia, bem mais novos do que ela. Deixava o menino e a menina em êxtase, com seu cabelo pintado de vermelho, as faces ruborizadas, a flutuar no ar, fazendo movimentos leves com os braços e as pernas, imitando os passos de sua musa e embriagando-se de ritmo.

Julia a achava tão perfeita, tão perfeita, que em sua mente gostava de fazer uma brincadeira com a irmã mais velha do amigo de infância. Em sua tela interna, fazia de Áurea sua boneca. Quando via um vestido bonito numa vitrine ou numa revista, imaginava o corpo de Áurea dentro dele. E o vestido ficava ainda mais bonito ao receber o contorno do corpo e o rosto sofisticado da vizinha. Seu gosto pela vida, seus inúmeros namorados, seus extremos fizeram com que chegasse a ser considerada uma doidivanas, principalmente pelo cortejo de homens por ela rejeitado. A dona daquelas pernas perfeitas, rijas, esbeltas, tinha uma cabeça vazia, diziam, com dor-de-cotovelo. Até porque Áurea, na realidade, durante a adolescência, nunca tivera uma grande queda por estudos. Fora até o clássico, mas com muita dificuldade. O dever ou os deveres, as regras ou normas não eram com ela, que tinha, isso sim, uma certa sofreguidão pelo prazer. E, por isso, quem não era objeto de sua atenção ficava com mais raiva ainda, por considerá-la uma mulher fácil. Só que Áurea não era nada disso. Dentro de si, guardava seus mistérios, seus segredos, seus véus. E talvez, apesar de tantas brincadeiras e beijos, ainda fosse virgem quando se casou com o homem que escolheu para marido, um amigo de uma amiga de colégio que parecia o par perfeito para ela. Bonito, educado, moreno, de olhos negros, dentes muito brancos, Ernesto, além de tudo, era bem situado na vida. Economista, trabalhava como corretor da Bolsa de Valores, exatamente quando a Bolsa do Rio estava a viver seus dias de *boom*. Se ele parecia ter tirado a sorte grande, ao conseguir abiscoitar aquele troféu, ou seja, a donzela com as pernas mais bonitas da rua, ela também, pelo que tudo indicava, havia sido afortunada em sua escolha. Uma escolha feita por amor. Pois, para inveja, ciúme ou ódio de muitos, tudo fazia crer que Áurea amava o moreno com cara de galã de cinema. Tanto que, por causa de Ernesto, chegara a mudar o comportamento libertário, que havia assustado tantos pretendentes e apaixonados. Ao lado de seu moreno bonitão, com *physique de rôle* de príncipe encantado, já nos tempos de noivado a ruiva Áurea, que parecia trazer o fogo no corpo, se transformara numa mulher recatada. Séria. Nem dançar sozinha dançava mais. Dançar, só com Ernesto, de rosto colado, bem juntinho. Um desperdício.

Casaram no Outeiro da Glória. Logo após Áurea ter ouvido as explicações de tia Julia no banheiro. O pai de Julinha, que também sempre fora meio que apaixonado por Áurea e por suas antológicas pernas, ofereceu-se para fotografar o casamento, munido de sua velha Leica. Áurea se sentiu honrada e aceitou sem pestanejar a proposta do experiente jornalista, pai da maior amiga de seu irmão Bill. Antônio seria, portanto, o único fotógrafo a fixar em negativos coloridos as imagens daquelas felizes (ou infelizes?) bodas. Deve ter ficado nervoso e com vontade de estar no lugar do noivo. Tirou fotos e fotos, gastou filmes e filmes, na igreja e nos jardins do doutor Campbell, só que, no dia seguinte ao do casório, verificou que não havia aberto a tampa do cano da máquina. Se Áurea não tivesse se predisposto a fazer, antes de ir para a lua-de-mel, na fazenda do noivo, algumas poucas fotos na piscina da casa dos pais com seu vestido de noiva, abraçada a seu maridinho, o casamento teria ficado sem registro algum. O que talvez fosse o desejo de Antônio. Ou mesmo de Deus, que sabia das coisas. Sempre sabe.

Todo começo, salvo raras exceções, como foi o caso de tia Julia, costuma ser repleto de felicidade, e o início do casamento de Áurea também o foi. Só que Ernesto, filho de um militar, logo descobriria a irmã de Bill, era um verdadeiro sargento dentro de casa. Com isso, dois anos depois, Áurea, a jovem que fora tão livre e solta na adolescência, passaria a ter um estranho sentimento em relação ao autoritário marido: temor quase pânico. E foi ficando sombria, sombria, mesmo com Ernesto a cumulando de jóias, perfumes e vestidos caros, com os quais sua esposinha, que já era naturalmente elegante, ficava de extasiar qualquer cristão. Ao vê-la paramentada de forma tão rica e bela, em festas e reuniões sociais, quase que seria impossível notar o quanto Áurea estava infeliz, a não ser pela máscara de seriedade que passara a usar, como se a tivesse colado para sempre em seu delicado rosto de modelo. Quanto mais dinheiro Ernesto fazia na Bolsa, quanto mais programas milionários propunha a Áurea, mais séria e distante ela ficava, passando a ser uma pessoa totalmente diferente da que fora nos tempos de solteira, quando ainda morava na casa dos pais. Pois era tudo aparência, mera aparência, e Áurea, a doidivanas, a pretensa leviana, estava muito longe de ser uma mulher que gostasse de viver de aparências.

As normas e regras criadas por Ernesto para o cotidiano da casa, as inúmeras ordens que dava, o pedido de que tudo estivesse sempre arrumadíssimo e sem poeira, e de que suas roupas fossem guardadas nas gavetas do armário em pilhas metodicamente montadas, por cor e estilo, sem um amassado sequer, tudo isso foi dando nos nervos de Áurea. E fazendo com que ela perdesse o prazer de viver. Enlanguescia, emagrecia, definhava. Chegou a tentar sobreviver dançando às escondidas, na sala, tentando reencontrar-se com a alma de sua amada Isadora Ducan, quando Ernesto não estava em casa. Mas não adiantava.

O medo pairava no ar e a envenenava. Até que ela tomou coragem e começou a dizer não. Não, não mais iria à boate freqüentada pelos corretores da Bolsa, ia ficar em casa a ler revistas, ver televisão, e a arrumar os armários. Não, não iria aos passeios de barcos. Iria visitar os pais. Não, não iria mais à fazenda dos pais de Ernesto. Preferia ficar sozinha em casa ou ir a um cinema com uma amiga. Ernesto foi ficando furioso, sem nada entender, mas Áurea não chegava a brigar. Ele gritava, espumava, e ela ficava muda, a tremer de medo. Até que finalmente chegou o dia em que disse o não definitivo, não mais viveria com Ernesto, o marido perfeito.

Foi um escândalo. Quando ele estava no trabalho, a apregoar compras e vendas de ações, ela se mudou para a casa dos pais, deixando as jóias e os ricos vestidos no armário, e se recusou a dar explicações sobre seu tempestuoso ato a quaisquer pessoas, ficando extremamente silenciosa quando lhe faziam perguntas a respeito (só muitos anos mais tarde falaria com Bill e Julia sobre o assunto Ernesto). Com a tomada de decisão radical, radicalíssima, aliás, para aqueles tempos certinhos — quem ousaria deixar um rapaz tão bonito, bem-apessoado, ganhador de milhões na Bolsa? —, a bela Áurea passou a ser a primeira mulher separada a habitar a Rua da Gratidão. Os homens se animaram, achando que ela voltaria a ser o que fora na adolescência, e que agora tinham alguma possibilidade de namorá-la, aproximar-se daquelas belas curvas, mas ela estava diferente, e para sempre ficaria diferente. Uma ruiva séria, de olhos introspectivos e distantes. Olhos que olhavam para dentro de si mesma, sem medo de suas escolhas. O oco ficara profundo. Ela resolveu estudar francês e voltar a tomar aulas de dança. As ricas vestimentas e jóias foram substituídas por calças Lee e blusas sociais de homem. Nenhuma pintura no rosto, nenhum enfeite. E o sorriso por muito tempo continuou desaparecido de sua face magra e fina, de bailarina, até ela voltar a se apaixonar. Na aula de francês. Por um árabe barbudo e descabelado que usava calças vermelhas e camisas amarfanhadas, tocava flauta e adorava filmes cult. Hussein.

A FALA DE BILL

Minha irmã Áurea me traiu. Julia, Áurea, Alan, todos me traíram. Eu acreditava em felicidade, em família, em amizade. Mas depois, quando cresci, verifiquei que tudo era uma falcatrua, ninguém era amigo de ninguém. Cada um só pensava em si. Virei um fantasma do passado. Areia em fundo de ampulheta. Quando minha irmã Áurea se separou do seu horrível corretor de valores, ficamos próximos, muito próximos. Íamos a cinemas e exposições juntos. Conversávamos até de madrugada. Áurea adorava varar a noite conversando. Pondo a alma para fora. Ela foi muito minha, naqueles tempos. Sem marido, sem namorado. Mas depois ela me traiu. Com o novo marido, Hussein, que a arrancou dos meus braços. É por isso que nunca me casei. Nunca me apaixonei. E nunca acreditei nas sucessivas paixões de Julia. Eu não traí ninguém. Mantive-me intacto.

Mas houve momentos em que mesmo adulto fui feliz. Enquanto meu filho Otto era criança e era todo meu. Quando ele ficou adolescente, entrou para a faculdade, nos separamos. Ele mudou. Brigava comigo por nada, questiúnculas. Queria que eu fosse diferente. Um pai mais normal, talvez. E eu sofri muito. Mas, felizmente, antes de minha partida nos reaproximamos. E fui muito feliz quando Áurea e Julia passaram uma temporada comigo, no apartamento de meus pais, na Barra. Áurea separada do primeiro marido, e Julia com seu namorado americano, o Bob. Naqueles tempos eu namorava a Márcia. Márcia me entendia e era amiga de meu filho. Foi uma das mulheres que mais amei. Fizemos muitas farras juntos. E sempre ficávamos todos conversando até madrugada. Eu a bebericar meu inseparável uísque, os outros a dar goladas em copos de cerveja. Áurea, é bem verdade, não bebia nada. Já estava apaixonada por Hussein, que era vegetariano e não bebia. E ela seguia os ensinamentos dele à risca. Mesmo ele estando distante naquela ocasião, no Iraque ou no Irã. Às vezes ela se deixava ser tomada pela insegurança. Temia que o árabe, com o qual eu até simpatizava naquela época — sem dúvida era uma companhia bem mais agradável que o burguês do Ernesto —, não voltasse mais para o Brasil, para os braços dela, mas nós lhe assegurávamos que ele voltaria. Pois prometera que voltaria. Um árabe, quando promete, cumpre. Tanto que ele voltou, em um de seus tapetes mágicos. Pois o tocador de flauta, cinéfilo, como depois foi revelado, para surpresa geral, era negociante de tapetes persas. Vivia afundado num estranho mundo de tapetes aveludados, antiguidades roubadas, vendedores hábeis, compradores, importadores e contrabandistas. Sua vida profissional era, enfim, muito tumultuada, aventureira e cheia de zonas escuras. Seu amor por Áurea, minha irmã, no entanto, era cristalino como um diamante. Belo como um anel de noiva, muito bem lapidado. Nada volátil. Firme como rocha. Rubro rubi. Hussein envolveu o corpo de minha irmã com os véus e as tendas de todo o seu coração milenar. Cheio de malícias e expertises de povos que haviam sobrevivido à inospitalidade fria e quentíssima dos desertos. Ele roubou-me Áurea. E a afastaria por muito anos da família e do Brasil. Mas como eu poderia imaginar que ele era quem era, naqueles dias em que eles apenas haviam começado a namorar, após aquele encontro tão romântico na Aliança Francesa? Sim, fui feliz na temporada na praia, com minhas três mulheres. Não me importava nem um pouco que Julia estivesse com Bob. Estávamos juntos, ríamos juntos, jogávamos cartas, íamos à praia, cozinhávamos. Eu com minha namorada, Julia com o dela, e Áurea, disponível para nós, os jovens, a suspirar e chorar por Hussein. Chegamos a fazer ginástica na praia, só de brincadeira. Levantávamos os braços, balançávamos as mãos, e depois caíamos na areia, a rir. Bob dormia na areia, numa tenda de camping. Mas um dia dormiu com Julia dentro do apartamento. Fui procurá-la no quarto, para esticar uma última conversa noturna, e a vi em cima dele, com o rosto afogueado, num ríctus estranho, provavelmente segundos antes do gozo. Foi um choque. Fechei rápido a porta. Querendo esquecer o que vira. Mas não podia dizer nada, porque também estava com minha namorada. O que importava o sexo? Importava que estávamos reunidos. E felizes. Naquela ocasião, Márcia nos levou a um centro de umbanda. Nunca contei a ninguém o que aquele rapaz que incorporava o preto velho me disse. Nunca contei. Ele disse que eu me decepcionaria, com todos. Que ficaria muito só. E eu não acreditei. Somente muito mais tarde pensaria no que ele havia visto nos búzios. Quando estava mais do que decidido a me matar. Quando Julia já estava casada no papel com Adolpho, Áurea fora para a Inglaterra com Hussein, e Márcia saíra de minha vida. Ela quis ter um filho comigo, e eu não estava disposto a dar filho a mais ninguém. Broxei em cima dela. E nunca mais conseguiria ter relações. Esfriei por completo. Que idéia, ficar grávida de mim. Bastava-me o Otto. Por ele, eu já tivera que abandonar muitos sonhos, fora obrigado a trabalhar na clínica de meu pai, a ouvir histórias sujas de médicos, a ver sangue e ataduras. Só viveria a paternidade uma vez. Acho que no fundo, no fundo, queria me manter criança, filho de meu pai, meu grande, perfeito pai, que tanto mal me fizera.

Nunca entendera que eu gostava mesmo era de pintar, criar. Qualquer artista para ele era bicha. Ah, se ele soubesse. Se tivesse conhecido o Gilson, meu amigo especialista em azulejos portugueses, teria morrido de novo, teria morrido mil vezes. Um Campbell, dizia, tinha que honrar o nome. Ser fino. Um Campbell era um nobre inglês. Tinha que se comportar. No Clube dos Ingleses, em Santos. Na mesa, em público, em sociedade, no trabalho, na cama, no banheiro. Tinha que fingir, esconder as emoções. Virar um ser sobre-humano. Nunca me comportei exatamente como ele queria, sempre quebrei as regras, de ódio, raiva, frustração. Nunca fiz o que ele me pedia. O pouco que fiz foi por causa de Otto. Mas naqueles dias na praia, ah, como fomos felizes. Otto ainda era bem pequeno e estava com os avós. Todos tínhamos muitos sonhos. E os dias eram lindos. O mar rugia na janela. Mesmo quando chovia, os dias eram lindos. Porque estávamos juntos. E o mar cinza, profundo, também era espantoso. Vertiginoso. Ainda não tínhamos vivenciado as grandes tristezas, as grandes perdas. Eu acreditava em todos. E os amava loucamente. Essa era a minha paixão. Os meus amigos, a minha irmã, o meu filho. Como confiava em todos eles. Mas me deixaram só, completamente só. Com uma dor que devorava o meu ser como um câncer. Um abutre. Por que todos me traíram? Me abandonaram? Sem eles, minha irmã dileta, meus amigos de infância, minha Julia, eu não era nada. Ficava vazio de afeto por dentro. Um homem oco. E quanto eu necessitava de afeto, carinho. Amigos.

Cadernos de Julia

Nunca entendi aquela mania de Bill por São Sebastião. Ele desenhava coisas tão calmas, tão doces. Mulheres ninfas a se banhar em cascatas. Pássaros de asas abertas a cruzar o céu Nuvens, rios e flores, de todas as cores, molhados por orvalho ou úmidos de chuva. Moitas cerradas. Liquens, musgos. Selvas. Desenhava visões oníricas e a natureza tropical em todo o seu ardor, calor, mistério. Emaranhamentos. Mas tinha aquela mania por São Sebastião. Um homem sacrificado, flechado, com feridas abertas. O sangue a escorrer pelas chagas. Nunca entendi Bill, para falar a verdade. Achava que o compreendia, mas não compreendia. Ele se escondia. Acho que para si mesmo. Dentro de si, vivia uma história de horror. Quando será que ela começara? Quando a mãe começara a pressionar para que estudasse, se interessasse pelo português além da matemática? História, em vez de linhas e traços? Quando nos beijamos e cuspimos no chão? Quando quisera me namorar, aos 14 anos, e eu dissera não? Quando começara a se sentir atraído por homens? Que amigos horríveis ele tinha. Eu só os suportava por ele, Bill. Uns homens imensos, truculentos, maciços. Homens grosseiros, sem fantasia, que, no entanto, eram atraídos pela sensibilidade feminina de Bill. Pois, ao se aproximarem dele, também ficavam mais sensíveis. Passavam a ter coragem de falar dos próprios sentimentos. Bill os tornava melhores. Mas eu os odiava, a todos eles. Menosprezavam as mulheres. Um deles matara a namorada. A morte ocorrera por acidente, dizia Bill, por acidente. Talvez. O outro era um estuprador. Com cara de moça. Cabelos lisos a correr pela testa. Levara uma garota que encontrara num bar para a casa dos pais, na Barra, e, após acariciá-la um pouco, "esquentá-la", estimulando-a a beber algumas boas doses de uísque, abrira a porta para mais oito colegas. Boçais machões de meia-tigela. Fora uma festa, tétrica. A jovem sobreviveria ao ataque e entraria com uma ação, que mataria de vergonha a mãe do rapaz tão narcisicamente belo e sonso. Mas Bill o perdoara. Manteria aquela amizade esdrúxula até morrer. Nunca compreendi. Nem tentei. Por causa de Bill, cheguei a trocar algumas palavras com esses extraordinários exemplares do pântano tijucano. Meu amor por Bill não tinha limites. Aceitava tudo o que vinha dele. Até mesmo homens sem espiritualidade. Que só liam Playboy (hoje veriam Big Brother, fatalmente). Mas que estranhamente também adoravam ver Bill debruçado sobre uma prancheta, a criar miragens, visões aquáticas ou lunares, selvas escuras, plantas que se desfaziam em lágrimas...

Mas por que não percebi que Bill era um ser dividido, cortado ao meio, que tentava ser um Campbell, rígido como o pai, inelástico, duro, e no fundo sabia que sempre seria apenas Bill, aquele que via o que não víamos? Arco-íris, campos elísios, corpos flechados pela miséria da dor? Por que nunca notei o quão dilacerado ele era? E não lhe dei um beijo, um beijo novinho em folha, adulto, sem cuspe? Ou um beijo de contos de fada, que desperta mortos. Seres adormecidos. Aqueles que já nascem sem querer viver, os que têm saudades da placenta. Foi ali que conheci Bill, dentro da placenta. E como é que não o entendi? Você, meu pai, que tudo sabia, por que não me avisou? Por que não me impediu de gritar na janela, quando sonhei que me obrigariam a casar com Bill? Eu sei que ele ouviu o grito...

PARTE III
DECIFRA-ME OU TE ABANDONO

Cátia

Cátia chora ao ouvir trechos do livro. Cátia chora com muita facilidade. Chora, enxuga os olhos e se lembra dos encontros, desencontros e reencontros com Antônio, o pai de Julia. Lembra-se da doçura dele e da fome. A boca esfomeada. Uma boca que podia machucar, o beijo que tentava roubar a alma. Voraz, vampiresco. Beijo de quem queria viver através da vida do outro, o ente amado. Beijo que mordia. Dilacerava. Cátia se lembra e novamente se sente beijada. Avidamente beijada. E também se lembra dos momentos tristes, das poucas brigas que tiveram. Uma vez, conta ela, só uma vez, fiquei com muita raiva dele. Ele pediu que eu deixasse rapidamente o escritório dele, porque Clotilde estava para chegar. Senti-me ofendida com aquela proposta. Eu não queria ter de sair correndo. A menos que se tratasse de Laura, a mulher dele. Mas ter que fugir, me esconder, por causa de Clotilde, achei que era demais. Mas ele insistiu, ficou nervoso. E ele raramente ficava nervoso. Fui-me embora, morta de raiva, aviltada. Fiquei sem falar com ele por vários dias, talvez um mês. Mas depois o tempo passou e tudo se normalizou. E eu entendi que nada daquilo era importante. Somente nosso relacionamento era importante. Duraria para sempre. Ele me amava. Sei que me amava. Por minha causa, quebrou várias vezes a rotina com Clotilde. Almoçava comigo em vez de almoçar com ela. Levava-me para tomar sorvete no final da tarde, na Colombo ou na Casa Cavé. Adorava sorvetes. E eu aprendi a tomar sorvete, saborear o gelado na boca, com ele, por causa dele. Ele sempre procurava estar o mais disponível possível para mim. Dentro das suas limitações, ele era todo meu. Sei que Clotilde sabia da minha existência, era impossível não saber. E que não gostava nada de mim. Deve ter sabido que ele fora me procurar na montanha. Mas no fundo Clô não precisava se preocupar. Como amante, ele estava velho para mim. Tomava injeções. Eu era muito jovem para ter que assistir àqueles rituais de impotência. Nosso encontro era um encontro de almas. A mim, bastava o beijo ávido. A amizade. Eterna. E as cartas. Que cartas lindas escrevia. Cartas e poemas.

Como eu o conheci? Conheci Antônio entrevistando-o para alguma matéria. Começamos a conversar e a conversa nunca parou, nunca teve fim. Ele ainda trabalhava na Avenida Rio Branco, na velha sede do banco. Nunca mais nos deixamos, nem mesmo quando me casei. Ele seria sempre o meu grande amigo. Meu pai sabia que ele existia, chegaram a se encontrar num aniversário meu. Mas eu estava casada, na ocasião, e Antônio foi à festa com Laura. Meu pai sempre dizia, ah, aquele seu amigo mais velho, como vai ele? Podia ter desconfiado de alguma coisa, mas fazia de conta que não sabia de nada, que nada intuía... Não queria saber de detalhes que poderiam machucá-lo. Já minha mãe nunca me perdoou nada, nunca entendeu minha vida. E para minha mãe é que eu nunca daria mesmo nenhuma explicação. Agora também tenho um amigo mais velho, e ele quer me visitar na montanha. Lembra-me muito o Antônio, com sua sabedoria, experiência. É um homem calmo e doce. Ainda não aconteceu nada, nem sei se vai acontecer. Não importa. Importa o carinho, a amizade. A lembrança de Antônio. O retorno.

Julia e o tempo

Ao longo da escritura deste livro, Julia tem uma sensação estranha. A de que tem o passado na mente, encapsulado numa casca de noz, dedal ou chip da memória. Todo ele. E que pode brincar com ele. Voltando à infância, à adolescência, ou ao momento presente, como se estivesse dentro de uma máquina do tempo, poderosíssima. É muito estranha esta percepção, tudo o que foi vivido estaria contido numa unha do dedo, ou na ponta do dedo que se movimenta na tecla do computador. O tempo seria uma lâmina. Uma folha de árvore. Uma asa de borboleta. Um sussurro do vento. Brisa na janela. E Julia o faria reviver a cada momento que o trouxesse de volta, através das palavras. Inchando-o. Desinchando. Inflando, desinflando. Num movimento parecido com o de um pulmão, cujo ar fosse as lembranças. Partículas de memória. Criando-as, destruindo-as ou recriando-as. Dando-lhes vida novamente. Desta forma, Julia veria nitidamente tudo o que se passara, do ponto fluido no qual se encontra no presente, a cores, como se estivesse a ver um filme ou sonho infindo, no qual, dependendo da situação, tivesse sido protagonista ou personagem secundária.

Às vezes a sensação a deixa tonta, embriagada pela onipotência das palavras, o fio que volta, se estica ou se enrodilha novamente. O novelo do tempo. A fita ou gravação da memória. E o maravilhoso é que todo o sofrimento do passado, aquilo que tornava as horas insuportáveis, transformando-as num tempo de dimensão incomensurável, tudo o que acelerava os batimentos cardíacos, ou, ao contrário, fazia o coração se contrair no peito, ficar estrangulado, e os olhos se desmancharem em lágrimas, enfim, toda a angústia capaz de transformar minutos em séculos de dor, metamorfoseia-se em palavra, signo. História e narrativa, com a dor passando a ser controlada. Ou pelo menos minimizada.

Podemos passear lentamente, no passado, de coche, trenó, a cavalo ou de trem. Ou aos pulos. Supersonicamente. Indo para a frente ou para trás, com *flashbacks* e *forwards*, dependendo de nossa habilidade ao manusear os botões da máquina do tempo. Com o jogo de Cronos sendo feito ao sabor do livre-arbítrio de quem narra. Ao final da brincadeira, o tempo praticamente se extingue, é anulado, vira anel vítreo no dedo, marca na pele, vinco no pescoço ou ruga no rosto, ao se transformar apenas em lembrança. Uma só lembrança, que pode ser resumida em cinco linhas ou ampliada, elasticamente, em 500 páginas, 700 ou 1.500, caso o autor — que no livro em questão é Julia — quiser ser bem detalhista e descritivo. E recorrer ainda a diálogos e digressões.

Quanto ao presente, se faz passado a cada minuto decorrido, a cada batida do relógio, cada movimento do ponteiro, cada milésimo de segundo, cada nascer e pôr-do-sol, ciclo da lua, movimento das marés. O presente é fluido como areia em ampulheta, água de riacho. O que vivemos imediatamente se torna passado e pode ser narrado. Praticamente, não há, portanto, presente. Temos apenas um ponto no tempo, provisoriamente fixo. Na boca do precipício voraz da memória, que a tudo engole. Para não perdermos de vista o que vivemos torna-se, conseqüentemente, essencial exercitarmos a memória. E se quisermos prender a asa de borboleta, evitar que ela voe no tempo e no espaço e nos escape por completo, vire apenas poeira, energia, luz ou trevas, a melhor ferramenta humana é o verbo. O verbo que distanciou o homem do animal.

Palavra e pensamento, quanto mistério. Máquina fabulosa, o cérebro humano, que só agora começa a ser vasculhada, fotografada, palmilhada, pesquisada, neste novo milênio, com seus fios ou cabos de trocas de informação e imagens. Sinapses. Suas glândulas, potássio, sódio, fósforo. Sentimentos, sensações, percepções, vivências. Visões. Máquina fantástica que contém em si todo o nosso passado. E provavelmente também o futuro, nós é que não sabemos ainda lidar com nossas visões antecipatórias. Pois se o passado é conhecido, e o futuro de cada um de nós ainda é uma incógnita, sabemos, por outro lado, que existe um vínculo forte entre passado, futuro e presente, já que, ao atravessar o fio elétrico do presente, aquele fio no qual nos balançamos, com nossas desesperanças e expectativas, na pele de frágeis e mortais saltimbancos, imediatamente, num piscar de olhos, o futuro e o presente também se transformam em passado. Passado a ser narrado. Virar conto, novela, romance, peça de teatro ou filme.

Dunque, Julia tem praticamente certeza de que o futuro também mora em nosso cérebro. Que todos nós devemos ter uma espécie de bola de cristal encapsulada em algum chip da mente, só que não sabemos manuseá-la. Bola esta que fez com que Da Vinci desenhasse máquinas e instrumentos que só viriam a ser criados pelo homem cerca de trezentos a quatrocentos anos após o seu tempo sincrônico. E que possibilitou a Julio Verne antecipar o foguete, o submarino e as viagens pelo cosmo. Assim como fez com que Isaac Asimov escrevesse um livro sobre uma viagem fantástica dentro do corpo humano.

O que era ficção científica deixou de ser. Hoje em dia, como podemos ver em quaisquer canais Discovery Channel ou National Geographic, o homem viaja pelo corpo humano com pequenas sondas e submarinos, vendo os fetos e os órgãos humanos por dentro do invólucro da carne, exatamente como imaginou Asimov. Toda a ficção científica, aliás, quando o motor do tempo anda, passa a se tornar presente e, logo em seguida, passado, história, arqueologia. Principalmente no caso dos grandes autores, os mais antenados. Os que escreveram usando sua capacidade cerebral nacional, mas também intuitiva. Julia pensa nas visões futuristas de desastres climáticos ou cataclísmicos e de retorno a um planeta cuja atmosfera foi corrompida pelo próprio homem, seu labor diário, suas máquinas e seus gases. O mundo sombrio, devastado, criado por Ray Bradbury em seu *Caçador de Andróides*, infelizmente, não está tão distante do real.

E fica também a refletir sobre a ocupação do planeta Terra. Chega a ser vertiginoso pensar que o mundo inicialmente era ocupado por, digamos, cerca de vinte mil a trinta mil pessoas, espalhadas por alguns pontos geográficos esparsos, na África, Ásia e Europa, e que um dia houve uma maior concentração populacional, em torno do Mediterrâneo, de inquietos desbravadores, que, na época dos descobrimentos, ousariam chegar às Américas ou ao que era chamado de Índias Ocidentais. Trata-se de um feito heróico — enfrentar o Gigante Adamastor — que quase gera uma certeza: a de que, obviamente, em um dado momento da história humana, esta mesma ânsia de descobrimento, viagem, revelação, invasão territorial, que levou todo o planeta a ser ocupado pelo homem, vai acabar resultando numa nova expansão pelo cosmo. O bicho humano é expansivo. Andarilho. Inquieto. Insatisfeito. Ocupador de espaços. E, assim como, com todas as suas falhas, rancores, alma selvagem, competitiva, conquistou a Terra, transformando-a numa moeda na mão ou na bola que verdadeiramente é — mínima como um vítreo olho de serpente, devido à velocidade da troca de imagens e de informações —, um dia há de sair pelo espaço e pelo tempo e talvez voltar ao seu planeta destroçado, tendo aquela terrível visão que tantas vezes já foi descrita em filmes e livros.

Somos os verdadeiros ETs. ETs geniais, inteligentíssimos, mas também burros, primitivos, completamente ignorantes. Porque, mesmo dominando o passado, o presente e o futuro, a máquina que viaja no tempo e no espaço, mesmo sendo hábeis pássaros, formigas ou tartarugas — bichos que voam, criam cidades e carregam suas casas e seu passado nas costas, dotados de voz e de pensamento — não conseguimos criar paz e harmonia em torno de nós. Pelo contrário, regredimos. Ao ultrapassarmos a marca dos seis bilhões de habitantes, nunca estivemos tão selvagens, nunca a vida se tornou tão inócua e desvalorizada. Como se tivéssemos voltado ao início, o do tempo das cavernas, lutando por um naco de carne sanguinolento, uma cabeça de peixe, um espaço territorial. No caso, uma caverna mais ampla e mais bem protegida da chuva e do sol. Somos tão violentos como os descobridores de fogo, continuamos a descobrir rodas, alavancas, sem descobrir um meio para levar avante nossa civilização de forma mais justa e harmônica. Sem destruí-la e sem destruirmos a nós mesmos. E, como homens primitivos, mais do que nunca temernos a ira de Deus. E das entranhas do planeta.

E os mortos? Como ficam os mortos nesse jogo da memória? Ficarão vivos enquanto sobreviverem em alguma memória humana. Voltando à terra na tela da mente. Corporificando-se através de imagens e de palavras. Eternizando-se. Como o sol, a lua ou uma joaninha. Húmus, semente. Só desaparecerão por completo, tornando-se mortos irrevogavelmente mortos, quando nós, os vivos, estivermos todos completamente mortos. Quando deixarmos de vagar pelos espaços recônditos e misteriosos do tempo e do espaço. Por descrédito em nossa própria capacidade de sermos anjos, além de demônios.

Clô

Se eu sabia de Cátia? É claro que eu sabia de Cátia. Mas não dava a mínima bola para ela, nem para ela nem para todas as outras mulheres que ele tentava seduzir, lá no trabalho. Sabia que ele era meu e que nunca me deixaria. Sabia que me amava. Amou-me desde a primeira vez que me viu, na clínica. Quando ele veio me contar sobre Cátia, dizer que estava acontecendo algo entre eles, eu apenas avisei: cuidado com a Aids. Afinal de contas, segundo ele, aquela menina havia dormido com meio mundo, até mesmo com o irmão. Foi só isso que eu disse, que ele poderia pegar uma doença, e séria. Nem me abalei. Ele não me abalava com aquelas histórias de sedução, a mania de conquista. Acho que toda mulher era um desafio para ele. Vivia querendo seduzir todo mundo, e eu sabia disso. Assim como sabia que ele era totalmente meu. Contava-me tudo, como eu já disse. Era eu quem cuidava do dinheiro dele, sabia quanto ele tinha de saldo, fazia o seu imposto de renda. Ele nunca me escondeu nada. Nadinha. Uma vez, entrei na sala dele, lá no banco, e ele estava com uma moça metida a destruidora de corações, uma jornalista que tinha os olhões verdes empapuçados, caídos. Estavam se beijando. Quando entrei, separaram-se rapidamente. E quem me pediu desculpas foi ela. Disse que não tivera como escapulir. Que ele é que a tinha beijado, repentinamente. Que desculpas, que nada. Eu estava pouco ligando. Conhecia bem aquele jeito conquistador dele, aquela permanente curiosidade em relação às mulheres. Mas ele era meu, sempre seria.

Eu o tinha dentro do meu coração e sabia que eu também morava no coração dele. Para você ter uma idéia, até aquela história da prima do Bill, o seu vizinho, ele me contou. Que a levara para passear no seu carro, ouvir fitas, bem na cara de todo mundo, deixando Laura atarantada. Contou-me que a menina exercera sobre ele uma atração irresistível. Brigara com Bill por causa dela? Ah, isso eu não sabia. Você diz que ele também teve um caso com a empregada de sua mãe, pode ser, pode ser. Ela vivia me mandando quitutes, suflês, tortas. Ele falava muito bem dela. Pode ser. Com Antônio, tudo podia acontecer. Mas, mesmo assim, minha confiança em relação ao seu amor por mim era total. E ainda é, até hoje. Ainda haveremos de nos encontrar de novo. Como ele era amigo, carinhoso. Sabe que ele uma vez me deu um carro? Cismou que eu deveria ter um carro, um fuscão. Bati três vezes. Fiz as maiores loucuras. Até a maçaneta do carro quebrei. E uma vez consegui, ao sair de uma vaga, causar um acidente que atingiu quatro automóveis de uma só vez. Eu realmente dirigia muito mal, não me sentia segura na direção. Mesmo assim, ele demorou a desistir, achava que eu precisava do carro, que me daria mais mobilidade, independência. Só quando consegui quebrar a caixa de marchas do fusca foi que ele abandonou a idéia por completo. Mas era assim, sempre preocupado comigo, sempre generoso, sempre me fazendo surpresas, aparecendo sem aviso, só para me dar um alô, um beijinho, saber se eu estava bem. Ter ciúmes dele, nunca. Ele é que era morto de ciúmes de mim. Controlava minha vida. Minhas saídas com amigas. Queria sempre saber onde eu estava, com quem estava, a que horas voltaria para casa. E quer maior prova de amor do que ele ter bancado uma operação do

Pitanguy para mim? Cismava com o meu nariz. Queria-o perfeito. Pagou a operação. O Pitanguy não tinha o nome que tem hoje, mas já era caríssimo para o nosso padrão de vida. Mesmo assim, ele arcou com o gasto. Depois brincava, dizendo que eu era a mulher com o nariz mais perfeito que ele já vira. Nariz de boneca. Narizinho.

Cadernos de Julia

Somos todos personagens. Personagens de sua história. Se eu procurá-lo, em seu inferno, voltarei à tona? Voltarei? Se eu tirá-lo de seu Letes, sobreviverei? Escrever é perigoso, eu sei, como comer a romã. Ou olhar para trás. No Inferno. Você, meu pai, suas amantes, suas taras, a família, as tias, os tios, Bill, Áurea, a família Campbell — minha outra família, mais sofisticada, aparentemente mais transparente, mas não menos doentia —, como doem. São imagens no fundo de um caleidoscópio. Imagens que se cruzam, rápido. Formando desenhos enigmáticos de personalidades díspares. Ações incompreensíveis. Escrevo para tentar entender. Não, não é verdade. Não quero entender nada. Quero é lavar meu corpo com palavras. Arrancar de mim a infância. Fazer das palavras sabão. Um livro de bolhas. Soltas no espaço. Será que fará sentido? Sinto-me como uma criança a brincar com água e sabão, numa praça branca. A lançar as bolas irisadas ao ar, para que voem, voem para longe de mim. Será que vão estourar? Explodirei a carne dos mortos? E se voltarem para mim, e se os pedaços, os destroços, a pele das bolhas cobrirem meu corpo, como penas ou plumas? Vou virar uma serpente emplumada? Uma múmia egípcia? Um peru de Natal a ser sacrificado no dia 24? Um pinheiro que nunca cresceu, virou arbusto seco, sem presentes pendurados, sem sonhos? Ou vou virar bolha também? Névoa.

Lágrima. O que aconteceu com Ulisses quando ele foi ao inferno visitar Anquises? Como foi mesmo que saiu de lá? Não podemos olhar para trás. Virar para trás. Onde está a moeda? Será que eu tenho a moeda para entregar ao barqueiro? A moeda é o livro? Responde, meu pai. Você pode. Sei que pode. Por que nunca sonho contigo?

As dignas senhoras da rua

Ah, as mulheres da rua. Cada uma tinha um silêncio, um segredo. Uma história. A história de Laura, mãe de Julia, era a das traições do marido. E a da doença, a tosse surda, os lenços machados de sangue. A de dona Cíntia, a perfeição. E a saúde. Desconfie das perfeições. Quem botaria a mão no fogo pelo doutor William? Quem bota a mão no fogo por qualquer homem? Ninguém. A não ser Julia, é claro, que amava o padrinho. A história de dona Edith era triste, triste. Mas ela mantinha a dignidade. E todas as pessoas da rua a respeitavam. Mesmo com o marido tendo duas famílias e só aparecendo em casa uma vez ao mês. Ou às vezes uma vez em seis meses ou mesmo um ano. O fato é que as visitas foram rareando cada vez mais. Com o doutor Edgar, de certa forma, tendo optado pela segunda família. E dona Edith, mãe de quatro filhos, a se comportar como se ele fosse um marido amantíssimo, que só estava ausente por ser obrigado a trabalhar em outra cidade, onde o mercado de trabalho era maior e ele ganhava mais. Ninguém perguntava os detalhes. E ela também não os dava, agindo como viúva inconsolável de um homem vivo. Quase que um fantasma. Mas quando ele aparecia, o fantasma se fazia homem e eles dormiam na mesma cama. Trazia presentes para os filhos. Facas, cocares de índio. Era indigenista. Freqüentavam as festas da rua, juntos. Os jantares. E Julia tinha vontade de matá-lo, por fazer sofrer uma mulher tão bela e leal. Porque o doutor Edgar era sempre irreverente e pouco respeitoso com as mulheres, não só a dele, a morena gaúcha linda, de corpo de violão e alma bondosa, que ele abandonara sabe-se lá por que cargas-d'água. Nenhuma mulher no mundo poderia ser mais bela, mais digna e mais amorosa do que dona Edith. Mas o doutor Edgar a trocara por outra, uma paulista, provavelmente loura platinada, magra, sem as curvas generosas da esposa legítima, imaginava Julia, com a qual também tivera filhos. Este era o segredo, que todos sabiam, mas ninguém comentava. E lá estava ele nas festas, uma vez ao ano, sendo recebido por todos os amigos de dona Edith como se fosse um marido sempre presente, fidelíssimo. Tinha uns olhinhos verdes, sonsos, insuportáveis. E muitas vezes Julia o ouviu falar das mulheres, as muitas mulheres que tivera, nas muitas viagens que fizera, mundo afora, francesas, suecas, argentinas, venezuelanas, a traçar comparações. Dando a entender que era, além de muito viajado, um ser do mundo, um grande comilão de mulheres. Ah, as francesas, as francesas, falava, com a boca cheia de farofa do peru do Natal. E Julia sentia vontade de dar um murro na cara daquele safado. Declaradamente traidor. E mesmo assim sendo ouvido por todos os homens, que faziam uma roda em torno dele para melhor escutarem suas análises de mulherengo contumaz, suas jactâncias. O pai de Julia, Antônio, participava das rodas, mas somente a ouvir. Nunca mencionava as outras mulheres que conquistara diante de dona Laura, ah, isso não. Pelo menos tinha esse pudor. Essa aliança ou pacto. Julia não sabia disso quando criança. Só mais tarde, bem mais tarde, pôde perceber que o pai era fiel diante da mãe. Não gostava de maltratá-la em público. Mas dona Edith, coitada, sofria, como sofria. Muda, calada, agarrando-se como náufraga em sua fé na Virgem, seus rosários. E mais bela ficava. Com seus cabelos muito negros, seu rosto de benevolência e aceitação. Era madrinha de Áurea, a irmã de Bill. E também tinha pernas de fazer os homens se contorcerem de desejo. Pernas que só abria para seu amado, o cafajeste Edgar, em suas visitas esporádicas. Depois, pacientemente, punha-se a esperá-lo. Cozinhando, costurando, bordando, rezando. E provavelmente fazendo confidências às amigas, que a tratavam como se trata uma pessoa querida, muito, muito ferida. Ou seja, com imenso amor. Por carregar sua cruz com tanta dignidade e fé, resignação, Edith era considerada por todas as suas comadres e vizinhas uma grande mulher.

Ah, as mulheres da rua. Todas elas tinham uma característica em comum. Mantinham os cabelos curtos. Cabelo grande, diziam, dava muito trabalho. Com isso, Julia sempre vincularia cabelo curto a cabelo de mulher traída. Imaginava que as amantes tinham imensos e sedosos cabelos, a lhes cair pelo meio das costas. Adulta, Julia nunca cortou o cabelo curtinho. Só aparava as madeixas alouradas. Somente na adolescência se permitira um corte à joãozinho. Quando ainda não namorava. Ah, as mulheres da rua. Abnegadas, sonhadoras. Devotas. Tão dedicadas a seus maridinhos puladores de cerca.

A morte de Michelle

De certa forma, a vida naquela rua, a Gratidão, um *cul-de-sac*, rua sem saída, era rotineira, sem grandes emoções. As mulheres a administrar a casa, os homens a trabalhar fora, as crianças a brincar na calçada ou no larguinho, quando voltavam da aula. Ou nos quintais das casas. Os maiores eram os das casas do fundo do larguinho, a de Julia e a de Bill. Se emoção havia, era a de um pai raramente visto que de repente aparecia, a compra de um carro novo, um balão que caía no topo de uma árvore, uma bola jogada na casa da dona Olga, aquela bruxa horrorosa, de parcos tufos na cabeça, que furava as bolas. Ainda não havia roubos, assaltos. Seqüestros. Mas um dia houve um crime, um crime terrível, que ficou na memória de todos. Um crime por amor. Os gritos da moça assassinada foram ouvidos em todas as casas, mas quando os vizinhos tentaram socorrê-la, era tarde demais. Michelle já estava morta, ao pé da escada da casa da tia. E o assassino, seu primo João, foi encontrado aparvalhado com a arma na mão, a olhar para o corpo da mulher desvairadamente amada, com três tiros no peito. Não fugiu. Quem poderia imaginar que aquilo iria acontecer, o próprio primo, até então um militar tão ajuizado, matar a prima que viera da França, porque ficara órfã durante a guerra? Uma moça delicada, estudiosa, que rapidamente conquistara todos os corações da rua. Os cabelos escuros eram anelados, o corpo era frágil e bem desenhado. O sorriso, leve e acariciante. Os olhos, azuis, azuis, brilhantes e cálidos como noite estrelada. Michelle tinha a beleza dos camafeus. E uma imensa alegria de viver. Gostara do Brasil. Gostara da tia e do primo. E se esforçava para esquecer o que deixara na França, a infância, a casa onde fora criada, a memória dos pais prematuramente falecidos. Queria ser feliz. Numa casa próxima à da tia, havia um rapaz alto, namorador, grande pé-de-valsa, que quis namorá-la. Michelle era séria, até já dava aulas para ajudar a tia em seu sustento. Acharam que ela não aceitaria o pedido de namoro feito por Wilson, no fundo um bobalhão. Mas ela aceitou. E todo mundo passou a vê-la para lá e para cá, sempre acompanhada de Wilson, o que era meio estranho. Só que estava feliz, e se Michelle estava feliz, todos estavam felizes, as crianças com as quais ela gostava de brincar, e os adultos, com os quais conversava seriamente, no portão da tia, a brindá-los com o brilho profundo, quente, de seus olhos azuis. Um dia, Wilson fez anos e anunciou que daria uma grande festa. Toda a vizinhança foi convidada. Michelle dançou a noite inteira, com um vestido azul-piscina que ela mesma costurara na máquina da tia e que lhe caíra como uma luva, deixando-a ainda mais bela. Ria, nos braços do Wilson. Até rock e twist dançou, feliz, feliz. Ficou suada e ainda mais atraente. Muitos rapazes invejaram Wilson naquela noite. Já de madrugada, ele a levou até o portão da tia. E a beijou. Ela entrou em casa afogueada e deu de cara com o primo, que a olhava com um olhar incendiado pelo fogo da paixão. Michelle nunca notara que o primo a desejava tanto. João era meio que soturno, caladão. Pois naquela noite ele também tentou beijá-la. Ela disse não, empurrou-o sorrindo — estava tão feliz ainda — e subiu as escadas em direção a seu quarto. Louco de ciúmes, João tirou o revólver maldito do nada e deu três tiros no peito da prima. Que gritou de dor. Com os olhos assombrados, levou a mão ao peito e morreu.

Pelo menos é assim que Julia gosta de imaginar que tudo aconteceu. Porque, é claro, João, militar conservador que era, enlouquecido pelo ciúmes e desejo, podia ter gritado piranha, desavergonhada, vagabunda, já que vira a prima beijar Wilson, dadivosamente. E até mesmo já podia saber ou imaginar que ela dera a Wilson o que não dera a ele, a prenda de sua virgindade. E por isso havia muito tempo estava disposto a matá-la. Mas Julia pensa no beijo recusado. O mesmo beijo que ela, Michelle, dera ao outro. E que isso foi suficiente para a descarga do revólver no peito da francesa cheia de vida, que estava disposta, no Brasil, a ser feliz e ter prazer erótico. O certo, porém, é que Michelle morreu, aos 18 anos de idade. E seu primo ficaria preso por cerca de vinte anos. Cumpriria a pena e voltaria para assombrar a rua e sua casa lúgubre, na qual só vivia sua velha e sofrida mãe, cuja cabeça branca estava parada no tempo, ou seja, naquele dia trágico em que Michelle tanto dançara e o filho perdera a cabeça.

Quantos aos gritos, soariam sempre pelo larguinho. Os gritos e os tiros, ecoando pelas noites adentro.

Fogo!!!

Mas na rua havia também outros gritos — na realidade, gritinhos — bem mais alegres, que ninguém vive só de infelicidade. Horror. Crime. Paixões. Havia os risos e o burburinho das crianças a brincar, fazer algazarra, todas as tardes. Assim que voltavam da escola e se livravam dos cadernos e livros didáticos, corriam para o larguinho. Havia o pique, as ciranda, as carniças, a brincadeira de esconde-esconde, a subida em árvores, o jogo de bola, o pingue-pongue. A rainha do pingue-pongue se considerava feia, pois assim o dizia, todos os dias, sua mãe. Sabe-se lá por que dona Elvira tinha esta mania, a de dizer todos os dias a Sofia que ela era feia de doer. Retardou a feminilidade da filha anos e anos. Participando na rua de todas as brincadeiras caracterizadas como brincadeiras de homem —, e sempre primando pela excelência —, Sofia só ficaria menstruada aos 15 anos. Mas um dia cresceria, entraria na vida adulta, e mesmo feia, porém muito habilidosa e inteligente — desenhava muito bem —, a menina feiosa se casaria três vezes. Não tendo nenhuma dificuldade para conseguir homem, apesar dos prognósticos da mãe de que ficaria solteirona para todo sempre. Já o irmão, o Helinho, que a mãe tanto adorava, colocando-o no colo e lhe fazendo cafuné mesmo quando já passara dos vinte anos, iria fazer um casamento tardio que cheirara a fracasso e desgraça desde o início, com uma loura com cara de boneca de louça, que geraria um filho pouco inteligente, problemático. Enquanto o filho da irmã feiosa, campeã de pingue-pongue, Marcos, seria esperto como a mãe e neto preferido da avó (na verdade, dona Elvira não tinha muita escolha). A vida sempre a dar voltas. E na rua também havia o menino rico, com casa com piscina, que todos queriam comer, com raiva de sua riqueza. Para fazer amigos, ele se sujeitava à sodomia. Até que os pais descobriram e se mudaram, afastando-o da inveja e da perversão que o circundava. E havia a menina selvagem que ficava nua, sem permitir toques, e que deixou Tomás louquinho da silva com sua beleza. E a casa de tijolinhos vermelhos, onde três crianças ficavam encerradas — nunca eram autorizadas pelos pais a brincar na rua com aquela malta de meninos sem eira nem beira —, e na qual, diziam, as paredes internas eram pintadas de preto, para que os pimpolhos nunca as sujassem com suas mãos de crianças remelentas e bagunceiras. Sim, a rua cheia de vida, e era um mundo de descobertas. Prazeres puros, ingênuos, mas também maliciosos, eróticos. Mãos porcas. Brincadeirinhas de médico. Homens adultos que se aproximavam das crianças com as piores das intenções. Homossexuais que ofereciam suas mulheres aos ninfetos. Salivando o desejo. De vez em quando, Julia e Bill saíam da redoma protetora que haviam criado em torno de si e participavam das brincadeiras. Abriam-se para os outros. Aventuravam-se além, muito além, do mundinho perfeito que haviam construído em cima do relógio de luz. Mas eram castos, e castos continuariam a ser até a soleira da vida adulta. Bobos, intocados. Resistindo a todas as invasões de mãos bobas, com raríssimas exceções. Aparentemente sem muito peso ou sentido.

    Um dia, Mafalda teve uma idéia, levá-los para fazer um longo passeio de bicicleta. Assustadíssimos com o grande passo que iriam dar, montados em seus camelos, saíram da rua sem saída na qual moravam, atravessaram a praça onde ficava a escola, seguiram a margem do rio — aquele que transbordava nas grandes chuvas — e avistaram um inusitado, espantoso prédio vermelho, o do Corpo de Bombeiros. Julia ficou maravilhada. Nunca vira um Corpo de Bombeiros antes. Foi como se tivesse visto o Coliseu, a Torre de Pisa ou a Torre Eiffel. Um mundo mágico. Adolescente, perceberia que o prédio vermelho, com a garagem repleta de carros cor de fogo munidos de escadas Magirus, estava localizado a apenas duas quadras de sua casa. E mesmo assim ele não perderia sua condição de mágico ou encantado, adquirida inicialmente. Uma visão do além. Pois fora ali que pela primeira vez ela entendera que o mundo ia além da casa, da praça e da escola. E que sua curiosidade do desconhecido fora despertada... Um bairro era apenas um bairro... O quarteirão no qual morava tinha as fronteiras abertas para o mundo. Ela ficaria obcecada em desbravar o desconhecido. Quebrar a redoma.

Helena e as transparências

— Você está mesmo a escrever um livro sobre seu pai, Julia?
— Estou, sobre o meu pai e sobre minha infância. É difícil, até porque falo em Bill. Tudo é muito doloroso. Talvez esteja a misturar coisas demais. Talvez devesse ter ficado apenas em torno de meu pai e suas mulheres. Mas tanta coisa vem à cabeça quando olho, através das vidraças embaçadas da memória, o teatro da infância... Meu pai era o protagonista da peça, é claro. Mas também havia outros personagens. Uma espécie de moldura em torno dos fatos que vivenciei. São tantos os coadjuvantes, que também faziam parte da história, parte daquele tempo que quero recriar, talvez para abandoná-lo para sempre... Esquecê-lo... Se é que é possível viver sem memória. Acho até que seria doentio, perder a memória. Talvez o que eu perca, se o livro for escrito, chegar ao final, seja a dor. A sensibilidade da memória. A pele machucada. A descamação do eczema, na batata da perna. Os gritos. Os tiros. As vozes silenciadas. Murmúrios.
— O que é isso, gritos, tiros? Não houve nada disso, que eu saiba.
— Algo que escrevi. Mas, na realidade, o livro é, antes de mais nada, sobre o meu pai. Cátia está preocupada. Fica pedindo que o preserve. Que não o conspurque. Que o deixe viver

uma morte impoluta. De pedra-sabão, lisinha. Sem estrias, cores e sombras. Lembra-se da Cátia?

— Nunca conheci a Cátia. Mas você sempre me falou dela.

— Ela é pequenininha, pequenininha. Frágil dançarina de caixa de música. Tem 1,48m. Ao mesmo tempo, é tão forte. E muito literária. Entendo meu pai ter se apaixonado por ela, um dia. De certa forma, ela devolveu a ele o livro, a escrita. Só acho complicado tantas paixão simultâneas.

— Você não pode se esquecer que seu pai é um nordestino, um típico nordestino. Agora que estou a morar na Bahia, lá se vão 12 anos, entendo melhor seu pai. Apesar de que sempre entendi. No Nordeste é assim. A mulher legítima e as amantes. E foi assim sobretudo no passado. Lá, os homens têm várias mulheres. E mantêm essas várias mulheres por muito tempo. Não as largam. Teu pai era o típico nordestino. Um homem bonito, charmoso, apesar do rosto redondo característico do Nordeste. Eu gostava muito dele.

— É mesmo? Eu nunca soube disso. E gostava tanto por quê?

— Ele me divertia. Era tão transparente. Tão ele mesmo. Divertido, debochado, irônico, bem-humorado. E inteligente, muito inteligente. Era extremamente agradável conversar com ele. Ou vê-lo agir, de certa forma, atuar.

— Acha que era teatral, falso?

— Não, não estou dizendo que ele era teatral. Muito pelo contrário. Ele era o que era. E não escondia nada.

— Era um sedutor, isso sim. Tentou te seduzir também?

— É claro que ele era um sedutor. Mas eu gostava apenas de ficar a observá-lo. De longe. O jeito como brincava com todo mundo. Seu humor. Sua alegria. Uma figura e tanto, seu pai.

— Mas havia o incesto também. Não dá para perdoar tudo.

— De certa forma, o incesto também é um mal nordestino. Ou mesmo brasileiro. Há incesto por todo este Brasil afora. E ele não era só sexo, sabe? Ele ia além do sexo. Muito além.

— Ele gostava era do prazer. A toda prova, sem rédeas, limites. Creio que foi a operação do pulmão que o deixou assim. Quase morreu na mesa de operação. Diz que sobrevoou, aquelas histórias. Viu-se de cima. Achou que partia. Depois, tudo foi permitido. Mas, mesmo assim, nos relatos de Mafalda tem uma coisa que me intriga. Ele nunca foi violento.

— É verdade, ele era um homem doce. Amigo. Um hedonista, mas muito claro, muito franco. Falava tudo que lhe vinha à cabeça. Você se parece com ele, de certo jeito. Também se expõe em demasia.

— Logo, ele nunca violentaria ninguém. Nunca forçaria a barra. Uma mulher que não quisesse transar com ele, não transava. A própria Mafalda, recentemente, no aniversário da mamãe, disse que o empurrara. Como então dizer que teve relações com ele, ou que foi bolinada durante, sei lá, inimagináveis cinco ou dez anos? Da puberdade até se casar... Bastava empurrá-lo, Helena. Jogá-lo ao chão. Ele iria embora, ferido mortalmente pela recusa. E nunca mais tentaria nada... Rosa o empurrou e ele nunca mais a tocou. Ele tinha o desejo, isso sim, acredito nisso. Desejo por mulheres virgens, púberes, da mesma carne. E não se continha. Mas o impulso poderia ser proibido, vetado. Bastava dizer não, rechaçá-lo. Ele não bateria em ninguém. Em mulher, dizia, como se diz no Nordeste, não se bate nem com uma flor. E mesmo o tiro que quis dar naquela primeira amante foi um tiro mal dado. Ele não queria acertá-la. Quis apenas deixar claro o desespero, a raiva.

— Seu pai era um homem bom, Julia. Um homem que não escondia seus sentimentos. Um homem cristalino, como eu já disse. Transparente. E a Mafalda, pelo que você me contou, sempre foi maluca, sempre teve surtos. Eu penso o mesmo que a Cátia. Vê lá o que vai falar dele, hein? Era impossível deixar de gostar daquele homem.

— Já te disse, Helena, que ele morreu no mar, não é? O mar que ele havia perdido por causa da tuberculose...

— Morreu onde mesmo?

— No Delta do Parnaíba. No mapa, é só um trechinho. Um pulo de amarelinha. De perto, deve ser um marzão. Morreu sem dor. No azul. As fotos dos últimos dias, últimas horas, são cheias de azul. O azul chega a queimar os olhos. Acho que Deus o perdoou. Quanto a Bill, fico a pensar, haverá perdão para os suicidas? Espero que sim. Apesar de que Bill ainda deve estar preso à Terra. Deve estar a penar, o coitado. Logo ele, que tanto sofreu na vida.

— Bem, torço para que você consiga escrever seu livro. Afinal de contas, eu tenho um, não, todo meu? Você me deu de presente.

Helena pede para ficar sozinha, quer dormir, e Julia sai do quarto. Surpresa com o que a amiga dissera. Antônio, o pai, um homem transparente. Seria possível? Ou as transparências enganam?

Carta de Antônio para Cátia

Cátia:

Quero que meu amor seja raro, constante e diferente. Quero que seja infinito enquanto dure e que seja tão duradouro e eterno quanto as nossas vidas, que creio eternas, porque não posso imaginar que tanto sentimento, tanto sofrimento e amor desapareçam no tempo, como nosso miserável invólucro de carne. Diante da eternidade, o que representam os quarenta anos que nos separam neste instante de século? Mais nos separam as tuas lembranças das coisas idas e vividas, minhas memórias, experiências e ousadias de falso herói.

Falso? O que é mais falso? O entusiasmo físico dos corpos — efêmero pela própria natureza espasmódica do orgasmo — ou a pureza do afeto e do carinho (apenas aparentemente dividido) que encontra infinitos de paciência para ouvir o soluçar de alguém sem esperar retribuição?

Tenho a certeza deste sentimento. As flores do campo, os lírios do vale que bordeiam a estrada, o perfume leve da paina, a alfazema dos sachês, a Edelweiss importada, nada que não seja humano, intenso e vivo tem o perfume inebriante dos teus cabelos na noite escura.

Quero que saibas. Nenhuma grosseria, nenhum desaforo, cristaleiras inteiras quebradas, nenhuma ironia ou sarcasmo, acusação ou indiferença apagarão da memória o deslumbramento da flor de ve-

ludo, tulipa negra, pedra filosofal que nenhum dos teus amantes jamais encontrou.

Nunca mais te verei vestida, ainda que nunca mais te veja. Que podes fazer contra isso, se esta imagem estará para sempre em minha mente? E sou forte o bastante para exigir do destino que sejas feliz...

Amor, Antônio.

Cadernos de Julia

É sempre estranho, pai, voltar a Erika e Klaus. Tentar vê-los. Senti-los. Aproximar-se da alma dolorida dos dois. Imaginar como eram, realmente, os "gêmeos" de Thomas Mann, que nasceram com um ano de diferença e se amaram perdidamente, em eterna cumplicidade. Ela, nascida em novembro de 1905, ao crescer se profissionalizaria como atriz e faria o seu famoso teatro chamado Moinho de Pimenta, que, enquanto durou, tiraria a paz de Hitler — o homenzinho maníaco não gostava de ser objeto de sátiras e de paródias. Ele, nascido em 1906, começaria a escrever bem cedo, romances, relatos autobiográficos e peças de teatro, rendendo-se à maldição familiar e enfrentando os espelhos com o pai e o tio Heinrich. Quantos segredos, sussurros, quantas trocas. Na juventude, foram dois arruaceiros, que se negaram a estudar e que revolucionariam o quarteirão no qual moravam, com o auxílio das filhas de Bruno Walter, suas vizinhas, deixando os pais e a família do grande maestro de cabelo em pé. O diretor da Ópera de Munique proibiria as filhas de verem Klaus e Erika. E seria por amor a ele que a dupla de rebeldes se esforçaria para voltar a entrar nos eixos. Sim, adoravam e respeitavam Bruno Walter. Mesmo assim, muitas loucuras ainda fariam, lá pelos vinte anos, naqueles tempos em que atuavam no palco juntamente com os amigos Pamela Wedekind e Gustaf Gründgens. Pamela, filha do Franz, autor de "Lulu", que por um curto período seria noiva de Klaus, e o simpatizante do comunismo Gustaf, que se casaria com Erika e que depois, já separado, se entregaria de braços abertos à sedução da suástica. Fazendo com que o ex-cunhado Klaus escrevesse todo um livro sobre sua perda de caráter e oportunismo, o ótimo *Mephisto*.

Já na casa dos trinta anos, ao sentirem o arranhar da pata do diabo na janela, que guinada! Como "os grandes" de Tomás Mann — ou seja, os mais velhos de seus seis filhos — ficaram sérios, conscientes, lúcidos. *Fugir para viver*, que livro! Como puderam fazê-lo a quatro mãos? A voz parece ser uma só. E que clarividência ou capacidade premonitória. Estavam em 1938 e já percebiam todo o horror que estava por vir, como se cheirassem, tateassem no escuro as trevas do Terceiro Reich, a podridão. Hermafroditas, os dois irmãos tinham o dom dos visionários. Em 1933, viram o que o pai não quisera ver. E arrancaram Thomas Mann do solo alemão, o solo que ele tanto adorava. Pois pressentiram que o pai, mesmo tendo sido consagrado pelo Nobel e estando pouco disposto a se posicionar politicamente contra o nacional-socialismo, acabaria sendo asfixiado por Hitler. O pai, que na Primeira Guerra Mundial brigara com o internacionalista irmão Heinrich por se sentir um verdadeiro prussiano. Distante de quaisquer pan-europeísmos. Sim, foi por causa de Erika e de Klaus, seus filhos rebeldes, iconoclastas, que Thomas acabaria por ser transformar num dos principais combatentes do nazismo, nos Estados Unidos. Fazendo palestras, de costa a costa, transmissões diárias pela BBC, denunciando os campos, expondo-se politicamente. Ele, que até então havia sido considerado um escritor apolítico. *Fugir para viver*, um livro belo e triste. Belo por ser ainda cheio de fé na sobrevivência da cultura alemã pós-Hitler. Ter sabor de luta, combate, resistência. E ao mesmo tempo triste, profundamente triste, já que depois, muito tempo depois, Klaus cairia no abismo do desespero e da descrença drogando-se. E se suicidaria. O que teria acontecido? Teria sido a visita a Munique, no final da guerra, que o deixara totalmente desiludido? Será que ao ver a casa dos pais em ruína, saber que ela servira de espaço genético, *Lebensborn*, toda a sua fé num mundo melhor fora para o espaço? Ele, que achava que os escritores poderiam mudar o mundo, deixara, a partir daí, de acreditar que sua pena valeria tanto quanto uma espada? Ou foi a droga, apenas a droga? Ou o desamor por si mesmo? Por fim, foi Erika quem se mostrou a mais forte, Erika, que até então não sabia viver sem o irmão. Que casara com dois homossexuais, retratos deformados do irmão. Ou do próprio pai. Já que a matriz do homossexualismo estava em Thomas Mann, o verdadeiro Aschenbach, amante de Tadzio. Erika sobreviveu sem Klaus, servindo ao pai. Amalgamando-se a ele e a sua obra. Já Klaus tentara ter sua própria obra. Não tinha este eixo. Não podia se colar ao pai. Seria devorado. Seu amor por Thomas sempre seria um amor irrealizado. Fora a infância que ruíra dentro de Klaus quando ele vira a casa da Porschinstrasse em ruínas, com seu interior desventrado por bombas aliadas, só com a carcaça, a parte externa, mantida firme em seus alicerces, a dar uma impressão de falsa sobrevivência? Thomas Mann amara Klaus na adolescência, desejara o filho. E confessou este desejo em cartas a amigos. Em diários. Deve ser difícil para um filho homem saber que foi desejado fisicamente pelo pai, ainda mais um pai chamado de Mágico, o todo-poderoso contador de histórias. Enfim, Klaus escreveu suas próprias histórias, dominava a escrita, foi fundo na maldição familiar. Mas não sobreviveu ao desejo do pai. Ou será que não foi nada disso que aconteceu? Foi mesmo a faca suja do Terceiro Reich que atingiu seu peito? E a morfina... E onde estava a mãe nesse jogo todo? Esse perverso jogo de reflexos no vidro do olho? *Fugir para viver* é um livro de duas pessoas agudamente inteligentes. Klaus e Erika analisam todas as obras dos escritores que conheciam com sensibilidade, perspicácia, apuro estético e intelectual. Nada do que dizem — e olha que se trata de um livro de mais de quatrocentas páginas — é inócuo ou pouco interessante. Eles liam tudo, viam todas as peças, ouviam todas as músicas que mereciam ser ouvidas. Eram ótimos leitores, ótimos atores, ótimos escritores, ótimos críticos. E também sabiam passar do pensamento à ação. Davam o salto no abismo. Eram militantes, foram à Espanha, escreveram contra o maligno ditador, estivessem onde estivessem. Suíça, França, Los Angeles. Previram o futuro. Tinham bola de cristal. Arte e engenho. A genialidade, no entanto, não os poupou de nada. Nem a genialidade nem o amor castrador e invertido pelo pai e pela mãe, o amor de sinais trocados. E muito menos o Terceiro Reich, que só por existir os esmagava, transformando os sonhos em pesadelos. A cultura alemã que os dois tanto amavam, o leite que os amamentara e os fizera criar livros e peças de teatro, virara gás venenoso. Zyklon B. Genocídio. Bombas V8, trabalho escravo. Que imaginação sobrevive a uma mortandade fria e desenfreada? Como reerguer no coração o antigo palácio de cristal povoado de sílfides, magos e fadas, do teatro de bonecos do Mago?

A visita de Pedro

Pedro, primo de Julia, filho de tio Zito e tia Michaela, voltou de Portugal. E volta e meia visita Julia. Só pensa em literatura. Tem verdadeira adoração por Adolpho, o marido de Julia, grande poeta e ensaísta. Faz, ele mesmo, uma literatura marginal-baiana, de bicho-grilo tomador de chá de cogumelos, porque antes de ir para Portugal morou na Bahia, por sete anos. Esotérico, crê que o mundo vai acabar em 2013. E pôs a data em seu site lisérgico. Mas renascerá, renascerá. Para os eleitos. Possivelmente, ele está entre estes. Logo, não entende por que sua literatura não pega, não é aceita. Não entende que ela está velha, pois o velho é que voltou a ser moderno. A era do mimeógrafo ficou para trás, assim como Berkeley, os hippies, as comunidades, os que lutavam contra o sistema na Paris de 68.

Por enquanto, o sistema venceu. E, na literatura, a ordem voltou. Venceu a tradição com nova roupagem. O *old* que é *new*. *Make the old new*. Pedro se interessa pelo livro da prima. Quer lê-lo, por inteiro. Acha os parágrafos curtos e pergunta onde ela aprendeu a escrever parágrafos tão curtos. Obviamente, não há resposta. Ninguém aprende nada, apenas se exercita. Ao chegar ao trecho em que Julia descreve a casa de tio Zito, a invasão dos livros, ele ri, ri gostosamente. Acha a descrição impagável de tão correta. Mas tem um certo estremecimento ao ler sobre a usura do pai, o egoísmo. A falta de generosidade.

Ainda dói em Pedro o dia em que ele foi acusado de roubar uma lata de doce de leite, em Cambuquira ou São Lourenço. A injustiça da acusação. A gula do pai, que na realidade queria a lata de doce de leite toda para si. E o pior é que o ladrão não fora Pedro. Poderia ter sido, mas não fora, até porque nunca ousaria enfrentar a autoridade do pai. Pedro ficou fora do Rio por quase trinta anos, por não suportar a convivência com o pai. Fez análise por 27 anos. E ainda é frágil, muito frágil. Totalmente vulnerável. Nenhuma das dores da infância está cicatrizada. E o grande amor de sua vida continua sendo a mãe, a pintora Michaela, tão doce e sensível, tão fraca, tão torturada pelo marido. Que ama tanto como a vítima ama o carrasco. Os olhos de Michaela têm o azul brando, pastel, de suas aquarelas. É um olho do início dos tempos, e do fim. Michaela é uma das eleitas, sem dúvida alguma. Esperemos que no fim do mundo tio Zito não engane os juízes e deixe Michaela viver seu paraíso em paz, com suas asas de anjo. Suas telas, suas cores.

Pedro acredita no poder das mãos e faz um *reiki* no livro da prima. Depois comenta que espera que ela não tenha escrito sobre Mafalda e o tio Antônio. Aquela história horrorosa que ela mencionara um dia. Ele aposta que Mafalda inventou tudo. Julia diz que é impossível, que tudo Mafalda não poderia ter inventado.

— Bem, se ela não bate bem da cabeça, e você diz que ela não bate bem, pode ter inventado.

— Pedro, ele também agarrou a Rosa, só que a Rosa chiou, e também tentou me tocar quando eu era jovenzinha.

— Jovem, você até que era bem gostosinha.

— Não era bem isso. Ele gostava de meninas púberes. Ficava excitado quando os seios afloravam, o corpo começava a se formar.

— Mas exatamente o que ele fez. Roçou-se em você?

— Vamos dizer que sim. Que tenha sido isso. Roçar-se. Na verdade, tentou tocar nos mamilos e no sexo. E tocou. Mais de uma vez, até que Mafalda interveio e mandou que eu fechasse a porta. Quis me proteger, defender. Só que eu não entendo nada, acho que Mafalda poderia ela mesma ter se defendido. Você sabe, meu pai era fraco, doente. E nunca foi agressivo. Tem uma amiga minha que diz que no fundo ele não passava de um nordestino. Um brasileiro comum. E que no Brasil essas coisas acontecem, sobretudo no Nordeste.

— É verdade, acontece muito. Mesmo assim, não consigo acreditar que tio Antônio...

— Como você o via, Pedro...?

— Comigo ele era sempre muito direto e frio.

— Frio, ele nunca foi frio.

— É verdade. Era um sedutor. Mas comigo era frio. E tem mais uma coisa. Ele era esotérico. Muito esotérico.

— Esotérico. Em que sentido você está usando esotérico? Acreditar em alma, metempsicose, reencarnação? Ele tinha na cabeceira livros de Kardec, leu a respeito de todas as religiões, mas também era católico. Era devoto de Santana e ia sempre à igreja de Santana pedir perdão pelos pecados que cometia. Acho que misturava tudo, era mais um adepto do sincretismo religioso brasileiro. Só não podemos dizer que fosse um ateu. Nem mesmo um agnóstico. Tinha fé. Um pecador cheio de fé.

— Ele acreditava que o Brasil teria um papel na ordem planetária. Ele sabia e se interessava pelo esoterismo. Você não entende direito essas coisas.

— Li sobre a Blavatsky. Era uma fraudulenta, isso sim.

— Mais ou menos.

— Para falar a verdade, eu não sei de nada. Sei é que ele anda por aí, pregando-nos peças. Clotilde conversa com ele pelo pêndulo. E quer o livro. Só que acho que estou a misturar tudo, as histórias dele com as histórias de minha infância. E que com isso posso perder o fio do livro. Se é que já não o perdi.

— Nossa infância. O *reiki* vai ajudar, você vai ver. Só não estou gostando dessa história de Davos. O leitor não vai entender. E fica esnobe começar por Davos.

— Não abro mão de Thomas Mann e de Davos. E é uma bobagem isso de esnobe. Ou de exibido. O planeta é um só. Uma bola de gude. Agora mesmo Davos está nos jornais. Você sabia que seu pai nasceu em Davos?

— Nasceu na Suíça, mas não foi em Davos.

— Foi em Davos ou em Clavadel. Cidades frias, e tão quentes. Intrinsecamente literárias. Eram sinônimo de doença. Hoje, resolvem-se os rumos do mundo em Davos. A neve é tão pura. O frio. O Diabo é frio.

— Você está a delirar. Acho que devia tirar Davos, pelo menos do início do romance.

— Vou pensar, Pedro. Vou pensar. Mas, para mim, é lá que tudo começa. Os corpos doentes. O beijo do tuberculoso.

— Sabe de uma coisa, o Tomás não vai gostar desse livro. Não vai mesmo.

— É verdade. Às vezes penso que ele pode tentar interditá-lo. É melhor ele não ler.

— É, é melhor.

Chegam no ponto de ônibus, o ponto de ônibus na ponta do Leme onde Julia esteve com Bill, na última vez que o viu. Assim como fazia agora com Pedro, ficara a conversar com Bill, ali, naquela esquina, e se cansara de esperar o ônibus. Sentaram-se num banco, os dois. Agora, também se sentara num dos bancos de pedra, que dava de cara para o mar. O mar onde morrera o pai, o mar onde Lulu vê Deus, o mar que é um só, a mesma água lava as bordas de terra do planeta. Os continentes. A neve, o gelo, a água, o mar. A chuva, o choro. O ônibus finalmente chega e ela fica com medo, ao ver Pedro entrar nele. Será que seria a última vez que o via, assim como acontecera com Bill? Bill e sua sacolinha de supermercado, a bermuda larga no corpo, o rosto emagrecido, linfático, nacarado. Bill, pela primeira vez, meio que amaneirado, com jeitinho de homossexual doente. A pele branca, branca. Ela não queria deixá-lo partir, queria abraçá-lo, mas não o abraçara. Queria dizer o quanto o amava, mas não dissera. Ficara calada. Burra, burra. Pateta, idiota. Maldita família que a fizera ser tão fria. Sem gestos de afeto. Quis gritar para Pedro, que ficasse, não partisse. Quis dizer que o amava. Que a perdoasse pelo que escrevera, pelo que ainda escreveria. Ele sentou-se no banco do ônibus e não mais olhou para ela. Não virou o rosto. Teria Bill virado o rosto? Naquele última dia em que estiveram juntos? Antes de voltar para Santos e se matar? Colocar a cabeça na forca, só, totalmente só? Por que não gritou "eu te amo"? Quando aprenderia a gritar EU TE AMO? Sem que fosse tarde demais?

Os amantes de Julia

E como amara na vida. Como dera o corpo sem dar a alma. Acham que isso não é possível. É falso como a história da prostituta que não beija a boca do cliente, beijo na boca é só para o amado, o cafetão. Pois não é, não. Julia amara como ninguém, como louca, perdidamente. Apaixonar-se para ela era uma mania, uma doença. Chegara a ser levada pela mãe a um analista por causa disso, mas mais tarde, muito mais tarde, quando Bill veio morar com ela e Adolpho, ela notou que por toda a vida amara Bill. Bill e o pai. Por toda a vida, até encontrar Adolpho e ter um filho com ele. Todos os homens anteriores foram homens que não beijara na boca. Homens que a haviam virado pelo avesso, na cama, mas não haviam chegado aonde era para chegar. A alma. Ou o que chamamos de alma. Essência. Algo que está além, muito além, do prazer físico. Algo que estava enterrado no quintal juntamente com Benjamim, o coelhinho afogado de Bill. Enterrem meu coração no quintal. E ele não sairá de lá. Nem que me beijem o corpo todo, com línguas moles, com línguas duras. E me façam gozar mil gozos. O corpo guarda segredos. Cofres de lembranças doídas, cacos de vidro. Caixinhas de prazeres, alegrias. É possível passar por dez mil camas e sair intacta. Quando uma vez na vida se amou Bill. Ou o pai. Ou o pai de Bill. E a mãe. E a mãe de Bill. E a irmã de Bill. E seus próprios irmãos. Por que o sexo não é nada, quando se viveu uma história rica de amor na infância. Quando se teve um amigo que lhe comprava doces e sonhos cheios de doce de leite. E os dois comiam os sonhos e riam, com a boca a babar o creme. Os dedos sujos, açucarados. Que outro prazer pode substituir o prazer da amizade infantil, completa, paradisíaca? Só Adolpho quebrou o encanto. Adolpho e a literatura. De certa forma, os outros amores de Julia foram vividos como se ela vivesse uma história. Ou várias histórias. Para serem narradas posteriormente. É preciso viver para escrever. E Julia foi fundo. Além do mais é preciso se separar da infância para escrever sobre ela. Somente quando a perdeu, por completo, com a morte do pai e de Bill, os dedos correram líquidos nas águas do tempo. Reverberações de pedra jogada no pântano.

Ah, os amores de Julia. Como Bill sofrera à toa. Com ninguém mais ela subira num pau-de-sebo, vira um homem nu a se banhar no rio, e correra para dentro da floresta, de mãos dadas, o peito a bater acelerado, na mesma cadência, o mesmo susto, o mesmo arfar. Só com Bill. E apenas com Bill dançara pelo prazer de dançar. O resto foram gritos e gemidos sem sentido. Até Adolpho chegar. E pôr ordem na casa.

Alexandre

Poderia ser Alexandre, o Grande, como queria Adolpho. Mas ela deu ao filho o nome do irmão e do escritor que tanto amava, Thomas. Tomás. Para homenageá-lo, o filho mais querido de Laura, ou talvez para reduzir o seu poder. Ainda menino, tinha visões e saberes, como se fosse um pequeno Pai do Tempo. Mãe, todas as pessoas que morrem vão para o céu? Julia titubeou sem titubear. Pensou no colégio dos Santos Anjos. Sim, meu filho, vão para o céu, todas elas. Mãe, Deus está morto? Depois veio aquela saraivada de perguntas sobre sexo. De onde vinham as crianças. A tal história da sementinha do papai e da mamãe. E ele a olhá-la incrédulo. Perguntou a um colega no trabalho o que fazer. Mencionou um livro sobre bichinhos, maravilhoso, didático, explicativo. Cuidadoso. Ela levou o pequeno Tomás a uma livraria. Ele ainda não tinha cinco anos. Mesmo assim perguntou à mãe o que iam fazer lá, naquela loja cheia de livros. Ela respondeu que ia comprar um livro que explicava como nasciam os bichinhos, o cavalinho, o gatinho, o cachorrinho. O menino olhou para mãe sério, muito sério. E disse: Não quero ver nada disso. Não quero saber nada disso. Mais tarde, talvez, agora não. Vamos embora daqui. E Julia ficou intrigada, sem entender nada. Como ficaria inúmeras outras vezes com o filho. Durante a infância toda, só brincava. Muito sério, como se trabalhasse. Botão, bola de gude, futebol. Em cada fase que entrava, ia fundo, obsessivamente.

Ouvia as histórias, pedia à mãe que as contasse mesmo quando ela chegava tarde da noite, do jornal, sem vontade de contar histórias da carochinha. E ela ficava culpadíssima. Logo ela, que adorava contar histórias, recusar-se a contar uma para o filho. O problema é que chegava em casa à uma da manhã, duas horas. E ele sempre estava acordado quando ela chegava. Mesmo bebê, acordava. Quando saiu da infância, recusava-se a ler. Apesar de morar numa casa que tinha dez mil livros. E ela ficava triste. Fazia um caderno literário. Escrevia para as crianças no Natal e no Dia da Criança. Estimulava todos os leitores do jornal a ler, os grandes e os pequenos, dava conferências, fazia palestras sobre o prazer da leitura. Mas Tomás não lia um livro. Nem mesmo os exigidos pelo colégio. Era uma luta fazê-lo ler para não perder pontos na aula. Ele queria ler como ela lia. Um livro por noite. Um livro em horas. Queria se livrar o mais rápido possível daquela tarefa chata. E ela chorava por dentro. Então ele dizia: um dia vou ler todos os livros da casa, todos. Quando chegar a hora. Tinha mania de dizer: quando for a hora. Mas ela não acreditava. Só que chegou a hora. E quando ele passou a ler todos os livros da casa, ela ficou com medo, muito medo. Ficou com medo de que ele ficasse envenenado por todas aquelas leituras. Porque não mais saía de casa. Só lia. Os olhos ficaram fundos, enegrecidos. E ele passou a escrever poemas, às escondidas. E ela queria que ele fosse para a rua novamente. E ele não ia. E as perguntas continuavam. Há vida depois da morte? Acha que existe um outro lado? Ou tudo acaba aqui? E se o mundo acabar, os livros também morrem? Para onde irão as palavras, os sonhos? Ela ficou com saudades de quando ele tinha o espírito livre da maldição dos livros. Os tempos em que ele só brincava, com aqueles olhos negros, profundos. Que viam o avesso do mundo. Tinha medo que ele morresse, ao suportar todo aquele peso. Era tão menino ainda, dentro do corpo adolescente que não parava de crescer. Alice ao comer o cogumelo, muito além das árvores. Com a cabeça fora do planeta, no meio do cosmo. Ela queria tocá-lo, protegê-lo, mas não sabia como. Ainda bem que não o chamara de Alexandre. Thomas Mann morrera aos oitenta anos.

O AFILHADO

O filho de Bill se tornara seu afilhado. Por acidente. Ou por um incidente. A verdadeira madrinha morrera quando ele tinha dez ou doze anos, e Bill pedira a Julia que passasse a ser a madrinha substituta. Ela nunca teve, mesmo assim, muito contato com Otto. Quando ele era criança, ela vivia a trabalhar e a viajar. Quando retornava, trazia-lhe, porém, presentes. Presentes que ele adorava. Até quando foi para o Japão se lembrou dele e trouxe-lhe uma espada de samurai. Quando ele entrou para a faculdade, deu-lhe uma caneta Parker. Nunca vai se esquecer desse dia, porque Adolpho a vira dar a lembrança a Otto e perguntara qual era o motivo do presente. Ele entrou para faculdade de medicina, afirmou. E daí? retrucou Adolpho, quando entrei para a faculdade de medicina não ganhei nada de ninguém. Meu pai, pelo contrário, ficou com raiva. Não posso voltar atrás e corrigir todo o seu passado, Adolpho, ela observou. Não se espantava mais com as carências do marido. Espantava-se sempre com o egoísmo infantil. Adolpho não terminara a faculdade. E Otto também não terminaria. Seria mais um a não seguir o caminho sonhado pelo avô, o doutor William. Aquele mesmo caminho que Bill não seguira e por isso seria terrivelmente condenado pelo pai. Só que, quando Otto desistiu da medicina, o avô já não estava mais vivo. E assim não pôde assistir a outro desvio de rumo. Otto optaria no meio do curso pela psicologia. E, ao contrário do pai, assumiria publicamente seu homossexualismo nos círculos do Orkut. Na faculdade, na vida. Só que, quando o fez, não só o avô já estaria morto. O pai já teria se suicidado. Tudo isso Julia sabia de longe, muito de longe. Rosa, a filha de Tomás, às vezes lhe contava o que Otto estava a fazer. Informava que ele havia ido para Brasília, que morava no campus da UnB, lá fazia mestrado em psicologia aplicada em recursos humanos e estava se encaminhando para o doutorado. Um dia, num Natal, Julia recebeu um mensagem de Otto e ficou realmente feliz. Quentinha por dentro. Receber uma carta de Otto era como receber, pelo correio, uma caixa com uma jóia desenhada por Bill. Um brinco, um anel, um colar. Um carinho, uma carícia.Atearam-se, nos e-mails. Ela acabou por dizer que estava a escrever um livro, um livro muito doído, no qual falava de Bill. Otto ficou em silêncio. Nada de mensagem. Julia ficou preocupada. Será que o assustara, ao mencionar o livro e a história de Bill? Um dia, veio a carta-resposta. E Julia passou a amar ainda mais Otto. A se sentir realmente sua madrinha. Era uma cartinha linda. De um homem sensível. Um pouco de Bill continuava na terra. Um Bill mais resolvido, menos sofrido.

A CARTA DE OTTO

Querida madrinha:
Nenhum dos dois! Na verdade, só queria responder com calma. Deixei o e-mail marcado e me sinalizando que deveria responder logo, mas estou vivendo semanas doidas. Saiu o edital para o doutorado aqui e tive que inventar um projeto em menos de uma semana e juntar a papelada, pedir coisas da UFF, arranjar quem pegasse para mim lá e remetesse, e por aí vai... Aí, meu orientador me pediu que modificasse mil coisas, e continuou a correria. Uma coisa atrás da outra. Fora o dia-a-dia corrido e o sofrimento de ter que escrever a dissertação, me distrair [ou esquivar] lendo coisas. Tarefas, cuidar de casa, ver agendas para o futuro, para bolsa-sanduíche, para doutorado fora, coordenar todas as possibilidades e garantir portas abertas... E, claro, a vontade de escrever direito, com conteúdo... Eu compreendo esse sentimento que você mencionou. Claro que não estou me debruçando tanto sobre memórias, mas o olhar de longe é por um lado isento, por outro faminto de imagens. Daqui, eu lembro muito, penso muito e sinto muitas saudades. Coleciono até mesmo sonhos, até, o que não é muito comum. Especialmente a vida na casa da minha avó, que sob meu olhar infantil era tão descomplicada e divertida. Tenho pensado sobre os eventos passados de forma positiva. Estar aqui é duro, difícil, sou mal remunerado e tal, mas eu não ia querer estar em outro lugar. E, para chegar aqui, não sei se poderia ter tido outro trajeto. O que me faz singular é essa

história de que muito do que sei, faço e sou, é porque tive um pai artista, um avô excelente, uma avó que prezava o conhecimento, a cultura... Só para citar estes três. Eu sempre falo muito da amizade de vocês, seja quando vou falar quem é minha madrinha ou simplesmente pela curiosidade da existência de uma dupla amiga desde o útero das mães. Não posso imaginar nada mais antigo e bonito sobre amizade que ser amigo antes de ser alguém, antes de ter nome... Eu me alegro da minha amizade com o Cláudio, meu vizinho lá na rua, que é de quando tínhamos cinco anos e permanece forte... Mas como a de vocês, nunca vi. Um laço admirável. Mas você tem razão, lembrar pode doer. E se é lembrar de quem se ama, então, tem que doer mais, até. Podem-se entender esses sentimentos como sinal de saúde, sinal de uma verdade vivida. Tem a falta que o outro faz, a fala sem eco e — por que não? — a raiva de ter sido deixado para trás. Um amigo me disse que, em relacionamentos, as brigas revelam paixão, por isso são uma característica latina. Nós amamos em tons fortes e nas relações mais profundas, brigamos. Também rimos, tocamos, conversamos, choramos juntos, nos ajudamos, nos solidarizamos. Por conta do casamento, o Ali me pediu uma carta. Segundo ele, para dizer o que eu diria se tivesse feito o discurso, que acabou ficando com o tio Hussein e me deixando no banco de reservas. Escrevi uma para ele e outra para a Lívia. E o curioso é que primeiro me lembrei de brigas nossas bem antigas, de criança. E essa lembrança veio forte. E fui ampliando um pouco a perspectiva. Vi que eram brigas que passavam rápido como chegavam, chuvas de verão. Não pediam sequer uma noite para deixar o sol brilhar após o descarrego. E eram cercadas por belas histórias de convivência, gargalhadas e carinho.

Não é bom isso? Ter uma história viva, com sangue nas veias e com tantas nuances? Sem querer idealizar a coisa mas vendo como parte de uma coexistência? Meus primos viveram tantos anos na Inglaterra e convivemos tão pouco em comparação com a memória viva que tenho dos momentos passados com eles... Parece haver mais registros na memória que tempo de convivência. Mas você vai conseguir sim. Se dói, mas você mantém a proposta, talvez precise dessa catarse, não? E se pode estabelecer seu ritmo, escrevendo pausadamente em sua introspecção, que assim seja. Se tudo emerge doendo e sendo revisto, reentendido, por que teria que ser apressado? Eu acredito que devemos deixar fluir, respeitar o movimento. Mesmo que doa, se vier, que deixe vir, sem pressa e sem adiamento. Ainda mais podendo transpor para um livro, cumprir a necessidade do autor de gestar e parir o que digere. Cumprir o ciclo e, ao publicar, encerrar o projeto, superar as questões... e descobrir um novo projeto. Espero que você fique bem nesse processo. Se eu tiver o privilégio, vou adorar ler os trechos a que você se referiu. No Natal vou ficar por aqui. O mestrado exige isso de mim. Quando volto do Rio, demoro semanas para conseguir retomar o trabalho, e, como defendo tese em fevereiro, só voltarei mestre ao Rio.

Beijo carinhoso, Otto

Uma carta de Bill

A carta bonita, sensível, cheia de esperanças de Otto, fez Julia se relembrar das dolorosas cartas de Bill, sempre escritas com várias canetas e em muitas cores. Preto, azul, vermelho, verde. É claro, houve a última, a que deixara para Otto e na qual falava da desesperança. Pedia aos amigos que não se deixassem tomar pela desesperança, porque ela matava. E deu instruções muito detalhadas sobre dívidas e herança ao filho. Carta de suicida. Com um lado ainda terra-a-terra, pragmático. Como a de Stefan Zweig, na qual deixou instruções para o advogado e para o grande amigo brasileiro, Abrahão Koogan. Cartas de despedida com um pé no outro lado e outro pé no lado de cá, o lado materialista. Enquanto vivo, ao contrário, as cartas de Bill eram delirantes. Como se fossem sonhos, e não cartas. E muitas vezes pesadelos. Por aquelas cartas, Julia poderia ter pressentido o ato final, mas não pressentiu. Lia-as, ficava nervosa, preocupada com Bill, e as guardava no fundo de uma gaveta. Preocupada, mas não o suficiente.

Hoje em dia é que, quando lê as cartas do amigo, tem vontade de chorar, sentindo uma saudade louca daquele rapazinho que gostava de usar oclinhos à Lennon e tinha pele leitosa de inglês. Ou de príncipe que sente a ervilha por debaixo de sete colchões. Em algumas fotos — sempre estava bonito, era muito fotogênico — exibe um riso sardônico. Malicioso. Lábios finos, nariz afilado, rosto magro, cabelos lisos, prateados, que passavam charme, elegância. Nobreza. Um Campbell, com toda a finura e complexidade de seus antepassados, donos de um império onde o sol nunca se punha. Sim, foram várias as cartas. Bill gostava de escrever para a amiga, era como se estivesse a conversar com ela pessoalmente, pondo os pensamentos no papel de forma descosturada, expondo-se, pondo a alma a nu. Como o fazia desde criança.

Eis alguns trechos de uma dessas missivas, enviada a Julia quando ela se encontrava no exterior, envolvida com novos amores. Uma carta-resposta a um convite feito pela amiga para que ele abandonasse tudo e fosse se reunir a ela, na Inglaterra, o país de origem dos antepassados de Bill. Sabia que ele ia gostar de lá, só que Bill não foi. Já se encontrava com a vida bem enrolada, Otto já existia, e ele se via obrigado a fazer dinheiro para sustentar o filho. E a si próprio.

"Julia, estou morto de saudades. Cada notícia sua que recebo me agonia um pouquinho, por não poder arrumar hoje mesmo as malas e ir ao seu encontro. Seu cartão está uma graça. Realmente você fica muito desinibida por carta. O convite é tentador, mas tem que ficar para depois. I am depress now, *porém minha cabeça é como uma onda de freqüência longa.*

Hoje fui à galeria retirar quatro trabalhos meus que havia deixado lá. Estavam lá havia duas semanas e nenhum deles fora vendido. A proprietária me fez um monte de desaforos. Não entendi nada. Desde que fui lá a primeira vez, não gostei muito dela, tem cara de puta velha. Parece que queria que eu deixasse meus trabalhos lá por mais algum tempo, mas eu os prefiro aqui em casa.

Hoje, eu e Áurea fomos visitar o Otto. Não tenho idéia do que ele será nem tenho planos para ele. Espero que ninguém enfie na cabeça dele alguma vocação. O que ele será, só no futuro sabere-

mos. Por ora, ele está muito feliz e tranqüilo, comendo cada vez mais. Deixemos que ele se empapuce enquanto pode.

Você se desculpa, se explica, mas acaba não dizendo se ficará por aí mais tempo ou não. Áurea vai para a Inglaterra em junho, seria ótimo se vocês se encontrassem. Julia, se você ficar por aí, no seu aniversário eu consigo enviar-lhe uns dez dólares. Peço a mamãe mais dez, ela chia, mas acaba dando.

Terminei o trabalho do pássaro, ficou mais interessante do que bonito. Mas é bem diferente dos demais que fiz. Pintei em tons de azul e de vermelho um crucifixo antigo que tenho, mamãe e Áurea tiveram um chilique quando viram, não gostaram nada, eu gostei.

Lembra-se do amanhecer que eu havia dito que fotografara? Consegui só uma foto, mas dá para ter uma idéia do que foi. No dia eu estava viajando, mas não faço mais essas loucuras. Me enchi delas, até que façam alguma coisa que possamos controlar e que não cause dano físico ou mental. Sinceramente, eu não tenho certeza se vi o que vi, de tão excessivamente maravilhoso que foi.

A luz do sol ia surgindo na forma de raios, as nuvens foram aparecendo lentamente, vindas de um lado do globo, empurradas pelo vento. A cor tomava conta do céu, no horizonte o rosa era rosa-choque, rosa-maravilha, passando para roxo. Nas pontas das nuvens, as cores variavam entre o amarelo e o quase vermelho. Durante a noite, sobre a Pedra da Gávea, pairava uma grande nuvem, quando a lua surgiu, empurrando o ar. Três pontas se desprenderam. Houve uma revolução no céu. Em poucos minutos, a estranha formação desapareceu, para em seguida, já completamente mudado, o céu se acalmar. As nuvens seguiram então calmas e em permanente metamorfose. O céu limpou e o dia seguiu normalmente. Tudo encontrou o seu lugar. Isso, para mim, foi muito representativo, a natureza nesses espetáculos nos permite perceber visualmente que, mesmo quando ocorrem mudanças muito grandes ou radicais (de um lado o céu estava escuro com a lua e a estrela-d'alva, e, do outro, *azul-claro), haverá uma nova acomodação, quando tudo parar de se transformar*

Julia, me dói tremendamente não ter resposta para os mistérios usuais. Cada vez que me concentro nesses assuntos, é como se recebesse uma paulada. Outra irmã de meu pai morreu, eu havia pensado nela no dia anterior. Sem qualquer razão aparente, senti uma vontade grande de dar um dos meus vidros a ela, fiquei agoniado, nervoso, e era exatamente véspera da morte da tia Hortência. Para que serve essa sensibilidade? Mas não é sobre isso que quero falar, e sim sobre o fim. Se vamos para o outro lado, um outro lugar, não haveria muita necessidade de morrermos. É triste quando se olha uma foto antiga de família e contamos nos dedos os que estão vivos. E quando nos encontramos com esses poucos, sentimos uma certa ansiedade no olhar quanto a quem será o próximo a partir (sendo que já temos o próximo em nossa família. Tio Charles está com câncer e já começou a tomar injeções de cobalto). Eles não reclamam, mas se acham no fim, é só esperar. Não sou muito ligado à minha família, mas me sirvo dela para exemplificar. Na família de minha mãe, os velhos entre setenta e noventa anos estão reunidos num só lugar. Eram um problema, solucionaram-no, e nunca mais ninguém se preocupou com eles. Eu também nunca me preocupei, mas atualmente tenho pensado muito neles. Eram os tios mais velhos, e para mim isso bastava. Agora percebo que são pessoas que conheço desde que nasci. Pessoas com as quais me encontrei periodicamente e sobre as quais não tenho nada o que falar. Foram esquecidos, visitá-los se tornou sacal e eu nunca busquei ver o que havia no saco. Agora, penso em visitá-los. E em tornar a visita um prazer. Deve ser horrível ficar esperando a morte. Sentir-se cercado por ela. Eles devem sentir necessidade de um pouco de vida. Dá raiva não poder fazer nada por eles, não ter poder para nada..."

E a carta continua, com Bill reclamando da incapacidade que tinha para fazer dinheiro, apesar de realizar inúmeros negócios.

Só que ninguém lhe pagava o que tinha que pagar. Ficavam em dívida. Despede-se da amiga com muitos beijos e uma música:

> *"He who travels far will often see things*
> *Far removed from what he believed was truth*
> *When he talks about it in the fields at home*
> *He is often accused of lying*
> *For the obdurate people will not believe*
> *What they do not see and distinctly feel*
> *Inexperience, I believe,*
> *Will give little credence to my song"*

O TRIO

Muitos anos depois de ter escrito esta carta, Bill viveria na mesma casa que Julia e Adolpho. Sim, houve um tempo em que Julia, Bill e Adolpho moraram juntos. E foi um tempo feliz. Apesar de no início Adolpho ter implicado bastante com Bill. Ainda não o conhecia bem e tinha um ciúme velado do amigo de infância da mulher, que nunca, nunca era declarado. Mas, depois, entenderia que não havia motivos para ciúmes e se tornaria ele mesmo um grande amigo e admirador da sensibilidade de Bill. Enquanto isso não aconteceu, houve acontecimentos hilários. Isto é, hilários quando vistos na distância do tempo, sob o efeito da grande lente acomodatícia de revoluções no céu que é a memória. Julia estava trabalhando, e Adolpho ligou para ela, de casa, dizendo que Bill havia feito uma imundície no banheiro. Uma coisa terrível. Que ele não ficaria mais naquela casa com aquele homenzinho imundo nem mais um minuto. O banheiro havia ficado inutilizado. Adolpho gritava. E Julia não sabia o que fazer. Não podia abandonar o trabalho. Estava fechando páginas de economia do jornal. Mesmo assim, apressou-se ao máximo, porque novamente Adolpho telefonara aos gritos e dissera que ia para a rua beber. Deixando em casa Bill e o pequeno Tomás, que na ocasião era muito pequeno, carente de cuidados. Enquanto dirigia, atravessando a cidade de madrugada, Julia ficou a imaginar o que poderia ter ocorrido. Logo no banheiro, e uma coisa horrível. Será que Bill cagara todo o banheiro? Tivera um surto? Ao chegar, ela correu para o banheiro e verificou que Bill... fizera a barba. Sim, resolvera se livrar da imensa barba que lhe cobria o rosto havia dois anos. Era dado a metamorfoses capilares radicais. E entupira a pia e a privada com os fios cortados. Não conseguira fazer uma limpeza a contento, até porque devia ter se assustado com o novo rosto, careca de pêlos. Julia limpou tudo, a rir. A rir de sua própria imaginação. E do horror de Adolpho. Dos gritos, da implicância.

Um dia, Bill decidiria fazer bombons de madrugada. E também deixaria a cozinha imunda. Eram fôrmas e mais fôrmas de bombons, de vários tamanhos e recheios. Mas Adolpho já havia se acostumado com o amigo de Julia. E apenas se divertiu com a bagunça e esperou os bombos ficarem prontos para saboreá-los. Foi nesse dia, talvez, que os dois ficaram a comentar, na sala, que infelizmente Julia não cozinhava. Era uma grande mulher, mas não cozinhava. O sonho dos dois era o de que Julia cozinhasse para eles. Grandes pratos. Salgados e doces. Nenhuma mulher era perfeita, diziam, cúmplices. Foi na casa de Julia e Adolpho que Bill voltaria a pintar. Tempos felizes, que não voltam mais. Tempos enterrados na areia inclemente do deserto. Vidros que se partiram. Vidros de Bill, com pôr-do-sol e crepúsculos. Será que alguém um dia já pintou a saudade?

A CASA ASSOMBRADA

Quando uma pessoa morre, o que ela construiu morre com ela. É por isso que a casa na montanha, construída por Antônio, o pai de Julia, para os filhos e os netos, é, hoje, uma carcaça sem alma. Mesmo sem ser uma ruína, é uma assombração. A neta Rosa ainda vai lá, leva amigos, faz churrascos. Talvez tenha vitalidade o suficiente, juventude, para romper, com seu hálito quente, a crisálida da morte. Talvez aja assim por mera inconsciência. Não percebe que a casa está afundada no passado, não tem salvação. Ele não está mais lá. A cadeira onde se sentava está vazia. Os quadros mofaram. Não há mais bebidas atrás da portinhola da arca onde ele guardava os vinhos e uísques. A rede branca pendurada no quarto onde ele dormia balança-se sozinha. E o sol ameno da serra nunca mais viu a luz pálida de seus cabelos grisalhos. Nem a lua. Os corredores não escutam sua tosse. Nem as paredes manchadas pela umidade. As tábuas do assoalho não sentem seus passos macios. A porta não mais recebe os seus amigos. Ou parentes. Não se ouve risos. A lareira queima, sem que ele alimente o fogo, com os ferros dourados presenteados pela prima Emília. O imenso espelho do banheiro não mais reflete o seu rosto macilento, de velho tuberculoso. Que resistia, resistia, através da busca incessante do prazer. Do calor humano. Quando uma pessoa morre, devia ser enterrada com os seus pertences. Para que seus bens não ficassem a assombrar os vivos. À velha moda *viking*, tudo devia ser queimado num navio juntamente com o corpo do defunto, o cavalo e o cachorro de estimação. Aquela casa está morta há muito tempo, e toda a família tem, mesmo assim, pena de vendê-la. É o último laço material com o pai, o avô. O resto virou cédulas sujas, partilha, pó. E não é que não haja mais dinheiro para que a casa que ele mais amava seja mantida em pé com dignidade. Afinal de contas, Antônio era um louco organizado, com uma linha da cabeça que atravessava a palma da mão de ponta a ponta. Deixou dinheiro suficiente para que a casa fosse cuidada, pintada, mimada, tratada com o carinho das pequenas reformas e da permanente atenção. De certa forma, ele tentou prolongar-se através das casas que deixou. E, sobretudo, por meio daquela que, no testamento, pediu que fosse a última a ser vendida. Lulu é quem cuida do dinheiro deixado por ele. A pensão da mãe. Tenta ser generosa, como o pai o foi, quando vivo, mas não tem a mesma imprevidência. O grãozinho de sal. O sonho. É a severa guardiã do tesouro. Sempre foi assim, sempre fez as contas, sempre foi a inventariante. Mesmo quando não havia inventário. E ela era ainda solteira, a se vestir de preto e marrom, para dar a impressão aos olhos dos outros de que estava sempre razoavelmente bem vestida, mesmo tendo tão poucas roupas no armário. Agora, já podia usar vermelho, amarelo, branco, azul-claro. Colares, anéis e brincos de ouro. Mas como dar àquela casa preciosa, encravada numa floresta de turmalinas, tanto é o verde e o azul que a cercam, a mesma alegria que o pai dava? Nunca seria capaz. É preciso desprendimento, imaginação para que os objetos que nos cercam sejam honestamente coloridos, alegres. Ele nunca pensou no que gastava, só no que ganhava. E, estranhamente, o que gastava, tão prazerosamente, sempre voltava para ele. No final da existência, sempre ganhava o que necessitava para poder viver sofregamente, como se cada dia fosse o último. Sim, sempre ganhava o suficiente para poder espalhar êxtases à sua volta, fazer a multiplicação do vinho e do pão, milagres. Como uma divindade mitológica. Um Baco.

Também o que foi construído pelo pai de Bill morreu com ele. A cascata, o jardim, o aquário, a estabilidade, tão sólida, tão efêmera. As portas e janelas azuis. O conforto, o aconchego. O laguinho e seu espelho. Os almoços e jantares na hora certa. O pote de geléia, o chá fumegante, os biscoitos, os sorvetes, as tortas de nozes, as musses, os cremes, as balas de coco, a louça pintada a mão. As cristaleiras. Os quadros de tia Michaela, comprados por dona Cíntia. Em vários tons de azul. Céu. Fundo do mar. Tempestades. Tudo se foi. Tudo virou memória. Disputas. Alianças. Traições. Tristeza.

Talvez seja por isso que as pessoas escrevam livros. Os livros ficam. Ou parecem ficar. As casas se vão, quando as mãos que a alimentavam, como se fossem pombos, param de dar o pão. No início, ainda existe uma tentativa de se ressuscitar o que se perdeu. Dar vida ao morto. Fazer uma respiração boca-a-boca. Irmãos se reúnem. Buscam a falsa harmonia. Mas cadê o que os enlaçava, cadê o liame de sangue, o pai e suas quimeras? Seus unicórnios. Vênus de Milo. Suas visões? A saudade corrói tudo. Exige que se construa o novo.

Cadernos de Julia

Pensava em escrever um livro sobre você, meu pai. Apenas sobre você. E sobre Thomas Mann. Porque você o amava. A ele e à sua Montanha Mágica. E, no fundo, tão pouco você sabia sobre o escritor cuja mãe era brasileira. O escritor que se queria tão sério, enclausurando desejos proibidos no peito. Vestia-se com tanto rigor e apuro. Escrevia diariamente suas três laudas, exigente, duro consigo mesmo. O homem que sonhava acordado. E temia o Sul. Como uma sarna, uma doença, um desvario. Areia movediça, pântano. Assim foi no começo, quando deixei o jornal. Ou fui deixada por ele. Quando acharam que enlouqueci. Falei tanto sobre livros. Escrevi tanto sobre obras alheias. Honrei-o tanto. E nada entenderam. Acharam-me literária em demasia. Será que existe isso: um ser literário em demasia?

Eu apenas amo os livros e as palavras. Herança sua. Logo você, que tão poucos livros tinha em casa. Todos eles estavam em sua cabeça. Povoavam sua memória. Fiquei sem jornal e fiquei solta no ar. Uma pipa. Meu primeiro namorado. Lembra-se do meu primeiro namorado? O namoro ia bem, até que você disse que ele era um tronco, e eu, uma pipa solta no ar. E que ainda bem que havia um tronco tão firme e bronco para segurar a sua pipa no chão. Impedi-la de voar. Acabei com o namoro, horrorizada. Não queria tronco algum. Mas depois descobri a duras penas que o jornal era o meu tronco, pois também me impedia de voar. Como escrever com medo e insegurança? Mas, também, como escrever estando presa à realidade, mesmo que o jornal que se edita seja um jornal literário? Sim, eu sei, teria que me soltar. E paguei o preço do pavor. Do terror do futuro. Não tive nenhuma Katia Pringsheim para me segurar na terra, me amparar, fazer minhas contas. Adolpho também é escritor. Também delira. Também precisa de apoio. Só que você foi mais forte, exigiu o livro. Exigiu que eu enfrentasse meus demônios, meu medo. Este livro poderia ser também um novo *Os demônios*. Ou *O idiota*. Sendo que a idiota da casa sou eu. A epilética. A boba, a ingênua. A devorada pelas pessoas com o pé na terra. No fundo, apesar de todas as suas loucuras, você nunca voou, nunca chegou à beira do precipício da demência. Só que, apesar dos troncos, você queria que eu voasse. Há preço para tudo. Estou a pagar o meu. Digame, você que nunca nos abandona. Que sempre se faz presente. Que não quer partir, nunca quis. O que aconteceu afinal entre você e Mafalda, pai? Até onde você foi? É tudo mentira? Ou no colo dela você reencontrava Alice, a mulher que o levara a brigar com Deus? E que era capaz de apaziguar os seus demônios. Será que você escreveu poemas para Alice? Onde eles estarão? Será que roubou algum para lhe dar de presente? E disse que você mesmo o havia escrito? Quer um meu, para dar a ela? Um sobre perdas e reencontros? Na outra margem do rio?

Eu queria ter escrito apenas sobre ti, meu pai. Mas palavra puxa palavra. E tu foste o meu fio-terra para a infância, minha terra do nunca. Olha, se vires Bill, dize que o amei, como nunca amei ninguém. E beija-o na boca por mim. Um beijo cálido, brando. Com cheiro de húmus e perfume de flor silvestre. Não o teu beijo voraz de tuberculoso, que tentava arrombar almas e corpos. Teu beijo sôfrego de eterno esfomeado. Sabias, pai, que Thomas Mann beijou um amigo de Klaus na boca? Era o máximo a que se permitia, além do platonismo: o beijo na boca.

O poema para Alice

Poema para Alice que se encontrava entre os pertences de Antônio sob a guarda de Clotilde:

Chama Pura

Partiu de ti um raio deslumbrante
Ao ondular teu torso de mulher
Terra e ar um só corpo amante
Relva, orvalho, bem e malmequer

Incandescente estrela no horizonte
Cegaste-me. Tonta mariposa aflita
Quase queimei as asas em tua fonte
Ardendo o coração em ânsia infinda

Êxtase de amor, desejo sem pecado
Lavado na paixão, alvo diamante
Vindo de um garimpo imaculado

Onde a jazida é feita de ternura
Luz flamejante, és fogo sagrado
O que partiu de ti é chama pura

Dona Clotilde não mora mais aqui

Sente necessidade de voltar lá, ver novamente Clotilde. Adia, adia o encontro, mas um dia finalmente toma coragem. Não tem como entrar em contato antes. Avisar que vai. Perdeu o telefone. Dirige-se para o endereço que já conhece. O edifício fica numa esquina, tem uma galeria na frente e uma entrada para garagem. Será fácil encontrá-lo. Mesmo assim, não é tão fácil. Os olhos se perdem nas várias fachadas. Finalmente, ela acha que o encontrou.

— Por favor, qual é o mesmo o número do apartamento da dona Clotilde?

— Dona Clotilde não mora mais aqui.

— Como assim?

— Mudou-se.

Leva um baque. Aquilo, sim, era uma notícia inesperada. E implausível, quase que chocante. Será que a memória visual falhara, e ela errara de edifício? Clotilde já estava com uma idade muito avançada para fazer mudanças. De qualquer forma, resolve insistir. Não perde nada insistindo.

— Tem certeza de que se trata de dona Clotilde, uma senhora que morava sozinha? Creio que mais alguém da família dela morava neste prédio. Uma irmã. E talvez uma sobrinha.

— Isso mesmo. A irmã morreu. A mãe também. E um senhor que a visitava, talvez fosse o pai dela, também morreu. Com isso, mudaram-se todos. A sobrinha, o marido e dona Clotilde.

— O senhor teria o novo endereço?

— Não tenho não. Talvez o porteiro da manhã, que é mais antigo...

— Quem comprou o apartamento?

— Ah, isso eu sei. Uma moradora aqui do prédio mesmo. Verônica. Quis mudar de bloco. Vir para a frente.

— Teria o telefone dela?

— Tenho, mas ela trabalha fora, dificilmente a esta hora estará em casa.

— Me dê o telefone, por favor. Mas será que se trata mesmo de dona Clotilde, essa antiga moradora? Uma senhora morena, bonita, apesar da idade?

— Ela mesma. Morava aqui há tempos. Mudou-se.

Em casa, deitada na cama, ainda perplexa, fica a olhar para o telefone. Liga, não liga. Liga.

— Alô, quem fala?

— É a Verônica?

— Sim, é Verônica.

— Você comprou o apartamento de dona Clotilde?

— Comprei.

— Por acaso teria o telefone dela?

— Quem fala?

— Sou uma amiga dela. Quero muito falar com ela. Sou a filha do Antônio. Estou escrevendo um livro sobre meu pai.

— Ah... entendo... Um minuto, por favor... Vou procurar. Melhor ainda, eu ligo de volta. Poderia me deixar o seu telefone?

— É claro.

Fica grudada no telefone, a olhar para ele. E a pensar no que Verônica ficara a pensar. O telefone toca. E lá está a suave, amiga, voz de Clotilde. Sempre calorosa.

— Conseguiu me achar, não é? Quanto tempo! Verônica me localizou. Quer me ver? Venha, venha. Terei imenso prazer em revê-la. Estou em Laranjeiras.

Wikipédia. Tuberculose

A tuberculose — também chamada em português de tísica pulmonar ou doença do peito — é uma das doenças infecciosas documentadas desde mais longa data e que continua a afligir a humanidade nos dias atuais. Estima-se que sua bactéria causadora tenha evoluído há 15.000 ou 20.000 anos, a partir de outras bactérias do gênero *Mycobacterium*. Sintomas: tosse (por mais de 15 dias), febre (mais comumente no entardecer), suores noturnos, falta de apetite, emagrecimento, cansaço fácil.

Trecho de entrevista de Drauzio Varella com o médico pneumologista Daniel Deheinzelin, do Hospital de Câncer de São Paulo. Influência da altitude na cura da tuberculose.

Drauzio — Antes do final da década de 1940, não havia tratamento para a tuberculose, e muitas pessoas eram mandadas para as montanhas. De onde vem o mito de que lugares altos ajudavam a curar essa doença?

Daniel — Na verdade, existe uma explicação fisiológica para justificar essa conduta. O bacilo de Koch se localiza preferencialmente no ápice dos pulmões, e é nos alvéolos ali existentes que sobra mais oxigênio. Ora, como ele precisa de muito oxigênio para se multiplicar, e nas montanhas o ar é mais rarefeito, algumas pessoas conseguiam beneficiar-se, diminuindo a velocidade com que a doença progredia. No entanto, isso também fez com que os doentes se reunissem num mesmo lugar, proporcionando uma troca de bacilos que, se não tratados, adquiririam maior resistência. Por isso, hoje, não se trata mais tuberculose em ambientes fechados, nem se tira o paciente do convívio social. De qualquer forma, na falta de outro tipo de tratamento, a opção de ir para as montanhas era uma medida terapêutica importante, e, assim, surgiram os sanatórios. Em São Paulo, a cidade de Campos do Jordão, por suas características geográficas, acolheu inúmeros deles. Na verdade, a história da pneumologia está diretamente ligada ao tratamento da tuberculose. Durante muito tempo, a cirurgia representava a única possibilidade de combater a doença. Já que o bacilo precisa de oxigênio para se multiplicar, o procedimento era colabar o pulmão, isto é, murchá-lo, para impedir a entrada de oxigênio e eliminar a infecção.

Mais um acróstico sedutor

O prédio é muito mais bonito que o anterior, cheio de árvores frondosas na frente, jardins com flores e muitos blocos. Clotilde a espera, já com a porta aberta, sorrindo. Ao contrário do outro, este apartamento é claro, iluminado. Tem uma imensa vidraça que dá para o Cristo.

— Antônio teria adorado esta vista. Ele gostava muito de vistas. De qualquer maneira, sei que ele está por aqui. Mudou-se comigo.

E parece mesmo ter-se mudado. Mais do que nunca, a casa de Clotilde é um museu. Um museu de seu amor. Amor que durou 37 anos, recorda ela. Está feliz em ver Julia, em poder mostrar tudo à filha caçula de Antônio. A parede cheia das recordações das viagens que fizeram juntos, o quarto de empregada apinhado de fotos, os quadros, os móveis, o quarto com a cama de casal... Em tudo, Antônio se faz presente. Sobre o sofá, resplandece a marinha do Sílvio Pinto. E atrás da mesa da sala, estão os tons pastel de uma marinha da tia Michaela.

— Foi pintado em Saquarema, sabe.

É claro que Julia sabe. Também na casa da mãe há uma marinha de tia Michaela na sala de jantar, pintada em Saquarema. E, na sala de estar, o Sílvio Pinto pleno de cinzas e azuis. Novamente Julia se espanta ao ver como são parecidos, o da mãe e o de Clotilde. Apesar de serem pinturas originais. Será que ele precisava daquele quadro para se sentir totalmente em casa, fosse com Laura, fosse com Clotilde? Quase que um espelho seu, uma marca de seu gosto. Um conforto. Desta vez, Julia quer perguntar tudo o que não perguntara antes. Como da primeira vez, Clotilde não se nega a falar. Gosta de recordar, puxar pelas lembranças. Quando o conhecera? No hospital. Mas não ficaram juntos logo. Ele ainda era visitado por Ruth e às vezes por Laura. Ela nunca imaginara que Ruth fosse uma amante. Achava que era enviada pelo trabalho dele, para inspecionar. Ou apenas para saber como estava o doente, licenciado por causa da tuberculose. Quanto a Laura, que geralmente quando vinha ficava a conversar com a diretora do hospital, sem entrar no quarto, talvez por medo do contágio, Clotilde achava que era uma assistente social. Todos diziam que o doutor Antônio estava caído por ela, Clô, mas ela não queria acreditar. Era o doente mais charmoso da clínica. Só ao sair da clínica e voltar para o trabalho é que Clô o reencontraria. Ele soubera que ela ia operar o pulmão e a procurara. Com o acróstico. Fora assim que ela ficara sabendo quem era o autor do acróstico que um dia encontrara debaixo do porta do quarto, lá na clínica Santa Genovena. E o guardara, como se fosse um tesouro. Imagine, o doutor Antônio fizera para ela aqueles versos tão bonitos. Anonimamente. A descoberta a encantara. Ficariam juntos antes mesmo de ela operar o pulmão. Ficariam juntos e não mais se separariam. E ela ficaria sabendo tudo sobre Ruth, Alice e Laura. E não daria a mínima importância. Sentia-se totalmente apaixonada e feliz. Viva, apesar de doente. E, meses depois, convalescente. Sim, nada importava. Aquele homem maravilhoso era dela, e ela podia beijá-lo na boca, sem se preocupar com contágios.

Wikipédia. A bactéria

O causador da tuberculose — mais precisamente, a tuberculose pulmonar — é o *Mycobacterium tuberculosis* (MTB), também conhecido como bacilo de Koch, em homenagem a seu descobridor, o médico alemão Heinrich Hermann Robert Koch. É uma bactéria aeróbica de crescimento lento, e que se divide a cada 16 ou 20 horas, num processo bastante lento se comparado ao de outras bactérias cuja divisão se dá em minutos. Não cora com o método de Gram, portanto a classificação Gram +/− não se adequa a ela; sendo uma bactéria acido-álcool resistente, em seu caso é usada a coloração de Ziehl-Neelsen. É um bacilo, isto é, uma bactéria em forma de bastão, que pode resistir a desinfetantes fracos e sobreviver em meio seco durante semanas. Porém, só consegue se desenvolver no organismo de um hospedeiro. Nos dias atuais, afeta milhões de seres humanos, com sua disseminação tendo voltado a crescer após o surgimento da AIDS. Dissemina-se através de gotículas no ar que são expelidas quando as pessoas com tuberculose infecciosa tossem, espirram, falam ou cantam.

O CACHORRINHO E O PERDÃO

— Sabe Julia, ele era realmente o homem mais bonito lá da clínica. O mais educado, o mais gentil. Eu nunca pensaria que o conseguiria para mim. Estava doente, muito doente. Tinha de andar com aquele tubo que lhe colocam na pleura, para secá-la, antes da operação de colabação do pulmão. Ele perdeu um pulmão inteiro. O outro também viria a ser infectado, por isso Antônio respirava tão mal, vivia arfando. Mas, mesmo quando andava com o tubo, ele escondia o cachorrinho, o repositório das secreções da pleura. Os outros doentes não se importavam, andavam com o cachorrinho atrás de si, por isso tinha esse nome. Antônio, sempre bem composto, dava um jeito de escondê-lo. Fiquei encantada, lisonjeada, quando soube que fora ele o autor do acróstico. Logo depois eu estava morando sozinha e recebendo-o em casa. De início falava-me muito da Alice, a perda da Alice, e da Ruth. Mencionava pouco Laura, e eu respeitava isso. Mas depois me cansei. Pedi que não me falasse mais de Alice, estava morta. E também não queria mais ouvir as histórias da Ruth. Horrorosa, aquela mulher. Nunca poderia imaginar que era amante dele, quando o visitava na clínica. Tiro, que história é essa de tiro? Antônio dar um tiro? Ele não seria capaz disso, você conhece seu pai. Acho que houve uma briga séria com o homem que ia se casar com a Ruth. Agora, se houve tiro, o noivo da Ruth é que deve ter tentado matar Antônio. Por ciúme. Antônio nunca pegaria num revólver. Quanto a Alice, ele me deu tudo o que era relativo a ela para guardar. Não queria que Laura visse, sofresse. Eu guardei as cartas, as fotos, os textos que ele escreveu na ocasião. Depois que ele morreu, mandei sua irmã Lulu entregar ao Toni. No começo, houve momentos confusos. Uma vez, ele participou de uma grande cerimônia, inauguração de alguma nova ala ou prédio, ou talvez uma festa de fim de ano da empresa na qual trabalhava, e me chamou para ir. Só que foi também a Laura e o irmão dela, o Zito. Eu fiquei muito constrangida. Pedi a ele que nunca mais fizesse isso. Se eu conhecia a Laura? É claro que conhecia. Eu a via no hospital, como já disse. Mas, felizmente, ela não sabia quem eu era. Creio que nunca soube. Eu não queria feri-la, nunca quis. Ele me deu tanta felicidade. Às vezes eu viajava, e quando chegava em casa, ele estava lá, a ler. A me esperar, deitado na cama. Fazia-me surpresas. Sempre dava um jeito de dormir comigo, uma noite ou outra. Por isso, deixo o copo de leite na mesinha-de-cabeceira, do lado dele. Antônio gostava de tomar um copo de leite antes de dormir. Lia poemas, para mim, na cama. Sinto muito a falta dele. Minha irmã nunca o aceitou. Nunca. Morreu com essa tristeza. Agora sonhei com ela. Sonhei que ela o encontrava, após a morte, e que lá onde estão o perdoava. Ela o encontrava e o perdoava. Por que aconteceu, da forma que aconteceu? Porque tinha de acontecer. Era difícil, para mim, achar um homem doente como eu, delicado, amoroso. Naqueles tempos, a tuberculose era tabu. As famílias nem comentavam. Havia muito medo de contágio. Por isso, ocorriam muitos namoros na clínica. E muitos doentes liam *A Montanha Mágica*. O livro inteiro ou apenas trechos. É verdade, aquele história da febre, da sensualidade. A vontade de viver, amar, fazer sexo até o último minuto, o último alento. Amei Antônio, e sei que fui amada. Para mim, isso basta. Filhos? De certa forma, cuidei de todos vocês. Antônio era meio louco com dinheiro. Um doidivanas com o orçamento caseiro. Eu o ajudei a se organizar. No final da vida, já lidava com dinheiro de forma bem mais ordenada. Era eu quem fazia os depósitos, os pagamentos, até para os netos. Lulu diz que quase nunca pediu dinheiro a ele? É verdade, não pedia mesmo. Às vezes eu perguntava a ele por que dava tantos presentes a Lulu... E ele respondia: Porque ela nunca me pede nada.

Também nunca pedi dinheiro a ele para mim mesma, sempre trabalhei, sempre tive o meu dinheiro. Mas, é claro, ganhei presentes dele. E nunca os recusei. O grande presente, no entanto, foi o carinho dele, que nunca me faltou. Não me esqueço daquele dia, o da morte. Até hoje, quando me lembro, choro... E como vão todos? Vocês estão bem? Conte-me, conte-me tudo. Eu? Bem, eu não ando muito bem. Ano que vem vou fazer oitenta anos. Não sei se chegarei lá... É duro viver sem o Antônio... Embora eu converse com ele sem parar. Todos os dias eu converso com ele... Acho que enquanto eu viver ele estará aqui, do meu lado. Sinto a presença dele, o tempo todo. O livro está adiantado? Olha, essa história de livro me preocupa... Não vá falar mal dele... Era um homem tão bom... Tão fiel...

Tuberculose — Infecção

Só 10% dos pacientes com tuberculose infecciosa evoluem para o quadro da doença. A infecção se inicia quando o bacilo atinge os alvéolos pulmonares e pode se espalhar para os nódulos linfáticos e daí, através da corrente sangüínea, para tecidos mais distantes, onde a doença pode se desenvolver: a parte superior dos pulmões, os rins, o cérebro, os ossos. A resposta imunológica do organismo mata a maioria dos bacilos, levando à formação de um granuloma. Os tubérculos ou nódulos de tuberculose são pequenas lesões que consistem em tecidos mortos de cor acinzentada, contendo a bactéria da tuberculose. Normalmente, o sistema imunológico é capaz de conter a multiplicação do bacilo, evitando sua disseminação no organismo. Entretanto, em algumas pessoas o bacilo de tuberculose supera as defesas do sistema imunológico e começa a se multiplicar, resultando na progressão de uma simples infecção para a doença em si.

Três poemas para Cátia

Fogo de lenha

A tua casa mineira
tua casa de janelas verdes
com sua porta escondida
à sombra de um pinheiro
guarda meu coração vermelho
tinto do sangue vivo
de meu amor desatado.
A tua casa mineira
tem o piso de mosaicos
com ramagens desenhadas
no desalinho ordenado
de meus brancos cabelos.
São ramos que reflorescem
na mão dos teus carinhos
mais belos que os brotos novos
que brotam pelos caminhos.
A tua casa mineira
com suas telhas escuras
antiga como esta voz
que canta odes e trovas

tem a lareira aquecida
mais quente que estrela jovem
brilhando no céu cadente
ela faz de meu coração
lenha vermelha
queimando de amor desatado.

Pequenina

Quero-te assim
Pequenina
a boca molhada
de mel e emoção
mulher e menina
de minha paixão.
Quero-te assim
Pequenina
Teus seios pulando
na concha da mão
minha mulher
minha menina
tão grande, tão forte
no meu coração.

Rio de amor

Desce um rio de teus cabelos
Inunda de frescor terras antigas
Lava do coração chagas, feridas
Zelos, mágoas e pesadelos

Águas cheias de amor. Queixas
Dos teus olhos descem mansamente
E enquanto arrastam as ilusões
Fazem florir teu coração descrente

Rio de amor. Assim te revejo
Em meus olhos que a lembrança
Ilumina de sede e de desejo

Teu corpo pequeno despertando
A visão da mulher na criança
Sem querer que te ame, e amando.

Tara

Lulu está agitada. Impregnada por antidepressivos, encontra-se num frenesi. O marido está seriamente doente, pode morrer. A mãe vive uma vida de planta numa cama, planta carnívora que se alimenta da vida de Lulu. E Lulu caiu, torceu o pé, se locomove em sua casa com um andador ou cadeira de rodas. Não pode mais cuidar de todo mundo. Não pode mais ir ao banco pegar dinheiro para a mãe. Para os irmãos. Não sabe quem comprará os ovos de Páscoa para toda a família. E tem medo, está cheia de medos. Medo de que um dia o dinheiro acabe. Que o marido morra e a deixe sozinha. Que a mãe morra e leve consigo, para o túmulo, a gorda pensão que o marido deixou e que ela, a filha amante de contas e economias, administra, pagando às enfermeiras e ajudando os irmãos, quando necessário. E sempre é necessário. Lulu fala aos borbotões, para afastar o medo. Fala com raiva, às vezes. Raiva de todas as atribuições que assumiu desde a morte do pai. Como se fosse o pai reencarnado. Está com raiva de todo mundo, de todos os irmãos. Que jogaram sobre ela uma carga que ela nunca quis. Ou, quem sabe, quis. Quis ser o pai morto. Quis fazer o que ele fazia. Só que agora a morte a envolve. A morte se aproxima com seu bafo seco. E ela teme a miséria. Está farta de tudo. Teme que a mãe morra, e a última casa da família, a casa que não foi vendida, venha a cair sobre os seus ombros. A casa na montanha, o sonho do pai. É preciso vender o sonho. Livrar-se dos sonhos. Pôr o pé na realidade. Mas ela não tem mais forças para vender nada. E está com raiva. Com raiva de Tomás, de Toni, de Julia, de Rosa, de Tiago, de todos os irmãos, irmãs, sobrinhos e sobrinhas que sempre se negaram a mexer numa palha para pôr a casa à venda. Para enterrar o sonho. A visão do paraíso. Raiva dos que ainda querem viver no passado. É preciso vender aquela maldita casa, com sua piscina, sua lareira, seus pássaros, suas flores, suas árvores, seus caminhos ajardinados, sua vista do lago. Seus espectros. O céu azul, o verde luminoso. É preciso vender o sol, a neblina, o fogo, os jacus, os sapos, as formigas. Antes que a casa vire uma ruína ou sombra do que foi. Lulu vocifera. Sabe o que Tomás diz, Julia, quando falo na venda da casa, aquele tolo, agarrado ao passado? que a casa na serra será a nossa Tara, que devemos deixá-la em paz. Quando não mais tivermos dinheiro para mantê-la em pé, que a deixemos se transformar numa carcaça. Fechemos o portão para sempre, o portão de ferro, e deixemos o mato entrar lá dentro, os bichos, os insetos. Os raios de sol, crestando o assoalho, as paredes. Como se fosse a nossa Tara. E Lulu dá um riso amargo, cansada de tudo. Querendo jogar ao chão as vestes do pai. Querendo voltar a ser ela mesma, dentro de seu próprio corpo. Que inchou. Inchou com as preocupações, as misérias e lamúrias dos irmãos, a fusão com a mãe, as dores do marido. As dores da vida. Ah, se o pai estivesse vivo, como tudo seria diferente. Não importava nem um pouco o que ele fazia fora de casa, ela nunca quis saber daquelas histórias, nem acreditava muito nelas. O que importava é que ele cuidava de todos, todos eles, com um amor de tarado. Inquestionado, quase que puro. Amor que se perdeu no fundo do mar quando o seu corpo baqueou na areia. Quando o coração se rompeu, explodiu de tanto amar. Lulu está cansada, mas não consegue chorar. Grita. Você já imaginou, Julia, fechar o portão e deixar que a casa vire uma ruína, invadida por ervas daninhas? Que Tara que nada. É preciso vendê-la. Eu juro, não cuidarei mais dela. Não cuidarei mais de nada. Fala e se ergue imensa, esquecendo que o pé está magoado, ferido. Há uma flecha no calcanhar-de-Aquiles, no tendão rompido. A amargura e o fim dos sonhos. A realidade, dura, ficou nua, de nervos expostos. Com a morte de Antônio, o delirante, o sonhador, o homem que sabia amar. E muito provavelmente, com Lulu ferida, magoada, pela primeira vez os ovos de Páscoa não serão comprados, escondidos na palha, junto com cenouras e rabanetes. A última casa será vendida, e o céu, o verde, a neblina, e os laços familiares, enfim, começarão a ser rompidos, de verdade. Que cada um viva a sua vida. Construa sua casa, sua família. No meio do horror e do medo. E que os sonhos, se ainda existirem alguns, se alimentem da memória. Do que existiu e não mais existe. O amor foi esticado como uma corda até se romper. Como o tendão de Aquiles de Lulu.

Mas Clotilde ainda fala com Antônio, Cátia também. E Julia ouve seus passos na palma da mão, a mão que ele nunca leu. Laura delira, Mafalda também. Filhos e netos ainda sentem no rosto o sopro do amor. Um doido, dilacerante amor, que a todos marcou. Tatuou. Ah, a rosa vermelha. O veludo nos dedos. Nenhum amor é em vão, nem mesmo o louco amor de um homem sem limites, amoral. Que amou os livros, mas amava muito mais a vida. E beijava com sofreguidão. Pois cada beijo poderia ser o último. E cada carne era um pedaço do mistério. O humano enigma, eternamente indecifrado.

Venha, Bill

Vamos pular corda, brincar de carniça, esconde-esconde. Fazer bolos de lama. O relógio de luz ainda está lá no mesmo lugar. A rua, o quintal. Seu pai passeia com sua mãe de mãos dadas pela calçada, iluminados pelos lampiões. E minha mãe espera por meu pai, com um prato na mesa, abafado por outro prato. Tem um livro nas mãos. Poemas de Bandeira. Cochila. O livro cai no chão. O relógio bate uma hora. Ele sobe as escadas, cansado, com cheiro de jornal. O cigarro que nunca fumou. Entra em meu quarto. Eu tremo. Penso que é o ladrão da madrugada. Ele beija minha testa, e o beijo é quente. No sopé da cama, há um saco de balas, caramelos. E sonhos. Durma bem, minha filha, tenha bons sonhos, sussurra o homem fantasma. Que um dia o mar levou.

Venha, Bill. Me dê sua mão. Ah, as unhas. Quando você deixará de roer as unhas? Vamos brincar lá no larguinho? Ontem eu briguei com a Lulu. Mas depois tomamos vinho. Tinha a cor de suco de amoras, mas era vinho de verdade. E brindamos à vida. E saudamos a morte. Que um dia nos abraça e nos acarinha, como uma infância perdida.

E houve um sonho com Bill

Um sonho estranho, que poderia ser com uma festa, as muitas festas que Bill deu, em sua casa, com lençóis na porta da entrada, um buraco no meio. Ou no larguinho da rua *cul-de-sac* onde moravam. Uma festa ruidosa, de amigos de Bill e inimigos de Julia. Pois o clima, para ela, era inamistoso. Bill ria, se divertia, com os amigos, ela se sentia mal *à l'aise*, ou seja, tomada por um certo mal-estar. Era bom ver o amigo feliz, mas ela não gostava das pessoas que estavam a rodeá-lo (o que muitas vezes tinha ocorrido). Havia aquela morena de cabelo curto, que um dia lhe dera um soco no estômago e a fizera desmaiar. Estava no meio do salão. A dançar. E a chamar a atenção de Bill. Era bela, com seu cabelo de índia. Julia sentiu ciúmes. E novamente sentiu o soco a lhe entrar estômago adentro. A sensação de desmaio. Bill, talvez para consolá-la, tomou-a nos braços para dançar, dando publicamente uma demonstração de carinho e afeto pela amiga de tantos anos. Abraçaram-se. Ficaram muito próximos um do outro. Os corpos praticamente iam se unir, colar. Ela teve uma sensação de queda, escorregava pelos braços de Bill, já que estava a fazer algo proibido. Proibidíssimo. E de repente sentiu o vidro. Mil pedacinhos de vidro que se espatifavam entre eles. E no chão da festa. Poderiam acabar se ferindo, se cortando, o contato era proibido. Foi com dor e espanto que se separaram, cercados de vidro. Ela acordou. Sentiu que perdia Bill, o abraço de Bill, o braço quente — apesar de branco, cor de leite desnatado — em torno de sua cintura, mais uma vez. E lembrou-se de mais uma carta muito antiga que encontrara entre seus guardados, enviada pelo amigo, com sua letra tremida, de canhoto. Seus garranchos. As várias canetas, as várias cores. Carta na qual ele reclamava novamente da falta de contato, da ausência de carícias. Desta vez era Bill quem estava em Londres. Viajando a trabalho. Sentia-se só, muito só. Fora visitar um ex-namorado de Julia, no hospital. Dizia na carta que ver este namorado da amiga o fazia sentir-se bem. Que com ele, Pierre, sentia-se à vontade, íntimo até, já que fora companheiro de Julia. "Um dia" — comentava Bill na carta — "você me disse que eu não te beijava, mas que beijava todas as minhas outras amigas. Não sou eu que me fecho e que me mostro gelado, é você, que nem por carta me manda beijos. E eu bem que estou necessitado de beijos aqui, em Londres, sinto-me jogado fora. Nunca pensei que iria sentir tanta falta de todos. Sou um grande insatisfeito. Quando estou aí, quero estar aqui, e vice-versa. Ou é insatisfação crônica ou é burrice."

E ele continuava, analisando-se (e fazendo Julia pensar na sensibilidade do amigo, a sensibilidade que ela conhecera tão bem, mas que não fora capaz de captar, com a devida intensidade, antes que ele partisse): "O desespero bateu e não vejo outra saída além de voltar. As garotas aqui parecem ter medo, mas não é bem medo, nada além de um papo é permitido, qualquer intimidade é abuso. Tenho que ser superficial, e isso me faz mal, mas nada é permanente ou importante demais. Às vezes deixo meus pensamentos ruins de lado, mas logo eles voltam com mais força. Minha experiência aqui tem sido interessante, e pude constatar que hábitos não passam de hábitos, portanto tanto faz o que se assuma. E foi aqui, distante quilômetros e quilômetros, que vi, entendi, o valor que têm os meus amigos.

Nunca pensei que não tivessem, mas sinto-o agora com mais intensidade, tenho uma melhor noção do amor. De arte, tenho visto muitas coisas bonitas, mas são coisas, mesmo sendo arte. Elas só têm importância quando a elas se dá importância, não é o que estou querendo agora. Não posso dar importância à arte, quando me falta o essencial..."

Bill, oh, Bill. Deveríamos ter tido a coragem de andar sobre vidros. Dançar sobre cacos. Patinar sobre o gelo. Venha, vamos fazer casinhas, doces, árvores de Natal. Cuidar das feridas, um do outro. As da pele e as da alma. Venha, enquanto está vivo, tão vivo, em minha memória. Minha vontade é arrancá-lo da foto que tenho em minha cabeceira. E acariciar seus cabelos, que pratearam tão cedo. Com as mãos mornas que nunca foram suas, apesar de eternamente terem sido suas. E de mais ninguém.

Textos de Cátia

— Te amo de paixão.
— Mas não devia — respondia ela, nua, no colo dele.
Ele sentado no vaso sanitário, o chuveiro aberto, a tarde escorrendo azul, gargalhada conjunta. O beijo dado.

Pequenas nuvens rosas e amarelas assopravam fumaças como criancinhas brincando. Pequenos demoninhos saltitantes e divertidos. Os olhos faiscavam estrelas.

A Prata, um grande mar, a praia da Mantiqueira. Ela o tocava, carícias de mulher, acordara cedo para ouvir os galos. Ou antes, quando o silêncio é maior. Horas abandonadas. O mundo respira. O sono envolve as mentes, as casas, as camas. Os casais se abraçam, se separam. Dormem.

Ela esperava. O quê, meu Deus? As andorinhas, os miados, o sol de São Pedro.

O dia tinha sido ácido: biscoitos, pães de erva, gemidos e limonadas. Orara entre as fornadas, que, douradas, diziam sim. Anis, baunilha, manjericão, alecrim, pimentas e oliva. Sabores antigos como os beijos do amado.

II

Como se tivesse uma viagem pela frente, ou o sentimento dela, engraxava os velhos e bons sapatos urbanos. A viagem seria para onde? Monet in Holland ou Mirantão em dia pleno? 18 de julho do ano de 1995. A casa seguia em desordem. O velho e bom amigo morrera. Na horta: cenouras, couves mineiras e brócolis. Batata, salsa, ervilha, espinafre, sálvias e coentros. Tudo junto às rosas. Limoeiros cravejados, laranjas da Prata, douradas de sol. Sol de julho, límpido e fresco, entre o pau-ferro e o cacto gigante. Mas os sapatos ao sol o chamavam. Seios ao sol.

Um enorme cansaço invadia as palavras que Antônio pensava. Num momento, do paiol verde e vermelho, ouvia o Prata seguir seu curso no mais baixo do vale. Escrevia à amiga integral dos últimos 15 anos. Viajara, contara histórias. O dia quente, noites gélidas. Cultivara o silêncio do rio. Uma visita, crianças. Dia largado, espaçoso, sem pressa para nada. Tempos móbiles.

O amor de Antônio estava no ar. Subia pelas folhas verdes, intenso, do abacateiro novo. Já estava atrasado para o encontro. Mas podia imaginar Cátia no espelho. Sob o lustre de cristal da sala de sua avó. Gotas de luzes. Teia luminosa do passado.

III

Mares verdes
Verdes mares
Todos os mares
Vinde horizonte

Terras d'além
Velhas terras
Rotas marítimas
Levai os homens

Mares virgens
Velhos mares
Terras encobertas
Aplacai os homens

Mares tantos
Mares unos
Território vivo
Perdoai os homens

A última vinda de Cátia

Trouxera poemas, textos. Era aniversário de Julia. Um texto sobre o grande amor entre eles, um outro sobre a morte, a perda, e um poema sobre o mar que o levara para o outro lado. Talvez fosse a primeira vez que Julia contava a Cátia que costumava visitar Clotilde, em busca de informações sobre o pai. Não contaria — temia magoá-la — que também amava Clotilde, de uma forma totalmente diferente. Apesar de ter ocupado a vida inteira a difícil posição social de amante de um homem casado, Clotilde era uma senhora digna e apaixonada, que vivia do passado. Cheia de pudores e recatos, tranqüila, só tivera um amor na vida. Pelo qual abdicara de tudo. Cátia, mesmo com a delicadeza de seu 1,48m, nunca seria uma senhora burguesa, respeitável, nem quando tivesse cem anos. Dentro de si, não importando a idade que tivesse, seria sempre uma jovem irrequieta, desejosa de orgasmos, emoções fortes. Quase masculina, apesar do pequenino corpo perfeito, a cinturinha fina, os seios firmes, as pernas belíssimas, rijas. De certa forma, assim como Julia, Cátia carregava em si um mundo pessoal fantasioso e extremamente aventureiro, sedento por literatura. Escrevia, escrevia sem parar, enchendo de palavras belas e fortes, como seios, seiva e sol, cadernos e blocos. Quem escreve, gosta de alimentar a imaginação. Precisa, portanto, estar sempre aberto para o mundo. Por isso, Cátia vivia aberta para os homens, para novos encontros, novas descobertas. E era possível prever que ela seria assim até o final. Embora tivesse amado Antônio, com certeza, e muito, porque, paradoxalmente, ele fora o único homem a lhe ser totalmente fiel. E como ficava Laura, a mãe de Julia, dentro desse trio feminino? Era a que aparentemente tudo tinha e nada tinha. Porque, na realidade, mesmo sendo dona de hipnóticos olhos azuis, e, durante muito anos, de uma alegria feérica, contagiante, sempre fora para Antônio a obrigação, o dever, a mãe de seus filhos, a madrasta que cuidara carinhosamente dos filhos de Alice (apesar de Mafalda não concordar). Complexo trio, que na realidade não era um trio amoroso. Era um quarteto, um quadrilátero de mulheres, com Alice no vértice. Pois, morta, Alice, era imbatível. Eternizada pelo súbito desaparecimento, ficara cristalizada dentro do coração de Antônio como a perfeição, o amor total, permanente, porque nunca saciado, irrealizado em sua plenitude, a plenitude da rotina, do tempo que tudo corrói. Ninguém destrói quatro anos de bem-aventurança, felicidade juvenil. Alice tivera o sonho e fora o sonho, o paraíso perdido, ficando para sempre endeusada. A Laura couberam a rotina, as casas, os filhos, os netos, a segurança, o tédio, as alegrias e as misérias do cotidiano. De certa forma, Clotilde também tivera sua rotina, só que sem casas, condomínios, empregados, boilers, gramas, filhos, noras, netos, e, o mais importante, passional, sem tédio. Já Cátia fora a paixão da maturidade, outonal. E como paixão ficara até a véspera da morte do amado. Só que, mesmo após a morte, a moça de nervos esticados, corpo elétrico, continuava a encarnar a paixão, procurando-a incessantemente. Seu corpo tenso, fio desencapado, fazia com que sempre estivesse disposta a cair numa cama com um novo homem. Queria viver gozos e abismos. Conseqüentemente, de todas elas, Laura, a mãe de Julia, fora a que mais sofrera, a que menos se sentira amada, porque sabia ou sentia o cheiro, no marido, dia e noite, noite e dia, de outras peles e das constantes traições. Doce e amargo, nauseante perfume. Teve o marido, as festas familiares, os natais, a Páscoa, os almoços e jantares em conjunto, as idas às embaixadas, até mesmo ao honroso jantar oferecido em Brasília à Rainha, mas se sentia sempre atraiçoada, dolorida, mal-amada. Pois onde estaria a cabeça do marido, quando partilhava com ela os momentos domésticos, os compromissos sociais de casal oficialmente aceito pela sociedade? No colo de que mulher ele a pousava, a cabeça imaginativa e ruminadora, quando não estava com ela? Seriam várias amantes, uma só? Mistério insuportável, que no fundo não queria decifrar, pois temia aumentar a terrível ferida aberta no coração. Sofria, sofreu a vida inteira, mas tinha consciência de que sem ele, o marido, sofreria muito mais, porque ficaria vazia, diante do nada avassalador. Sem ter Antônio ao lado, na cama. No banheiro, a tomar banho, fazer a barba. Na mesa das refeições, tomando o café, antes de ir trabalhar. E sem ter que esperar por Antônio, para lhe dar o jantar. Conversar, ou brigar. O que era difícil, muito difícil, porque ele não gostava de brigar. Só no fim da vida brigou, falou alto, só no fim da vida foi agressivo com a mulher. No último, derradeiro ano de vida, sentiu-se preso à domesticidade de Laura. Mas era tarde para ir embora, muito tarde. O corpo debilitado já pressentia a morte. Tanto queria ir embora de todo aquele castelo de nadas e mentiras, que tão equilibradamente construíra, pelo amor louco que tinha pelos filhos e netos e pelo imenso carinho que tinha por Laura, em agradecimento à paciência dela, aos olhos vendados, que acabou por morrer longe. Longe de todos eles. No mar, e próximo à grande amiga de toda a vida, Clotilde. A amante que na verdade fora uma segunda mulher. Pois amante mesmo, aquela que o fazia devanear com fugas, carícias inconfessáveis, fusão de corpos e almas, nos últimos

15 anos de vida, fora Cátia. Estivesse ela casada ou solteira, a sensual professorinha da montanha, escritora de versos e prosas, dona de seu próprio nariz e de seu próprio chalé paradisíaco, ocupara o lugar de sonho de Alice. E era o seu delírio, sua tempestade, seu transtorno, sua doce obsessão.

— Por mim, diz Cátia, sei que ele teria abandonado tudo, mulher, amante, casas, filhos, netos, rotinas. Comigo, ele teria fugido para Paris. Poderíamos estar morando na Toscana, provando em adegas capitosas os vinhos italianos de que ele tanto gostava. Nunca mais poria os pés no Brasil. Teria vindo atrás de mim, eu sei, bastando para isso que eu pedisse, fizesse um sinal com os dedos. Como um cachorrinho esfomeado. Porque seu pai, Julia, também era um ser literário. Gostava de poesia e de folhetins. Gostava de ser um personagem, e de viver apaixonado. Mas seria muito perigoso arrancá-lo de sua vida. E eu tinha medo da diferença de idade, medo de que ele perdesse, um dia, totalmente, a potência sexual, ao meu lado, e me culpasse. Apesar de que poderíamos viver do seu beijo. Depois que tivemos nosso clímax sexual — quando ele me seduziu, finalmente, após seis anos de paciente corte —, depois que eu disse que não viajaria com ele, passamos apenas a nos beijar. Eu sentava no colo dele e ele me beijava, beijava meu rosto inteiro e me fazia algumas carícias, sem consumar a penetração. E era muito bom ser beijada por ele. Eu o beijava até mesmo quando ia visitá-lo, em sua casa, Julia, sua mãe estando tão próxima. Era só Laura nos deixar sozinhos, e ela sempre nos deixava — acho que sabia de tudo e não ligava — que nos beijávamos. E ele me beijou até mesmo antes de partir para aquela última viagem. Eu estava sentada no colo dele, na sala da casa na qual ele morava havia cinquenta anos com Laura, e ele me beijou. Naquele mesmo dia em que depois você me deu carona para a cidade e eu lhe pedi que me avisasse caso acontecesse alguma coisa com ele. Tive esse pressentimento...

— Mas, provavelmente, se tivessem ido para Paris ou para a Toscana, o amor de vocês teria durado pouco. Você acabaria por brigar com ele, porque ele ficaria saudoso de tudo, da mulher, da amante, dos filhos, dos netos, das casas que construíra, dos jardins, das piscinas, do sol morno de Teresópolis. Você ficaria impaciente, acabaria por se sentir traída, além de se sentir frustrada sexualmente. Por mais carinhoso e amigo que ele fosse. E sempre era. Tenho certeza de que não teria dado certo.

— Provavelmente. Mas essa hipótese não existia, nunca existiu. Eu não iria, nunca iria. Eu não seria capaz de ser a responsável por tantas perdas e mágoas. Mais do que tudo, preocupava-me com sua mãe. Sempre fui solidária com sua mãe. Ela não imagina o quanto fui sua amiga. Mas também acho que no final ele tinha vontade de matá-la, ganas de enforcá-la, por mantê-lo preso a ela.

— Preso porque quis. Se quisesse ir embora, teria ido.

— Comigo, teria.

— Mas voltaria. E elas estariam a esperá-lo. Elas o esperariam sempre, Clotilde, minha mãe. De braços abertos. Vocês se feririam muito, mutuamente, e ele não teria sido seu como foi, até morrer. O fracasso do sonho manteve o sonho vivo.

— Sim, eu também acho que ele voltaria. Mas não foi por isso que não aceitei a proposta. Eu teria que ter o coração muito duro para aceitá-la. Derrubar todo o castelo de cartas dele. Separá-lo de todas as pessoas que ele amara por toda a vida. Decepcioná-las. Ficamos, mantivemos tudo intacto, e até consegui ficar amiga de sua mãe. Ela me tratava com uma certa frieza, distância, mas, ao mesmo tempo, nunca me destratou. Sempre manteve a porta aberta para mim. Sempre permitiu que eu o visitasse, chorasse no colo dele.

— Ela foi uma grande mulher, sem dúvida. Mas pagou um preço muito alto por isso. Você não acha que ele foi longe demais, Cátia? Que podia ter se comportado, como marido, um pouquinho melhor?

— Quem sou eu para julgá-lo? Nem pensar. Você está falando com a pessoa errada.

— Também não o julgo. Ou pelo menos deixei de fazê-lo há muito tempo. E, sobretudo, depois de escrever sobre ele. Os livros são uma libertação dos grilhões do passado. Não há bem, não há mal. As pessoas são complexas, homens e mulheres. Cheias de prismas, vórtices, luzes e sombras. A vida é caótica, penumbrosa. Talvez, quem sabe, apenas a morte seja simples. Luz, mais luz.

— Talvez.

Quando pararam de falar de Antônio, Cátia contou a Julia que novamente se envolvera com um homem, um inglês de 75 anos. Um jovem, portanto, já que o pai, se estivesse vivo, estaria próximo dos 90 anos. Só que o namoro não estava dando certo. O homem já era broxa e, como todos os homens orgulhosos, não queria usar Viagra. A relação era tempestuosa. Mesmo assim, Rodgers, chamava-se Rodgers, que voltara para Londres, onde tinha negócios a tratar, prometera a Cátia que traria de lá um laptop novinho em folha. Cátia dissera a Rod que queria escrever um livro. Sobre o grande amor de sua vida. Antônio. Seu Poseidon, que morrera no mar. Poseidon, estranho, Julia nunca vira no pai um Poseidon, apesar das águas turvas, perigosas, nas quais nadara. E naufragara. Era mais um Saturno, a comer os filhos. Um Zeus, a endoidecer as mulheres com seus jogos, seus cisnes, seus touros, suas chuvas doiradas. Ou Plutão, Hades. Poseidon, quem diria. Julia tinha certeza que Cátia escreveria, um dia, o seu próprio livro, totalmente diferente do que ela escrevera. Havia espaço para todos os amores, ressentimentos, dores, ilusões, iluminações, no mundo dos livros. Bastava querer contar uma boa história. Cheia de som, lágrimas, ranger de dentes. Uma história mágica, sobre uma montanha nevada que abrigava os vivos e os mortos. Auras e almas.

O CHAMADO

E o livro, assim estaria terminado. Só que, ainda por causa do aniversário de Julia, houve um chamado. Um inesperado chamado de Clotilde. Um presente a ser dado. Achara vários textos de Antônio. Achara ou decidira finalmente achar. O primeiro poema, o acróstico, entregue na clínica, quando nem namorados eram ainda, e vários outros. E os bilhetes que ela havia mencionado, grudados na porta, quando havia desencontros, e cartas. O fato é que Antônio gostava de escrever, e só não escrevera um livro enquanto vivo porque sua própria existência fora cheia em demasia de capítulos, emoções, episódios e peripécias. Ele, em pessoa, era o folhetim, a novela, suas penas perdidas de amor, escritas com delírios, sonhos, sangue. Sangue de hemoptises e de laços familiares. Antes que Clotilde resolvesse guardar tudo de novo, Julia correu para a casa da amiga do pai. Uma segunda esposa que generosamente não tivera filhos e que de tudo abdicara para ter seu homem totalmente liberto das responsabilidades de uma dupla vida doméstica. Aquela que seria confidente e amiga até o fim, a mulher em cujos braços ele escolhera morrer. E que presente, Deus meu, que presente Clotilde resolvera dar a Julia, quando a filha caçula do amado completara 55 anos. Toda a infância passava enfim a ser decifrada. A caixa com recortes, cartas, bilhetes e poemas de Clô era uma máquina do tempo, um pó cósmico, que a tudo explicava. As dores, os enigmas, as charadas. E a escuridão, de repente, se fez torridamente luminosa. Como se Julia enfrentasse seu dionisíaco deus cara a cara no deserto, sem véus. Pois, além de textos, havia fotos. Fotos que feriam, mas que também eram chaves para o mistério da casa escura. Luz, mais luz. Até o olho queimar, lançar-se para dentro, virar foguete dentro do cérebro. Era preciso ser forte para agüentar tanta informação. Degluti-la. Processá-la. Mas Julia tinha uma arma para a compreensão. No princípio e no final seria o Verbo. E, sobretudo, o Verso. O pai era um poema encarnado. Trágico, erótico, dissoluto, devasso. Mas também lírico, doce, nostálgico. Não importava, para Julia, a qualidade dos versos. O que importava era o carinho do homem que amara ilimitadamente. E, muitas vezes, perigosamente. Suas mulheres o perdoaram de todas as suas faltas, por ter esse coração transbordante, cheio de máculas, perversões cultivadas, prazeres e chagas. Coração de tuberculoso, sedento por vida. Estranhamente sem culpas, apesar dos erros, imensos tropeços, o sofrimento que espalhava por tanto amar. E as alegrias, os cuidados, as pequenas gentilezas. Sim, também era homem de pequeninas gentilezas, lembranças, toques. Buquês de flores, orquídeas.

Foram muitas as informações relevantes recebidas por Julia, ao longo da tarde em que esteve com Clotilde, em seu novo apartamento. Quando o sol se punha na janela, aquecendo-a levemente. Tarde na qual descobriu que, além das marinhas de Sílvio Pinto e da tia Michaela, Clô também era dona de uma outra marca visual familiar: um desenho de Carlos Leão. Já devia ter visto aquele quadro delicado, em que o traço fino do pintor esboçava um nu feminino. Mas só desta vez ele entrara em sua consciência, gritando lembranças, mais uma miragem dentro do jogo de mimetismos que o pai criara nas duas casas que freqüentava, com suas tosses e românticas utopias. Tornando a segunda casa, ilegítima, também familiar, próxima. Uma pequena cópia da grande, a oficial, a pública. E havia também os dois imensos lustres com ar de fazenda, lustres que escolhera pessoalmente, sem dúvida, para a casa de praia de Clotilde. Aquela casa que acabaria por vender, por não ser freqüentada pela amante, pondo fim a seu sonho de uma casa próxima às ondas do mar.

Lustres. Gostava de lustres. Lâmpadas, lanternas mágicas, abajures. Fazia questão de escolhê-los pessoalmente, e muitas vezes presenteava os filhos com lustres e lamparinas. Abaulados, com flores. De fina porcelana e alças de cobre. Opala. Sempre lia à luz de um abajur. Sempre se cercava de luminosa beleza. E lá estavam as fotos e os escritos, que tudo diziam. Tudo revelavam. O preto e branco da infância, de repente, ficava nítido, pleno de cores fortes. No peito de Julia, profundos cortes, cutiladas abertas a faca. Que imediatamente saravam. A aguda consciência dói, mas também cura.

Sim, lá estavam as fotos de Antônio com Clotilde na clínica de tuberculosos, as primeiras fotos, juntos, do homem e da mulher que comporiam futuramente um casal de amantes inseparável. Tiradas quando os dois, profundamente doentes, haviam se encontrado e se apaixonado, ela curando uma tuberculose ainda florescente, e ele se preparando para entrar na faca, tirar uma costela, colabar o pulmão. Estavam com um grupo de amigos, todos eles doentes, perto de uma cascata. Clotilde usava uma camisa de listras azuis, de marinheiro, e uma calça também azul. O pai vestia uma camisa branca — enrolara as mangas — e calça cinza. Todos estavam alegres na foto — eles e os amigos —, apesar de os respectivos pulmões estarem infestados de bacilos devoradores de alvéolos. Segundo Clotilde, somente o futuro casal sobreviveria para viver sua paixão. Os demais seres fotografados, eternizados em fotogramas, não resistiriam à doença fatal. Naqueles tempos, anos 50, a tuberculose ceifava impiedosamente. Era a bandeiriana indigitada das gentes. A senhora de rosto velado, a caveira sob diáfanos tules. Feitas as contas, Julia verificou que, na época do encontro do pai com Clotilde, tinha apenas quatro anos. Tomás tinha cinco para seis, Lulu sete. O caso com Ruth já havia acabado, houvesse ou não ocorrido o tiro que falhara e fora parar na parede do escritório. Um ano depois, os dois já teriam saído do sanatório. Clotilde levara consigo, bem guardadinho na bolsa, o acróstico escrito pelo fã anônimo, que tanto a emocionara, aquele que fora deixado um dia debaixo da porta de seu quarto de doente e tanto a intrigara. Ao encontrar um amigo na rua, este avisara a Antônio que Clotilde piorara e teria que ser operada. E Antônio de imediato foi procurá-la, a ex-companheira de sanatório, com medo de perdê-la para sempre, e confessou que escrevera o poema. Ganhou em troca um beijo apaixonado. E a partir daí, não mais se deixariam.

Operada, Clô aceitou montar uma casa com o amado, casa que ele visitaria nas poucas horas livres que tivesse, antes de ir para o trabalho e antes de retornar, após sua longa jornada em jornal, ao convívio de Laura e dos filhos. E, muitas vezes, em fins de semana, sobretudo aos sábados, quando inventava alguma desculpa para sair de casa: a compra de um abajur em Benfica, um peru de Natal em Duque de Caxias, ovos de Páscoa, brinquedos para as crianças, sorvetes, queijos, material de construção, móveis. Sim, sempre dava um jeito de visitar Clotilde. Sempre cavaria em sua rotina com Laura tempo e espaço para a nova mulher, aquela que lhe dava o céu da entrega total, sem medo de contágio. A ex-amiga do sanatório, que lá se tornara a confidente disposta a ouvir todas as histórias, todos os relatos, e que depois passaria a ser a ouvinte de todas as horas, todas as tristezas, todas as realizações, todos os percalços. Do amante e de seus filhos e netos. As fotos se seguiam, e Julia viu

Clotilde numa mutação incessante de vestimentas e idades, em todos os carros que haviam sido de seu pai na infância: o Packard, o Cadillac, o Simca, os Opalas. Abrindo a porta, dentro do automóvel, sentada no capô, sorridente, feliz. Faziam longos passeios juntos. Quando possível, viajavam. Também ficara registrada em polaróide a primeira casa do casalzinho proibido, marginal — aquele que vivia em paralelo à grande família —, ainda parca de móveis, muito simples, mas já contendo a cama de espaldar de bronze que depois, muito depois, seria enviada para a casa na serra, para se tornar a cama de Laura e Antônio em sua moradia de campo (cama na qual a neta Rosa se deitaria com seus namorados, incestuosamente). Quantas duplicações, quantas traições sutis, quantas infidelidades. Que mal teria levar para a esposa oficial a cama que fora da amante? Mal nenhum. As duas, para ele, eram extensões de seu próprio corpo. E poderiam se encontrar na mesma cama, mesmo que metaforicamente. Um desejo nunca realizado que se concretizava em ferro e bronze. Fronhas e lençóis conspurcados por devaneios e fantasias de união, amálgama. Um só homem, duas mulheres, a mesma cama. Quantas vezes, contou Clotilde, Antônio pedira que o visitasse, conhecesse o seu reduto familiar, quando Laura estava fora, viajando com uma amiga. Sim, um sonho irrealizado de Antônio, o homem que fabricava, concretizava sonhos, fora ter Clotilde em sua própria casa, junto com os filhos, no reino que criara para a mulher e os filhos. Mas Clotilde se recusara, peremptoriamente. Nunca aceitara fazer o que Ruth fizera e Cátia faria. Ficar amiga de Laura. Sentar no colo de Antônio enquanto Laura dava ordens na cozinha, apressando o preparo do almoço domingueiro. Clotilde quis se manter à parte, ter o seu próprio mundo. E apesar de todas as insistências de Antônio, nunca atendeu ao pedido. Achava que seria muito desrespeito com a mulher com a qual dividia o seu homem usar o leito conjugal cartorial, legítimo, diante de parentes e da sociedade. Temia confusões, invasões em campos alheios, fusões. Preferia nítidas separações, espaços demarcados.

Após quatro anos de felicidade, com os dois construindo o aconchegante ninho num local de passagem — bem no centro da cidade, num bairro popular não muito bem afamado, para Antônio ter como passar lá, às pressas, antes de ir trabalhar ou na volta do trabalho —, o esposo de Laura e amante de Clotilde cairia outra vez seriamente doente. Para desespero das duas mulheres.

Estava a trabalhar como um louco, a fim de manter as duas casas e a filharada. Saía bem cedinho de sua residência oficial, para dar uma passada no escritório de um amigo — o excêntrico tio espanhol de Julia, marido de Glória, irmã de Laura, o contratara para rever textos da firma de arquitetura —, depois se dirigia ao Iapetec, a fim de exercer sua função de procurador, e, no cair da tarde, ia para o jornal, onde era chefe de reportagem e secretário, de lá só saindo no final da noite. Com isso, só retornava a casa de madrugada. Entrava cansado, com passos macios de gato ou gatuno, Laura a esperá-lo com um prato em cima da mesa. Provavelmente já havia comido algum sanduíche ou iguaria preparada por Clotilde, mas esforçava-se para ingerir o que lhe era oferecido, a fim de não magoar a esposa, de olhos vazados por esperanças e perguntas nunca feitas, que tão fielmente o aguardava. Essa longa jornada, repetida ao longo de quatro, cinco anos, fazia com que os filhos praticamente não o vissem, a não ser nos fins de semana. E o deixou extenuado. Teve hemoptises. E voltou a ser internado. O pulmão bom também ficara infectado. Ficaria internado uns dois a três anos, no Rio e em Campos de Jordão. Laura o acompanharia à cidade serrana, e, no sanatório paulista, dormiria aconchegada num cobertor vermelho, sem saber que fora um presente de Clotilde para o amado. Achava que pertencia ao hospital. Não desconfiara da boa qualidade da lã, nem mesmo da cor estranha, voluptuosa, para um cobertor de hospital: cor da paixão.

Se na primeira internação do pai, Julia tinha quatro anos, na segunda tinha dez, onze anos. E toda a infância ficou infectada por uma longa e misteriosa cadeia de bacilos de Koch, operações, internações. Já que o desaparecimento do pai era sempre atribuído à sua doença maléfica e mortal. Dos quatro aos onze anos, Julia traria na perna o eczema que nunca curava. Descamava, escamava, descamava, sangrava. Ela chorava pela perna. Mais velha, ela entenderia que os longos sumiços também eram causados por trabalho, jornal, fechamentos. Nem sempre o pai estaria numa clínica ou num sanatório a se curar de suas feridas no pulmão. Com a cadeia de bacilos de Koch sendo entremeada por teias de tipos e de máquinas de escrever, elementos talvez tão viróticos quanto a tuberculose. Só que ele nunca pôde imaginar que a ausência do pai também tinha um outro nome, Clotilde. Pois foi na infância de Julia que o amor entre os dois cresceu, se fortaleceu, criou raízes. E a casa se fez negra por dentro não apenas por causa da doença, a proximidade da morte. A casa enegreceu porque a mãe sofria sem confessar que sofria. Sofria rindo, fazendo-se de forte. Pois sabia que seu homem sempre voltaria. Tinha essa certeza. O abandono era sempre provisório. Ele voltaria para ela e para os filhos. E sempre voltava, realmente. Tossindo, escarrando sangue. Contando histórias. Ensinando aos filhos que a vida era estranha, cheia de abismos e perigos, mas também de amor e prazeres. O prazer de beber um bom vinho, ler um livro estirado na cama, ou se balançar numa rede. Sonhar. Desejar o impossível. Concretizar o sonho.

E deve ter sido numa dessas voltas, da casa da amante, do jornal, ou do sanatório, que Antônio, o imoralista, descobriu que a filha mais velha se tornara mulher. E se sentiu atraído pela puberdade, pelo cheiro incandescente do sexo jovem. Pela virgem de seu próprio sangue cujo corpo desabrocharia em flor, caso fosse tocado com delicadeza, amor. Não pensou que este amor ou este carinho fossem proibidos. Ah, não! Com fé em Deus — ele acreditava em um Deus complacente, benigno —, nada era proibido. Bastava que depois pedisse perdão. Houve uma luta, talvez. A filha machucou o pai. Não deve ter sido uma luta física, brutal, mas uma defesa, um rilhar de dentes, unhadas. Com uma letrinha ainda infantil, Mafalda escreveu um bilhete para Clotilde. Um terrível, penumbroso e singelo bilhete. Mínimo. Num papel que com o tempo ficara pardo, apesar de intacto. Um papelzinho retangular guardado por Clotilde, com o mesmo carinho com que guardara as declarações de amor feitas pelos filhos de Antônio no Natal ou Dia dos Pais. Cartinhas cheias de coraçõezinhos que, orgulhoso, ele levava para a amante a fim de mostrar como os filhos escreviam bem, já tão cedo, e como era idolatrado por eles. Sim, lá estava, entre todos os bilhetes, os recortes, as cartas, os poemas guardados por Clotilde, furando o olho de quem o lia, o bilhetinho de Mafalda, com a letra ainda redonda, bem desenhada. Letra de menina que está a se tornar mulher: "Clotilde, quem arranhou o papai fui eu". Assinado, Mafalda. E Clotilde não percebeu do que se tratava. Deve ter achado o bilhetinho um mimo, uma gracinha. Não percebeu que dividia o amante não só com Laura, mas também com a filha de Alice. O que faria com que esta, adulta, tivesse surtos, intermitentemente, assustando o pai, os irmãos, os filhos e o marido. Deixando a madrasta eternamente traída para sempre intrigada com o que acontecera na realidade entre a enteada e o esposo, tão fiel e monotonamente infiel, nas horas em que não se encontrava em casa. Quando estava na feira ou na rua a fazer compras para seu lar doce lar. Seu homem era capaz de tantas loucuras... Não queria acreditar, nunca quis acreditar em mais essa indecência. Essa falta de bordas, fronteiras, limite moral. Mórbida monstruosidade. Mas é certo que houve um arranhão, naquela ocasião, a do bilhetinho entregue a Clotilde. E deve ter havido vários outros. Arranhões ou arranhaduras no corpo e na alma da filha adolescente que fizeram com que Malfada, ao ver o pai morto, pleiteasse a sua pensão. Por que o dinheiro do pai fora para a madrasta?, perguntaria ela um dia à irmã Lulu, administradora do patrimônio familiar. Afinal de contas, ela também fora mulher do pai. Também o tivera em seus braços, biblicamente. E, de certa forma, tinha razão. Não é que tivesse o direito, mas tinha razão. O bilhetinho não negava nada. Clotilde, quem arranhou o papai fui eu. Ele também é meu. Carnalmente. Você se lembra, perguntou Julia a Clotilde, enquanto o sol languidescente ainda lambia a janela do apartamento, do dia do bilhete, lembra-se do que o motivou? Ah, Antônio veio me ver com uma marca no pescoço. Trouxe o bilhetinho para que eu não pensasse que tivesse uma outra rival, além de Laura. Só que tinha, sempre teve, sem que Clotilde suspeitasse. E ainda não era Cátia. Era a filha mais velha do amante. Que tanto sofreria por isso e mais sofreu ainda quando o pai-amante partiu. Ele e suas grandes mãos. Sempre macias, limpas, perfumadas. Ela o amava. Com muita raiva, ódio, ela o amava. Fora, talvez, o seu primeiro homem. O primeiro a tocar em seus seios, em seu sexo. Diz que lutou, deve ter lutado, mas houve provavelmente um momento em que deixou de lutar. O amor foi mais forte que o ódio. Ele era o pai, mas também era a mãe, já que a lembrança da mãe residia naquele corpo febril carcomido pelo bacilo de Koch. O corpo do homem que tinha *A Montanha Mágica* na cabeceira. Seus vivos, seus mortos. Seu hálito empestado.

Ah, os poemas para Clotilde. Os do início, tão amorosos, tão apaixonados, tão reivindicantes de carinho. E os comemorativos, os dos vinte anos de relacionamento. Os do crepúsculo, quando a vitalidade animal estava a declinar, e ele chorava sua virilidade perdida, a incapacidade de dar prazer à mulher que fora sua amante por de 37 anos. Quase quatro décadas de encontros e desencontros, confidências, aritmética financeira, poupanças conjuntas. Segredos. Viagens. Sonhos compartilhados. E poucas brigas. Uma só separação. Ou frágil tentativa de. Uma vez, uma só vez, Clotilde tentou se libertar do amante vigilante, que controlava sua vida, suas idas e vindas, com lembrancinhas inesperadas, gentis cortesias e bilhetinhos — uma enxurrada de bilhetinhos, que marcavam presença na ausência —, mas Antônio não deixou. Cortejada por um rapaz mais jovem, cheio de energia e paixão, ela pensou em abandoná-lo, seguir a vida sem aquela pedra no sapato, o homem casado que tanto a amava mas também tanto a humilhava perante os parentes, sobretudo os dois irmãos. Uma vez, Josué e Jair ameaçaram pegá-lo na rua, dar-lhe uma surra, mas Clotilde impediu que tocassem num só fio de cabelo de seu amado. E provavelmente foi por se saber assim tão loucamente amado que ele não acreditou naquele caso inesperado com o rapaz mais jovem, promissor, solteiro. Quando se viu obrigado a acreditar no que havia tachado inicialmente de namorico inconseqüente, recusou-se a ser abandonado por um outro qualquer, um ser comum, sem duplicidades. Sem sonhos, fantasias, delírios, pulmões infectados, loucuras mis sancionadas pela morte sempre iminente. Disse que falaria com o pai da amante, um policial, e ela disse que ele não teria coragem. Que o pai o odiava. E era violento. Muito mais violento do que os irmãos. Clotilde apostava que Antônio teria medo, muito medo, de se encontrar com o pai dela, e ousou escarnecer dele, dizer que a idéia do encontro não passava de uma bravata. Seria enxotado da casa do pai, ouviria horrores. Além do mais, o policial tinha valores rígidos, pensava pequeno. Não o receberia. Foi nessa hora que Antônio escreveu o seu mais belo texto para Clotilde. Um texto que o revelava por inteiro. Um auto-retrato. O texto dos medos. Os que tinha e os que não tinha. Uma carta tirada das entranhas de sua alma. Tão clara, tão negra.

Os medos de Antônio

Eis a carta:

Medo, Clotilde?

Medo de ter escrito uma carta de amor? Medo de ter confessado um sentimento? Medo de ter um coração? Medo de sentir saudades? Medo de desejar quem se ama? Medo de quê? Medo dos homens? Medo de meu pai, que já morreu? De minha mãe que me amava tanto? Medo dos teus ou meus irmãos? Medo, os medos que tanto te atormentam? Medo de uma mulher a quem engano? Medo dos vizinhos? Medo de meus colegas do trabalho, medo do meu chefe, medo de perder o emprego? Medo da sociedade, medo de meus filhos, que sabem de minha vida? Medo de quê?

Medo, sim. Medo de cobra, medo da cobra que há dentro de mim, dentro de nós. Medo maior do que de cobra, medo de cometer injustiças. Medo de ferir sem razão. Medo, muito medo, de que pensem que minha amada é apenas minha amante. Medo de ser igual aos outros. Medo de ter apenas o desejo de uma fêmea e não o amor de uma mulher. Medo da consciência. Medo de mentir amor. Medo de fingir amor ou desejo. Medo de sentir indiferença, desgosto ou enjôo por quem me ama. Medo de ser traído. Medo de perder o respeito dos homens ou a ajuda de Deus.

Medo. Medo de receber apenas gratidão, consideração, reconhecimento ou piedade — piedade nunca! — em troca de amor.

Medo de ter um dia o coração seco, a boca seca de beijos, o corpo seco de desejos, a alma seca — como peço a Deus de joelhos que jamais o permita.

Não, Clotilde, não tenho medo do que escrevo, nem do que sinto. Aí tens os meus medos.

Ainda com muito amor, Antônio.

Não é por nada não, pensou, Júlia, às vezes o maldito escrevia bem. E abaixo estão quatro poemas, do início, do meio e do fim de um louco amor, sempre proibido, sempre escondido, sempre resvalando, sub-reptício, sobre as manhãs, as tardes e as noites de Laura. Impregnando-a de dúvidas e dores. Inseguranças.

Milagre de agosto (24.8.57).

Adeus

Bendita sejas ao partir agora
Enquanto o coração tenho tranqüilo
No peito. Enquanto a alma é asilo
Indevassável deste amor que mora,

Tímido e triste, como fonte oculta,
No mais profundo de meu coração
Contigo partem, qual sonho vão,
Semente e flores desta terra inculta

Reverdecer de amor, oh, feiticeira
Vai. Rouba-me a luz de teu encanto
Acende o teu olhar a vida inteira

Longe de mim. Deixa-me este canto:
Hoje é apenas uma lágrima ligeira
O que amanhã seria um longo pranto.

Vinte anos

Vinte anos de amor. Vinte
Vezes os astros circularam
O sol a renovar o sol seguinte
Noite a noite estrelas cintilaram

Nasceram fontes e secaram rios,
Bosques cresceram onde eram flores,
Houve paixões, desejos, desvarios
Ódios antigos se tornaram amores

Tudo mudou. Mudou o firmamento
No céu escuro e claro, a natureza
Foi cenário de paz ou de tormento

Mas não mudou jamais tua beleza
No meu coração. E o tempo é vento
Que aviva brasas na fogueira acesa.

Que homem é esse?

Que homem é esse com a chave da casa
Que entra, me abraça e diz que me ama,
Tão triste, tão grave, sem fogo nem brasa
Me aperta, me beija, não leva pra cama

Que homem estranho, mal bebe seu gole,
Me alisa os cabelos, não suga meu seio
Sua alma outrora forte parece tão mole,
Que infernos freqüenta, de onde ele veio?

Por onde ele anda, quem o maltrata?
Cadê seu sorriso, a luz de seus olhos?
Por que rola tanto sua língua de prata?

Viaja, mas sofre o diabo do lado de lá.
Sentado tão perto, tão longe de mim.
Viaja, mas sempre volta pro lado de cá.

E O QUE MAIS DISSE CLOTILDE?

Confirmou que Laura sabia, sempre soubera. E que um dia, desesperada, mandara Antônio esfregar na cara da amante sua certidão de casamento. Era a esposa, sempre o seria, nunca abriria mão do marido, pai de seus filhos, e Clô não passava de uma amante. Uma devoradora de homens, destruidora de lares. O coração de Julia ficou pequenino diante da dor atroz da mãe, sempre enganada, traída, agarrando-se num papel de pouca valia diante da imensidão do amor roubado pela outra. E Julia lembrou-se do poema "O vestido", o preferido da mãe, aquele que o pai sempre lhe lia na cama, apaziguando-a, lambendo suas lágrimas e suas feridas, assegurando-lhe que era amada, muito amada. E que nunca seria abandonada.

— Laura sabia, sempre soube. Quando ela me enviou a certidão de casamento, eu pedi a Antônio que lhe mostrasse todos os poemas que ele me havia escrito. Não sei se mostrou. Ela, não sei se você reparou, nunca o visitava no trabalho. Sabia que o espaço do trabalho era meu. Que todos os dias ele almoçava comigo. Não, ela nunca foi ao jornal, nunca foi ao banco. Fui secretária dele por muitos anos, até fazer concurso para outra seção do banco e trabalhar perto, mas não na mesma sala. E mesmo assim ela não aparecia lá. Não ia à cidade.

"Um dia, chegou a telefonar e ouvir minha voz. E não tive vergonha de dizer que quem estava no telefone era eu, Clotilde.

Muito pelo contrário. Falei. E ela silenciou do outro lado. E bateu o telefone, sem nada falar, nada perguntar. É claro que sabia. Seria impossível não saber. Ela sabia, Mafalda o sabia, e o Toni também. Toni, aliás, sempre estava com a gente, fazendo favores. Trazendo recados. Muitas das fotos que estão neste álbum foi Toni quem tirou. Tenho saudades dele, aliás, muitas saudades. Espero que esteja bem.

"O que você precisa entender, Julia, é que de certa forma eu vivi a vida de sua família, não tive a minha, mas tive a sua. Acompanhava tudo. Antônio tudo me contava. Os feitos. As vitórias dos filhos. Os casamentos, os divórcios. Ele me narrava tudo. Descrevia as festas, os vestidos. As conversas. Debatíamos o futuro de vocês, os filhos dele, como se fossem meus. As ocorrências. Os incidentes. Os momentos alegres, os tristes. Eu estava presente na casa de vocês, mesmo sem nunca ter ido lá. Porque o ajudei a selecionar presentes, a pagar as contas, a tomar decisões. Ajudei-o a poupar, a aprender a poupar. Sabia o quanto ele ganhava, o quanto ele devia.

"Enfim, vocês eram minha família. Preocupava-me quando alguém estava doente. Dava idéias, soluções para os problemas. Minha vida foi rica de acontecimentos, promessas, realizações, por causa de vocês. Hoje me sinto só, terrivelmente só. Não apenas porque Antônio morreu. Mas porque perdi as histórias, as narrativas. Perdi todos vocês. Já não tenho mais Antônio, aqui do meu lado, para me ler livros, poemas, e já não tenho mais vocês. Suas histórias. Suas aventuras e desventuras. Os namoros, os casamentos, os divórcios, as desavenças. Os nascimentos, os aniversários, as pequenas brigas, as grandes discussões. As dúvidas, as indagações. Eu acompanhava tudo. De certa forma, mesmo sem estar presente fisicamente, eu estava sempre ao lado de vocês. E minha vida, aparentemente tão pobre, era tão rica. Rica de histórias, sentimentos. Antônio era mágico, sabia que ele era mágico? Quando ele morreu, estava a ler um livro. *O Outono do Patriarca*, de García Márquez. Veja o livro. Está marcada a página que ele lia quando se foi.

Julia olha para o livro. Até a última página lida, as folhas do livro eram brancas. O final não lido era escuro. Quase negro. Como a morte. Ou como se imagina que a morte seja.

— E isso aconteceu quando ele morreu. Na semana em que ele morreu, o livro ficou assim. Uma parte branca, uma parte negra. E houve o sonho. Eu te falei do sonho, não falei?

Julia não se lembrava.

— Ele o desenhou. Vou te mostrar.

Clotilde foi até o quarto e voltou com um papel. Um papel imenso, uma folha dupla. O desenho estava dividido ao meio. Como se contivesse duas cenas.

O ÚLTIMO SONHO

Não foi um sonho alegre. Foi um sonho de premonição de morte. Antônio o sonhou um mês ou vinte dias antes de morrer. E mesmo com Clotilde tendo dito que não gostava de ouvir sonhos tristes, muito menos sonhos que anunciavam a morte, o fim, ele o contou para ela e, para melhor ilustrá-lo, desenhou-o num papel. Que ela guardou, como guardava tudo o que Antônio escrevia ou desenhava. Ela o guardou, apesar de não ter idéia do que se tratava, pois havia esquecido por completo o relato que o explicava. Na parte de cima do papel, havia um corredor, uma escada, pessoas sentadas em torno de uma mesa vazia, um grande quadrado branco, uma imensa cortina, um bar, e acima da cortina estava escrita a palavra repórteres. No canto do papel, também havia uma outra inscrição: Salão.

— Sabe o que é isso, Clotilde? — perguntou Julia.

Não, Clotilde não sabia, não poderia saber. Não tinha como unir aqueles elementos na cabeça. A cortina, o bar, a mesa, o quadrado vazio, a escada. Já Julia, ao contrário, tinha uma clara noção do que poderia ser. Aquela era exatamente a descrição do quintal da casa onde a mãe morara com o pai durante cinqüenta anos. Casa que Clotilde se recusara a conhecer. Uma grande casa de dois andares no final de uma rua sem saída. As festas raramente eram feitas dentro de casa. Festas de aniversário e casamento eram realizadas no quintal. Para ir em direção à escada que levava ao quintal, o visitante tinha que passar pela lateral da casa, uma lateral estreita coberta por folhagens e flores. Nela, havia a escada. Lá em cima, a primeira coisa a ser vista era o quadrado, ou o que ele desenhara como se fosse um quadrado, ou seja, a piscina. E normalmente havia uma mesa para os convidados ao lado da piscina. No fundo do quintal-salão, havia um caramanchão, onde também era costume colocar mesas com cadeiras. Mas um dia Julia o usou como teatro ao comemorar os seis anos do filho. E o cobriu de cortinas. Da peça de teatro haviam participado familiares e amigas do jornal. Em várias outras festas, quando o caramanchão não fora usado como teatro, sentavam-se ali inúmeros repórteres, amigos de Julia, de Tomás ou do pai. Até porque Antônio construíra dentro dele um bar. O bar Antônio. Onde um garçom — às vezes dois ou três, dependendo da dimensão da festividade — servia as bebidas. Sim, era óbvio, a parte de cima do desenho era o quintal da casa de infância de Julia. A casa dos pais. Onde ela comemorara os trinta anos, o pai, os sessenta anos, vários netos haviam celebrado seus aniversários, e onde Lulu e Tomás haviam celebrado suas festas de casamento. Sem falar em muitas, muitas outras festas e reuniões. A cortina, era fácil de entender. O pai gostava de teatro. E ficara emocionado quando Julia resolvera transformar o caramanchão num palco. Ele mesmo medira o espaço a ser coberto e mandara fazer as cortinas. E assistira à peça, rindo muito. Feliz da vida. Bill fazia bicho-papão, Adolpho, o medo, e Julia, a imaginação. A mãe Laura, atuara como a mãe do protagonista, o menino assustadiço que tinha medo do bicho. A peça fora feita com a intenção de dar fim ao medo de bicho do pequeno Tomás, e obtivera o efeito almejado. Ele nunca mais falaria desse medo. Teria outros.

Debaixo do desenho principal, o pai esboçara outra cena da história. Obviamente, a cena que se passava no palco do teatro por ele imaginado. Uma mulher estava montada num cavalo ou camelo, em cima de um baldaquim. Trazia um véu no rosto, e estava cercada por cavaleiros mouriscos. Uns a defendiam, outros a atacavam. Vários tinham espadas nas mãos. Um homem de branco observava o combate ou estava no meio dele, e na cena também havia um anjo. Acima da cabeça da donzela ou senhora, havia uma inscrição: proteger a dama rica de nome de ouro. Laura ficara rica quando ganhara a herança da prima Emília. Laura era o anjo de Petrarca, o anjo de Antônio. Logo, o anjo da cena também era Laura, mas também era o anjo da morte. Ele estava mais próximo do homem de branco do que de Laura, o anjo de Petrarca. No sonho, Antônio vira sua morte, e também a morte da mulher. E a defendeu. Preferiu morrer a deixá-la morrer. E na vida também morreu para proteger a mulher. Protegê-la de sua própria vontade de partir, ir morar com Clotilde, que finalmente havia se aposentado, assim como o amante. Ele não poderia, no entanto, ir embora, deixar aquele salão, aqueles convivas, abandonar o teatro de sua vida. Melhor morrer. E morreu. O coração estalou. Por amor a Clotilde, por amor a Laura, a dama ameaçada. Sua rica dama de ouro, a quem doavam heranças. Ele morreu e a cobriu de ouro, porque, após a morte do marido, Laura passou a receber uma vultosa pensão, que não só a sustentava, mas ainda dava para ajudar os filhos, sempre às voltas com problemas pecuniários. Havia outros segredos no desenho, mas segredos que ela resolveu não contar a Clotilde. Algumas palavras em alemão e em árabe. Interessante a imaginação. Cavaleiros mouriscos. Se ele soubesse como o Oriente ainda infernizaria o Ocidente, após sua morte...

Julia fechou o sonho e o entregou a Clotilde. Um sonho que era uma declaração de amor à mãe. Em seus últimos dias de vida, o pai se preocupara com o destino de sua mulher e de seu núcleo familiar, após sua partida. E sentira uma pontada no coração ao sonhar aquele sonho. Uma dor que o acompanharia na última viagem que faria com Clotilde. E houve outros sinais de morte. Pois, a partir desse sonho, ele passou a considerar que via ou recebia sem parar sinais de morte. O poema do pai, o velho desembargador piauiense, para o irmão morto, havia muito desaparecido entre os seus guardados. O livro do tio Henrique que encontrou num sebo. E houve também o grande sinal, que ninguém entendeu. Ninguém deu a importância que devia ter dado a uma morte considerada por Antônio como crucial. Como se fosse sua condenação ou pena de morte. A morte de seu irmão caçula, André. Depois do falecimento de André, Antônio se sentiu morto por dentro. Era o fim da infância, era o fim da vida. Tinha uma ligação visceral com esse irmão mais jovem também jornalista, que ninguém nunca mensurara direito. Depois da morte de Dé, o pai de Julia não quis mais viver. Algo se quebrara dentro dele. Ele perdera a força. Chorava. Chorava por nada. E nunca havia chorado antes, muito menos copiosamente.

Isso tudo Julia pensou ao interpretar o sonho e ao ouvir Clotilde falar dos sinais. Pensou mas não disse. Os corações dão voltas, dão voltas, e voltam à infância. Sobretudo quando começam a namorar a morte. Sonham com o mundo encantado, onde não havia mulheres nem amantes. O mundo sem sexo. Quando o objeto de desejo era um cabrito, um cavalo ou um brinquedo. Um inacessível brinquedo de controle remoto, nunca antes visto no Piauí. A Prata do avô Henrique só tinha bichos e livros. E o mel das frutas.

No momento em que Julia se despediu de Clotilde, lembrou-se do dia. A data caiu-lhe à cabeça como um tijolo. Aquele dia era 3 de abril, aniversário de casamento do pai e da mãe. Dia que Laura sempre fazia questão de comemorar e no qual sempre recebia rosas vermelhas do marido. Julia se sentiu uma traidora. Logo o 3 de abril. O que estava a fazer com Clotilde no dia de aniversário de casamento da mãe? Ah, o livro. Era uma escritora. O que não se faz por livros. Trai-se o pai, trai-se a mãe, toda a família. Mas por fim entendia o que nunca entendera. E ganhava um final para o livro. O pai a perdoaria. Sabia que os livros eram necessários, mesmo que fossem dolorosos. Sabia que as palavras eram beijos e facadas, num circo de cegos. E que o mais perigoso é um dia ficar com a boca seca e o corpo seco de desejos.

De joelhos, Julia, como o pai, pediu a Deus que isso nunca lhe acontecesse. Que a boca nunca ficasse seca de saliva e símbolos. Beijos e sinais. Palavras sagradas, escritas com o sangue que pulsa nas veias e artérias do coração. Fluido vital.

O VERBO.

Última conversa com Laura

Mas não, não estava acabado. No fundo, nunca acabaria. As histórias só morrem quando todas as pessoas que as viveram morrem também. E correm o risco, se narradas, de ficarem encantadas. Cristalizadas. Congeladas para as outras gerações. Cada livro tem dentro de si uma múmia. Ou várias.

A mãe não estava bem. Lulu disse que ela estava a perder a memória, a trocar tudo, embaralhar fatos, sonhos, relatos. Julia foi visitá-la. Encontrou-a triste, muito triste. Sem presente, sem futuro, perdida em névoas. Mas dignamente vestida. Fazia questão, sempre estava dignamente vestida. Desta vez, portava uma saia preta, uma blusa verde-clara, um colar de pedras verdes. Julia perguntou o que ela tinha. Laura respondeu que estava triste porque sentia falta de tudo, tudo, e por sua vez fez uma pergunta à filha. Quis saber quanto tempo fazia que o marido morrera. Fazia 13, quase 14 anos. Julia perguntou se era dele que ela estava a sentir falta. Sim, sentia falta do marido. E da casa onde morara. Da vista para o quintal. As árvores, o sol matutino, os pássaros, o espelho d'água da piscina. O caramanchão. Sentia falta do quarto de casal. E da presença. A espera. O jantar na mesa. Mas no final havia as brigas, comentou Julia. Bobagens, respondeu a mãe, meras bobagens. O que exatamente a mãe gostara no marido, indagou a filha, por que o amara tanto? Era um homem calmo e culto. Um homem sábio, e muito amigo. Mas a machucara bastante, disse Julia. Sim, machucara, mas ela o amara mesmo assim. E sentia muita falta dele. Sonhava com ele? Não, não sonhava com ele. Sonhava com a casa? Sim, sonhava com a casa. Julia pegou o livro então, o livro que ela mais amava. *Poesias completas* de Manuel Bandeira, editadas em 1946. Ele me deu, disse mais uma vez a mãe, logo depois de me ter conhecido. Ainda no noivado. Ele me lia os poemas. Adorava ler poemas. Dentro do livro, havia fotos. Uma foto de Antônio andando na cidade, com um chapéu na cabeça. Nesse tempo, observou Laura, ele ainda estava casado com Alice. Sabe, minha filha, a mulher que seu pai mais amou foi Alice. Tenho certeza disso, foi Alice. Os olhos vagos, rasos d'água, ficaram ainda mais erradios, a vagar pelo passado. Julia comentara que Alice fora uma irrealidade, um amor do início da vida afetiva. Perpetuado pela morte prematura. Que o difícil é viver muitos anos com uma pessoa. Aceitar suas falhas. Seus erros. Amar perdoando. A mãe pede que repita. Não entendeu direito. Julia repete que o difícil é amar o mesmo homem por cinqüenta anos. Um homem que a feria. Mas Laura insiste, ele era bom e calmo, o meu marido. Era carinhoso, amigo. As brigas não foram importantes, havia muito ela as esquecera... O que ficara fora uma imensa sensação de perda de um tempo que não mais voltaria. Quando ela era jovem, bela, e tinha sua própria casa, com crianças a correr pelas escadas. Um cotidiano rico de tristezas, medos e de pequeninas mas infinitas alegrias. Mui sabiamente, Laura aceitaria viver tudo de novo, o céu e o inferno de Antônio. Ao seu lado. Até mesmo o sofrimento, queria-o de volta. Pois era melhor do que aquele nada, sem Antônio. Seu grande, único amor.

Cadernos de Julia

Bem, pai, acho que terminei. Que louco você era. E como foi amado. Aqui lhe deixo o meu poema de amor, escrito uma semana, ou, quem sabe, um mês após sua morte. Somos ruins de poemas — Adolpho e tio Henrique é que são os grandes poetas da família —, mas vale o sentimento.

Suas mãos eram grandes, macias, suaves
A linha da cabeça as ceifava pelo meio
Suas mãos eram terra, território livre,
Sem amarras. Conchas de mel, aves
No céu, davam amor a quem passava
Foram um dom, uma canção, uma dádiva
Curavam como as mãos de um médico
Deliravam visões de mago e de médium
Nunca diziam não ao sonho e à fantasia

Ele tudo via, tudo sabia, tudo ensinava
Só não nos disse que ia morrer, assim,
Só não nos disse que um dia partiria
No Piauí. Que a dor seria branca areia.
E seca, como soco ou bofetada. Ele,
Que tudo via, sabia, só não nos disse
Que seria dentro d'água, sem lágrimas,

*O corpo se quebraria na praia. O órgão
Tão grande falharia, deixando-nos
Vazios, coração na boca, sem música.
Só não nos disse que seria o sol a pino
Rindo de quem ficava. Pai, queria*

*Mais. Todo amor do mundo, insensato,
Não paga essa partida sem despedida.
Como sombra, hálito, chuva, volte.
Como vento, espectro, alegoria, volte
E sopre sonhos em nossos sonhos. Vida.*

Ficção e realidade

Quando trouxe o livro de Zurique, contendo em seu interior a Davos da ficção e a Davos da realidade, deixou-o na estante. De início, quase não tinha coragem de pegá-lo, tomá-lo nas mãos. Tão branquinho, com a imagem na capa de uma grade de balcão, a cadeira de um ausente doente dando de frente para a montanha nevada, de certa forma ele a queimava, consumia. Pois trazia uma foto que lhe metia medo. Aterrorizava. Foram várias as vezes, ao longo dos anos, que o tocou, deu uma folheada, mas quando passava por aquela foto passava correndo. Perdia-se em outras miragens, o trem subindo a montanha, os lagos, a floresta, as colinas com rios, cascatas, espelhos cristalinos, a fumaça da locomotiva, a bruma entre as árvores, a família Mann em seus jogos de inverno, o homem que servira de modelo para o doutor Behrens. E o hospital, seu refeitório, sua biblioteca, o elevador por onde descia Clawdia Chauchat, o refeitório, a sala de música, a sala de leitura. Os quartos, ah, os quartos — aí começava a doer. O peito ia estalar. Tum-tum-tum-tum. A cama, a cadeira, a mesinha-de-cabeceira. O cabide de roupas, chapéus. O longo espaço, no jardim, para se estirar ao sol, coalhado de cadeiras longas, sempre brancas. Tudo branco. E aí pulava para os anúncios de sanatórios, salpicados de folhas de pinheiro, prometendo curas rápidas. Os manuscritos de Mann, as capas de seus livros, as críticas da época, sua assinatura ou autógrafo. Um grande passeio em reminiscências e sensações, adultas e infantis, sem ver a foto. Escondendo-se da foto. Aquela, única, que lhe fazia mal.

Até que um dia resolveu enfrentá-la. De novo abriu o livro, de novo subiu a montanha, com o trenzinho vermelho, o trem usado por Hans Castorp. Olhou o mapa, que mostrava a baldeação em Landcarte. A baldeação que ela fizera com Andrés, preocupado, nervoso, a falar das dívidas bancárias do pai. E ela lá, sentada, impregnada do próprio pai, a fazer sua própria romaria, a romaria para a doença, para a montanha que curava. Ou matava. Para o seu lugar de sonho. O cenário de seu livro preferido. Andrés falava, falava, falava, e ela pensava no livro que um dia escreveria. Nem pensava que compraria um livro, antes da partida. Um livro do homem que dizia, corajosamente, que nada se inventa e tudo se cria. A realidade é a própria ficção. O livro do Thomas-Mann-Arch, já que temera comprar a voz e não entendê-la, não dominava tanto o alemão. Um livro ilustrado, sobre a Davos criada, a Davos palpável, táctil, aquela onde se podia andar, passear, tomar chocolate. Quantas fotos, e entre elas a que ela mais temia. Viu tudo de novo, Thomas Mann com seu esqui, rindo, ao lado de Katia. As crianças, ainda muito pequenas, a jogarem bola de neve umas nas outras. Todas encasacadas, protegidas por capuzes. Novamente, o refeitório, com a porta de entrada que era batida selvagemente por Clawdia Chauchat, ao entrar. Eslavos e latinos, seres indomáveis, inescrutáveis. O elevador, a sala de leitura, a sala de música, onde Hans recebera o lápis na terça-feira gorda e fizera sua declaração de amor, em francês. Declaração que o pai recriaria, num dos textos escritos para Clotilde. Falando de veias, humores, miasmas, bacilos. A perfeição dos órgãos internos do corpo. A perfeição externa da mulher, sua pele quente, cálida. A suave penugem do braço. A longa linha do pescoço, a nuca pedindo para ser beijada. E viu de novo os quartos, a janela aberta para o vento, para o sol. A fileira de *chaises-longues*, onde todos os doentes se amodorravam, sendo diariamente obrigados a aquecer seus corpos sob os raios mornos da fria montanha. O termômetro, a irmã muda. E enfim a maldita foto, a foto que ela temia. Ia enfrentá-la. Encará-la firme. Olhá-la, olhá-la, olhá-la, até perder o medo. Era a sala de operações. Com todos os seus aparelhos, ferramentas, instrumentos, fatais utensílios. E um leito branco. Exatamente numa daquelas salas, o pai perdera uma costela, quem sabe duas, e um dos pulmões. Uma sala fantasmagórica. Vizinha da morte. Onde a alma alçara vôo e ficara a olhar para o corpo desfalecido, morto. Ele sempre falava sobre isso, esse descolamento. A subida. E depois o retorno. Devia ter sido ali que tudo começou. Ressuscitado, tornou-se um vampiro. Só que, em vez de sangue, alimentar-se-ia de amor. De todas as formas de amor. E quem dele se aproximasse entraria numa gruta sombria e mágica. Seu coração era a casa de um ogro perverso, que para viver precisava se alimentar de carne viva. Ter desejos. Espasmos. Ânsias.

Naquela sala branca fora operado o homem que nunca mais quis ficar com a alma seca de desejos. E cujo beijo roubava o sumo das almas, fortalecendo a sua própria, quebrada. Seu motor anímico. Naquela sala ele morrera. E novamente morreria, quase quarenta anos depois, na beira do mar. Com pés a afundar no solo onde nascera. E onde brincara com os irmãos. Entre eles, aquele que se tornaria poeta. E cantaria anjos. Todo anjo é terrível. Todo anjo traz um Lúcifer dentro de si. Nas grandes áreas geladas, no infinito do ar, moram os anjos e as almas penadas dos pecadores e dos suicidas. Além, muito além, do mar e do fogo.

Anexo

Poema do avô Henrique para o filho que morreu muito cedo, chamado Floreduardo. Foi reencontrado por Antônio pouco antes de morrer, que o considerou mais um sinal de seu fim iminente. Como se seu o pai estivesse a chamá-lo.

Meu coração é fonte de tristeza
Muitas vezes transborda, de repente
E rola pelas faces, lentamente
Como fios de amarga correnteza

Um dia, neste mundo de incerteza
Secará esta funda e cruel tristeza
E reduzida a pó, como semente
Se unirá à terra e à natureza

As águas frias e umedecidas
Da fonte sobem aos olhos diluídas
Na tua saudade, filho meu querido

Adendo

O livro já estava fechado, fazia mais de seis meses, quando de repente Julia recebe uma notícia estranhíssima, que a deixa em estado de espanto ou choque apenas por uma fração de segundo, até absorver a informação. Desde muito tempo, nada mais a chocava ou surpreendia. As pessoas que a cercavam eram literatura viva. E o livro teria que ser reaberto, adquirindo um outro final. Mais um telefonema de Cátia, com um anúncio de fazer o coração abandonar o claustro do corpo, tombar no chão. Avisava à amiga que tomara uma repentina decisão. Iria viajar para o delta do Parnaíba. Queria visitar o Maranhão e o Piauí, em busca sabe-se lá do quê. Os rastros de Antônio. As primeiras imagens em sua retina. A terra e o pó que o moldaram. A infância. As memórias. Os cheiros. Os sabores. As vozes. As ruas. Paisagens. Seu leito de morte, a água. Foi. De avião. Mas fez questão de atravessar a terra de ônibus, viajando por Teresina, as Sete Cidades, o delta. Atravessou o Parnaíba, numa barcaça. Do outro lado, pegou outro ônibus e chegou a São Luís e Alcântara. São José do Ribamar. Dada, loquaz, conversou com todas as pessoas que encontrou. Pessoas simples, generosas, que lhe abriram suas vidas. Sonhos, projetos. Seus tesouros. Deram-lhe frutas, sucos, quitandas. Ensinaram-lhe músicas. Cançonetas regionais. "Mulher rendeira". "Pisa na fulô". "Boi-bumbá". Era carnaval. Em frente ao hotel, havia um bar. Com clóvis, meninas com tutu de bailarina, mulheres com estampas coloridas a envelopá-las. Tiraram-na para dançar. A dona do par ficou com ciúmes e quase fez arruaça. Uma carioca, de cabelos longos perfumados, sem marido, é sempre um perigo. Ela foi e voltou cheia de fotos. De igrejas brancas, pequeninas, muros em ruínas. Praças calorentas. Estátuas no azul. O encontro dos rios. Praias cristalinas. O Preguiça. O centro cultural com imagens de tio Henrique, enormes. Tomou banhos em águas doces e salgadas, lavou a alma, ficou com a pele sensual, crestada de sol. Atraente como nunca. Refeita. Mais jovem. Corpo adolescente, sem as marcas do tempo. Foi e trouxe na bolsa de palha vários caderninhos com anotações, porque tudo registrava, escrevia. Redigiu um diário de viagem que, na realidade, era uma longa conversa com Antônio. Numa das páginas, escrevera... foi o amor, Antônio, foi por amor que visitei sua terra. A fotografia de Luís Corrêa, onde Antônio morrera, era alva e límpida. Quase que escorria na mão como areia virgem. Uma vastidão branca. Como uma página a ser escrita. O livro que Cátia escreveria um dia, por amor a Antônio. Poseidon...

De presente, Julia ganhou um doce de buriti e um santinho de São José, o pai de Cristo (era a segunda vez que ganhava um São José; quando o pai morrera ganhara um, mas o deixara com Lulu, para não separá-lo de Maria). A imagem trazia um esplendor dourado na cabeça. Sua mão direita, enorme, poderosa, segurava a pequenina mão do filho. Assim protegido, Jesus, por sua vez, portava uma delicada coroa e segurava, na mão direita, uma vela vermelha. No verso, estavam as seguintes palavras: "Meu pai, eu me abandono a Ti. Faz de mim o que quiseres; por tudo que fizeres de mim, eu Te agradeço. Estou disposto a tudo, aceito tudo, contanto que Tua vontade seja feita em mim e em todas as Tuas criaturas. Não desejo nada mais, meu Deus. Ponho minha alma entre Tuas mãos, entrego-me a

Ti, meu Deus. Com todo o ardor, vou dar-me, entregar-me em Tuas mãos, sem medida, com infinita confiança, porque és meu Pai. Amém."

A vida é sonho, literatura, ficção. Luzes cegantes no escuro. Quimera. *Diablero*. Alucinação.

E este adendo é o final, afinal? Não, não é ainda o final. Porque o marido de Lulu morreu, de uma forma tristíssima, lancinante, que não vale a pena contar aqui. O início do namoro e do casamento desde muito havia sido esquecido. Ou perdoado. Era um homem bom. E que amara Lulu de forma apaixonada. Não, a morte de Luiz Cláudio não será contada, pelo menos não neste livro. Talvez seus filhos a contem um dia. Se tiverem forças para isso. O que importa contar aqui é que, quando foi ser enterrado, no túmulo da família, descobriram uma coisa terrível. O corpo de Antônio não se decompusera ainda. Passados 14 anos, havia pedaços de carne dentro do caixão. Tecido, matéria orgânica. E o coração. Intacto.

Este livro foi composto na tipologia Fournier MT
Regular, em corpo 12,5/15,5, e impresso em papel
off-white 80g/m² no Sistema Cameron da
Divisão Gráfica da Distribuidora Record.

Seja um Leitor Preferencial Record
e receba informações sobre nossos lançamentos.
Escreva para
RP Record
Caixa Postal 23.0152
Rio de Janeiro, RJ – CEP 20922-970
dando seu nome e endereço
e tenha acesso a nossas ofertas especiais.

Válido somente no Brasil.

Ou visite a nossa *home page*:
http://www.record.com.br